# 카푸치노 살인

클레오 코일 지음 / 김지숙 옮김

해문

카푸치노 살인

THROUGH THE GRINDER
Copyright ⓒ 2004 by The Berkley Publishing Group.
Korean Translation Copyright ⓒ 2008 by Haemoon Co., Ltd.

All rights reserved including the right of reproduction in whole or in part in any form.
This edition published by arrangement with The Berkley Publishing Group, a division of Penguin Group (USA) lnc., through Shinwon Agency Co.

이 책의 한국어 판 저작권은 신원에이전시를 통한 지작권자와의 독점계약으로 해문출판사에 있습니다.
저작권법에 의해 한국 내에서 보호를 받는 저작물이므로 무단전재와 복제를 금합니다.

근심 걱정에 사로잡히거나 이런저런 피로운 일이 생길 때는
커피하우스로 가자!
나한테 맞는 짝이 한 사람도 없다고 느껴질 때는
커피하우스로 가자!
죽고 싶은 마음이 들 때도
커피하우스로 가자!
사람들이 싫어지고 혐오스러워질 때,
그러면서도 그들 없이는 행복하다고 느낄 수 없을 때는
커피하우스로 가자!

- '커피 하우스로 가자', 페테르 알텐베르크 -

*prologue*

*그녀는 죽어야 했다.*

*천재는 그걸 알고 있었고 그 사실에는 변함이 없었다.*

*문제는 방법이다.*

천재의 생각에 의하면 이 세상에 연구를 통해 해결되지 않는 문제는 거의 없기 때문에, 발레리 라뗑이란 여자의 삶을 자세히 연구한 결과 죽어야 한다는 결론이 나왔다고 해서 그리 놀랄 일은 아니었다.

어슴푸레한 11월 아침 공기는 유독 살을 에는 듯 차갑게 뺨이며 턱, 드러난 맨살 여기저기를 날카롭게 찌르는 것 같았다.

천재는 늘 오가는 버스 정거장에 서서, 매번 그렇듯 인내심을 가지고 항상 타는 버스를 기다리는 척했다. 신문을 읽는 것도 다른 날과 너무 너무 똑같았는데, 다른 게 있다면 오늘따라 유난히 〈타임스〉지의 기사가 이해가 안 가고 기다림이 영원히 계속될 것처럼 느껴졌단 것이다.

마침내 스물일곱 살의 여자가 우중충한 벽돌로 된 자신의 아파트에서 나오자 천재는 도도한 얼굴에 늘씬한 몸매를 한 그 여자를 따라가기 시작했다.

그녀는 밖으로 웨이브를 만 어깨 길이의 복고풍 헤어스타일을 하고 있었는데, 머리카락은 썩은 버터 빛을 띤데다 검정 부츠의 굽은 지나치게 높았다. 게다가 녹색의 카고 바지는 사이즈가 너무 작았고 거기에 어제저녁 '소호 진'이란 가게에서 산 빨간색 싸구려 가죽 재킷을 입고 있었다.

 그 여자는 활기찬 걸음으로 6번가를 가로질러 블리커가를 따라 걸어갔다. 길이 넓고 교통이 번잡한 6번가는 1811년부터 맨해튼의 다른 거리와는 다른, 어떤 단절된 모습을 유지해온 곳이었다.

 그 당시 이 도시를 세운 사람들이 맨해튼의 거리를 수직선 모양으로 구획한 유클리드식 도시계획을 내놓았을 때, 원래 구불구불했던 길을 직선화하는 데 반대한 주민들의 저항에 부딪혀 계획이 적용되지 않았던 곳이 바로 이 거리였다. 200년 동안, 자갈길이며 좁은 골목, 외딴 포장도로가 거미줄처럼 휘감긴 모양을 한 이 거리에서는 어떤 논리적인 패턴도 찾아볼 수 없었다.

 얼어붙을 듯 냉랭한 공기에는 19세기부터 불을 지펴온 여러 집의 화덕에서 타는 장작 때문에 매운 냄새가 났다. 게이트 근처의 아파트단지, 숨겨진 정원, 조용한 교회 경내 같은 곳에서 가스등이 깜박였다.

 인도를 따라 쭉 줄지어 있는 주택들은 다른 곳처럼 네모반듯한 높은 빌딩들이 아니라 3층 혹은 4층으로 된 연립주택들이었다. 원래는 주택이었지만 요새는 상가로 임대되어 눈에 확 띄는 파격적인 의상실이나 고급 레스토랑이 대부분이고 더러 어두운 색 패널로 된 술집도 있었다. 하지만 이렇게 이른 아침에 문을 연 가게는 하나도 없었다.

 그 여자가 제일 먼저 멈춰 선 곳은 허드슨가 모퉁이로, 그곳엔 연방양식(로마 복고조 건축양식으로 관공서 건물에 많음)으로 지어진 4층짜리 연립주택에 지난 100년 동안 빌리지 블렌드라는 커피하우스가 자리하고 있었다.

 그녀가 낡은 구릿빛 손잡이에 손을 뻗자 베벨트 유리문이 크게 회전하면서 풋풋한 나이의 어린 뉴욕대생 3명과 함께 볶은 커피 향이 쏟아져 나왔다.

"그래, 이거야. 바로 천상의 향이야……."

천재가 속삭였다.

자갈길을 가로질러 지상의 향을 풍기는 커피 냄새가 상쾌한 가을 공기 위로 떠올랐다. 꼭 사이렌(아름다운 목소리로 지나가는 뱃사공을 꾀어 죽였다는 반은 여자이고 반은 새인 요정)이 갓 거품을 낸 카푸치노와 따끈한 패스트리 빵, 아니스 비스코티, 정신이 바짝 들도록 쓴 에스프레소를 부르는 것 같았다. 그러나 빌리지 블렌드에 들어가는 건 계획에 없는 일이었다.

천재를 위해서는 그렇게 하면 안 된다.

목표를 달성하기 전까지는 안 된다.

"한 방에 해내야 해. 타이밍을 정확히 맞춰야 해, 딱 한 방에."

그때가 되기 전에는 아늑한 난롯가도, 거품우유도, 버터가 들어간 크루아상도 안 될 일이었다.

길을 건넌 천재는 차가운 인도 위에서 발을 동동거렸고 눈으로는 빌리지 블렌드의 12피트(3.7m) 높이 정문 유리창을 들여다보았다.

유행깨나 따지는 것 같은 열두어 명의 손님이 커피하우스 카운터에서 떼를 지어 어슬렁거리는 모습이 보였다. 그 여자는 그중 멀대같이 키가 크고 마른 놈에게 주문하고 잠시 기다리더니 이내 몸집이 작고 가무잡잡한 어린 여종업원한테서 종이컵을 받아들었다.

마침내 다시 한 번 문이 크게 회전하며 움직였다. 차가운 공기에 닿자 종이컵에서 질투 날만큼 강한 향을 확 풍기는 김이 솟아올랐다.

잠깐 동안 발레리 라뗑의 꼭 끼는 녹색 카고 바지가 인도 위에 정지하는가 싶더니, 입술을 종이컵 뚜껑 테두리에 갖다 대는 것이었다. 뒤이어 만족감에 몸을 떠는 모습도 보였다.

그러자 천재는 그녀의 입술이 닿았던 다른 곳……, 그 남자에 대한 날카로운 기억에 몸부림쳤다.

*다른 남자들에게도 닿았던 그녀의 입술.*

일순간 천재는 숨 쉬는 데 곤란을 느꼈다.

"한 방에 해내야 해. 타이밍을 정확히 맞춰야 해……."

그런 다음 매춘부나 다름없이 헤픈 그 계집은 북으로 동으로 계속 걸어가더니 14번가와 브로드웨이가까지 갔다. 잔디와 나무, 벤치들이 있는 넓은 공공구역이 유니온 스퀘어 파크를 이루는 곳이다.

화요일과 목요일, 일요일에는 공원 서쪽에 있는 넓은 콘크리트 가장자리를 요금제 주차장으로 사용하지만, 월요일과 수요일, 금요일, 토요일에는 차량 진입이 금지되고 농부들의 노천 시장이 열린다. 뉴저지와 롱아일랜드, 뉴욕 북부지방에서 온 농부들이 흰색 텐트를 친 스탠드를 각종 농산물로 가득 메우고 있었다.

천재는 그 계집이 매대 여기저기를 기웃거리며 유기농 딸기와 당근, 집에서 만든 세 종류의 잼, 천연 꿀 한 항아리, 마지막으로 갓 구운 통밀 빵 한 덩어리를 사는 것을 미행하며 지켜보았다.

계집이 나이가 많은 할머니를 위해 산 것들이었다. 계집이 매주 토요일 업타운에 사는 할머니를 방문하는 것은 유산에서 약간의 몫을 확보하기 위한 작전임이 틀림없었다.

지난주와 지지난 주 토요일, 계집은 교통수단으로 지하철 R노선을 이용했었고, 그녀가 오늘 다시 지하철 계단으로 향했을 때 천재는 작은 안도의 숨을 쉴 수 있었다.

지하에는 북서 방향 출입구에 은행식 지하철 카드기기 한 대와 '토큰 부스'가 있었는데, 2003년 이후 토큰은 판매하지 않고 있었다.

계집은 이미 지하철카드를 산 상태였기 때문에 검은색 얼룩들이 점점이 있는 콘크리트 바닥을 그냥 성큼성큼 가로질렀다.

자동판매기들을 지나 회전식 개찰구에 다다른 그녀는 은색 구멍에 연노란 색 네모난 카드를 밀어 넣었다. 자동 개찰기기가 카드에서 승차비를 삭감할 때 나는 들릴 듯 말 듯한 딸깍거리는 소리가 들렸다.

그다음, 계집은 덜컹거리는 소리와 함께 개찰구의 금속 삼발이를 밀고 들어가 왼쪽 계단을 향해 성큼성큼 걸어갔다. 브로드웨이 선(線)의 업타운 플랫폼으로 가려면 이 계단으로 한 층 더 내려가야 했다.

30초쯤 기다린 후 천재는 계집이 가진 것과 똑같은 종류의, 미리 사두었던 지하철카드를 개찰구 구멍에 밀어 넣었다.

그런데 딸깍거리는 소리가 들리지 않았다. 은색 회전식 개찰구의 팔에 내장된 작은 화면에 '**정지 : 카드를 개찰구에 다시 넣어주세요**'라는 글자가 떴다.

천재는 다시 카드를 밀어 넣었다.

'**정지**'라는 글자가 계속 떴다.

만약 평일에 지금처럼 이른 시간이었다면 직장인과 대학생들로 혼잡했겠지만 토요일이라 승객이 드물었다. 개찰구에서 좀 떨어진 곳에서 오직 세 사람의 승객(중년 부인과 어린 두 딸)만이 이 모습을 보고 킬킬거리며 웃었다. 그들은 개찰구를 통과해 다운타운으로 나가는 오른쪽 계단을 향해 멀어져갔다.

천재는 똑바로 앞을 응시하며 주의를 끌지 않으려 애썼다.

땀으로 흠뻑 젖은 손바닥 때문에 플라스틱이 축축해졌다.

그때 멀리서부터 열차의 굉음이 천천히 들려왔다.

열차가 들어오는 것이다.

*업타운행일까, 다운타운행일까?*

어디 행 열차인지 알 수 없는 상태에서 천재는 카드를 코트의 소맷자락에 문지르고 다시 개찰구 구멍에 밀어 넣었다.

'**통과**' 라는 녹색 글자가 떴다.

*통과다! 통과! 통과!*

천재는 삼발이 개찰구를 튀쳐나가듯 빠져나가 물 흐르듯 아래로 내려가는 계단을 쏜살같이 뛰어 내려갔다. 플랫폼에 발을 딛으면서 천재는 열차 선로 쪽으로 몸을 기울였다. 저 멀리 터널 입구 근처에서 헤드라이트 빔이 뻗어 나와 타일 벽에 비쳤다. 그 모습은 마치 집게손가락으로 앞쪽을 가리키는 것 같았다.

열차가 들어오고 있었다. 업타운행이었다.

'업타운행이야, 업타운! 지금이다, 지금이야, 지금!'

천재는 재빨리 계단 난간 근처를 뱀처럼 꾸물거리며 나아갔다.

이쪽의 좁은 콘크리트 플랫폼은 딱 열차의 두 개 차량 길이에 해당했다. 한쪽 끝은 벽이었고 다른 쪽 끝은 천재가 지금 막 내려왔던 계단의 후면이었다. 발레리처럼 열차 앞쪽 차량에 타려는 승객들만이 이 장소에서 기다리는 것이다. 그녀는 계단 뒤에 혼자 서 있었는데, 플랫폼의 남쪽 끝에 있는 몇 안 되는 승객들 자리에서는 보이지 않는 위치였다.

이 역의 특성상 선로가 약간 휘어 있었기 때문에 몸을 앞쪽으로 숙여 희미한 녹색의 수직 빔을 쳐다보지 않으면 열차가 다가오는 것이 보이지 않았다. 계집도 플랫폼 가장자리에서 몸을 약간 숙이고 자기가 탈 열차가 다가오는 것을 지켜보고 있었다.

한 손에는 아까 농산물 시장에서 산 물건들이 들어 있는 가방을 들고 있었고 다른 손에는 빌리지 블렌드의 더블 톨 사이즈 커피컵이 쥐어져 있었다.

손이 묶여 있는 것이다. 싸울 수도 없을 것이고 심지어 균형을 유지할 수는 더더욱 없을 것이다.

천재는 계집의 뒤쪽으로 조심스럽게 다가갔고 마치 세탁기에 공간이 많을 때 나는 소리와 비슷한, 열차가 들어오는 덜컹거리는 기계음이 때마침 발걸음 소리를 완전히 덮어주었다. 이곳은 이 도시에서도 가장 시끄러운 역사 중 하나였고, 소음레벨이 높아 상대방의 말소리도 들리지 않는 곳이었다. 아마 비명도 마찬가지일 것이다.

몇 초 후면 천재는 그렇다는 걸 확실히 알게 될 것이다.

'한 방에 해내야 해. 타이밍을 정확히 맞춰야 해. 딱 한 방에.'

빨간 가죽 코트가 허공으로 나르는가 싶더니 아래쪽 그을린 선로로 떨어졌다. 바로 비명이 들렸고 마침내 선로에서 빨간 핏자국을 볼 수 있었다. 핏자국은 한군데가 아니라 여러 군데에서 보였다.

희생자의 비명은 R노선 열차의 브레이크 소리에 묻혀 들리지 않았기 때문에 천재는 계단의 그림자 쪽으로 물러선 다음, 구석을 향해 슬금슬금 뒷걸음질쳐서 다시 위쪽으로 어슬렁거리며 올라갔다. 그러고는 회전 개찰구를 통과해 한 번 더 위로 올라가 새로운 날이라고 할 만할, 상쾌한 차가운 공기를 맞았다.

'아, 마침내.'

마침내 성취했다는 느낌이 찾아왔다.

*목적을 달성했으니 이제, 카푸치노를 마실 시간이다!*

*one*

"그리고 그가 전화해서 그 기사가 〈포스트〉지와 〈데일리 뉴스〉지의 커버스토리에 났다고 말해줬단다. 커버스토리란다, 클레어!"

나는 침대에서 일어나 눈을 비비며 아직도 귀에 맴도는 혼잣말 같은 소리에 집중하려 했다. 그렇지만 황금 같은 2분 동안(정확히 말하면 동부 표준시로 오전 5시 2분부터 5시 4분까지) 내 마음을 사로잡은 유일한 것은 무언가 거무스름하고 강력한, 그러면서도 풍부하고 따뜻한 느낌을 주는 어떤 것에 대한 이미지였다.

아니, 오해는 마시라. 그 무엇이란 침대를 같이 쓸 남자를 말하는 게 아니다. 스위스 은행계좌가 있고 근육질의 우람한 체격을 한 남자가 내 침대 한쪽을 무겁게 누르는 그런 상상을 한 게 아니다.

무기한 싱글맘이 된 나한테는 벌써 몇 년째 근육질이고 뭐고 침대 한쪽을 차지하는 존재 같은 건 없었다. 있다면 그저 깨끗한 면 시트와 까다로운 암고양이가 다다.

사실 내가 간절히 바란, 거무스름하며 강력하고 풍부하며 따뜻한 어떤 것은 과테말라 안티구아 커피 한 잔이었다. 코스타리카나 콜롬비아 커피처럼 부드럽고 톡 쏘는 향기가 나는 과테말라 안티구아는 감칠맛이 돌며 약간 매운 향이 나고 정신이 바짝 들도록 깊은 신맛이 돌아 하품을 하는 나를 잠에서 깨워주곤 했다('신맛'은 입에 도달했을 때 상쾌하게 찌르는 것 같은 느낌을 말하는 것이라, '쓴맛'과 혼동하면 안 된다. 하지만 나중에는 쓴맛도 난다).

나는 모닝커피 첫 잔에서 풍기는 흙냄새에 탄식하며 그윽한 정수를 음미한다. 그럴 때면 꼭 열과 카페인이 내 혈관에 직접 흐르는 것처럼 오싹 떨리는 기분 좋은 유쾌함이 느껴졌다.

오, 하느님, 저는 아침의 이 의식을 사랑합니다.

전남편인 마테오 알레그로도 신선한 커피포트가 기다리고 있을 때만 잠의 평화를 포기할 수 있다고 말하곤 했었다. 마테오와 나는 생각이 일치하는 법이 거의 없었지만 이것만큼은 같았다.

"정말 당황스럽구나, 클레어. 너나 나나 빌리지 블렌드에 이런 이미지를 생각이나 했겠니? 안 그러니?"

그제야 아직 비몽사몽인 나를 잠에서 깨우는 전 시어머니의 낭랑한 목소리가 전화기 저편에서 들려왔다. 시어머니의 목소리에는 신랄함 이상의 것이 묻어 있었다.

"어머님, 좀 천천히 말씀하세요."

나는 이렇게 말하며 반쯤 누워 있던 몸을 완전히 일으켰다. 실크로 된 침실 커튼은 닫혀 있었지만, 11월이라 커튼을 젖혀 놓았어도 빛이 들어오지 않았을 것이다. 벌써 한 시간 전에 새벽이 밝아 있었다.

나는 하품을 하며 물었다.

"커버스토리에 정확히 무슨 기사가 났다는 말씀이세요?"

"빌리지 블렌드가 났다니깐, 글쎄. 빌리지 블렌드가 어떤 사건에 연관돼 기사가 났느냐 하면……."

하품이 또 나왔다.

"애야, 클레어, 내 전화에 잠이 깬 거니? 아니, 아직도 자고 있었단 말이냐?"

나는 눈을 비비고 디지털 알람시계를 쳐다보았다.

"늦잠을 잔 건 아니에요. 전 보통 5시 30분에 일어나거든요."

"베이커리 배달시간이 6시인데도 말이냐?"

어머님의 목소리에서 책망하는 투가 강하게 묻어났다.

하지만 이제 여든 살이 되셨으며 전에는 내 시어머니셨던 프랑스 태생의 이 어른을 무척 존경했기 때문에 이 정도 꾸중을 들었다고 크게 화낼 수는 없었다.

베이커리 배달이 매일 아침 6시에 온다는 건 내게 문제가 되지 않았다. 그저 침대에서 일어나 샤워를 하고 청바지와 스웨터에 몸을 넣은 다음 아래층으로 내려가기만 하면 되니까.

가게가 50마일(약 80.5km) 떨어진 거리에 있을 때와는 얘기가 다르다. 베이커리 배달도 말 그대로 바로 뒷문에서 받으면 되고. 하지만, 내 상황이 언제나 그랬던 건 아니다……. 바로 몇 달 전까지도 나는 뉴저지에서 딸아이를 키우며 커피 전문잡지에 이따금 기사를 쓰거나 지방 신문에 정기적으로 요리법에 관한 칼럼을 기고하고 있었다.

어느 날 아침, 어머님의 전화를 받았을 때는 생계를 위해 출장 요리나 보육원에서 아이들을 돌보는 일도 하고 있었다. 어머님은 내게 뉴욕으로 돌아와 당신을 위해 전처럼 빌리지 블렌드를 경영해 달라고 간절히 부탁하셨다. 그 일은 수년 전 내가 아직 어머님의 며느리였을 때 했던 일이었다.

내가 그 일을 수락한 건 이제는 다 큰 딸아이가 소호의 요리학교에 막 등록했던 때라서, 빌리지 블렌드를 맡게 되면 이웃한 주가 아니라 바로 옆 동네에서 딸아이하고 있을 수 있기 때문이었다. 또다른 이유는, 어머님이 제시한 계약 조건에 의하면 시간이 지날수록 내게 점점 블리지 블렌드의 소유권이 많아지는데다, 2층짜리 커피하우스 바로 위에 딸린 정말 멋진 복층 주택도 포함되어 있었기 때문이다.

맨해튼에서 가장 비싼 동네에 앤티크 가구들이며 페르시아 예배용 깔개, 호퍼 창틀(창 위쪽에 있는 안으로 열리는 환기용 창), 성능 좋은 벽난로를 갖춘 유서 깊은 연립주택을 소유할 기회가 어느 날 갑자기 찾아온다면 그 누가 마다하겠는가? 물론 난 아니다.

"어머님을 위해 빌리지 블렌드를 경영하는 동안 베이커리 배달시간을 놓친 적이 한 번도 없는 걸요."

나는 어머님께 이 점을 분명히 전해 드렸다.

"그리고 어머님, 아침을 이런 식으로 시작하고 싶지는 않아요."

"미안하구나, 얘야. 물론 그야 네가 알아서 할 일이지. 내 말은, 내 평생에 씻고 차려입는 일을 단 몇 분 안에 해낸 적이 한 번도 없었단 뜻이다. 하기야 네 아침 일과는 스포츠센터 라커룸에서나 볼 수 있는 모양새하고 비슷하겠지."

*그래, 매일 같이 벌어지는 일들이 또 시작되는구나.*

나는 목청을 가다듬으며 이건 그냥 어머님이 어머님이라 일어나는 일이라고 말없이 되뇌었다.

누가 뭐라고 해도 어머님한텐 빌리지 블렌드 운영에 대해 할 말은 무엇이든 하실 권리가 분명히 있었다. 그건 단지 어머님이 빌리지 블렌드의 소유자이기 때문만은 아니다.

제2차 세계대전 때 파리에서 이민 온 블랑쉐 드레퓌스 알레그로 뒤부아 여사는 수십 년간 빌리지 블렌드를 운영해 오면서 20세기가 낳은 수많은 유명 화가, 배우, 극작가, 시인, 음악가들에게 개인적으로 커피를 따라주신 분이다.

그 사람들 이름을 열거해보자면, 딜런 토마스, 잭슨 폴락, 말론 브랜도, 엘라 피츠제럴드, 프랭크 시나트라, 마일즈 데이비스, 잭 케루악, 바브라 스트라이샌드, 패디 췌예프스키, 로버트 드니로, 샘 셰퍼드, 에드워드 앨비 같은 이들이 있는데, 어머님은 그들과 사적인 이야깃거리를 갖고 계셨다. 그러므로 내가 이 문제를 바라보는 방식은 이랬다.

빌리지 블렌드 문제로 나를 성가시게 할 수 있는 권리가 있는 사람이 있다면 그건 바로 어머님이란 사실이다.

하지만……, 아직 새벽 5시밖에 안 된 시간이었다.

"그런데 어머님, 왜 전화하신 건지 다시 말씀해주시겠어요?"

"신문에 말이다, 얘야. 모든 신문에……, 빌리지 블렌드 이름이 실렸단다."

"뭣 때문에요?"

"누가 자살했다는구나."


"뉴욕 채널 1은 왜 그런데요? 하루 24시간, 매일 같이 스물네 번 똑같은 이야기만 계속 하는 이유가 뭐래요?"

뉴저지 시골 출신인 내 딸 조이는 아직 매일 같이 똑같은 일이 반복되는 맨해튼의 일상에 적응하는 중이었다. 11시 직전에 조이는 가죽을 여러 겹 덧댄 검정 부츠를 신고 햇볕이 들이치는 나무마루를 걸어와서 늘 하는 대로 더블 톨 사이즈의 바닐라 라떼를 달라고 했다.

요새 빌리지 블렌드 카운터의 대화 주제는 베이직 케이블 방송(무료 케이블TV)인 채널 1에 대한 것이었다. 나는 빌리지 블렌드 일을 봐야 할 시간에 케이블 방송에 대한 어마어마한 이야기를 들어야 했다.

택시기사들의 이상야릇한 입담, 저질 브로드웨이 쇼, CBGB 클럽(뉴욕

바워리가에 있는 유명한 뮤직 클럽)에서 하는 수준 미달의 밴드 연주, 〈타임아웃〉의 커버스토리, 영화 촬영을 위해 블록 전체를 봉쇄한 스태프들이 구급차의 맹렬한 사이렌 소리를 들어가며 잠을 청하는 한편, 보행자의 횡단을 가로막는 차량을 마구 걷어찬단 얘기, 14번가 아래쪽에서 제일 맛있는 피자집, 바니Barney네 창고 세일, 42번가를 무대로 펼쳐지는 포르노의 결말, 오토바이 자살부대, 6번가 동쪽에 잇따라 있는 인디언 레스토랑들의 이름 중에 가끔 보이는 이디쉬어의 의미와 뉘앙스의 차이, 〈뉴욕 포스트〉지의 6면 기사, 달걀 크림의 정량에 이르기까지. 그중에서도 임대료나 아파트 이야기는 단연코 중요한 소재였다.

우리 가게 최고의 바리스타이자 부매니저인 터커 버튼(키가 크고 호리호리한 몸매에 머리는 산발한, 게이면서 극작가이자 배우인 그는 자기가 리처드 버튼의 사생아라고 믿고 있었다.)이 조이의 마실 것 옆에 블루베리 마블 케이크를 살짝 놓아 주었다.

"예쁜 아가씨, 뉴욕 채널 1을 욕할 거 없어. 24시간 송신하는 다른 동네 케이블들은 어떤 줄 아니? 물론 네 말대로 매일 똑같은 얘기를 재방송하지만, 그건 네가 루이지애나 같은 시골에서 하는 어민 기상 방송을 못 들어서 하는 소리야. '날씨를 말씀드리겠습니다. 습도가 썩 좋지는 않겠습니다.' 정말 최악이지. 차라리 매일 '지하철에서 스케이트보드를 타던 서퍼, 사망'이란 똑같은 기사를 열 번이고 보는 게 낫다고."

"터커, 그런 얘기는 어딘지 꺼림칙해."

커피 바에 낮게 매달린 실용성이 뛰어난 은색 에스프레소 기계 뒤에서 내가 참견했다(사실 우리 가게에는 카운터 뒤쪽에 높이가 3피트(약 91cm)나 되는 총알 모양의 라 빅토리아 아르뒤노 에스프레소 기계도 있었다. 다이얼과 밸브가 붙은 이 물건은 1920년대에 이탈리아에서 수입한 기계였다. 하지만 바퀴가 두 개 달린 철로 된 분쇄기, 동으로 된 영국제 커피포트, 측면 핸들이 달린 터키제 이브릭, 러시아제 사모바르 주전자, 라커 칠한 프랑스제 커피 항아리가 달린 이 기계는 어디까지나 장식용이었다).

"그런 건 잊어버리라고, 클레어."

키라 커크가 무게가 4kg은 나가는 〈뉴욕 타임스〉 일요일판을 신문 광고에 나오는 아기처럼 가느다란 팔에 잔뜩 받쳐 들고 나타나 말했다.

"이탈자들이 우글거리는 도시에서 도대체 뭘 기대하겠어?"

조이가 물었다.

"이탈자요?"

"정도에서 벗어났단 뜻이지. 그들은 제멋대로고 비위에 거슬리는 행동을 하는 사람들이야. 게다가 그러려고만 하면 범죄도 서슴지 않고."

키라는 가로세로 낱말풀이 달인답게 여러 단어를 동원해 설명했다.

"조이야, 달리는 지하철 지붕 위에서 뛰어다니는 걸 스릴이라고 생각하는 정신 나간 애들이 어떻게 될 것 같니? 그런 애들은 벌레처럼 짜부라져도 싼 거야."

나는 커피하우스를 운영하면서 여러 향기를 가진 도시 사람들이 우리 가게 문으로 들락날락하는 것을 봤다. 키라는 그중에서 빈 출신 시인 페테르 알텐베르크의 '커피하우스로 가자!'라는 시의 시구를 몸으로 표현하는, 그런 종류의 사람에 속했다.

"사람들이 싫어지고 혐오스러워질 때, 그러면서도 그들 없이는 행복하다고 느낄 수 없을 때……"

무슨 컨설턴트 일을 한다는 키라는 최근에 이혼해서 혼자 살고 있으며 오십을 바라보는 나이였다. 그녀는 한 6주 전부터 자주 빌리지 블렌드에 들르기 시작했다. 처음에 키라를 보았을 때는 고상하고 세련된 생김새 하며 예쁜 광대뼈, 감탄이 절로 나오도록 멋진 짙은 색 긴 머리카락 때문에 깜짝 놀랄 정도로 아름다운 여자라고 생각했다.

그런데 나중에 보니 그녀가 늙어가는 중이라는 것을 알아챌 수 있었다. 크림색으로 보이는 피부에는 얼룩덜룩한 반점이 보였고 바람에 거칠어져 있었으며, 몸매도 제대로 먹지 못한다는 느낌이 들 정도로 야윈 데다 이제는 염색조차 하지 않는 상태였던 것이다. 지금은 그 머리가 회색빛을 띠며 헐렁한 푸른색 스웨터 아래로 길게 땋아 내려져 있었다.

키라가 대체로 일요일마다 하는 일과는 그런데 사이즈의 카푸치노와 버터 크루아상을 먹으면서 〈여행과 레저〉 섹션을 읽은 다음, 가로세로 낱말풀이를 하는 것이었다. 이제 그녀는 내게 주문할 필요도 없었다. 그냥 그녀의 얼굴만 보이면 되었다.

나는 스테인리스 스틸 주전자에 전지우유를 반쯤 채우고 스팀봉 위의 밸브를 연 다음, 우유를 데우고 위에다 거품을 냈다. 그러고 나서 주전자는 옆으로 치우고, 매혹적인 기름기가 도는 볶은 에스프레소 원두를 그라인더에 갈고, 휴대용 여과지를 끼운 컵에 갈아놓은 커피가루를 담아 아래로 꽉 틀어막은 다음, 테두리에 묻은 가루를 털어내고 핸들을 죔쇠로 잠갔다.

커피 추출이 시작되자 나는 에스프레소의 점도를 체크하면서 커피가 기계에서 잘 흘러나오는지 확인했다(그렇다, 에스프레소는 따뜻한 벌꿀처럼 흘러나와야 한다. 너무 세차게 분출되면 기계 온도나 압력이 맞지 않는단 얘기고, 그렇게 되면 에스프레소가 아니라 끓는 물로 만든 음료수밖에 되지 않는다). 우리 가게 기계처럼 반자동식일 경우에는 바리스타(바로 나다)가 18초에서 24초 사이를 지켜보며 물이 나오는 것을 수동으로 잠가야 한다.

이 시간을 놓치면 커피가 과다 추출된다(이때 설탕을 넣으면 질이 더 떨어져 쓰고 탄 맛이 난다). 또 이 시간보다 빨리 잠그면 너무 연하게 추출된다(그러면 묽고 밋밋해져서 에스프레소 본연의 기운을 확 돋우는 맛이 아예 없어져 버린다).

인생사가 그렇듯 훌륭한 에스프레소를 만드는 것도 수많은 변수에 의해 좌지우지되며 타이밍이야말로 중요한 변수 중 하나였다.

조이가 물었다.

"그러니까, 어쨌든 뉴욕 채널 1은 좋은 채널이 아니란 거죠? 제 말은요, 그냥 그렇고 그런 지역사회의 서비스 차원 같은 거란 말이죠?"

"바로 그렇지. 타임워너사에 공제도 되지 않는 세금을 갖다 바치는 꼴이라고."

파트 타이머인 에스더 베스트(그녀의 할아버지가 지어준 이름인 베스토바스키를 줄여 그렇게 부른다)가 말했다.

뉴욕대 학생인 그녀는 요새 손질하지 않은 짙은 머리칼을 야구 모자에 잔뜩 구겨 넣고, 모자를 뒤로 돌려쓰고 다녔다. 에스더는 젖은 수건으로 산호색 나는 대리석 테이블을 닦고 있었다.

"내 친구 언니가 거기서 일하거든. 보나 마나 그 사람들 뉴스실에서 이런 말을 지껄일 걸. '뉴욕 채널 1을 킬 수는 있지만 끌 수는 없다.'"

조이가 물었다.

"그게 무슨 말이에요?"

에스더가 어깨를 들썩거리며 대답했다.

"왜냐하면 똑같은 얘기를 너무 자주 방영하니까. 그렇다고 그 사람들을 비난할 수도 없어. 예산이 너무 적으니까 거기서 일하는 스태프는,

말하자면 힘이 없는 거지. 내 말은 CNN 같은 대기업에 비교하면 그렇단 말이야."

조이도 어깨를 들썩였다.

"제가 아는 건요, 매일 아침 한 시간마다 한 번씩 해주는 똑같은 얘기가 제일 좋아하는 코너라는 거예요. 헤드라인 뉴스 읽어주는 거 있잖아요. 그거 정말 끝내줘요."

에스더가 말했다.

"그건 그래. 나도 채널 1에서 일기예보 나오고 그, 왜 섹시한 앵커 팻 키어난이 뉴욕의 모든 신문들의 헤드라인 기사를 읽어줘야 침대에서 일어날 수 있긴 해."

"말 되는 말씀Word."

조이가 말했다(오래전 대학생들이 이 말을 쓰는 걸 처음 엿들었을 때 나는 문맥상 "옳소." 또는 "그렇지, 뭐." 이런 뜻이거나 그 비슷한 의미로 통용되는, 힙합 고유의 말인가 보다고 추측했던 적이 있다).

터커는 썩은 얼굴이 되었다.

"숙녀분들께서는 키어난이 섹시하다고 보신다? 아기 같은 얼굴에 보험 외판원이나 입는 정장차림의 키에난이?"

조이가 말했다.

"그럼요, 모범생이 풍기는 섹시함이죠."

에스더가 트렌디한 검은 테 안경다리를 조율하며 맞장구쳤다.

"맞아, 맞아. 슈퍼맨의 클락 켄트 비슷한 느낌이 나지."

나는 눈썹을 치켜세웠다.

조이의 가장 마지막 남자친구도 '모범생이 풍기는 섹시함' 하고는 딴판이었기 때문이다. 짙은 색의 긴 머리를 포니테일 스타일로 묶고 올리브빛 피부색에 가시철사 모양의 문신까지 한, 눈에서 광채가 나는 마리오 포르테라는 청년은 꼭 영화배우 안토니오 반데라스의 막냇동생쯤 되어 보였다. 자기도 딱 이런 스타일인 전남편 마테오는 마리오를 보자마자 싫어했었다.

'아니, 조이와 마리오한테 무슨 일이 생긴 건가?'

나는 조이한테 물어보고 싶은 마음이 간절해졌다. 그렇지만 이미 《딸들을 난처하게 하는, 그리고 영원히 망치는 101가지 방법》이란 안내서를 읽은 참이라 지금은 물어보지 않는 게 낫겠다고 마음을 고쳐먹었다.

대신 나는 키라를 위해 막 내려놓은 에스프레소 커피를 그란데 사이즈 컵에 담아 김이 모락모락 나는 우유를 붓고 위에다 거품우유를 얹은 다음, 대화의 주제를 바꿨다.

"그래서, 클락 켄트 느낌이 나는 키어난 앵커가 오늘 아침에 자살 사건을 보도했다는 거야?"

에스더가 말했다.

"농담이시죠? 보도 정도가 아니라 아주 샅샅이 파헤쳐줬죠. 팻은 보통 주말에는 앵커로 나오지 않거든요. 주중에 나와요. 하지만 오늘 아침은 진짜로 운이 좋았다고요. 사장님께 설명하자면 맥박이 마구 뛰는 느낌? 그가 꼭 내 얘기를 하는 것 같았다니까요."

터커가 말했다.

"미안하지만, 얼음 공주 에스더 양. 사람 일은 한 치 앞도 내다볼 수 없는 거야. 네가 유니온 스퀘어의 R노선에서 시체로 발견되지 말란 보장도 없는데 그렇게 말하면 안 되지."

에스더가 바로 맞받아쳤다.

"이것 보세요. 미안하지만, 게이 아저씨. 제 말은요, 빌리지 블렌드

입장에서 생각했다는 거죠. 제가 일하는 곳이 빌리지 블렌드니까요. 팻이 빌리지 블렌드에 대해 말했잖아요. 네? 알겠어요?"

"알았어, 각설탕 아가씨. 알아들었다고."

"좋아요."

"커피 나왔어요."

나는 키라에게 김이 나는 카푸치노와 따끈한 크루아상이 든 작은 쟁반을 건네주었다.

"고마워요, 클레어. 그런데 클레어가 아직 못 봤으면 나한테 신문이 통째로 있어요."

키라는 랜즈 엔드 상표가 붙은 빅 사이즈 캔버스 가방을 들고 있었다. 그 안에는 핵겨울이 왔을 때 그야말로 한겨울을 날 수 있는 생선을 다 싸고도 남을 신문지들이 들어 있었다.

나는 순간 망설였다. 이미 어머님한테 새벽같이 받았던 전화도 있었고 해서 무시무시한 뉴스는 마음에서 지워버리려 애쓰고 있었다.

직장인들과 지하철 승객들이 쇄도하는 평일과는 완전히 다른 풍경이 되는, 일요일 단골들에게 서빙하는 데만 집중하고 싶었다. 오늘은 주로 개를 산책시키러 나온 이웃 주민, 두꺼운 일요일판 〈타임스〉지를 사이좋게 나눠 보는 남녀 커플과 게이 커플, 정장을 하고 근처에 있는 여러 군데 교회에 예배 보러 온 신자들이 있었다.

정오 무렵엔 성 빈센트 병원의 인턴과 직원들이 들를 것이고, 그다음에는 뉴욕대 학생들이 노트북과 핸드폰을 가지고 테이블 대부분을 차지할 것이다.

조이가 말했다.

"엄마, 한 번 봐야 할 것 같아."

나는 고개를 끄덕이고 내가 마실 하우스 블렌드 커피를 한잔 따랐다.

하우스 블렌드는 전남편의 권유에 따라 특이하게 혼합한 원두커피인데, 그 종류들을 해마다 바꿔가며 마셔보고 있었다.

시어머니의 아들이자 내 전남편이었다는 사실만 빼면 마테오 알레그로는 뛰어난 커피 판매상이자 특히 블렌드 커피의 바이어, 그리고 커피시장에 최초로 블렌드라는 종류를 개척했던 안토니오 베스파시안 알레그로의 후손이었다.

나한테 눈엣가시인 그는 고맙게도 지금 1등급 시다모Sidamo를 찾으러 동아프리카에 가 있었다. 마테오한테 잘 빠진 다리와 긴 속눈썹만 없었다면 남편이라는 이름 앞에 '전'이라는 접두사를 붙일 일도 없었을 것이다.

조이는 내가 자바 커피컵에 반쯤 쥠쇠를 거는 모습을 보며 물었다.

"뭐가 잘못됐어?"

나는 어깨를 들썩이며 커피를 좀더 따르고 카운터를 돌아 나왔다.

"사람이 죽었다는데 뜨거운 카페인으로 마음을 진정시키지 않곤 못 들을 것 같아서."

### 빌리지 블렌드 카페모카 (초콜릿 라떼)

1. 컵 바닥에 초콜릿 시럽을 충분히 붓는다.
2. 에스프레소 1샷을 넣는다.
3. 데운 우유를 넣는다.
4. 컵 바닥에 깔린 시럽이 위로 올라오도록 전체를 잘 저어준다.
5. 달콤한 휘핑크림을 듬뿍 얹고 코코아 가루를 토핑으로 뿌려준다.

### 샷 shot

에스프레소 원액을 추출해서 만든 농축된 커피 원액을 말한다. 유럽을 배경으로 한 영화를 보면 사람들이 5cm 남짓한 높이의 작은 잔에 커피를 담아 단숨에 마시는 모습을 자주 볼 수 있다. 이 작은 잔의 이름은 '데미타스 demitasse'. 에스프레소를 마시는 가장 기본적인 스타일로 여기에 담기는 커피의 양은 1온스(28g)가량이다. 이 분량의 한 잔을 '원 샷 one shot'이라고 부른다. 다양한 커피는 이 샷을 기본으로 한 메뉴가 대부분이다. 이 샷의 개수가 많아지면 그 만큼 진한 커피맛을 느낄 수가 있어서 개인의 취향에 따라 샷의 수를 줄이거나 늘릴 수 있다. 샷이 4개면 쿼드라고 한다.

two

 나는 그가 도착한 걸 알아채지 못했다. 아니 바로 알아보지 못했다. 그건 아주 예외적인 일이었다. 왜냐하면 그가 몇 달 전 빌리지 블렌드 정문에 발을 들여놓은 이래 나는 항상 그를 바로 알아봤기 때문이다.
 하지만 오늘 나는 전례 없이 혼이 나가 있었다. 그래서 제6경찰서 수사반의 마이크 퀸 형사가 가게로 들어와 햇볕이 잘 드는 룸을 지나 한데 모인 우리 뒤를 왔다 갔다 하는 걸 보았을 때 나는 깜짝 놀라 사실 약간 당황했다.
 우리 가게의 메인 공간은 직사각형 모양으로 한쪽 면을 따라 흰색의 높은 프랑스식 도어가 쭉 설치되어 있었다. 여름에는 인도 쪽에 앉는 사람들을 생각해서 이쪽 문들을 열어 둔 채로 놔두지만, 오늘같이 선선한 가을 날씨에는 당연히 문들을 꼭 닫아두고 있다.
 룸에서 제일 먼 쪽에는 벽난로가 있는 벽돌 벽이 그대로 노출되어 있었고, 아늑한 2층으로 올라갈 수 있도록 연철로 된 나선형 계단이 있었다(이 계단은 손님용이고 직원들은 식품저장실 뒤, 뒷문 옆 직원용 계단을 이용했다).
 그때 커피 바 근처에는 1919년쯤에 만들어진, 겉면이 대리석으로 마감된 산호색 테이블들 여기저기에 일요일판 신문들이 펼쳐져 있었다.
 〈타임스〉는 늘 그렇듯 절제된 르포르타주 형식으로 지하철판 안쪽에 발레리 라땡의 자살 사건을 끼워넣었을 뿐이지만, 〈데일리 뉴스〉와 〈뉴욕 포스트〉는 타블로이드판 제1면 전체에 선정적이고도 요란하게 대서특필하고 있었다.

"*마지막 커피 한 잔.*" 또는 "*커피와 함께 추락해……*"

이런 헤드라인 옆 1면 사진 속에, 그을린 지하철 선로 한가운데 쓰러진 빌리 블렌드 종이컵이 알아볼 수 있을 정도로 나와 있었다.

지하철이 바닥에서 약간 떠 있기 때문인지 종이컵은 레일과 레일 사이에 이상하게 섬뜩한 느낌이 들게 따로 방치되어 있었는데, 발레리 라뗑의 피가 곳곳에 낭자해 있는 것과는 사뭇 딴판이었다. 이 기묘한 대조가 사진기자들의 병적인 관심을 불러일으킨 게 틀림없었다.

자살 기사 옆에는 아름다운 젊은 처녀의 컬러 사진이 끼워져 있었다. 분명히 기사 마감 전에 인용문을 따낼 요량으로 그녀의 할머니를 찾아가 사진을 빌렸을 것이다.

형사가 갑자기 쏘듯이 말했다.

"혹시 여러분 중에 라뗑 양을 아시는 분이 계십니까?"

기분 좋은 날에도 마이크 퀸은 그리 따뜻한 느낌을 주는 사람은 아니었다. 하지만 누군가의 비극적인 죽음을 전해 들은 오늘 같은 날, 그의 목소리를 들으니 식어 빠진 커피처럼 메마르고 쓸쓸하게 느껴졌다.

고개를 돌리자 그의 희미한 푸른 눈동자가 나를 쳐다보고 있었다.

그의 네모진 턱에서는 짧은 턱수염이 푸르스름한 빛을 띠며 새로 자라고 있었다. 그의 옷차림을 보니, 갈색 바지에 헐렁하게 매어 늘어뜨린 금색 프린트 타이, 구운 계피 콩 색이 나는 겨울 코트 때문에 베이지색의 친척쯤 되어 보였다.

경험을 통해 나는 저 코트 안쪽에는 갈색으로 된 가죽 권총집이 근육질 어깨에 끈으로 엇갈려 매어 있고 그 안엔 유탄포 크기의 권총이 들

카푸치노 살인

어 있다는 걸 알고 있었다.

나는 그의 핏발 선 눈동자 아래로 초승달 모양의 음영이 배어 있는 것을 곧 알아차렸다. 틀림없이 밤을 새운 것이리라.

나는 퀸 형사에게 말했다.

"항상 하는 걸로 준비할게요."

그가 고개를 끄덕였고, 나는 평소 산뜻하고 짧게 손질되어 있던 그의 짙은 금발 머리가 오늘은 약간 덥수룩해 보이는 걸 알 수 있었다.

테이블에서 담화가 계속되는 동안 나는 에스프레소 몇 잔을 새로 내리고 퀸 형사가 먹을 라떼에 넣을 우유의 김을 올렸다.

에스더 베스트가 퀸 형사에게 말했다.

"발레리 양이 여기 오는 걸 본 적이 있어요. 하지만 그녀를 아는 건 아니에요."

터커와 조이, 키라 모두 똑같은 말을 했다. 모두 다 발레리 라뗑이 정기적으로 빌리지 블렌드에 들르는 단골이란 점은 인정했지만 그게 다였다.

터커가 말했다.

"전형적인 맨해튼 사람이었는데요. 여러 사람이 나를 알아본다고 해서 나를 안다고 할 수는 없잖아요."

"너무 끔찍한 일이에요. 나이가 아깝잖아요."

내가 이렇게 말할 때 퀸이 커피 바로 다가와 라떼 잔을 받아 들었다.

"스물일곱 살이었습니다."

퀸은 이렇게 말하며 파란 대리석 카운터에 몸을 기대고 있었다.

그는 종이컵 커피를 홀짝이며 눈을 감고 있었다. 아주 짧은 순간, 긴장을 풀고 짐을 던 것 같은 모습이었다.

몇 달 전 퀸 형사를 처음 만났을 때, 그는 6번가 식료 잡화점에서 산 스테인드글라스 유리 물병에 담긴 오줌 맛이 나는 로버스타 원두 찌꺼기 커피를 따라 마시며 꾸준히 다이어트를 하는 중이었다.

나는 그런 그를 맛 좋은 아라비카 하우스 블렌드 한 잔을 마시게 하고는 갓 내린 신선한 라떼까지 찾는 단골로 바꾸었다. 그렇게 한 이후로는 일상에 찌든 그의 얼굴에서 이렇게 짧은 순간이나마 풀어진 표정이 스치는 것을 볼 수 있게 되었다.

마테오는 퀸이 나한테 가지는 관심은 내가 완벽한 이탈리아식 커피를 만들 수 있다는 사실을 넘어선 문제라고 생각하는 것 같았다.

미안하지만 그건 사실이 아니었다. 퀸은 유부남이고 우리의 대화는 손님과 노닥거리는 커피 바리스타의 수준을 넘어가는 법이 거의 없었다. 하지만 이게 정말로 퀸 형사가 하루 일과에서 편안한 기쁨에 빠지는 유일한 순간이라고 한다면, 우리 관계를 두고 마테오가 한 말의 의미에 대해 나도 정말 진지한 의구심을 가졌을 것이다.

퀸이 돌연 눈을 뜨고 내게 물었다.

"발레리 양이 주문했던 커피가 뭐였는지 기억합니까? 그녀가 마신 마지막 커피가?"

"지금 당신이 마시는 거죠. 더블 톨 사이즈 라떼요."

퀸이 고개를 끄덕였다.

"그게 우리 가게에서 제일 인기 있는 커피니까 별로 놀랄 일도 아니에요. 그뿐만 아니라 그 커피는 미국에 있는 대부분의 커피하우스에서 제일 인기 있는 품목이죠."

퀸은 궁금하다는 듯이 눈썹을 치켜세웠다.

"제가 작년에 〈커핑〉이라는 잡지에 기사를 쓰려고 조사했던 내용이 그렇단 거예요."

그가 또 고개를 끄덕였다.

나는 커피 바 뒤쪽에서 에스프레소 다음 잔을 만들기 위해 기계를 매만지면서 휴대용 필터의 핸들을 풀어 꽉 찬 검은색 커피가루를 비운 다음, 케이크 모양이 된 부스러기들을 두드려서 카운터 아래 있는 쓰레기통에 버리고 있었다.

"그러니까, 발레리 라펭의 죽음은 자살이란 건가요? 제 말은, 신문보도를 보니까 교통경찰이 자살이라고 하더라구요. 당신은 수사에 관여하지 않나 보네요?"

"교통경찰 담당 사건이라 그래요. 하지만 라펭 양이 빌리지 블렌드 손님이었기도 하고, 상부에서 교통경찰도 같은 동료니 협조하라는 명령이 떨어졌어요. 그녀가 살던 아파트와 이런저런 것들을 조사하는 정도입니다."

그의 목소리에서 어렴풋이 비꼬는 투가 느껴졌다.

다른 사람은 눈치 채지 못했을지 몰라도 나는 그가 수사과정에 뭔가 불만을 느끼고 있다는 걸 알 수 있었다.

"아파트를 조사했다고요?"

나는 조용히 퀸이 한 말을 되풀이하면서 필터 닦기를 잠시 멈추었다.

퀸이 고개를 끄덕였다.

"어떤 것 같아요?"

퀸은 라떼를 한 모금 더 홀짝였다.

퀸을 알아서 하는 말이지만, 그는 말할 수 있는 내용이 있기 전에는 아무 말도 하지 않을 것이다. 게다가 그는 조금 전 내가 있었던 테이블에서 점점 많은 담화가 오가자 혼란을 느끼고 있었다.

터커가 말했다.

"그리고 뉴욕 포스트는 기사 끝 부분에 그녀가 막 승진했다고 보도하던데요."

조이가 물었다.

"그 여자가 어디서 일했다는데요?"

터커가 신문을 자세히 훑어보며 말했다.

"뉴욕포스트에는……, '트라이엄프' 여행사라고 나오는데."

키라가 부연설명을 했다.

"트라이엄프 여행사라면 이 도시에서 가장 계약 건수가 많은 곳이야. 그 회사는 CEO급 비즈니스 여행을 전문적으로 하는 곳이지."

"그래요? 키라, 그걸 어떻게 아셨어요? 어디에도 그런 말은 안 나오는데요."

터커는 이렇게 말하며 그 페이지를 대강 훑어본 다음, 다른 신문을 확인하고 있었다.

키라가 어깨를 으쓱거렸다.

"쉬운 일이야, 터커. 난 천재라고."

조이가 물었다.

"그럼 왜 자살한 거 같으세요? 왜 사람들은 자살하는 걸까요?"

에스더가 어깨를 움츠리며 말했다.

"아마 사랑 때문일 거예요."

터커가 말했다.

"사랑? 그러니까 사랑 따위에 무감한 우리 에스더 양께서 이 사건은 사랑 문제로 보신다?"

에스더가 말했다.

"문학사를 봐도 그런 기념비적인 사건들이 수두룩한 거랑 비슷한 거죠. 그것도 모른단 말이에요?"

터커는 눈동자를 이리저리 굴리더니 헛기침을 하고는 손뼉을 쳤다.

"여러분! 여기 좀 보세요! 문제를 하나 내겠습니다."

가게 손님들이 모두 터커를 쳐다보자 나는 긴장하지 않을 수 없었다. 에스더라면 이 상황을 더 잘 이해할 수 있을 것이다. 뉴욕대에서 영문학을 전공하는 그녀는 간간이 문학에 대한 자신의 태도를 과시하곤 했다(그녀는 여기서 일하는 이유에 대해서도 곧잘 그렇게 공표했고, 그런 식으로 볼테르(18세기 프랑스의 철학자 겸 작가)며 발자크(17세기 프랑스의 소설가)도 이 가게에서 하루에 40잔의 커피는 마셔댔을 터이다).

그러나 극작가이자 배우인 터커가 인간의 불안 속에 있는 복잡한 이유에 대한 통찰력이 그다지 예리한 편이 아니란 사실을 생각해볼 때 지금 그는, 조금 과장해서 말하면 영화라도 찍는 것 같았다.

"정답에 손을 들어주세요!"

터커가 외쳤다.

"이 룸에 있는 분들은 고통의 원인을 무엇 때문이라고 보시나요? (A) 부모님 때문이다. (B) 학교나 직장에서 일어나는 친구나 동료 간의 싸움 때문이다. (C) 유전이다."

손님들이 눈을 깜박거리며 말똥말똥 쳐다보았다.

"나는 침대 매트리스 때문에 고통받는데요."

누군가 이렇게 말하자 룸 내부에 폭소가 터졌다.

터커가 돌아서서 재치 있게 답변한 여자 손님에게 살짝 목례를 했다.

대단히 우아한 갈색 피부의 그 여자는 발목까지 내려오는 기막히게 멋진 양가죽 코트를 입고 정문 옆에 서 있었다.

나는 몇 주 전 발레리 라뗑 말고도 양가죽 코트의 그녀를 본 적이 있었지만 이름까지 알지는 못했다. 그녀가 카운터로 다가오자 터커가 주문을 받았다.

에스더가 터커에게 소리쳤다.

"터커가 어떤 생각을 하든 난 신경 안 써요. 사랑 때문이라는 내 생각엔 변함이 없다고요."

조이가 말했다.

"말 되는 말씀, 누군가 그녀의 마음에 상처를 준 게 틀림없어요."

맙소사, 우리 딸이 드디어 실연이란 주제를 언급하고 말았다.

조이가 보다 사실적인 표현으로 에스더에게 말하고 있었다.

"남자가 나를 헌신짝 버리듯 차버렸다고 쳐요."

이 말에 나는 바짝 긴장하지 않을 수 없었다.

"그 남자를 진심으로 사랑했다면 저도 정말 괴로웠을 거 같아요."

마리오 포르테가 우리 딸에게 진짜로 어떤 고통을 던져준 건 아니라는 말을 듣고 커다란 안도의 한숨이 나왔다.

딸아이 조이는 귀여운 계란형 얼굴에 탄력 있는 밤색 머리칼, 그리고 머리칼만큼 활달한 성격을 가졌기에 고등학교 때부터 데이트는 계속하는 중이지만 아직 연애, 진짜 사랑에 빠지지는 못한 것이다.

여자라는 입장에서 보면 나도 줄리엣이 로미오에게 느꼈던 그런 환희를 조이가 경험하기를 원하는 건 사실이다. 하지만 엄마나 아내 입장에서 보면(물론 지금 내가 누군가의 아내인건 아니지만), 연극의 막이 내린 후에는 인물들의 입장이 완전히 꼬이고 만다는 걸 너무나 잘 알고 있었다. 그러니 조이가 아직 '사랑'의 '사' 자도 경험해보지 못했다는 조금 전의 고백을 들었을 때 내가 마음속 깊이 안도했다는 사실을 여러

카푸치노 살인

분도 너그러이 이해해줘야 한다.

"사랑의 부재, 그러니까 사랑 불감증 같은 걸로 볼 수는 없을까요?"

터커가 양가죽 코트의 여인이 시킨 카페모카을 만들려고 컵 바닥에 초콜릿 시럽을 덮으며 새로운 제안을 했다.

내가 물었다.

"그게 무슨 말이야? 그러니까, 발레리 라땡이 너무 외로웠던 나머지 브로드웨이선으로 뛰어들었다?"

터커가 말했다.

"괜찮은 남자가 없다는 건 이 도시 여성들이 충분히 공감하는 문제라는 걸 인정하셔야 해요."

그는 에스프레소 한 잔을 더 만들어 김이 나는 우유에 텀벙 떨어뜨린 다음, 액체를 휘저어 초콜릿 시럽이 위쪽으로 오게 했다.

나는 눈살을 찌푸렸다.

양가죽 코트의 여인이 말했다.

"그분 말이 맞아요. 최근 인구 조사 통계에 따르면, 뉴욕에는 35세부터 44세 사이의 독신 여성이 40만 명이라는데, 이건 기혼 여성이 30만 명이라는 사실과 상당히 비교되는 거니까요. 또 뉴욕의 이혼녀 숫자는 이혼남보다 세 배나 많죠."

터커가 말했다.

"더 나쁜 소식도 있죠. 유감스럽게도, 그 남자들 모두가 이성애자인 것도 아니라는 사실."

완벽한 모양을 한 그 여자의 새까만 눈썹이 올라갔다.

"여자들도 마찬가지죠."

나는 그녀를 좀더 자세히 살펴보면서 혹시 이 여자도 게이인가 하고 궁금해졌다.

40대 중반으로 보이는 그녀의 짧고 풍부한 칠흑빛이 도는 머리는 붉은색으로 하이라이트 되어 있었고, 모델들한테서나 볼 수 있는 깃털 같은 스타일로 트렌디하게 커트되어 있었다. 화장에도 흠 하나 없었다.

나는 그녀의 크림색 얼굴에 완벽하게 발라진, 구릿빛이 돌며 매트하게 마무리된 립스틱을 어디서 샀는지 너무나 물어보고 싶었지만 귀찮게 하고 싶지 않았다. 그저 그녀의 코트나 헤어를 내 형편으로 따라할 수는 없으리란 것만 알아볼 수 있었다.

터커가 그녀에게 물었다.

"뭐 하시는 분이세요? 인구 조사원?"

양가죽 코트의 여인은 미소를 띠며 머리를 흔들었다.

"그냥 뭐 통계학 방면으로 머리 쓰는 변호사 일을 하고 있어요. 그리고 저 역시 최근에 이혼했고요."

이 말로 돈에 대한 문제가 충분히 설명되었다. 보나 마나 그녀는 상당히 성공한 변호사일 거다. 그리고 그녀가 왜 이 동네로 이사 왔는지도 설명이 되었다.

나와 똑같은 이유, 그러니까 새로 시작하기 위한 선택이었을 것이다. 남자한테나 여자한테나 이 동네는 그렇게 하기에 딱 좋았다. 나로선 더 놀랄 것도 없었다. 남자들이란 커피를 좋아하는 사람이기만 하다면 나한테는 차 한 잔 같은 존재였다.

"클레어 코지라고 해요. 우리 가게를 애용해주셔서 감사드려요."

이렇게 말하며 나는 손을 내밀었다.

"제 이름은 윈슬렛이에요. 그냥 위니라고 불러요."

키라가 테이블에서 말했다.

"지금 내가 무슨 생각하는지 알아요? 맛있는 커피 한 잔이 어떤 남자보다 낫다는 거, 커피는 따뜻하고 편안하고 기운을 북돋워 주고, 그리고 무엇보다 사람을 속이지도 않죠."

위니가 말했다.

"아멘."

터커가 듬뿍 얹은 휘핑크림, 깎아낸 초콜릿, 코코아 가루를 곁들인 카페모카를 완성했다.

"숙녀분들, 여러분 모두 잘못 알고 있어요. 좋은 남자를 찾는 건 어려운 일이지만, 여자를 힘들게 하는 남자는 누구라도 알아볼 수 있는 거라고요."

이렇게 말하며 터커는 위니에게 마실 것을 건네주었다.

웃음이 나왔다.

그러나 퀸 형사는 웃지 않았다.

"클레어."

그는 담화가 끝나지 않고 계속 이어지자 나에게 저쪽을 가리키는 시늉을 했다.

"한 잔 더요?"

이렇게 물으니 그가 거의 빈 컵을 들어 올리는 게 보였다.

나는 미소를 지었다.

"좀 더 강하게 해드릴까요? 스피드 볼, 괜찮죠?"

퀸은 남은 라떼를 마지막으로 들이키다 사레에 걸렸다.

"아니, 뒤쪽에 헤로인이 있다는 겁니까?"

나는 웃으면서 말했다.

"우리 집 스피드 볼은 에스프레소 두 잔을 섞은 그란데 사이즈 하우스 블렌드 커피를 말하는 거예요. 맥주와 위스키 대신 커피를 넣은 폭탄주 같은 맛이 나죠."

그가 중얼거렸다.

"스피드 볼이라······. 난 또, 예전 정복 입던 시절 길거리에서 그런 마약 이름을 들어봤던 생각이 나서 그랬습니다."

나는 재차 물었다.

"마실래요?"

"한 번 만들어줘 봐요."

그가 말했고, 난 스피드 볼을 만들기 시작했다.

"그런데 기본적으로 이렇게 똑같이 혼합한 커피를 LA에서는 '레드 아이Red Eye'라고 불러요."

나는 이렇게 말하며 에스프레소를 내렸다.

"또 '심연에의 도취Depth Charge'라거나 '어둠 속의 한 잔Shot in the Dark', '카페 M.F.', 이렇게 부르는 것도 들어봤어요."

"길거리 속어를 브리핑해줘서 고맙군요, 캡틴."

"그 정도야 식은 죽 먹기죠, 형사님. 그리고 분명히 명심하세요. 이 마약은 합법적인 거라는 걸요."

나는 이렇게 말하며 그에게 스피드 볼을 건네주었다.

그는 건전한 마약 한 잔을 마시더니 눈이 커졌다.

"합법적인 게 아닌지도 모르겠는걸."

"경고하는데요, 퀸 형사님. 자꾸 기분 망치는 소리 하지 마세요."

그가 미소를 지었다. 오늘 이곳에 들어온 뒤로 처음 짓는 미소였다.

나는 그가 계속 그런 미소를 지어 주면 좋겠다고 생각했다.

"아마 형사님은 독일의 프레데릭 황제가 '카페 슈누플러'라고 알려

카푸치노 살인

진 커피 관련 특수 경찰부대를 고용한 적이 있단 건 모르겠죠."

"커피 경찰이라고요?"

나는 살찐 게슈타포 악센트를 흉내 내려 최선을 다하면서 말했다.

"야볼트라는 사람이 있었어요. 그 사람은 허가받지 않은 커피 로스터로 커피를 볶는지 감시하는 일을 했어요. 그는 커피를 마시는 군인들이 너무 의존적이 될 수 있다고 생각했죠. 그가 목적을 달성하지 못한 것이 독일인에게는 너무 다행스러웠던 일이에요."

퀸이 고개를 젓긴 했지만 다시 미소를 짓는 것을 보자 뿌듯한 느낌이 들었다.

"그러니까, 인구 조사하시는 여성 분."

터커는 아직 위니 윈슬렛하고 이야기를 나누고 있었다.

"저는 너무 궁금하네요. 당신도 이제 이혼해서 남자를 찾는데 어려움을 느낀다, 그건가요?"

"나요?"

그녀가 소리 내어 웃었다.

"이봐요, 내가 남자들을 찾는 게 아니고 남자들이 나를 찾는 거예요. 하지만 이혼 서류의 사인도 아직 안 말랐는데 누가 나를 찾든 안 찾든 별로 흥미 없어요. 어쨌거나 아직은 그래요."

"만약 준비가 되었다면 우리 '카푸치노 미팅의 밤'에 한 번 오세요."

"그게 뭐죠?"

"우리 가게 2층에서 한 달에 두 번 있는 지방 교회 모임이에요. 당신은 그저 이름만 쓰고 나타나기만 하면 돼요."

위니가 의심스런 말투로 물었다.

"무슨 교횐데요?"

"특정 종파와 무관해요. 그냥 싱글 남녀들이 미팅할 수 있는 길이죠. 그 사람들, 이른바 '파워 미팅'이란 것까지 만들어서 하룻밤에 수십 명의 남자도 만날 수 있어요."

위니가 고개를 저었다.

"고맙지만 사양할게요. 내가 정말 남자를 찾는다면, 물론 그렇지도 않지만, 여하간 찾는다면 난 아마 e-데이트 같은 걸 선택할 거예요."

"저런, 반가워라!"

새로운 목소리였다.

잉가 버그가 카운터로 다가오며 말했다.

"온라인 데이트를 하기 전에는 남자를 어떻게 만났는지 모르겠다니까요."

마시네 가게의 구매 담당 보조였던 잉가는 얼마 전 구매부장으로 승진해 수입이 늘었기 때문에, 임대료를 분담해 살던 7번가 집에서 나와 허드슨 강이 내려다보이는 건물에 새 콘도를 사들인 터였다.

내가 말했다.

"잉가, 지금 나한테 남자 만나는데 어려움을 겪은 적이 있다고 말하는 건 아니죠?"

그녀는 관능적인 몸매에 거의 허리까지 내려오는 긴 금발, 짙은 눈동자를 가진 톡톡 튀는 여자였기 때문에 나로서는 그녀의 말이 믿기 어려웠다.

"어머, 클레어, 그런 식으로 생각하면 안 돼요. 온라인 데이트는 세상을 완전히 새롭게 열어준다고요. 정보의 바다를 마음 내키는 대로 여행하는 것과 같아요."

이제 그녀의 목소리는 배트맨에 나오는 캣우먼처럼 들렸다.

내가 말했다.

"잉가, 무슨 쇼핑 얘기처럼 들려요."

"바로 그거예요! 게다가 클레어도 알겠지만 쇼핑이야말로 제 인생의 모든 것이라고요."

아, 알았다.

"참, 오늘은 어떤 걸로 마실래요?"

잉가는 단골이지만 똑같은 메뉴를 시키는 법이 없었다. 그녀는 빌리지 블렌드에 올 때마다 항상 뭔가 좀 색다르게 주문해왔고, 오늘 데이트에 대한 그녀의 태도를 알게 된 이상 완전히 새롭게 주문하는 그녀의 철학도 이해할 수 있게 되었다.

"으음, 가만있어 보자, 뭘 마실까나……, 카페 노치우올라Cafe Nocciuola 로 할까요?"

"바로 준비할게요."

노치우올라는 이탈리아식 헤이즐넛으로, 기본적으로 헤이즐 향 시럽이 첨가된 라떼라고 할 수 있다(우리 가게는 주류 판매 허가를 내진 않았지만, 손님의 주문이 있을 때를 대비해서 일종의 칵테일을 만들 생각으로 달콤한 이탈리안 헤이즐넛 리큐어인 프란젤리코 한 병을 카운터 밑에다 숨겨놓고 있었다.

마테오는 '헤이즐넛-커피 칵테일'이라고 부르는 자기만의 커피를 혼합해서 먹는 걸 좋아했다. 그는 깔루아, 프란젤리코, 보드카에 에스프레소를 섞은 이 커피를, 특히 토요일 밤 가게 문을 닫은 후 직원들과 함께 마시는 걸 좋아했다).

"저도요, 그러지 않아도 온라인 데이트라는 걸 생각하던 참이거든요."

조이가 이렇게 말하며 카운터로 걸어 나와 위니와 잉가 쪽으로 고개를 돌렸다.

"괜찮은 사이트 좀 추천해주세요."

나는 다시 긴장했다.

조이가 꼭 사람을 쇼핑하고 배송하는 호객 행위 같은 이 도시의 컴퓨터 데이트 사이트에 직접 회원가입을 하려고 여기저기 알아보겠다는 말은, 내가 우리 순진한 딸한테서 가장 듣고 싶지 않았던 말이다.

내가 온라인 데이트를 직접 해봐서 아는 건 아니지만, 최전선에서 일어나는 전쟁 같은 이야기들은 꽤 들은 바가 있었다. 그렇다고 내가 뭐라 말할 수 있겠는가? 조이가 제일 듣고 싶지 않을 말은, 엄마가 시작도 하기 전에 그만두라고 충고하는 것이겠지. 그러니까, 클레어, 조용히 입 다무는 거야, 조이는 내 충고를 원하지 않아. 조이가 싫어할 거야, 싫어할 거라고…….

나는 스스로에게 이렇게 타일렀다. 하지만 이미 내 입에서는 불쑥 이런 말이 튀어나왔다.

"조이, 요리학교 수업 때문에 바쁘지 않니? 나는 그냥, 네가 컴퓨터 데이트를 할 시간이 모자랄 것 같아서."

조이는 나를 한 번 쳐다보았고, 그 눈빛은 꼭 옛날 스페인의 종교재판에서 이교도를 대하는 것처럼 여겨졌다.

조이가 나를 완전히 무시하고 위니와 잉가에게 말했다.

"정말 알고 싶어요."

위니는 조이와 나를 번갈아가며 불편하게 바라보았다.

"음……, 난 잘 모르는데."

잉가가 주저하지 않고 대답했다.

카푸치노 살인

"싱글즈뉴욕SinglesNYC.com이 괜찮아. 난 그 사이트를 거의 1년 365일 들러. 그러니까, 참신한 남자들 좀 찾아볼 생각에."

조이가 말했다.

"고마워요. 오늘 오후에 가입해야겠다."

*맙소사, 조이. 넌 진짜 네 아빠처럼 나를 열 받게 하는 고집불통이구나!*

내가 말했다.

"나도 오늘 오후에 가입할 테니 그리 알아."

터커가 소리쳤다.

"클레어가요?"

에스더도 소리쳤다.

"사장님이요?"

모든 사람들이 나를 바라보았다.

"왜, 나는 안 돼?"

터커가 말했다.

"왜냐하면……, '카푸치노 미팅의 밤'에도 한 번 나간 적이 없으니까 그렇죠."

에스더가 거들었다.

"바로 위층으로 올라가기만 하면 되는 데도요!"

나는 조이에게 날카로운 시선을 던지며 말했다.

"그랬지, 그런데 갑자기 생각이 달라졌어. 컴퓨터 데이트 같은 거라면 시도할만한 가치가 있을지도 모르잖아."

조이는 눈동자를 이리저리 굴렸다.

"좋아, 엄마. 그런데 참, 컴퓨터 데이트라고 하지 말고 온라인 데이트라고 해. '컴퓨터 데이트'라는 말은 구석기 시대 같은 느낌이 든단 말이야. 하지만 뭐, 마음대로 해. 엄마도 등록해. 엄마가 프로필 만드는 거 도와줄 수도 있어. 물론 사이트를 다 뒤져도 아빠보다 멋진 사람은 없겠지만 말이야."

나는 조이에게 말했다.

"그 말은 못 믿겠다."

나 역시 낭만적인 결실을 볼 누군가를 실제로 만나게 되리라고 정말로 기대하는 건 아니었다. 하지만 딸아이를 위해서, 아니 어쩌면 조이와 관계된 일인 만큼 내 마음의 평화를 위해서, 조이가 이용하려는 서비스가 합법적인지 확인해보려는 거다.

몇 분 후, 성 빈센트 병원의 직원 몇 명이 카페인을 들이키러 들이닥치는 바람에 터커와 나는 바빠졌다.

"그 라떼 있죠?"

"당연하죠!"

"윙 스타일 스키니 캡!"

탈지유로 거품을 많이 낸 카푸치노다.

"도피 X!"

도피오doppio 에스프레소, 즉 '더블' 에스프레소를 말한다.

"카페 캄!"

카페 카라멜라. 캐러멜 시럽과 달짝지근한 휘핑크림을 넣고, 토핑으로 따뜻한 캐러멜을 물방울처럼 뿌린 라떼다.

"아메리카노!"

뜨거운 물에 희석한 에스프레소다.

"그란데 스키니!"

탈지유로 만든 라떼다.

"트리플 X!"

3배로 농축한 에스프레소다.

"캅, 카페인 뺀 걸로요!"

디카페인 카푸치노를 말한다.

나는 몸서리를 쳤다. 디카페인 커피를 마시는 사람들을 보면 나는 정말 몸이 떨렸다.

퀸 형사가 나를 부르며 카운터 뒤쪽으로 다가왔다.

"클레어, 가기 전에 당신한테 물어볼 게 있어요."

그의 표정이 다시 어두워진 것을 보고 나는 발레리 라뗑과 관련한 질문이거나 아니면 적어도 끊임없이 그를 복잡하게 만드는 커피 종류들에 대한 것이려니 했다. 한데 깜짝 놀랍게도 그는 이도 저도 아닌 다른 이야기를 꺼냈다.

"목요일 저녁식사 어때요?"

*three*

그녀가 사는 곳은 강가에 있는 고가의 최신식 빌딩 중 하나로, 옥상에 주차장이 있고 뉴저지의 늪지대가 보이는 곳이었다. 붉은색 벽돌로 된 빌딩에는 금속으로 된 흰색 간판이 볼트로 죄어져 붙어 있었고 거기엔 〈허드슨 뷰〉라는 글씨가 적혀 있었다.

'콘도 이용 가능, 방문은 관리실에 문의 바람'

벽돌은 새것이었지만, 붙박이 크롬 조명장치에서 흘러나오는 빛은 마치 QVC 홈쇼핑 채널에서 산 큐빅 산화 지르코늄(인조 다이아몬드로 알려진 큐빅)이 서랍에 가득 들어 있는 것처럼 싸구려 티가 났다.

이 건물에는 아무런 스타일도, 특징도, 역사도 없다. 아무 특색이 없는 장방형의 건물을 보면서 천재한테 든 생각은 한마디로 여자의 내면과 비슷하단 것이다. 빈약하고 볼품없는 가슴도 그 내면에 포함할 것이다. 그녀가 싱글즈뉴욕 사이트에 올린 프로필은 물론 거짓말이었다.

천재는 속삭이듯 중얼거렸다.

"다 거짓말이야, 전부 다……."

길 건너 건물에서 천재는 그녀가 목요일 밤의 데이트를 위해 준비하는 모습을 지켜보았다.

커튼이 활짝 열린 것을 보면, 금발 여자는 누군가가 자신을 훔쳐볼 수 있단 생각을 꿈에도 안 하는 것 같았다. 그녀가 간과한 것이 있다면, 자신이 15층에 살고 또 자기가 사는 콘도 건너편 사무실 빌딩이 반 정도밖에 임대되지 않아, 지금 천재가 서 있는 장소가 마치 아무도 살지 않아 불이 꺼진 것처럼 보인다는 것이다.

어두운 창문을 통해 천재는 여자가 몸을 감싸던 흰색 타월을 떨어뜨리고 레이스가 달린 검정 팬티를 걸치는 것을 보았다.

"좋아, 좋아, 아주 좋아. 머리 색깔에 맞춰 염색한 게 보이는군……."

다음은 브래지어 차례. 브래지어는 검정 팬티에 맞춘 것으로 레이스가 달리고 패드를 넣는 방식이었다.

"됐어, 허니, 생긴 대로 하라고."

천재는 이렇게 속삭이며 그녀가 빈약한 가슴을 위장하려는 것에 역겨움을 느꼈다.

다음은 짧은 검정 드레스와 구두, 보석, 화장 순서였다.

*그리고……, 어, 뭐 하는 거지?*

천재가 들여다보는 쌍안경 속으로 여자가 노트북 쪽으로 가는 게 보였다. 여자가 싱글즈뉴욕 사이트를 불러온 다음, 사진을 음미하고 프로필을 재차 읽는 모습이 보였다.

"좋아, 오늘 밤 데이트도 끝까지 가겠지?"

여자는 아파트를 서성이며 거울을 보고 또 보면서 준비가 잘 됐는지 살펴보았다. 그런 다음 씩 하고 추잡한 미소를 짓더니, 치마 속으로 손을 집어넣어 천천히 팬티를 벗었다.

"훌륭한 데이트를 위해 노팬티를 하시겠다? 으음……, 너도 그렇고 그런 년이구나."


"그래서 형사님을 속썩이는 게 뭔가요?"

목요일 저녁 식사 때 내가 퀸에게 물었다.

"맞아떨어지지 않는 게 있습니다. 그러니까, 피를 닦아내기도 전에 교통경찰이 뉴스 기자들에게 함부로 사진을 찍어대게 놔두었다곤 하지만, 그 문제를 말하는 건 아닙니다."

"신문 1면 사진들은 정말 유감스런 일이에요. 발레리 라펭의 불쌍한 할머니가 손녀딸의 피가 선로에 그런 식으로 낭자한 걸 보고 느꼈을 심정은 생각하기도 싫어요. 모든 신문마다 피범벅 그 자체였잖아요."

퀸이 메스꺼움을 토해내며 말했다.

"맞는 말입니다, 맞는 말."

나는 신선한 메스클룬(여러 종류의 어린 샐러드 잎들을 혼합한 것)과 라디치오(이탈리아산 치커리의 한 종류. 적자색 잎과 흰색 잎줄기가 입맛을 돋우는 효과가 있다), 송이 토마토(송이채로 재배한 방울토마토의 일종. 보통 방울토마토보다 더 붉고 당도가 적다)가 담긴 샐러드 접시를 내려놓았다(샐러드는 숙성한 발삼 향이 나는 올리브 오일과 갓 빻은 바다 소금, 윗부분에 크림으로 웨이브를 만들어 장식한, 깎아낸 페코리노 로마노 치즈로 드레싱이 되어 반짝거렸다). 그리고 나서 빌리지 블렌드보다 두 층 위에 있는 우리 복층 주택의 아늑한 식당에서 퀸 형사 옆에 앉았다.

나는 어머님이 피렌체에서 산 핸드메이드 레이스 식탁보와 베네치아 유리를 불어서 만든 촛대로 정성껏 앤티크풍 치펜데일 테이블을 세팅했다. 그리고 퀸이 도착하기 전에 초에 불을 켜고 샹들리에의 와트량을 낮추어 촛불의 깜박이는 빛이 윤을 낸 나무 식기대에 반사되게 해서 방에 온기가 느껴지도록 해두었다.

그날 이른 시간에 퀸은 근처 레스토랑에 가자고 나를 데리러 오겠다고 제안했지만 내가 그냥 우리 집에서 저녁을 준비하는 게 더 좋을 것 같다고 말했던 것이다.

함께 나가기 싫어서 그런 게 아니란 걸 그도 이해하는 것 같았다.

퀸은 유부남이었다.

많은 동네 사람들이 우리를 알고 있었다.

나는 퀸을 남자로 의식하는 마음이 없었기 때문에, 그리고 퀸도 내게 그렇다는 걸 추호도 의심하지 않았기에, 지나가는 사람이 우리를 보더라도 둘 사이에 뭔가 있다는 인상을 줄 리가 만무하다고 생각해왔다.

우리가 아는 사람들, 더 나쁘게 말하면 퀸의 부인이 아는 사람들이 보더라도 말이다. 그러니 차라리 사적인 우정(그렇다, 사적이라는 표현이 맞다)을 유지하는 게 낫다고 생각했다.

내가 물었다.

"와인 할래요?"

그는 사려 깊게도 피놋 그리지오 Pinot Grigio 한 병을 사왔고, 나는 와인을 미리 따 어머님이 피렌체에서 사 오신 테이블보에 올려놓고 십 분 정도 숨을 쉬게 해두었다.

"제가 따르겠습니다."

그가 이렇게 말하며 두 잔을 따랐다.

나는 그가 와인을 마시는 걸 보고 안심이 되었다. 왜냐하면 그가 우리 집에 들어섰을 때부터 어딘지 모르게 긴장하는 게 느껴져 그를 사적으로 초대한 게 잘한 일인가 싶어 마음이 찜찜했기 때문이다. 아마 와인 덕에 긴장을 풀 수 있을 것이다.

내가 물었다.

"그러니까, 교통경찰 때문에 마음이 편치 않단 거죠? 보도 사진 때문에?"

그가 똑같은 말을 했다.

"뭔가 맞아떨어지지 않는 게 있습니다."

나는 퀸의 얼굴을 찬찬히 살펴보았다. 각진 턱은 면도가 되어 있었지만 겨울 날씨처럼 파란색이 도는 눈동자에는 수심이 여전했다. 여느 때처럼 그의 표정에서 뭔가를 읽어낼 순 없었다.

우리는 몇 분간 아무 말 없이 앉아 있었다. 대부분의 남자와 마찬가지로 퀸도 스무고개를 해야 알아낼 수 있는 스타일이었다.

내가 넌지시 말했다.

"뭔가 맞지 않는다……, 발레리의 아파트를 조사하니 그렇단 건가요?"

퀸이 고개를 끄덕이며 와인 한 모금을 더 마셨다.

"자살이란 것도 그렇고요."

나는 여남은 개의 의문점들을 떠올려볼 수 있었지만 그를 심문하는 게 내 일은 아니었다. 그건 경찰의 일이고 또 발레리 라뗑의 가족 일이었다. 어쨌든 내 일은 아니었다. 그래서 난 메스클룬을 스포드 도자기인 '블루 이탈리안' 식 샐러드 접시에 담아냈다(이 도자기는 어머님이 아니라 내가 제일 좋아하는 도자기였다. 편안한 느낌의 푸른빛이 도는 북이탈리아 도자기 옆에 백자를 놓으면 나는 조이 나이였을 때의 무사태평한 여름날들이 생각나곤 했다).

"클레어, 라뗑 양이 빌리지 블렌드에 들를 때 누구 같이 오는 사람이 있던 걸 본 적이 있는지 생각납니까?"

"같이 오는 사람이라고요?"

"친구라든가 애인이라든가? 남자도 좋고, 여자도 좋고?"

나는 그녀가 들를 때 그런 것들에 대해 뭔가 특별한 점이 있었는지 잠시 기억해보려 했지만 그녀의 얼굴조차 잘 기억하기 어려웠다.

"어려운데요. 우리는 하루에 수백 명의 손님에게 서빙하잖아요. 단골들이야 알아보려고 노력하지만 바쁠 때는 말도 말아요, 얼마나 어수선한지……."

퀸이 고개를 끄덕였다.

"그냥 그녀가 아침 러시아워 시간에 들르던 게 기억날 뿐이에요. 그것뿐이에요."

우리는 몇 분 동안 아무 말도 하지 않고 먹기만 했다.

나는 너무 궁금해서 물어보지 않을 수 없던 질문을 했다.

"그녀가 무슨 노트 같은 거라도 남긴 건가요? 그러니까, 유서 같은 거요. 왜 죽기로 했는가 하는 그런……."

"유서 같은 건 없습니다. 아무것도."

퀸이 대답했다.

"마약도 없고 알코올도 없고 마음의 불안이나 꼬인 관계에 대한 기록 같은 것……. 모든 사람들이 그녀를 아꼈습니다. 그 점이 바로 맞아떨어지지 않는단 겁니다. 대개 문제가 있으면 징후가 있기 마련이죠. 뜨거운 감자가 있단 말입니다. 한데 내가 조사한 바로는 젊은 이 아가씨는 살아야 할 모든 이유를 갖추고 있었다, 이 말입니다."

"자살이 아닐 수도 있지 않을까요? 그러니까……, 잘 모르겠지만, 플랫폼에서 미끄러졌다든가?"

퀸이 고개를 흔들었다.

"기관사 말로는 그녀가 자기 앞으로 날아올랐다고 했습니다. 날았단 말입니다. 적어도 밑으로 툭 떨어진 건 아니죠. 앞으로 불쑥 튀어나왔단 건데, 그렇긴 하지만……."

"그렇긴 하지만, 뭐죠?"

"그녀에겐 청과물 시장에서 산 식료품 가방이 들려 있었습니다. 아니, 좀 있으면 생을 마감하려는 사람이 미쳤다고 식료품 같은 걸 사겠습니까?"

"누군가 그녀를 밀었다고 생각하는 거로군요?"

퀸은 어머님의 '워터포드Waterford' 크리스털 와인잔의 목 부분을 엄지와 집게손가락으로 어루만졌다.

"증인이 없어요. 플랫폼에는 보안카메라가 그녀의 머리 바로 위에 매달려 있었습니다. 그래서 쓸 만한 사진이 하나도 없더군요. 또 기관사도 아무도 보지 못했다고 주장하고. 그렇지만 역사가 약간 휘어져 있는 데다 희생자가 기다리던 장소는 누군가 민 사람이 있다고 해도 계단 뒤로 숨는다면 보이지가 않게 돼 있단 말입니다."

"그러니까, 당신은 누군가 '민 사람'이 있다고 생각하는 거군요."

"증명할 수는 없지만."

나는 전에도 퀸과 이런 경로로 사건을 훑어본 경험이 있는지라 고개를 끄덕였다.

과거의 경험으로 나는 뉴욕의 형사들이 총기 사살이나 칼과 같은 흉기를 사용한 살해 사건, 교살 사건만을 조사하는 게 아니라, 뭔가 의심이 가는 죽음이나 심지어 사고사까지도 조사한다는 걸 알고 있었다.

퀸의 말에 따르면 자기네 부서는 상투적인 사건들로 넘쳐나 상관들도 이른바 '강력 사건 소탕'이라는 등급을 원한다는 거였다. 그들에겐 인공 심박장치를 달아야 할 만큼 시급하지도 않은 사건에 퀸이 시간 낭비하는 것을 기다릴 여유가 없었다.

또 퀸의 설명에 의하면 교통경찰이 언론에 한 진술이 이 사건을 대중의 눈에 자살로 보이게 했다는 것이다. 그러니 퀸이 이 사건에 어떤 추리를 가져다 붙이고 싶어도 이제는 부서 내부에서 상당한 정치적 저항과 맞닥뜨려야 한다는 것을 의미했다.

그것도 증거라곤 거의 없는 추리라면 더욱더. 사건을 함께 맡은 파트너조차 자살로 종결하고 싶어 한단 것이었다.

샐러드를 다 먹은 다음 나는 접시들을 식기대에 옮기고 주방으로 가서 메인 요리를 꺼냈다. 그리곤 치킨 프랜시스를 커다란 접시에 담아 퀸과 나 사이에 내려놓았다.

그가 말했다.

"맛있는 냄새가 나는군요."

내가 요리를 덜어주자 퀸은 먹기 시작했다.

나는 그에게 말했다.

"배를 좀 비워두세요. 끝내주는 디저트가 준비되어 있거든요."

퀸은 눈을 감고 우리 가게에서 처음 라떼를 한 모금 마실 때마다 짓곤 하는 표정이 되었다. 다른 거라면 이번에는 마시는 대신 씹는 거였지만.

마침내 그가 입을 열었다.

"클레어, 정말 훌륭해요."

나는 치킨을 베어 먹으며 말했다.

"치킨 프랜시스 만드는 법은 진짜 쉬워요. 어쩐지 죄지은 느낌인데요. 제가 당신이라면 그렇게 감동하진 않을 거예요."

"모르긴 몰라도, 내가 당신이라면 내 옆에서 죄를 고백하는 그런 일엔 좀더 신중했을 겁니다."

이렇게 말하며 그는 눈을 치켜떴다.

웃음이 나왔다.

"그건 또 왜요?"

그는 다시 와인 한 모금을 천천히 들이켰고, 맹세하지만 그의 차분한 푸른 눈이 나까지도 삼킬 것 같았다.

"지금 나한테는 수갑도 있고 사용하는 법도 알고 있으니까."

나는 간신히 포크를 떨어뜨리지 않을 수 있었을 뿐 아니라 놀라 입이 벌어지려는 걸 가까스로 참았다. 왜 그랬는지 설명은 못 하겠다.

"지금 한 말, 못 믿겠어요."

퀸의 짙은 금발 눈썹이 치켜세워졌고, 지형 측정기사들이 선택한 땅을 따로 남겨 두는 것 같은 표정을 지어 보였다.

그는 이탈리아 해변에서 햇볕에 태운 것처럼 갈색이 도는 어깨 길이의 웨이브 진 내 머리칼 꼭대기를 유심히 바라보는가 싶더니, 곧 내 계란형 얼굴과 라벤더색 브이넥 스웨터를 잠깐 바라보았다.

그리고 C컵 사이즈의 내 가슴에 시선이 너무 오래 머무르는 통에 땀이 다 났다. 그다음 그는 눈썹을 치켜세우더니 고개를 약간 기울였고 낮게 한숨짓는 소리가 들렸다. 그리고 다시 먹는데 신경을 돌렸다.

퀸은 정말이지 지독히도 말이 없는 사람이었다.

우리에게 이런 미묘한 성적 긴장이 처음은 아니었지만 마지막도 아닐 거라는 생각이 들었다. 그렇지만 나는 우리가 더는 나갈 수 없다는 걸 알았다.

충동적인 데가 있고 거침없이 말하는 성격인데다, 모험심이 강하고 결국엔 수치심이라곤 몰랐던 전남편 마테오와 다르게 나는 불륜이란 있을 수도 없는 일이라고 생각해왔다. 그리고 퀸도 그런 거 같단 생각이 진심으로 들었다.

나로 말하자면 엄격한 로마 가톨릭 집안에서 자랐다. 물론 나도 여러면에서 실수를 범하며 살아왔지만 나를 길러주신 이민자였던 할머니가 내 옷의 안감을 만들어 주시던 때부터 벌써 오래전에 옳고 그름(그리고 죄의식)에 대한 내 생각은 확고하게 형성되어 있었다.

하지만 지금도 내 자동차 계기반에 붙어 있는 성 요셉 메달과 달리 난 인조인간이 아니었다. 테스토스테론 호르몬이 발동되는 것을 멈출 수 없었고 마이클 라이언 프랜시스 퀸 형사도 그런 것 같았다.

나까지 퀸처럼 수수께끼 같은 침묵을 지키며 그냥 앉아 있으면 내가 더 복잡하고 수상해 보일 게 틀림없었다.

하지만 난 포커 판에서 얼굴을 읽어내는 20년 경력의 고수가 아니었다. 어느덧 내 입에서는 뉴저지에서 오래전에 썼던 칼럼, '클레어의 주방' 내용이 무심결에 줄줄 흘러나오고 있었다.

"있잖아요, 많은 사람이 이탈리아 요리책에서 치킨 프랜시스 요리법을 찾으려다 낭패를 보기 일쑤거든요."

나는 큰 소리로 떠들어댔다.

"그러다가 뭔가 잘못됐다는 걸 알게 되죠. 그러니까, 이 요리법은 오랜 기원을 가진 이탈리아어로 된 나폴리 요리책에서 찾을 수 있지만 이건 사실 뉴욕 요리라고 할 수 있어요. 프랜시스라는 말도 사실 '프랑스식으로' 라는 뜻이고요. 하지만 지금 당신이 맛보는 건 그냥 기본적인 치킨 커틀릿이예요. 닭을 두드려서 밀가루와 계란, 다시 밀가루를 입힌 다음, 올리브 오일에 튀겨서 신선한 레몬주스로 드레싱을 한 거죠. 1인분씩 만들기에 최고인데다 오늘 저녁 우리 둘만을 위한 요리로 완벽할 것 같았어요."

'우리 둘만을 위한' 이라고? 이런, 맙소사. 다 틀려버렸군!'

"그러니까 제 말은, 당신 아내도 이 요리를 당신이나 또 여러 사람을 위해 만들 수 있는 거니까요. 부인이 요리할 때 주의할 것은 애벌로 튀길 때는 좀 덜 익혀야 한다는 거예요. 그래야 오븐에 넣어 데울 때 치킨이 마르지 않아요. 이렇게 첫 번째 분량을 데우는 동안 두 번째 분량을 튀기면 되고요. 아시겠죠?"

"클레어, 오늘 저녁 여기 온 데는 개인적인 문제가 있어서입니다."

퀸이 포크를 내려놓고 내 눈을 똑바로 바라보았다.

"개인적인 문제요?"

"상담을 받고 싶습니다……, 결혼 문제에 대한."

*four*

 안으로 들어가는 건 식은 죽 먹기였다. 이 건물은 새로 지어진 터라 입주자들도 서로 얼굴을 잘 몰랐다. 종일 사람들이 들락날락하는 게 맨해튼의 일상이란 것을 생각하면 당연한 일이다. 더구나 서로 이름을 아는 경우는 더더욱 적을 것이다.

 천재는 그냥 기다리기만 하면 된다.

 몇 분 후 잘 차려입은 남녀 한 쌍이 문밖으로 나오며 나이트클럽이 어느 쪽인지를 두고 실랑이를 했다. 천재는 그저 문밖에 서서 지갑과 회원증 같은 것을 만지작거리는 척하고 있었다. 커플은 걸음을 멈추었고 남자가 점잖게 문을 열어주었다.

 천재는 안으로 들어갈 수 있었다.

 붙박이식 싸구려 크롬 조명은 건물 외부만이 아니라 안쪽까지 따분하게 비추고 있었는데, 작은 로비의 특색 없는 공간 구석구석 하며 엘리베이터로 연결되는 짧은 홀의 바닥까지 그 조명을 받고 있었다.

 천재는 위로 올라가는 버튼을 누르고 기다렸다.

 천재는 속삭였다.

 "그냥 또다른 헤픈 계집일 뿐이야. 그런 계집들이 다 그렇지……."

 천재는 레스토랑까지 여자를 따라가 그녀가 새로운 e-데이트 상대와 저녁을 먹는 모습을 지켜보았다.

 아주 비싼 식사였다. 와인도 두 병이나 시켰다. 마침내 디저트 차례가 왔다.

그녀는 매니큐어를 바른 손으로 테이블 위에 올려진 남자의 손을 잡더니 아래로 슬쩍 가져갔다. 그녀가 짧은 검정 드레스 속에 있는 것과 없는 것을 느끼게 하자 남자의 얼굴에 놀라는 기색이 스쳤다.

식당의 다른 손님이 보면 하나도 이상할 게 없었다. 하지만 천재는 테이블 아래에서 무슨 일이 일어났는지, 그리고 곧이어 무슨 일이 일어날지 잘 알고 있었다.

그들은 서둘러 계산을 치르고 나와, 빈 택시를 잡고 여자 집으로 가는 길에 뒷좌석에서 더듬거리다가 성급한 야생의 짝짓기에 들어갔다.

당연히 여자의 초대가 뒤따랐지만 남자가 거절했다. 남자가 대리운전 차를 타고 떠나리라는 건 충분히 예상할 수 있는 일이었으며, 이는 천재가 나설 때라는 신호였다. 엘리베이터의 '땅' 하는 기계음이 들렸고 15층에서 문이 열렸다.

천재는 장갑을 끼고 주머니에서 메모지를 꺼내 몇 줄을 힐끗 보았다.

*잉가,*
*그 사람과 레스토랑에 있는 당신을 보았어요.*
*그걸 보니 마음이 심란해졌어요.*
*지금 당장 당신 차로 만나러 와줘요. 이 메모도 가져와주고요.*
*더 놀라게 해줄게요…….*

메모지를 다시 한 번 접어서 천재는 잉가의 콘도 현관 밑에 미끄러뜨린 다음 두 번 노크하고 재빨리 계단 벽 쪽으로 성큼 몸을 숨겼다.

메모를 읽는다면 그녀는 올 것이다.

카푸치노 살인

천재는 알고 있었다. 그의 생각대로라면 헤픈 계집들은 마다하는 게 없었다.

"결혼 문제라고요?"

퀸이 한 말을 내가 이렇게 되풀이해서 물은 것은 잘못 알아들어서라기보다 그가 너무 충격적인 말을 해서였다.

내 옆에 앉아 있던 퀸은 치펜데일 의자에서 침착하지 못하게 자세를 고쳐 앉았다. 팔꿈치를 테이블 아래로 내렸다가 다시 올려놓더니 갑자기 이 작은 거실에 맞지 않게 커버린 아이처럼 행동했다.

*그래, 이건 심각한 상황이다.*

퀸은 지금까지 내 옆에서 이렇게 서투른 행동을 한 적이 없었다.

이 남자는 북극의 빙하보다도 차가운 사람이었다. 게다가 큰 키와 넓은 어깨의 몸집으로 움직일 때 극도의 여유와 알래스카 늑대에게 볼 수 있는 자신감 같은 게 있었다.

나는 무슨 일이 일어나려는지 추측해보려고 했지만 감히 그러지 못했다. 지난 몇 달간 우리는 주로 그의 업무나 그렇고 그런 뉴욕의 일상, 아니면 커피하우스에 대해 이야기했다.

이따금 그는 여섯 살짜리 딸 몰리와 여덟 살짜리 아들 제레미 얘기를 꺼내기도 했는데 그럴 때면 언제나 아이들 자랑에 열띤 어조가 되곤 했다. 부인에 대해 말한 적은 거의 없었는데, 내가 부인 얘기를 꺼내면 그는 곧 이런저런 부정적인 말을 둘러대며 이야기를 무마해버렸다.

기분이 좋은 날에는, "결혼이 도전이라고 하는데 나도 에베레스트 산에 오르는 게 그보다는 덜 힘들 거 같긴 해요."라고 하는가 하면, 기분이 나쁠 때면, "와이프는 메뉴에선 그럴싸해 보이지만 막상 식탁에 나올 땐 싸늘하게 식어버린 앙트레(스테이크를 제외한 주요 요리) 같은 사람이라고 말해두죠."라고 말했다.

"아무래도 말이 제대로 나오질 않는군요."

퀸이 이렇게 말하며 목 뒤를 문질렀다.

"내가 말하려는 건……, 아니 물어보고 싶은 건 언제가……, 포기할 때라고 생각했는지 하는 겁니다."

"이런……."

이건 내가 오늘 밤 마주치게 될지도 모른다고 생각했던 것 이상의 상황이었다.

나는 크게 한숨 돌리고 와인 잔에 손을 뻗친 후 피놋 와인 한 병을 통째로 마셔버리지 않기를 잘했다고 생각했다.

"미안합니다, 내가 당신을 곤란하게 한 것 같군요."

"아니, 아니에요. 괜찮아요. 실은 이런 말을 하려던 참이었어요. '나도 당신이 얼마나 잘 참고 있는지 잘 알아요.' 라고. 하지만 사실 전 모르잖아요. 존 브래드쇼가 이런 말 한 거 들어본 적 있어요? 모든 행복한 가족은 똑같은 방식으로 행복하지만, 모든 불행한 가족은 저마다 다르게 불행하다는?"

"들어본 적 없습니다."

"음, 존 브래드쇼는 가정 문제 전문간데, 내 생각엔 이 말을 결혼에도 적용할 수 있는 거 같아요."

"무슨 말인지 잘 모르겠군요."

"모든 결혼한 커플이 화음을 낼 때는 아주 비슷하지만 불협화음이 날 때는 제각각이잖아요. 무슨 말인지 알겠죠?"

퀸이 고개를 저었다.

"모르겠습니다."

"그러면……, 내 결혼생활을 예로 들어볼게요. 마테오나 나나 서로에 대한 사랑이 식었던 건 아니에요. 다만 우리는 서로에게 상처 주는 일을 그만둬야 했어요. 그건 당신에게도 똑같을 수도 있고 혹은 전혀 다를 수도 있죠. 그래서 내 경험을 적용하는 게 유효한지 어떤지 저도 말할 수 없는 거예요. 당신 결혼생활에 대해 좀더 말하고 싶나요?"

그가 단호히 말했다.

"아니요, 있는 그대로는 싫습니다."

"아."

좋아.

"그럼 제츠 팀Jets 이야길 할까요?"

나는 마피아 웨딩 케이크처럼 살벌한 분위기를 가라앉힐 생각으로 억지로 으스대듯 말했다.

퀸이 눈썹을 치켜세웠다.

"당신, 프로 풋볼 팬이란 말인가요?"

"테리 브래드쇼가 스틸러스의 쿼터백으로 간 다음엔 아니죠."

내가 말했다(내가 그때 풋볼 팬이었던 제일 큰 이유는 펜실베이니아 서부의 우리 할머니 식료품점 뒷방에서 연로하신 아버지가 마권 파는 일을 하셨기 때문이다).

"당신의 결혼생활은 이야기하고 싶지 않다고 하고, 또 문제가 있다는 이야긴 이미 꺼냈고……."

나는 어깨를 으쓱거렸다.

"프로 축구 얘길 할까요, 날씨 얘길 할까요, 아니면 펜 알라 보드카 요리의 역사를 이야기할 수도 있겠죠. 어떻게 할까요?"

퀸이 한숨짓더니 웃었다, 진짜로 웃었다. 그러고는 말했다.

"미안해요. 지금 내 상태가 어떤지 당신이 모를 거 같아서……, 나도 모르게 말이 막혀버리는군요."

*내가 모른다고?*

나는 그를 물끄러미 바라보았다.

"농담하는 거죠?"

"무례하게 굴고 싶은 건 아니에요, 클레어. 특히 당신에겐."

나는 고개를 저었다.

"알았어요. 당신 마음이 바뀌지 않는 한 그 문제는 정말 더 말하지 않아도 될 거 같아요. 당신 일이니까요."

"나는 그냥 이런 일에 서투를 뿐입니다."

"정확히 어떤 일에요?"

퀸이 이번에는 꼭 십대 소년처럼 안절부절못하기 시작했고, 은그릇을 만지작거리더니 막 면도한 각진 턱을 거북하게 긁어댔다.

"개인적인 상담을 부탁하는 것 말입니다."

"알았어요. 이제 이해했어요."

"이해했다고요?"

"마테오가 날 속이고 바람을 피웠을 때……."

나는 말을 시작했다가 잠깐 멈추고는, 그를 한 번 쳐다보고 와인을 한 모금 아주 천천히 마셨다. 갑자기 퀸이 말을 꺼렸던 이유를 조금쯤 더 이해할 수 있는 느낌이 들었다.

우리가 성년기의 깨어 있는 시간 대부분을 사람들에게 신뢰감을 주거나 책임감 있는 사람으로 보이고자 노력하면서 보낼 때, 제일 바라지 않는 일은 누군가 다른 사람에게 자신의 개인적인 삶이 완전히 망가진 적이 있었다고 인정하는 일일 것이다.

나는 와인 잔을 내려놓고 계속 말했다.

"그 사람이 다른 데서 자고 다닌 걸 알았을 때, 너무 창피했죠. 누구에게도 말할 수 없었어요. 오랫동안 난 그저 그런 일이 없는 듯 행동했어요. 처음엔 마테오 직업의 성격상 여러 군데 여행하는 것을 탓했죠. 그다음엔 코카인 탓을 했고요. 난 스스로에게 그런 그가, 진짜 그가 아니라고 말하기도 하고 어떻게 이렇게 무책임할 수가 있나, 그런 생각도 했어요. 중요한 건……, 난 정말 마테오를 사랑했고 그도 날 사랑한단 걸 알았단 거예요. 그리고 조이도 생각해야 했고요."

"맞아요, 나도 그게 제일 큰 걱정입니다. 몰리와 제레미."

"알아요."

퀸이 천천히 말했다.

"그래서……, 무엇 때문에 끝낼 결심을 할 수 있었던 거죠?"

"포기하는 거요?"

"네."

"글쎄요……, 쉽진 않았어요. 나만 맷을 사랑한 게 아니에요. 무슨 말인지 알죠? 우리는 서로 사랑하는 사이였다고요. 많이 사랑했기 때문에 잠시나마 그가 원하는 식으로 살아야겠다고 생각하기도 했어요. 일종의 개방 결혼 같은 거죠. 하지만 난 절대 바람 같은 걸 피우지도 않을 테고 또 혼자서도 살 수 있는 사람이니까 이건 마테오한테만 해당하는 말이었죠. 그렇게 일시적이긴 했지만 난 마음의 문을 닫아버리게 됐어요. 그리고 내가 그러면 그럴수록 그 사람도 점점 더 멀어지더군요. 더는 그런 식으로 살 수 없다고 내가 결정할 때까지 말이에요."

퀸이 어깨를 움츠리며 말했다.

"무언가 다른 일이라도 있었습니까, 아니면 바로……?"

"어느 날, 아침에 마실 블렌드 커피를 준비하는데 그냥 울음이 터져 나오는 거예요. 바보 같은 소리로 들릴지 모르지만, 그렇게 예쁜 막 볶은 커피 원두를 갈다 말고, 불현듯 내 결혼생활이 꼭 커피 그라인더로 커피콩을 가는 거랑 비슷하단 생각이 들더군요. 밖에서 보면 내가 그라인더를 잡고 있지만 안에서 보면 내가 부지불식간에 갈가리 갈리고 있던 거죠."

나는 어깨를 으쓱거렸다.

"그때 난 진실을 깨달았죠."

"이혼해야겠다는……?"

"아니요, 나 스스로 나를 커피 필터에 끼우고 또 나한테 뜨거운 물을 붓고 컵에 담아 손님들에게 서빙하는 건 불가능하다는 걸요."

퀸이 잠시 나를 빤히 쳐다보았다.

"농담이에요."

우리 둘 다 웃음을 터뜨렸다. 그가 웃는 소릴 들으니 마음이 편해졌다. 퀸이 숨을 토해내자 그가 우리 집에 왔을 때부터 배어 있던 긴장이 그의 온몸에서 빠져나가는 것 같았다. 그리고 자기가 맡은 사건들 때문에 그 사람이 너무 긴장해 왔단 생각이 들었다.

그의 눈과 내 눈이 마주쳤고 그는 웃음을 멈추었다.

"아내는 몇 년 동안이나 바람을 피워왔어요, 클레어."

그의 목소리는 섬뜩하리만큼 냉랭했다. 감정이라곤 하나도 묻어나지 않았다. 죽은 사람의 목소리 같았다.

"여러 남자와, 그러더니 최근에는 여자까지. 아내는 우리의 결혼서약을 아무 데도 쓸모없는 누더기처럼 갈가리 찢어놨습니다. 손으로 꼽을 수 있는 것보다 훨씬 많은 거짓말을 내게 했지요."

나는 숨을 깊이 쉬었다.

"그러니까 진짜 문제는 당신이 부인 없이 살 수 있는가, 없는가 하는 데까지 온 거군요."

퀸은 와인잔에 다시 손을 뻗쳤지만 마시지는 않고 잔의 목을 어루만지기만 했다. 이제 그의 눈은 나를 보고 있지 않았다. 그의 눈은 깨끗한 워터포드 크리스털 잔에 깜박이는 촛불이 어른거리며 비치는 부분만 똑바로 바라보고 있었다.

나는 그가 말을 계속하기를 기다렸다. 왜냐하면 오늘 저녁을 쭉 함께 있었던 터라 그의 결혼생활과 그 문제에 대해 그가 해봤을지도 모르는 시도들에 대해 더 자세히 들을 시간이 충분했기 때문이다. 그리고 사람들이 보통 그러듯 좀처럼 보기 드문 이런 상황에서 그가 결국 입을 열지 어떨지 지켜볼 시간도 충분히 있었다.

그때 갑자기 퀸의 핸드폰이 울렸다. 그가 상대편 목소리를 듣는 순간 냉랭했던 장막이 걷혔다. 물론 일 문제였다. 무슨 일이 일어났고 퀸을 부를 필요가 있는 것 같았다.

"범죄 현장으로 가는 거예요?"

그가 핸드폰을 닫아 재킷 호주머니에 집어넣자 내가 물었다.

"그렇습니다."

"오늘 밤은 아래층에서 터커가 일을 보고 있어요. 라떼를 한 잔 달라고 해서 가져가요. 여긴 커피하우스잖아요."

그는 내게 인사를 했고, 나는 그를 문까지 데려가 주었다.

그런데 그가 직원용 계단 층계참에서 갑자기 멈췄다.

"마이크? 뭐 더 필요한 거 있어요?"

그는 그냥 거기 서서 대답할 거리를 찾는 듯 아래를 내려다보았다. 그러더니 "고마웠습니다."라는 한 마디를 남기고 가버렸다.

수많은 입주자 뒤에 숨어서 천재는 짙은 밤색 코트를 입은 키가 크고 어깨가 넓은 형사가 범죄 현장을 살피는 것을 지켜보았다.

"미안하네, 마이크. 자네까지 오게 해서."

"괜찮아. 발견한 건?"

"점퍼야."

시체 주변에는 제복을 입은 경찰들이 경계선을 쳐놓고 증거물을 찾고 있었다. 하지만 시간 낭비다. 그들도 다른 범죄 현장에서 다른 경찰들이 그랬던 것처럼 금방 똑같은 결론에 도달할 것이다—자살이라는.

그들은 이렇게 추정할 것이다.

잉가 버그는 예정보다 빨리 데이트에서 돌아왔다. 팬티를 벗으면 섹스는 할 수 있는지 모르지만 아무리 그래 봤자 긴 밤의 정사가 보장되는 건 아니다. 데이트에서 돌아온 잉가는 엘리베이터를 타고 옥상 주차장으로 갈 생각을 했고 가장자리로 걸어가 난간에서 공중제비를 했다.

그리고 이렇게 결론을 내릴 것이다. 잉가 버그는 투신자살했다.

'목적 달성.'

천재는 이렇게 속삭였다.

경찰이 입주자들에게 질문을 하기 전에 슬쩍 빠져나갈 일만 남아 있었다. 여기는 새 건물이라 서로 얼굴을 아는 입주자들이 별로 없다. 이 사람들은 천재를 그냥 다른 입주자 아니면 누군가의 친구 정도로 자연스럽게 생각할 것이다. 그러니 떠나는 건 쉬운 일일 것이다.

그러나 천재는 아직 떠날 수가 없었다. 자기 작품을 보며 감상하는 것이 이토록 큰 만족감을 주기는 처음이었다.

테이프도 쳐져 있지, 경찰소속 사진사는 스냅 사진을 찍어대지, 바닥에는 초크 선도 그려져 있었다. 게다가 저 형사가 이 춥고 어두운 밤에 갑자기 불려와 시체가 추락하기까지의 경로를 따져보질 않나, 라텍스 장갑을 끼고 묵묵히 그 여자의 으깨진 시신을 검사하고 있질 않은가.

그 여자는 어떻게 보면 자는 것처럼 보였다. 피와 뇌의 내용물이 여기저기 튀어 있는 것을 빼면 말이다. 잉가 버그의 흰색 신발은 떨어지면서 찢어졌지만 모피 장식이 달린 흰색 파카는 벗겨지지 않은 채였다.

파카 속에는 레이스로 마무리된 크림색 실크 네글리제를 입고 있었고, 염색한 긴 머리칼이 마치 금발 걸레처럼 얼굴에 덮여 있었다.

형사가 웅크리고 앉아 조심스럽게 얼굴에서 긴 금발 머리를 치우자 어딘가를 응시하는 것 같은 여자의 갈색 눈과 영원히 얼어붙은 벌어진 입이 드러나는 모습을 천재는 지켜보았다.

정말이지 너무 황홀했다.

이런 식으로 목표가 달성되는 것을 바라보는 일은. 그래서 천재는 형사가 일어나 고개를 돌려 군중을 바라보는 것도 거의 알아채지 못했다.

빠져나갈 시간이라고 천재는 결정했다.

*빠져나가자⋯⋯, 빠져나가자.*

그는 군중 한가운데 사이를 천천히 뒤로 스르르 미끄러져 갔다.

천재가 한 일을 정확히 표현하면 그랬다.

### 카페 노치우올라 (헤이즐넛 라떼)

1. 컵 바닥에 헤이즐넛 시럽을 붓는다.
2. 에스프레소 1샷을 넣는다.
3. 김 낸 우유를 넣는다.
4. 컵 바닥에 깔린 시럽이 위로 올라오도록 전체를 잘 저어준다.
5. 위에 거품우유를 얹어준다.

### 바리스타 Barista

즉석에서 커피를 전문적으로 만들어 주는 사람을 일컫는 용어. 이탈리아어로 '바 안에서 만드는 사람'이라는 뜻이다.
칵테일을 만드는 바텐더와 구별해서 커피를 만드는 전문가만을 가리키며, 좋은 원두를 선택하고 커피머신을 완벽하게 활용하여 고객의 입맛에 최대한의 만족을 주는 커피를 만들어내는 일을 한다.
이들은 무엇보다도 커피의 선택과 어떤 커피머신을 사용할 것인지, 어떻게 커피머신의 성능을 유지시킬 것인지에 대해 알아야 하며 완벽한 에스프레소를 추출하기 위한 방법을 알고 활용할 수 있는 능력을 갖추어야 한다. 또한 커피가 어떻게 생산되고, 여러 종류의 커피가 각각 어떤 향과 맛이 나며, 어떤 특징이 있고, 무슨 빵과 잘 어울리는지 등 커피에 대한 모든 것을 익혀야 하며, 아울러 손님에게 커피에 대한 조언을 해줄 수 있어야 한다. 이들은 매일 커피를 시음하고, 이를 바탕으로 새로운 커피를 만들어내기도 한다.

*five*

 썩 좋았다고 할 순 없었지만, 악몽이라고 볼 수도 없었다. 그러나 분명히 말해 멋있지는 않았다. 2년 만에 처음 한 공식적인 '데이트'는 시작이 나빴고 그때부터 내리막길을 걸었다.

 솔직히 '퀸과의 저녁식사(난 지금 그날의 일을 데이트가 아니라 그냥 저녁식사라고 생각한다)'로부터 정확히 일주일 후, 〈도시 남녀〉 안내서 표지에서 걸어 나온 것처럼 보이는 남자와 마주 보고 앉아 있게 될 줄은 꿈에도 생각지 않았다.

 그런데 여기 이렇게 버젓이 '유니온 스퀘어 커피숍'에 앉아 있다. 커피숍이라는 이름이 붙어 있긴 하지만 커피숍이라기보다는 요새 유행하는 레스토랑에 가까웠다. 분위기 있는 조명에 시끄러운 음악, 반지르르하게 차려입은 손님들, 브라질식 미국 메뉴를 갖춘 1960년대 커피숍 겸 식당을 흉내 낸 느낌이 났다.

 나중에 내가 기분 좋게 빌리지 블렌드에 돌아갔을 때, 터커가 준 정보에 의하면, 여기서 일하는 웨이트리스들은 유명한 모델 에이전시 회사(그 회사가 레스토랑을 소유하고 있단다)와 '라이브 베이트Live Bait' 인가 하는 회사에 고용되어 있다고 했다.

 긴 금발머리에 갈대처럼 비쩍 마른 스물두 살짜리 속옷 모델 겸 웨이트리스인 아가씨가 내 데이트 상대에게 "뭐로 하시겠어요?"라고 묻는 곳에서 식사하자는 제안에 동의한 건, 돌이켜 생각하니 너무 헤프게 행동한 건 아닌가 싶었다.

조이의 도움을 받아 싱글즈뉴욕 사이트에다 내 프로필을 올렸기 때문에 이 남자가 나한테 이메일을 보낸 거지만, 내가 굳이 자료를 올린 이유는 어디까지나 조이가 이용하려는 데이트 서비스를 검사하기 위한 것이었다.

패리스 힐튼 같은 아가씨가 다시 물었다.

"뭐로 하시겠어요?"

비닐 코팅이 된 칸막이 좌석에 몸을 푹 묻고 있던 나는 벌써 추라스키노 카리오카를 주문한 상태였다.

그런데 검은 곱슬머리와 세련된 외모, 엷은 헤이즐넛색 눈동자를 한, 직업란에 '펀드 모집 이사'라고 소개한 40대의 내 데이트 상대는 메뉴에 대해 할 말이 있는 것 같았다.

남자가 난처해하며 물었다.

"난 이 집에 채식주의자를 위한 음식이 있을 거라고 생각했는데요?"

웨이트리스가 추천했다.

"저희 집은 베지버거(식물성 단백질의 인조육으로 만든 요리, 또는 그것을 사이에 넣어서 만든 샌드위치)와 여러 가지 생선 요리가 있습니다."

"전 채식주의자예요. 동물은 못 먹어요, 생선도 포함되죠."

*채식주의자라고?*

프로필 어디에도 그런 말은 없었다. 맹세하지만 그 말은 담배를 피우지 않는 미식가라고 말하는 거와 똑같다.

*잘 알아들었음.*

모델이자 웨이트리스인 아가씨가 빨리 선택해주길 바라는 표정으로 물었다.

"베지버거로 하시겠어요?"

브룩스 뉴먼이란 이름의 그 남자는 순교자 같은 한숨을 쉬며 말했다.

"그래야 할 것 같군요."

"치즈를 넣을까요?"

"좋아요."

내가 지적했다.

"아시는지 모르겠지만 치즈도 동물성이에요. 진짜 채식주의자시라면 말이에요."

브룩스가 말했다.

"아, 네, 물론 채식주의자죠. 3일밖에 안 되긴 했지만요."

내가 물었다.

"3일 된 채식주의자시라고요? 3일짜리 금주 같은 건가요?"

브룩스는 재미있어하지 않았다.

그는 잠깐 나를 흘겨보더니 웨이트리스에게 말했다.

"치즈는 됐어요."

"더 시키실 게 있나요, 손님?"

브룩스는 메뉴판을 확 닫으며 말했다.

"있어요. 마티니 한 잔 더요, 드라이로. 알죠? 드-라-이."

"네, 손님."

힐튼 같은 외모의 아가씨는 무릎까지 오는 부츠의 굽에 서둘러 스핀을 주더니 쌩하고 사라져갔다.

"저 나이 또래 아가씨들이 나한테 '손님sir'이라고 존칭을 쓰면 싫더라고요."

그는 저만치 가버린 웨이트리스의 엉덩이에서 여전히 눈을 떼지 못

하며 말했다.

"늙었다는 느낌이 들게 하죠."

"글쎄요······."

*서러워할 필요 없어요. 이랬든 저랬든 당신도 어린애처럼 행동하고 있잖아요.*

"당신은, 음, 마흔처럼 보이지 않아요."

"고맙습니다. 저도 알아요. 다 보태니컬botanical 덕이죠."

"보태니컬요?"

"네, 얼굴 전용 제품이에요. 전 우리 또래한테 젊음을 찾아주는 스파spa에 일주일에 한 번씩 가고 있어요. 당신도 한 번 가봐요."

*아이고, 가엾은지고.*

"'리뉴 스파'라고 해요. 파크 애비뉴, W 호텔 옆에 있죠."

이렇게 말하면서 그는 남아 있던 '드라이하지 않은' 마티니를 쭉 들이켰다.

"리뉴라고 했죠? 재미있네요."

"뭐가 재미있단 거죠?"

"리뉴! 리뉴! 리뉴!"

내가 말했다.

"〈로건의 탈출(인구 증가에 따른 자원 고갈로 30살이 되면 죽어야 하는 미래사회가 배경인 SF 액션스릴러)〉 기억 안 나요? 사람들한테 삼십 년 넘게 '카루셀'이란 치료를 하잖아요?"

브룩스가 다시 살짝 눈을 흘겼다.

"아니, 왜 스파에서 회전목마(Carousel에 회전목마라는 뜻이 있음)를 탄다는 거죠?"

나는 고개를 저었다.

"회전목마 말고요. 카루셀 말이에요. 〈로건의 탈출〉 기억 안 나요? 70년대 중반에 나온 SF 영화 있잖아요?"

"물론, 알죠. 파라 포셋이 나오지 않았나요?"

"그랬죠. 그런데 이 영화가 기본적으로 전제한 생각은 23세기에 '위대한 형제들Big Brother'이 사람들을 돌본다는 거죠. 사람들의 삶 전체가 쾌락을 추구하는데 할애되죠. 유일한 결함은 서른 살이 되면 손바닥에 내장된 빨간 크리스털이 깜박거리기 시작한다는 거예요. 그렇게 되면 사람들은 '카루셀'이라고 부르는 의식을 치를 때가 되었다는 것을 위에 보고하죠. 카루셀을 한다는 건 곧 '재생'되어야 한다는 뜻이거든요. 그렇지만 사실 위대한 형제들은 디트로이트를 다 밝힐 만큼 엄청난 양의 전기로 사람들을 감전시키죠."

"무슨 말을 하는 건지 모르겠군요."

"'뛰어라! 무조건 뛰어라!' 무슨 말인지 모르겠어요?"

"모르겠어요."

"그럼, 신경 쓰지 마요."

나는 한숨지으며 '퀸이라면 웃었을 텐데.' 하는 생각을 했다.

브룩스는 옅은 노란색 아르마니 스웨터를 고쳐 입고 홀을 둘러보더니 우리 집 고양이 자바가 거위 털 이불을 발톱으로 움켜잡는 것보다 더 자주, 모델이면서 웨이트리스인 아가씨의 꽉 끼는 옷을 찢어발기듯 바라보았다.

브룩스가 말했다.

"그건 그렇고……, 이런 곳은 운영이 어때요?"

"이런 곳이요? 전 이곳을 운영하는 사람이 아닌데요."

브룩스는 눈살을 찌푸렸다.

"싱글즈뉴욕 사이트에 올린 프로필에 커피숍을 운영한다고 하지 않았나요?"

"아, 커피하우스를 말하는 거군요. 제가 운영하는 건 커피숍이 아니라 커피하우스에요. 물론 프로필에 가게 이름을 쓰진 않았지만요. 사이트의 안내문에 개인 정보가 유출될 수 있는 공개 프로필에는 특별한 정보를 적지 말라고 쓰여 있어서요."

"당신 프로필에는 '커피숍'을 운영한다고 돼 있어요."

"왜 그렇게 되어 있는지 이해가 안 가네요. 싱글즈뉴욕 사이트는 사람들 프로필을 변경하기도 하나요?"

"아니요, 하지만 당신이 전송한 후 자동으로 철자 확인이 되지요. 올린 다음에 확인 안 해봤어요?"

"전혀요."

브룩스는 이제 보란 듯이 홀을 둘러보았다.

"알았어요, 그러니까 여기 아가씨들을 고용한 게 아니란 거죠?"

"네."

그 후로는 분위기가 훨씬 더 썰렁해졌다.

나는 예의 바르게 그의 일에 대해 물어보았고 그는 여러 자선 활동을 위해 펀드를 조달하는 캠페인에서 지휘를 맡고 있다고 말했다.

"여러 가지 테크닉이 있어요. 비영리사업의 역사 덕이죠. 기부 방식도 시간이 지나면서 많이 진부해졌죠. 그러니 나는 공세적인 전화 마케팅이나 편지 쓰기 캠페인, 또는 기부모금 자선행사 중 아무 거나 정해 지휘만 하면 되지요."

"재미있네요."

"그럴 수도 있고요."

나한테는 재미없었다, 그때는 그랬다.

난 퀸 형사 생각이 나는 걸 막을 수가 없었다. 지난주 치킨 프랜시스를 함께 먹은 후 지금까지 그는 빌리지 블렌드에 오지 않고 있었다.

그가 늘 마시던 라떼도 만들 필요가 없었고 에스프레소를 내릴 일은 더더욱 없었다. 한 주 내내 빌리지 블렌드를 완전히 피하고 있었다.

난 그의 일 때문이라고, 아니면 나와 맷이 그랬던 만큼이나 감정적으로 팽팽해 보이는 그의 결혼 문제 때문이라고 스스로에게 타일렀다.

하지만 이제 그가 의도적으로 나를 피하고 있음을 의심하지 않을 수 없었다. 어쩌면 말을 꺼낸 걸 후회할 수도 있고, 어쩌면 얼마간 당황하면서 다음번 만나게 될 때 내가 그를 난처하게 할까 봐 걱정하고 있을지도 모른다.

나는 실마리를 찾지 못하고 있었지만 그 일로 내가 상처받는 것은 싫었다. 이것도 내가 브룩스의 데이트 신청을 받고 오늘 밤 나오기로 한 이유였다.

나는 그 형사를 머릿속에서 지워낼 필요가 있었다.

*아직 유부남인 그 형사를.*

요리가 나오자 브룩스는 채소로 만든 버거를 베어 먹었다. 씹고 삼킨 다음 다시금 흘기는 눈이 되었다.

"당신이 주문한 건 뭐지요?"

그는 이렇게 물으며 내 접시를 흘끔 보았다.

"추라스키노 카리오카에요."

"그게 그러니까……?"

"브라질식으로 구운 스테이크 샌드위치예요."

"스테이크요?"

"네, 스테이크요. 소고기죠, 소요."

나는 마리네이드에 맛있게 절여진 고기를 한입 가득 물고 말했다.

"있잖아요, 브룩스 씨. 제가 프로필에 고기를 안 먹는다고 쓰진 않았잖아요. 제가 알기론 철자 확인을 해도 '미식가'가 '채식주의자'로 바뀌지는 않을 거 같은데요."

"그럼요, 그렇진 않죠."

이렇게 인정하는 그의 어조는 덜 냉랭했다.

"하지만 전 사이트에 오는 모든 사람들이 뭔가에 대해 거짓말한단 걸 알게 되었어요. 프로필에서 지배자 냄새를 풍기는 여자가 있었는데, 막상 만나보니 하염없이 하는 말이 부모 때문에 골치라는 거예요. 섹스도 너무 평범했고, 그다음엔 스크래블(어구의 철자 바꾸기 놀이와 가로세로 낱말풀이를 혼합한 놀이)만 하고 싶어 하더군요."

"브룩스 씨, 솔직히 말하는 건데요. 우리 둘 다 먹은 거 소화시킬 수 있는 대화만 하면 좋겠어요. 제가 여기 온 유일한 이유는 온라인 데이트가 어떤 건지 알고 싶어서였어요. 우리 딸이 계속 가입하겠다고 성화를 하기에, 사이트도 검사할 겸 어떻게 돌아가는지 알고 싶었어요. 전 정말 남자 낚는 일은, 아니 뭐라고 하든, 그런 데 전혀 관심이 없어요."

남자가 의자 뒤에 기대앉으며 말했다.

"아, 그러니까 솔직히 말해서 저한테 관심이 없단 뜻이죠?"

그는 자기 마티니를 한 모금 들이키더니 불만스런 얼굴이 되었다.

"전 보통 당신보단 훨씬 젊은 아가씨들만 만나죠. 하지만 서른아홉 살 치곤 당신은 정말 괜찮아 보였어요. 그런데, 당신이 지금 입은 옷은 마음에 안 들어요. 스웨터도 당신한테 너무 크고, 전 여자가 바지를 입는 건 별로거든요. 하지만 당신 얼굴은 정말 예뻐요. 사실……, 당신은 귀여운 스타일이에요."

그가 날 더 가까이 쳐다보았다.

"고마워요."

*으, 닭살.*

"그리고 왜 그런지 약간 낯이 익은 얼굴이에요."

"빌리지 블렌드란 커피하우스에 가본 적 있나요? 허드슨 강가에 있는?"

"그게 당신이 운영하는 가게로군요? 아, 그럼요, 가봤죠. 카푸치노가 맛있는 곳이에요."

"고마워요."

*좋아, 아주 끔찍한 사람은 아닌 거 같군.*

"당신한테 솔직히 말하면, 내 생각에 이건 데이트라기보다 연줄 만들기쯤 되는 거 같아요. 요새 펀드를 모집하는 새로운 접근 방법을 계획하고 있는데, 아마 여기서 일하는 젊고 예쁜 아가씨들도 참여하게 될 거예요. 당신이 여기를 운영하는 줄 알고 제가 하는 기부 서비스에 도움을 줄지도 모른다고 생각했죠."

"서비스라고요?"

브룩스가 고개를 끄덕였다.

"퍽 빌딩에서 하는 란제리 쇼죠. 쇼가 끝나면 아가씨들이 음료를 서빙하게 될 거예요."

"속옷만 입은 채로?"

"멋진 생각 같지 않아요?"

브룩스는 씩 웃으며 말했다.

"전 그런 방면엔 천재거든요. 돈을 팍팍 쓰는 사람들도 만족할 거고 저도 대어를 낚는 거죠. 모델들은……, 제 생각엔 만약 그 아가씨들이 여기서 마지못해 일하는 거라면, 아무튼 그녀들도 낚일 기회가 생기는 거고요. 게다가 이 아가씨들은 이미 음료 서빙하는 방법도 아는 상태잖아요."

"하지만 그녀들이 돈도 안 받고 뭐 하러 그러겠어요?"

"왜냐하면 우리가 이미 이벤트에 초청한, 돈을 물 쓰듯 쓰는 사람들이 주로 언론과 광고계 간부 같은 사람들이기 때문이죠. 이건 그녀들에게 아주 좋은 선전 기회가 되는 거니까요."

"좋은 선전이라, 그렇군요(얄팍한 속옷 차림으로 음료를 서빙하면 모델에겐 분명히 좋은 선전이 될 것이다)."

그가 덧붙여 말했다.

"게다가 그럴싸한 구실도 마련할 수 있고요."

"어떤 구실이죠?"

"M.N.M.을 위한 구실이죠. 앞으로 반년 동안 내가 그곳의 전국 기금 모집 활동을 도맡아 하게 되었거든요."

"M.N.M.이라고요? 아, 알아요, 들어본 적 있어요. '고기는 더 이상 먹지 말자Meat No More.'는 뜻을 둔, 행동파 채식주의자 단체죠? 그래서 당신이 3일짜리 채식주의자가 된 거로군요?"

브룩스는 어깨를 으쓱거렸다.

"일을 시작한 지 2주가 되자 그 사람들이 저한테 라이프스타일을 바꿔보라고 권했다고만 말해두죠."

그는 한숨을 쉬더니 실망스런 표정이 되었다.

"단지 사무실로 살집 좋은 중국식 돼지갈비를 배달시켰을 뿐이었죠.

꼭 그 빌어먹을 돼지를 내가 직접 죽이기라도 한 것 같이 굴더군요."

나는 맛좋은 브라질 스테이크 샌드위치를 한 입 더 베어 먹었다.

그는 자기 베지버거를 눈살을 찌푸리고 바라보았다. 그러더니 레스토랑을 둘러보고 내게 속삭였다.

"그거 반만 좀 먹어도 될까요?"

"그럼요."

나는 웃었다.

고기가 그 사람을 회복시키는 것 같았다.

그도 진심으로 웃었다.

"그런데, 당신은 정말 귀여워요. 왜 우리가 연결되면 안 되는지 모르겠어요. 그러니까, 밤일 말이에요."

"미안하지만……, 전 그래요."

덧붙여 "개인적인 관계는 싫어요."라고 말하려다 그만두었다. 당연히 이런 말도 개인적인 거니까.

그가 어깨를 으쓱했다.

"아, 그렇군요. 시도할만한 가치는 있을 텐데요."

"참, 싱글즈뉴욕 사이트는 어떤 거 같아요? 말하자면 우리 딸아이한테 어떨까요?"

"당신 딸한테 말이죠? 흥미로운 얘기군요."

그는 마티니를 한 모금 더 마시더니 나를 흘깃 쳐다보았다.

"딸이 당신 판박이인가요? 그렇다면 오늘 밤 당신 딸은 뭘 할까요?"

나는 브룩스가 카푸치노를 시키러 가게에 들어서는 모습, 그리고 그 얼굴에 내가 스팀 밸브를 겨누는 모습을 상상했다.

나는 아주 맛있게 먹으며 말했다.

"당신은 우리 딸한텐 너무 나이가 있죠."

그는 어깨를 으쓱거렸다.

"남자들이 그러는 걸 탓할 순 없어요."

*탓을 해야지.*

"이봐요, 싱글즈뉴욕은 꽤 저속한 사이트라고요. 대부분이 섹스 파트너의 범위를 넓히고 싶어서 여길 찾는 거예요."

나는 마리네이드에 절인 소고기에 거의 목이 막힐 뻔했다.

"뭘 넓혀요?"

"섹스 파트너의 범위요. 딸아이가 몇 살이죠?"

"열아홉이에요. 곧 스물이 되죠."

브룩스가 고개를 끄덕였다.

"딸한테 스물다섯 넘은 남자는 만나지 말라고 해요. 그러면 유부남일지도 모르는 남자와 엮이는 건 막을 수 있을 겁니다. 그리고 이런 경고문을 기억하라고요. 남자한테 집 전화, 주소, 직장 전화번호를 달라고 할 것. 만약 남자가 어느 하나라도 주기를 꺼린다면 유부남이거나 적어도 이미 애인이 있을 확률이 높죠."

걱정에 한숨이 새어나왔다.

내 e-데이트 상대가 몸을 앞으로 숙였다.

"이봐요, 여기……."

그는 명함을 꺼내 휙 젖히더니 아래에다 뭔가를 적었다.

"나한테도 딸이 있다면 그 애가 싱글즈뉴욕 말고 여기 이 두 사이트를 이용하길 바랄 거예요. 내가 아는 한 여기 오는 사람들은 모두 순진한 사람들이에요. 말하자면 '의미 있는 관계'를 추구한다든가 '제일 좋아하는 취미'가 뭔지 그런 것들을 이야기하고 싶어 하는 사람들이죠.

싱글즈뉴욕보다는 훨씬 얌전한 곳이에요."

"고마워요."

나는 이렇게 말했고 진심이었다.

우리는 식사를 마치고 어떤 디저트를 먹을까 고민했다. 그러고는 둘다 플랜(치즈, 크림, 과일 따위를 넣은 파이)을 주문했고 나는 웨이트리스에게 카푸치노도 시켰다.

브룩스가 말했다.

"내 것도 한 잔 줘요."

내가 막 이 남자를 괜찮은 사람으로 결론지으려는 순간, 그가 한 마디를 덧붙였고 그 입에서 나온 말은 나와의 관계에 약간의 가능성도 남기지 않을 결정타였다.

"내 것은 디카페인으로 부탁해요."

*six*

*시간이 거의 다 됐다.*

오늘 밤 공기는 상쾌했다. 하지만 나무를 때는 이 지구(地區)의 오래된 벽난로들에서 이따금 매운 연기가 나와 공기를 탁하게 했다. 그래도 근처 강가에서 산들바람이 불어왔고, 천재는 오늘 밤 임무가 참을 만하다고 생각하고 있었다.

무엇보다 먼저 싱글 남녀들의 한심하기 그지없는 행렬을 보면서 천재는 은근히 우스움을 느꼈다.

그리니치 빌리지의 토요일 밤은 늘 소란스럽고 사람들로 붐볐지만, 싱글들이 이 어두운 거리에 어떤 병적인 기운을 돌게 하는 것 같았다.

꽉 끌어안은 커플들이나 고래고래 소리를 지르는 주정꾼들을 헤치고 나가는 싱글들의 모습에는 뭔가 수심에 잠긴 것 같은, 그러면서도 얼마간 절박한 무언가가 보였다—손은 주머니에 넣고 눈은 아래로 내리깐 모습들.

혼잡한 거리 건너 어떤 골목의 그늘지고 후미진 곳에 서서 천재는 그곳이 아주 완벽한 위치라고 생각했다. 사람들이 한 줄로 인조 가스등을 지나 커피하우스로 터덜터덜 들어서는 모습을 지켜보기에 아주 그만이었다.

밝은 조명이 비치는 빌리지 블렌드의 높은 창문을 통해 천재는 그들이 서로 부딪히며 혼잡한 테이블 사이를 뚫고 나아가는 모습, 2층으로 향하는 나선형 철제 계단을 오르기에 앞서 옷매무시를 가다듬는 모습을 자세히 뜯어보았다. 이제야 그들의 가장된 용기가 제자리를 찾고 있었다.

손을 주머니에서 꺼내고 눈을 높이 쳐든 꼴이며, 막판에 바른 립스틱처럼 부자연스런 미소라니.

*약간 다리를 저는 50대 대머리 남자가 하나.*
*좀 지나치다 싶을 정도로 세차게 웃어대는 30대 여자 둘.*
*머리에 기름을 너무 발라 마피아 거물처럼 보이는, 과한 옷치장을 한 40세쯤의 남자 하나.*
*꽉 끼는 옷에 화장이 너무 짙은 까무잡잡한 아가씨 하나.*
*20대 얼간이 하나.*
*30대 얼간이 하나.*
*고딕풍 섹시한 의상을 입은 아가씨 셋.*
*스무 살 연하의 남자를 겨냥해 스파이크 힐(높고 뾰족한 굽) 부츠에 트렌디한 가죽 코트를 입은 최소 40세 이상의 부인 하나.*

그런 사람들이 계속 오고 있었다.

이 카푸치노 미팅은 분명히 낙오자들을 불러들이고 있었다. 무리 가운데 조금쯤 매력 있는 여자도 몇몇 눈에 띄었지만 대단치는 않았다.

천재는 이런 일이 자기에게 일어난 데 정말 놀라고 있었다.

그러나 싱글즈뉴욕 사이트는 완전히 실패였다.

마지막 만남은 근처 레스토랑에서 있었다. 그 여자는 그의 취향에 비해 나이가 너무 많았지만 그게 문제였던 것 같진 않았다. 그게 아니라 성적인 끌림이 전혀 없었다. 그 여자의 어떤 점도 그에게 불을 지피지 못했다. 지루한 여자였다.

언제나 그렇지만 싱글즈뉴욕에 소개된 프로필은 현실과 달랐다. 사진이며 직업, 모든 것이 직접 만난 것보다 온라인상의 프로필이 훨씬 나은 것 같았다. 그에겐 너무 따분한 스타일이었다.

천재에게는 그다지 놀랄 일은 아니었다.

다음 목표를 어디서 찾을지가 유일한 문제였을 뿐이다. 싱글즈뉴욕 사이트의 프로필을 더 뒤지는 것도 방법이고 포기하는 것도 한 방법이었다. 하지만 그렇다면 당연히 이곳에도 그 논리가······.

천재는 그늘진 곳에서 나와 길을 건너 빌리지 블렌드로 들어가며 속삭였다.

"아, 그렇지. 저녁이 끝날 무렵엔 최소한 훌륭한 카푸치노 한 잔은 마실 수 있겠지."


"클레어에게 알려줄 단어가 있어요."

터커가 이렇게 속삭이며 바닥이 코르크로 된 반쯤 빈 쟁반에서 프렌치카페 스타일의 카푸치노 한 잔을 내게 건네주었다.

나는 차가운 손으로 그 온기를 받쳐 들고 따뜻한 거품을 마셨다. 그리곤 컵의 테두리를 뚫어져라 바라보며 빌리지 블렌드 2층을 꽉 채운, 빙빙 돌며 미팅을 하는 많은 사람에 대해 곰곰이 생각하고 있었다.

내가 터커에게 물었다.

"단어?"

"'태드폴링'(Tadpoling: '개구리 왕자'에서 착안한 말. 개구리를 리드하는 공주를 어머니로, 개구리를 유아적인 남자로 비유해, 연상녀와 연하남 커플을 가리키는 말)이란 단어예요."

"다시 한 번 말해줘, 뭐?"

"연상녀가 연하남과 사귀는 걸 말하는 거예요."

"개구리 왕자 커플이라, 맞네. 무슨 말인지 알겠어. 의문을 풀어줘서 고마워, 턱. 난 또 자기가 루이지애나 시절 생각이라도 하는 줄 알았지(tadpole에는 올챙이라는 뜻이 있고, 늪지대가 많은 미시시피주를 의미하기도 한다. 터커가 루이지애나 출신이라 클레어는 터커가 고향 이야기를 한다고 생각한 것이다)."

"절대 아니죠, 클레어. 난 클레어가 열 살, 열두 살쯤 아래로 보이는 남자들은 두 번도 쳐다보지 않을 거란 걸 아는걸요."

"터커……."

"하지만 개구리 왕자 커플은 지금 제일 뜨거운 유행이라고요."

내가 물었다.

"연상녀와 연하남 커플이? 대체 어느 나라가 그렇단 건데?"

"이런, 클레어. 모른단 말이에요? 다들 태드폴링을 지상과제로 생각하고 있다고요. 데미 무어하고 애쉬튼 커처, 휴 잭맨과 그의 아내, 쉐어, 마돈나……, 열거하자면 끝도 없어요. 다이안 키튼하고 잭 니콜슨이 나온 영화 기억 안 나요?(한국에는 '사랑할 때 버려야 할 아까운 것들'이란 제목으로 개봉한 영화) 그 영화에서 귀여운 캐릭터로 나온 키애누 리브스가 갱년기도 지난 다이안한테 뜨거운 감정을 품잖아요? 알겠지만 다이안은 이 역으로 오스카상에 노미네이트까지 되었다고요."

"할리우드 얘기지, 터커. 지금 터커가 든 예들은 전부 할리우드 배우들이잖아. 나도 햄프턴과 말리부 해안에 저택이 있는 백만장자 영화배우라면 개구리 왕자를 생각해볼 만도 하겠지만, 내 현실은 거기가 아니라 여기라고."

"제가 말하고 싶은 게 바로 그거예요! 진짜 현실이 할리우드를 사로

잡고 있다고요. 그리고 거기에서 유행이 흐르는 거니까요. 클레어, 이 말 기억해요. 유행은 흐른다."

"모두, 여기 보세요! 시작할 시간입니다!"

우리 가게에서 카푸치노 미팅의 사회를 보는 낸 털리가 소리쳤다.

이 모임은 종파와 무관한데다 〈뉴욕〉지의 '사람들' 코너에도 광고가 실리긴 했지만, 실제로는 10번가와 브로드웨이가에 있는 '그레이스 처치'에서 기금조달과 봉사활동을 담당하는 위원회 업무 중 하나였다(그 교회는 마치 레이스 장식 같은 석조 건물과 화려한 스테인드글라스를 자랑하는, 고딕 리바이벌 양식 중에서도 가장 웅장한 건물에 속한다. 뉴욕 사람들은 그곳을 지날 때면 언제나 감탄을 하지만, 1845년에 교회를 지은 건축가가 업타운의 명소인 성 패트릭 성당도 지었다는 걸 아는 사람은 별로 없다).

낸이 다시 외치며 손뼉을 쳤다.

"자, 모두! 모여 보세요."

낸은 12번가에 있는 '꼬맹이들'이란 보육센터의 운영자인데, 그래서 그런지 내가 막 들어선 이곳도 다 큰 어른들의 놀이방 같단 인상을 떨쳐낼 수 없었다.

"이봐, 터커. 나, 정말 여기서 아무도, 어떤 식으로든 만나고 싶지 않아. 알잖아."

"정 그렇게 말씀하시면."

터커는 난처하다는 듯 눈동자를 굴리며 손님들에게 커피를 서빙하기 위해 사라졌다.

나는 낸 쪽에서 서성이며 조이와 약속했던 대로 거리를 유지하려 노력했다. 이틀 전 브룩스 뉴먼과 데이트를 끝내자마자, 나는 조이에게 전화를 걸어 싱글즈뉴욕 사이트에서 당장 탈퇴하겠다는 약속을 받아냈다. 조이는 브룩스가 준 명함 뒷면에 휘갈겨 쓴, 보다 '얌전한' 사이트를 이용한다는데 동의하긴 했지만 한편으로 빌리지 블렌드의 '카푸치노 미팅의 밤'에 가입하기로 했다고 내게 통보했다.

나는 하루 동안 가만히 있었다. 그러고 나서 나도 가입한 것이다.

내가 조이에게 그 사실을 말하자 그 애는 펄펄 뛰며 이렇게 말했다.

"엄마가 이러는 거, 믿을 수가 없어!"

"너하곤 아무 상관없는 일이야."

나는 거짓말을 했다.

"그 사람들이 한 달에 두 번씩 지금까지 얼마나 오랫동안 우리 가게에서 미팅을 해왔게. 그런데 내가 지금까지 한 일이라곤 파트 타이머들에게 카푸치노 쟁반을 들려서 위층으로 올려 보낸 게 다라고. 이젠 나 자신을 위해 어떻게 돌아가는지 직접 볼 때가 되었다고 생각하는데?"

조이는 속지 않았지만, 나는 조이에게 미팅을 방해하지 않겠다고 약속했고 결국 조이도 내게도 좋은 일일지 모른다고 말하긴 했다.

나는 조이가 아직도 아빠에 대한 착각에 빠져 있었기 때문에 확인해야만 했다. 솔직히 말해 허세가 있는 마테오는 일부일처제를 유지할 능력은 없는 사람이었지만, 조이를 조건 없이 사랑했다. 난 그런 아빠를 대신해줄 남자, 그리고 조이에게 나쁜 일은 하지 않을 남자가 이 사람들 중에는 없다는 걸 확인할 필요가 있었던 것이다.

마테오는 지금도 가끔 나를 화나게 해 그 사람 바지에다 뜨거운 김이 펄펄 나는 스피드 볼 커피를 쏟아 붓는 상상을 하게 만들지만, 그렇다고 조이에게서 아빠를 사랑하는 마음까지 빼앗을 이유가 내게 없다는 걸 알고 있었다.

낸이 시간이 다 됐음을 알리는 손뼉을 치자, 꼭 유치원 아이들이 화장실에 갈 때 선생님한테 허락을 받는 것 같은 기분이 들었다.

"조용, 조용! 좋아요, 잘하고 있어요! 자, 여러분 모두 귀를 쫑긋 세우고 제 말을 잘 들어주세요. 미팅의 밤에서 첫 번째 규칙은 모든 사람이 최소한 세 번의 미팅을 해야 한다는 거예요. 느낌이 오는 사람을 첫 번째로 만나도 세 사람하고 데이트를 해야 하는 겁니다. 이 규칙 때문에 여러분이 한 번 이상 미팅을 하실 수 있는 거예요! 훌륭한 규칙이죠!"

낸은 열정적인 목소리를 가지고 있었기 때문에 이런 낯간지러운 일을 4년씩이나 하는데 잘 맞았나 보다는 생각이 들었다.

하지만 사람들은 잘 받아들이지 못하는 것 같았다. 그들은 걱정 투로 소곤거렸다.

"자, 자, 여러분이 무슨 생각 하시는지 알아요! 이유가 뭐냐? 강한 유대감을 못 느끼는 사람과 만나야 할 필요가 뭐냐? 그러면 제가 대답해드리죠. 행복한 결혼을 한 많은 커플들이 첫 만남은 안 좋았다고 합니다. 또 첫 만남이 너무 멋졌을 땐 아주 안 좋게 찢어지는 경우도 많대요. 여러분이 그저 누군가에게 당신을 마음에 들게 할 기회를 준다면 무슨 일이 생길지 아무도 모르는 거예요."

"곰팡이 같이요?"

누가 큰 소리로 농담했다.

"적대심은 아무 득이 없어요."

낸이 날카롭게 대꾸했다.

"기억하세요, 첫인상이 별로 안 좋아도 당신에게 좋은 짝이 될 수 있답니다. 완벽한 짝은 아닐지 모르지만 좋은 짝은 될 수 있는 거예요."

나는 좀더 주위를 둘러보고 모인 사람들을 살펴보고 싶어 견딜 수 없을 지경이었지만, 조이가 엄마가 감시한다고 생각하는 건 싫었다.

또 룸이 꽉 차 있었기 때문에 아무튼, 이 장소 전체를 확실하게 본다는 건 어려운 일이기도 했다. 그래서 난 그냥 카푸치노나 마시면서 낸만 주의 깊게 바라보았다.

"자, 시작하겠습니다!"

빌리지 블렌드 2층은 꽤 널찍했고 윗면이 대리석으로 된 테이블과 의자가 있었으며 절충식 믹스 앤 매치 가구들도 있었다.

마루와 테이블 램프를 따라 늘어선 속을 꽉 채운 의자와 프랑스 벼룩시장에서 산 소파 때문에 손님들은 보헤미안의 거실에서 편히 쉰다는 느낌을 받곤 했다(이 동네 아파트 대부분이 비좁은 거실과 침실 한 개만을 갖추고 있어서 많은 사람이 우리 가게를 문자 그대로 보헤미안 스타일로 봐주었다). 게다가 오늘 밤엔 룸 정면의 벽돌로 된 벽난로에서 활활 타는 불길이 로맨틱한 빛을 자아내고 있었다.

이른바 '파워 미팅' 시간을 시작하면서 열성적인 사회자 낸은 테이블 여기저기에 앉아 있는 모든 여자들에게 자리를 정해주겠다고 말했다. 그런 다음엔 남자들을 무작위로 여자와 짝을 지어 줄 것이다.

그런데 낸이 자리를 지정하기 전, 나는 그녀가 터커와 한쪽에서 살짝 이야기를 나누는 모습을 보았다.

그 둘은 무척 긴장하는 모습이었다.

나는 터커에게 다가갔다.

"다 잘 되는 거야?"

내가 이렇게 물어볼 때, 낸은 분주히 룸 곳곳에 있는 여자들에게 자리를 정해주고 있었다.

터커가 속삭였다.

"낸이 당황하고 있어요. 믿기지 않으시겠지만 지금 사실 여자가 한 명 모자라요. 누군가 전화도 없이 안 왔대요."

"낸이 지금 막 알아챈 거야?"

"네, 그래서 저한테 아래층에서 오늘 밤 파워 미팅에 공짜로 나가는 데 관심 있는 여자를 좀 찾아보라는 거예요."

원래는 참가자들이 경비로 40달러를 내는데 여기엔 카푸치노 석 잔 값이 포함되어 있었다. 빌리지 블렌드엔 무척 수지가 맞는 일이었다.

왜냐하면 교회 사람들이 카푸치노 값을 미리 치르기 때문에 우리는 120잔의 커피를 파는 것이나 마찬가지였고, 커플들이 1층으로 내려와 한 시간쯤 머물며 이야기를 나누다가 커피를 더 사는 경우도 많았기 때문이다. 가장 중요한 건 이 싱글들의 미팅이 빌리지 블렌드엔 큰 도움이 된단 거였다.

내가 그에게 물었다.

"무슨 생각이라도 있어?"

터커가 고개를 저었다.

"한 번 돌아보려고요. 밑에 라티시아가 있긴 한데, 그녀는 이미 교향 악단 남자하고 데이트하는 중이거든요. 키라 커크는 가로세로 낱말풀이를 하고 있는데, 그녀는 모든 남자를 싫어하는 것처럼 행동하잖아요. 마사 벅도 한쪽 테이블에서 원고를 편집하고 있어요. 하지만 그녀도 누구를 만나는 거 같아요. 또 위니 윈슬렛도 와 있지만, 이런 건 자기 스타일이 아니라고 말했잖아요."

나는 잠깐 생각해보았다.

"잉가는 어때?"

터커의 안색이 약간 흐려졌다.

"잉가 버그요?"

"그래. 쇼핑 중독인 잉가니까, 여기서도 붙잡을만한 사람이라면 누군가를 만날 수 있을지도 모르잖아."

"클레어, 잉가는 죽었어요."

"죽었다고?"

내가 이 말을 너무 크게 했는지 몇 사람이 돌아보았다.

나는 얼른 속삭이듯 말했다.

"죽었다니? 어떻게? 언제?"

"자살이래요. 그제 목요일 밤 자기 집 옥상에서 뛰어내렸대요. 저도 〈보이스〉지에 기사를 쓴 기자한테 그냥 듣기만 했어요. 경찰도 처음에는 사건에 대해 철저히 함구했고 또 그녀가 그 건물로 이사 온 지 얼마 안 돼서 입주자들이 그녀의 이름도 잘 몰랐다나 봐요."

"그래서 우리가 지금까지 전혀 소식을 못 들었던 거구나."

나는 그렇게 짐작해보았다.

"정말 너무 안 된 일이에요. 그런데 지금 가봐야 할 거 같아요. 낸이 이쪽으로 오고 있어요."

터커가 자리를 뜬 뒤에도 내 머리는 계속 돌아갔고, 낸은 난롯가 옆 팔걸이의자로 나를 데려갔다.

잉가 버그와 발레리 라펭, 둘 다 빌리지 블렌드의 단골이었다. 둘 다 매력적인 젊은 여자들이었다. 둘 다 사는 데 필요한 모든 걸 갖춘 것처럼 보였는데, 고작 몇 주 차이로 자살을 해버리다니. 우연의 일치일까?

퀸이 이렇게 말하는 걸 들은 적이 있었다.

"이 일을 하다 보면 우연의 일치란 없어요."

퀸을 떠올리니 우리가 저녁을 함께 한 날, 퀸이 전화를 받고 사건 현장으로 달려갔던 게 기억났다. 그러니까 우리가 저녁을 먹던 그날 밤 잉가가 자살한 것이다.

낸이 모두에게 작은 헬로 키티 메모지와 연필을 나눠 주는 동안, 나는 혹시 그 때문에 마이크를 만날 수 없었던 게 아닐까 생각하고 있었다. 그에게 잉가의 자살 사건을 조사하라는 임무가 떨어졌던 걸까?

낸이 메모지와 연필 나누어주는 일을 마쳤을 때 터커가 다시 모습을 나타냈다. 그는 스무 번째 여인이 될 키라 커크와 함께였다.

키라는 약간 걱정하는 기색이었고, 가로세로 낱말풀이 책을 꽉 쥐고 있었다. 여느 때처럼 그녀의 회색 머리는 길게 땋아 내려져 있었지만 컨설팅 약속 후에 들렀기 때문인지 평소보다 잘 차려입고 있었다.

늘 걸치던 헐렁한 스웨터와 청바지 대신 검은색 맞춤 바지정장 차림이었다. 게다가 화장까지 한 상태였다. 그녀는 정말로 예뻐 보였고, 그녀를 여기 2층에서 보게 돼 기뻤다.

내가 눈썹을 치켜세우고 터커를 쳐다보자 그는 어깨를 으쓱거릴 뿐이었다. 낸이 키라를 룸 건너편 자리에 앉혔을 때, 나는 터커에게 다가갔다.

내가 속삭이듯 물었다.

"어떻게 키라를 설득한 거야?"

"돈이 안 든다고 했죠. 그리고 2주간 카푸치노를 무한정으로 준다고 했어요."

낸이 큰 소리로 알렸다.

"5분간 서로 알 수 있는 시간을 드리겠습니다."

여자들이 이미 다 착석한 상태였기 때문에 낸은 부지런히 남녀를 무작위로 짝짓기 시작했다.

"타이머가 울리면 남자분들은 오른쪽으로 한 칸 이동하셔야 합니다. 그러면 옆 사람과 다시 5분간 서로 알 수 있는 시간을 가지는 거예요. 이 룸에는 남자 스무 분과 여자 스무 분이 있습니다. 그러니까 미팅이 끝나는 데 두 시간은 걸릴 겁니다. 여러분께는 신선한 카푸치노가 계속 제공될 테니 걱정하지 마시구요. 신사 숙녀 여러분이 화장실을 사용하실 수 있도록 몇 번 쉬는 시간을 드리겠습니다."

나는 오늘 밤을 보내려면 화장실 사용 규칙은 어떤 거라는 식의 낸의 설명을 피해갈 도리가 없겠단 걸 깨달았다.

"아시겠죠. 기억하세요, 5분입니다!"

낸은 신나게 외치며 구식 키친 타이머의 다이얼을 맞췄다.

"제자리에! 준비! 땅!"

*seven*

미스터 유들유들.
미스터 스포츠 마니아.
미스터 A형.
미스터 식객.
미스터 겉만 예술가.
미스터 너무 늙었어요.
미스터 유치찬란 만화책.
미스터 택시기사 겸 음악가.
미스터 마마보이.
미스터 무비폰(미국의 영화 사이트).
미스터 증권가.
미스터 경계성 우울증.

물론 나도 이 사람들을 한 단어로 요약해 설명하는 게 품위 없는 일이란 걸 안다. 하지만 달리 어떻게 표현할 수 있을까?

나도 스무 명의 서로 다른 남자에게 각각 5분씩 스무 번의 파워 미팅 대상으로 전락한 상황이고, 사회자 낸도 헬로 키티 수첩과 연필을 주지 않았는가. 그러니 메모 말고 무슨 방법으로 내가 그들을 기억할 수 있단 말인가? 게다가 이름 붙이기야말로 내가 조상 대대로 물려받은 능력이다.

나는 펜실베이니아에서 자랄 때 이민자셨던 이탈리아계 할머니가 해마다 8월이면 토마토와 복숭아를 항아리에 보관하시는 것을 도와드리면서 지금 같은 이름 붙이기를 여러 해 동안 했었다.

따라서 두 일의 과정은 똑같은데 어째서 데이트할 가능성이 있는 사람을 찾아내는 일은 과일을 보관하는 것보다 복잡한 비법이 필요한지 이해할 수가 없었다.

나는 남자들이 단지 속에서 얼굴을 내밀고 그 단지에 그 사람을 가장 잘 설명해주는 특징이 한 마디로 표현된 라벨이 달린 모습을 한 번 상상해보았다.

아무튼 나는 매력적이고 똑똑한 젊은 여자 둘이, 우리 가게 단골이었던 두 여자가 시간차도 별로 없이 자살했다는 소식에 머리가 계속 어지러운 상태였다. 그리고 내 외동딸 조이는 자기에게 실연을 안겨줄 가능성이 있는 남자에게 자기를 갖다 바칠 준비가 된 상태로 룸 저편에 앉아 있었다.

나는 엄마의 비판적인 눈으로 근본적인 의문점을 가지고 한 사람 한 사람 바라보았다.

"좋아, 너희 놈 중에 우리 딸의 감정을 가지고 놀아도 될 만큼 괜찮은 사람이라며 파렴치한 꿈을 꾸는 사람이 누구지?"

채점표도 준비됐겠다, 난 무자비하게 그들을 평가했다.

지금 타석에 나온 건 매력적이고 옷차림이 단정하면서도 훌륭한, 20대 초반의 금발머리 청년으로 '퍼시'라는 이름표를 달고 있었다. 그래픽 디자이너라고 했다. 교육도 많이 받았다. 우리 조이한텐 좋은 짝이 될 수도 있을 것 같았다.

내가 그에게 물었다.

"좋아요, 퍼시, 마약이나 약을 복용하고 있나요?"

그의 회색빛 도는 녹색 눈동자가 벌어졌다.

"아니요, 저, 알레르기 때문에 항히스타민제를 먹고 있긴 합니다."

"체포된 적은요?"

그는 눈을 깜박거렸다.

"그런……, 없습니다."

"정말이에요? 그런데 왜 눈을 깜박거렸나요?"

그가 인정했다.

"아, 네. 열일곱 살 때 미성년자에게 주류를 판 클럽에 경찰이 기습하는 바람에 휩쓸린 적이 있어요. 하지만 그게 다였어요, 정말입니다."

나는 고개를 끄덕였다.

그 말로 충분히 순수해 보였다, 다음 질문.

"오늘 밤 여기 오게 된 계기가 뭐죠?"

청년은 다리를 꼬았다 풀었다 하더니 초조하게 한쪽 발로 바닥을 두드렸다.

"그러니까, 저는 온라인 데이트를 해왔어요. 온라인 데이트 아세요? 주로 라운지라이프LoungeLife.com와 싱글즈뉴욕이란 사이트를 이용했죠. 하지만 그런 만남에서는 진지함을 기대할 수가 없었어요. 그래서 이 미팅을 시도해보기로 한 겁니다. 그렇지만 마지막에 만났던 사람하곤 2년 좀 넘게 갔었구요."

"깨진 이유가 뭐였는데요?"

"아, 우리는 그냥 서로 소통이 잘 안 됐어요. 하지만 주된 이유는 그가 병적으로 질투심이 강했기 때문이었는데, 더 이상 관계를 지속할 수 없었죠. 아이큐가 높고 항상 심하게 긴장하는 타입이었죠. 제 말 이해하시겠어요?"

"5년 후엔 자신이 어떤 모습이 되어 있을 거 같아요?"

나는 순간 말을 멈추고 분홍색 메모지를 뚫어지게 바라보았다.

"잠깐, 지금 그녀라고 말한 거죠? 그녀가 병적으로 질투심이 강했단 거죠?"

"아닙니다."

"그럼 남자하고 데이트했단 건가요?"

"네."

나는 눈살을 찌푸렸다.

"그런데 오늘은 여자를 찾으러 왔다는 거예요?"

"그렇습니다."

미스터 스위치히터(switch-hitter, 야구: 좌우 겸용 타자, 속어: 양성애자)

나는 이렇게 적어 놨다.

그가 물었다.

"바이섹슈얼이란 말, 잘 모르시죠?"

나는 이렇게 대답했다.

"〈파 프롬 헤븐(가정을 가진 남자의 동성애 문제를 그린 영화)〉이란 영화, 잘 모르죠?"

"지금 하시는 말씀은 꼭 제 전 애인이 저보고 팀을 고르라고 끝없이 말하곤 했던 것과 비슷하게 들립니다."

"그래야 하지 않을까요?"

"그건 제 인생 문제에요."

"틀렸어요. 당신 삶에 다른 사람을 들이려면 그렇지 않죠. 그러려면 마음을 바꿔먹어야죠."

"가혹하시군요."

"아뇨, 이봐요. 이건 한 엄마의 관점이에요. 사실 난 여기 있는 남자들이 우리 딸한테 맞는지 심사하고 있거든요, 나한테가 아니라."

"아."

그의 시선이 처음에는 반지를 끼지 않은 내 왼손으로 가더니 다음엔 내 옷으로 옮아갔다.

나는 오늘 밤 성격에 맞추고 싶어 자리에 어울리게 보이도록 입고 있었다. 굽 높은 검정 부츠, 검은 스타킹, 가슴이 살짝 들여다보이는 네크라인으로 된 몸에 꼭 맞는 다크그린 벨벳 드레스를 입고 있던 터였다. 그 이상도 그 이하도 아니었다.

"하지만 결혼하신 건 아니죠?"

퍼시는 이렇게 말하며 내 왼손을 가리켰다.

"이렇게 말해도 괜찮은지 모르지만 당신은 정말 너무 섹시해요. 여기 나오셨으니 당신 자신을 위해 찾아보는 것도 좋잖아요?"

그가 징그러운 미소를 살짝 지어 보였다.

"고맙네요, 정말로. 하지만 난 이런 거 하기에 좀 나이가 많죠."

나는 상냥하게 말했다.

"당신한테도 너무 나이가 많고요."

"말도 안 돼요. '개구리 왕자 커플' 얘기도 못 들어봤어요?"

'띵!' 키친 타이머가 울렸다.

낸이 소리쳤다.

"이상 종료! 하시던 미팅 정리하고 악수하세요, 여러분!"

나는 손을 내밀며 말했다.

"당신은 우리 가게 매니저인 터커한테 가보시는 게 좋을 거 같아요. 아래층에 있거든요. 두 사람이 만나면 서로 잘 통할 것 같은 예감이 들어요."

미스터 스위치히터는 내 손을 잡고 어깨를 으쓱거렸다.

"못할 것 없죠."

"좋아요, 신사분들."

낸이 소리치면서 손뼉을 쳤다.

"여러분의 다음 상대인 미스 오른쪽으로 자리를 옮깁시다!"

나는 분홍색 헬로 키티 메모지를 새 페이지로 휙 넘겼다.

다음 선수. 강한 턱선과 짧게 자른 검은 머리, 역시 검은색의 잘 다듬은 염소수염을 한 20대 중반의 근육질 남자였다.

그는 트렌디한 검은 테 안경을 쓰고 검은색 청바지, 구김 워싱이 된 가죽 재킷을 입고 있었다. 이름표엔 '마스Mars'라고 쓰여 있었다. 그는 맞은편에 앉아 나를 유심히 바라보았다.

나는 살얼음 같은 침묵을 깨려고 먼저 말을 꺼냈다.

"마스라는 이름이 인상적이네요(로마 신화에서 전쟁의 신 마르스를 언급한 것)."

그는 표정 하나 바꾸지 않고 말했다. 눈도 깜짝이지 않았다.

"별명이에요."

*미스터 과격.*

나는 몇 마디 더 하길 바라며 메모를 했지만, 그는 그러지 않았다.

"우리는 말하지 않아도 될 것 같은데요. 그러니까, 당신이 오늘 밤 이미 짝들을 발견했다면요."

"짝이라고 해야죠, 단 한 명. 잘 보셨어요. 전 벌써 찾았어요."

그는 룸의 저편을 바라보고 있었는데 대충 조이가 있는 방향이었기 때문에 나는 극도로 신경이 곤두섰다.

"어쨌거나 제게 당신에 대해 말을 좀 해주지 않겠어요?"

나는 이런 제안을 하며 평온을 유지하려 애썼다.

*네 전화번호를 찢어버리라는 내 간절한 애원을 조이가 완전히 무시하고 너와 만날 수도 있는 거니까.*

"뭐든지요."

그는 이렇게 말하며 다시 어깨를 으쓱거렸다.

난 기다렸다, 하지만 아무 말도 없었다. 그는 룸 건너편을 계속 쳐다볼 뿐이었다.

나는 날카롭게 물었다.

"약, 해요?"

이 말이 그의 관심을 끈 것 같았다.

그는 어둡고 강렬한 시선을 다시 내게로 돌렸다.

"당신은요?"

나는 잘라 말했다.

"네, 카페인이요."

그는 눈썹을 치켜세웠고 입술 끝이 아주 조금 올라갔다.

미니멀리즘을 추구하는 사람들은 이런 미소를 짓는구나, 하는 생각이 들었다.

"좋아요, 한번 해보죠. 전 약 안 합니다. 지금은요."

"체포된 적 있었어요?"

"네, 있습니다."

*내가 어떻게 놀라지 않을 수 있겠는가?*

"뭘 어쨌게요?"

그의 미소가 좀더 명확해졌다. 그는 가슴께에서 깍지를 꼈다.

"하나도 재미없는 얘기예요, 정말로요."

좋아.

내가 넌지시 말했다.

"그래도 얘기해봐요."

하지만 대답이 없었다. 그는 다시 룸 건너편, 우리 조이가 있는 쪽으로 눈길을 돌릴 뿐이었다.

"직업이 뭐죠?"

"그림이요. 전 화가예요. 미술의 천재죠."

'띵!'

"이상 종료!"

낸이 외쳤다.

마스는 일어나서 손을 가죽 재킷 주머니에 꽂고 나를 강렬하게 내려 보았다.

"매력 있으시네요."

이렇게 말하고 그는 멀어져 갔다.

몸이 떨렸다.

나는 다리를 꼬아 메모지를 허벅지에 대고 미스터 과격이란 글자를 지우고, '미스터 이상한 쪽으로 과격한 화가'라고 고쳐 썼다.

나는 조이가 이 남자와 가까워지게 내버려두지 않을 것이다, 절대. 마스보다 위험한 사람과 '짝' 지어진다면 그 남자도 만나고 말 것이다.

낯익은 목소리가 들렸다.

"이런, 이런, 이런. 다시 만났군요."

쳐다보니 브룩스 뉴먼의 세련된 외모와 검은색 곱슬머리가 보였다.

그는 크림색 깃 없는 스웨터와 숯처럼 까만색 맞춤 바지를 입고 있었다. 나를 훑어보는 그의 헤이즐빛 눈동자가 오늘 밤은 더 빛나고 있었기 때문에 꼭 사냥감을 찾아 배회하는 야생동물처럼 보였다.

"여기서 뭐 하는 거예요? 싱글즈뉴욕 사이트가 당신 주무대인 줄 알았는데요?"

브룩스가 어깨를 으쓱거렸다.

그는 내 건너편에 있는 팔걸이의자에 앉아서 다리를 꼬았다.

"당신 가게 카푸치노를 좋아한다고 말했잖아요."

"디카페인이었죠."

"오늘 밤엔 아니에요."

그가 살짝 미소 짓자 그의 얇은 입 꼬리가 올라갔다.

"오늘 밤은 약간……, 기운을 돋우는 걸 원하거든요. 당신은요?"

"전 벌써 마셨어요."

나는 단호히 말하며 다 빈 프렌치 카페 컵을 들어 보였다.

"그렇군요."

그는 이렇게 말하며 앞쪽으로 몸을 기울이더니 낮은 목소리로 속삭였다.

"하지만 춥잖아요. 이렇게 추운 날 밤에……, 좀더 몸을 덥히는 건 어떨까요?"

"됐어요."

"오늘 무척 예쁜데요."

그는 다시 몸을 뒤로 젖히고 내 그린 벨벳 드레스를 훑어보았다.

나는 잠깐 네크라인이 너무 파인 것에 후회가 들었다. 그의 시선이 거기에 못 박힌 채 멈춰 있었기 때문이다.

"옷 색상이 눈을 두드러지게 하는군요."

*아, 그래요? 그래서 그렇게 내 가슴께를 뚫어지게 쳐다본 거군요.*

나는 내 쪽을 힐끗 보고 이 순간을 견디려면 몇 분이나 남았는지 계산하며 그에게 말했다.

"당신이 이런 이벤트를 즐긴다는 게 잘 상상이 안 되네요. 전혀 당신 스타일이 아닌 것 같은데요."

"당신도 마찬가지예요, 클레어. 난 당신이 남자 엮는 데 관심이 없는 걸로 알았는데요. 딸에게 맞는 남자들을 심사하려는 줄만 알았어요."

"실은 제가 지금 하는 일이 바로 그거예요."

나는 연필을 집어 메모지에 이렇게 썼다.

*브룩스 뉴먼; 미스터 절대 안 됨.*

그는 눈썹을 치켜세웠다.

"전 넓지도 않은 이곳에서 벌써 당신 딸을 만났는걸요. 조이 알레그로, 두 사람 성이 다를 줄은 몰랐죠. 그러다 당신이 이혼했으니까 코지는 당신 처녀 때 성인가보다 생각했어요. 어쨌든 조이는 정말 매력적이더군요. 아주 명랑한데다 에너지도 넘치고, 둘이 닮았어요."

나는 눈살을 찌푸리고 화제를 바꾸었다.

"채식주의자들을 위한 란제리 모델 펀드 모집 일은 어떻게 돼 가요?"

나는 빈정거리는 투로 말했지만 그에게 영향을 끼치지는 못한 것 같았다. 그는 더 활짝 미소를 지었을 뿐이다.

"젊은 아가씨들이 협박조로 나오지 않던가요?"

이런 상상이 처음도 아니지만 나는 에스프레소 기계의 밸브를 최대한 열어 놓고 스팀 분사구를 그의 얼굴에 겨누는 모습을 떠올렸다.

"이봐요, 난 주름방지를 위해 매주 리뉴 스파에 간다든가 하는 일을 한 번도 안 해봤어요."

그가 낮은 소리로 말했다.

"클레어, 난 당신 같은 여자들한테 필요한 게 뭔지 알아요. 그건 카페인 한 잔이 아니죠."

"카페인은 아니라고요?"

"아니고 말고요. 달콤하고 강한 섹스를 한 번 하는 거죠."

그는 몸을 앞으로 숙여 꼬아진 내 다리 쪽으로 다가오더니 손가락 끝으로 스타킹을 신은 내 무릎에 작은 원을 그리는 것이었다.

"어때요? 당신하고 나……, 오늘 밤 한 번 하는 거."

나는 격렬한 혐오감에 몸을 떨며 그 손을 확 밀었다.

"난 당신 타입이 아니에요, 브룩스."

그가 웃었다.

"사실 젊은 아가씨라고 다 당신 딸처럼 에너지가 넘치는 건 아니에요. 침대 밖에서고 안에서고 에너지가 부족하죠. 그리고 장담하는데 당신처럼 성숙한 여자들이 침대에서도 재미가 좋죠."

이 남자는 자기 혼자 생각하고 자기 혼자 좋아하고 있었다.

맹세하지만 그는 나와 조이를 한꺼번에 자기 침대에 들일 궁리를 하는 게 분명했다. 노려보는 것만으로 사람을 죽일 수 있다면 나는 그를 성 빈센트 병원 응급실로 보내고도 남았을 것이다.

"브룩스, 알아채지 못하나 본데 전, 전혀 열린 사람이 아니에요."

"불씨가 있는 곳에 불이 나도다."

그는 내게 훨씬 가까이 다가와 내가 막기도 전에 손가락을 다시 내 무릎에 가져왔고 허벅지까지 손을 올리고 있었다.

'띵!' 키친 타이머가 나를 살렸다.

"손 치워요."

나는 그에게 야유를 퍼부으며 두 번째로 그를 밀쳤다.

"가라고요. 농담 아니에요."

나는 몸서리쳤다.

*정말 소름끼치는 남자야. 브룩스 뉴먼 같은 남자가 있어서 낸의 순수한 놀이방이 룸살롱으로 전락하는 거다.*

낸이 소리쳤다.

"좋아요, 신사분들. 자, 다시 다음 상대인 미스 오른쪽으로 자리를 옮기자구요!"

나는 아직도 마음이 떨리는 상태로 헬로 키티 메모지를 넘겼다.

"빨리 다음 오른쪽 여자가 되는 게 낫지."

나는 이렇게 중얼거렸다.

"만나서 반갑습니다, 새로운 오른쪽 여자분."

나는 고개를 들어 파워 미팅 상대를 바라보았다.

조각같이 잘생긴 외모와 숱 많은 갈색 머리에 마흔쯤 돼 보이는 남자였다. 캐러멜처럼 연한 갈색이 도는 남자의 눈은 호기심이 가득했고 조금 전 내가 한 말을 들었는지 약간 재미있어하는 눈치였다.

그는 손을 내밀며 미소를 지었다.

나는 손을 잡았다. 따뜻하고 힘 있는 악수였다.

"브루스라고 합니다. 제 가슴 반을 덮은 이름표가 안 보일까 봐요."

이번에는 내가 웃었다.

"클레어에요."

나는 예의 바르게 그 남자를 살펴보았다.

그는 멋스런 스웨이드 재킷을 넓은 어깨에 보기 좋게 걸치고 있었다.

재킷 아래 입은 흰 셔츠는 단추가 몇 개 풀어져 있었고 낡은 청바지 속에 집어넣고 있었다.

"전에 여기서 당신을 본 적이 있어요. 아래층에서였지만."

그는 앉아서 몸을 뒤로 젖히더니 워커를 신은 한쪽 다리를 들어 청바지 무릎 위에 포갰다. 아주 편안해 보이는 모습이었다.

"자기 얼굴에 편안한 모습을 만들 줄 아는 것."

이건 어머님이 짤막하게 즐겨 쓰시는 프랑스어 문구였다. 어머님은 너무나 많은 미국의 도시인들이 그렇게 할 줄 모른다고 생각하셨다. 어머님의 표현을 빌리면 그건 미국의 도시인들은 '배운 것도 너무 많고 스트레스도 너무 많은데다 걱정이 지나치기 때문'이었다.

나는 브루스를 다시 한 번 쳐다보았다.

희미하지만 낯이 익은 것도 같았다.

"우리 가게 단골이세요?"

"어느 정도 오는 편이죠. 이 도시에서 이곳이 카푸치노가 제일 맛있으니까요."

*아, 이 남자 맘에 드네, 하지만 조이 상대는 아니야. 조이한텐 너무 나이가 많아.*

나는 이렇게 생각했다. 생각이 여기에 미치자 안심이 되었다. 이 남자에게 '사이코 선별' 질문 리스트를 던져 괴롭힐 필요가 없단 것을 깨달았기 때문이다.

"고맙네요. 뉴욕 출신이세요?"

"원래는 샌프란시스코 출신이죠."

"샌프란시스코는 진정한 커피의 도시죠."

그는 캐러멜색 눈동자를 빛내면서 고개를 끄덕였다.

"정말 그래요. 저는 이 집 에스프레소 맛을 다른 데서는 느껴 본 적이 없어요. 이 집의 커피 맛은 정말이지 제가 옛날 고향에서 마시곤 했던 노스 비치 에스프레소하고 밀라노에서 먹어봤던 에스프레소를 완벽하게 섞어놓은 것 같더군요."

나는 놀라서 입이 벌어졌다.

"그걸 알다니, 지구에서 한 열 명이나 알까 한 것을……."

그는 어깨를 으쓱거렸다.

"화나지만 난 에스프레소를 맛있게 내리지 못합니다. 왜 이 집의 커피 맛이 그렇게 느껴지는지는 설명하지 못하겠어요. 그냥 그렇게 느껴질 뿐이죠."

나는 고개를 끄덕였다.

"그건 원두와 볶는 과정에 달렸어요. 밀라노 사람들은 좀더 엷고 달콤한 에스프레소를 좋아하죠. 또 같은 이탈리아라고 해도 노스 비치 사람들은 좀더 자극적이고 좀더 쓴 에스프레소를 좋아하고요. 시어머님도 우리 에스프레소는 지리적으로나 요리학적으로 딱 그 중간이라고 말씀하곤 하셨죠."

"황홀한 얘기군요……."

그는 아까보다 훨씬 미묘한 시선을 내게 던지며 미소를 지었다.

"그런데 어떻게 그런 독특한 맛을 낼 수 있게 된 건가요?"

"여러 가지 방법이 있어요. 자극적이고 쓴맛을 내려면 원두를 진한 색이 나게 볶아야 하죠. 그리고 케냐 AA나 시다모 같은 풍부하고 신맛이 나는 원두를 골라야 하고요. 밀라노 스타일을 내려면 좀더 부드러운 윤곽을 가진 아라비카 원두가 필요해요. 예를 들면 브라질리안 산토스가 그런 원두죠. 이미 신맛이 나는 품종이 들어간 블렌드에는 원두를 더 첨가하지 않도록 주의해야 해요. 단맛을 내고 싶다면 습식 공정한 인도산 로버스타를 첨가해도 되고요. 하지만 대개 로버스타는 품질이 떨어지는데 개중에 지저분하고 크기가 작은 저급 원두들이 있어요. 만약 가루로 내기 전 통 원두 중에 이런 불량품이 보이면 반드시 빼버려야 해요. 최상품은 아라비카인데 고지대에서 재배되는 품종이죠. 최상급 원두를 알아보는 규칙이 있다면, 고도가 높을수록 그리고 산도가 높을수록 커피 맛이 좋아진단 거예요."

브루스의 눈썹이 올라갔다.

"잠깐만요. 이 집 커피에선 신맛이 안 났던 거 같은데, 그럼 산도가 낮은 커피를 쓴단 건가요?"

*열심히 들어줬으니 중요한 내용을 알려줘야겠다.*

"산도라는 말은 업계에서 쓰는 말이에요. 보통 커피 맛을 이야기할 때 사용하는 쓴맛이나 신맛을 말하는 게 아니라, 맑고 상쾌하면서 강한 맛이 나는 것을 말해요. 블렌드를 제조할 때 기본적으로 신경 써야 할 세 가지 요소는 산도, 향기, 밀도에요. 산도가 높은 원두를 고음이라고 한다면 밀도가 높은 원두는 저음이라고 할 수 있고, 향기가 좋은 원두는 중간 음이라고 할 수 있죠. 향기는 달콤한 것에서 허브 향까지 다양해요."

"음악의 화음과 같은 이치군요. 정말 멋진 설명이었어요, 클레어."

그의 미소는 마음에서 우러나온 것 같았고 나는 그가 내 이름을 부르는 투가 마음에 들었다.

"고마워요. 그렇게 말해주니 기분 좋네요."

"그럼 저한테도 당신의 블렌드 제조법을 하나 알려줘요."

"기본적인 조합을 하나 알려줄게요. 산도가 좋은 원두는 케냐 AA,

향기는 술라웨지, 밀도는 콜롬비아죠. 하지만 원두의 종류만 중요한 게 아니에요. 완벽한 커피를 만들고자 할 때 그만큼 중요한 또다른 사항들이 있어요. 가능한 한 최상급 원두를 골라야 한다는 것, 또 숙달된 솜씨로 볶고 끓여야 한다는 것, 그리고 만들자마자 마셔야 한다는 거예요."

"무슨 말인지 알 것 같아요. 이 집에 왜 손님이 많은지도."

나는 어깨를 으쓱거렸다.

"저희는 녹색 생두를 여기 지하실에서 볶는답니다. 백 년째 내려오는 집안 가업이죠. 물론 세계적인 커피 작황상태나 고객의 취향에 따라 사업에도 매해 변화가 생기죠. 그러니까 그 일을 정말 좋아하고, 그 분야에서 최고가 될 것이냐 포기할 것이냐의 문제가 아닐까요? 그리고 제 대답은 전 이 일을 정말 좋아한단 거예요."

"맞아요. 저도 같은 이유로 제 일을 좋아하죠. 끊임없는 도전과 창의력이 필요하니까요."

나는 그의 워커를 힐끗 보았다.

"어떤 일을 하시는데요?"

"건축 분야 일을 시작하게 되었는데, 그러다 건물을 역사적으로 복원하는 일을 전문으로 하는 건축가가 되었죠. 동부로 옮겨온 이후로는 사업 확장에만 매진해 왔어요. 한 10년 동안 3개 주를 돌아다녔습니다. 그리고 웨스트체스터에서 약 두 달 전에 여기로 이사 온 참입니다. 이혼했고 아이는 없어요."

"지금은 어떤 문제에 주력하고 있죠?"

내 질문에 브루스가 약간 웃었다.

"도시 곳곳에 회사 직원들이 나가 있습니다. 수십 개의 프로젝트가 있지요. 내장 공사도 하고 외장 공사도 해요. 개인적으론 르로이가에 있는 연방양식으로 된 연립주택 한 채의 내장을 복원하는 일에 큰 재미를 느끼고 있어요. 그 건물의 외장은 빌리지 블렌드보다 연방양식 원형에 가깝고 말 사육장까지 있죠. 빌리지 블렌드는 아름다울 뿐 아니라 보전 상태가 아주 좋습니다. 하지만 개조하면 좋을 것 같은 곳이 있어요. 그렇게 하면 일하기가 더 좋아질 겁니다. 1층에 있는 프렌치 도어와 프런트 윈도에 형광등 발광장치가 필요할 것 같아요."

"그것들은 수십 년 전에 설치된 거예요. 아마 1910년과 20년 사이였을 거예요. 그전엔 빌리지 블렌드가 커피를 볶아 도매로 파는 일만 했지만 그때 이후로 카페를 겸하게 되었죠. 그러면 브루스 씨는 르로이가에 있는 건물을 건물주의 의뢰로 개조하고 계신 건가요?"

"제 결정입니다. 그 건물을 보자마자 바로 샀거든요."

나는 눈이 확 떠졌다.

*이 남자는 억만장자였다, 물어보나마나다.*

"당신은? 당신 이야기를 한 오 분쯤 해줄 수 있나요?"

그는 다시 따뜻한 미소를 지었고 나는 창피한 줄도 모르고 바보처럼 뛰기 시작한 맥박을 무시하려 애썼다. 그러니까 이 남자는 기막히게 잘생긴 외모뿐 아니라 자수성가한 갑부였다. 지독하게 매력적이면서 완벽한 커피를 찾는 진정한 마니아이기까지 하다.

하지만 그래서 어쩌란 말인가? 속으로는 아마 저 남자도 브룩스 뉴먼만큼이나 여자를 밝힐 테고 낚싯대에 온갖 미끼를 달아 물고기를 꾀듯 가능한 한 많은 여자에게 환심을 살 궁리를 하고 있을 것이다.

지쳐 쓰러질 때까지 쇼핑하듯 사람에게도 그럴 것이다. 쓸 만큼 쓰고 나서 물건이 나쁘다고 욕하듯 그렇게 할 것이다.

하지만……, 불친절하게 굴 이유도 전혀 없었다.

나는 내 이야기를 시작했다.

"으음, 전 원래 스무 살 때부터 스물아홉 살까지 빌리지 블렌드를 운영했어요. 그런데 이혼을 하게 됐고 뉴저지의 시골에서 살려고 이곳을 떠났구요. 그러고는 그곳에서 딸아이를 키우며 10년을 보냈는데, 왕바랭이 같은 잡초와 싸우며 프리랜서로 업계 전문잡지에 글 쓰는 일을 시작했죠."

"어떤 잡지죠?"

"커피업과 레스토랑업만 전문적으로 다루는 〈커핑〉이나 〈인 스톡〉, 그 밖에 여러 잡지들이에요. 좀처럼 드문 기회인데 우연히 큰 잡지사에 글 쓸 기회가 생겼어요. 얼마 전부터 일요일판 〈뉴욕 타임스 매거진〉에 커피 소비 추세에 관한 칼럼을 정기적으로 쓰게 되었죠."

"인상적인 이야기로군요."

"그렇게 말씀해주니 감사하지만, 현재 제가 가장 중요하게 생각하는 일은 이곳의 운영이에요. 바로 몇 달 전 딸아이가 요리학교에 다니려고 맨해튼으로 이사 왔어요. 마침 빌리지 블렌드의 주인이자 시어머님이 셨던 뒤부아 부인이 저로선 거절하기 어려운 제안을 해오셨고, 다시 이곳을 운영하게 되었죠."

"거절하기 어려운 제안이라고요? 음……, 지분 같은 건가요?"

"놀랍네요. 지분뿐 아니라 위층의 복층 주택에 무상으로 거주할 권리까지 주셨죠. 혹시 찻잎 점도 읽을 줄 아세요?"

"찻잎 점은 모르고 커피가루 점만 알지요."

"설마요!"

그는 넓은 어깨를 들썩였다.

"제가 아직 꼬마였을 때 할머니가 찻잎 점을 가르쳐주셨죠."

"저도 그래요."

그는 못 믿겠다는 듯 말했다.

"설마."

"그랬어요."

우린 둘 다 미소를 지었다. 그건 두 사람이 뭔가 특별한 것을 똑같이 가지고 있을 때 서로 믿지 못해하며 지어 보이는 미소였다.

그 특별한 무엇이란, 그것을 가진 사람이 너무 적기 때문에 적어도 그 순간이나마 서로를 묶어주는 느낌이 들게 한다.

'띵!'

낸의 키친 타이머가 울렸다.

*이렇게 아쉬울 수가, 빌어먹을. 빌어먹을.*

오늘 저녁 내내 타이머가 울리지 않길 원한 건 지금이 처음이었다.

"자, 마무리하세요. 여러분! 서로 인사들 하세요."

낸이 외쳤다.

나는 어깨를 들썩였다.

"놀이방 원장님이 일어나라고 하네요."

"놀이방이라."

그가 웃으면서 내가 한 말을 따라했다.

그 웃음이 마음에 들었다. 마음 깊은 곳에서 우러나오는 웃음이었고 눈빛에서 보이는 밝은 에너지를 그대로 드러내는 웃음이었다.

"그렇군요. 당신 말이 맞아요. 이 모든 것이 놀이방에서 아이들이 가지고 노는 모래상자 같단 거죠?"

나는 조롱조로 말했다.

"그것도 맞고 호퍼(20세기 초 미국의 사실주의 회화를 대표하는 화가)의 그림 같기

카푸치노 살인

도 하죠."

그는 주변을 응시했다.

"그렇군요. 그렇게 보니 그렇네요. 강렬한 조명과 불길이 꺼져가는 벽난로가 만들어내는 어둠을 배경으로, 무리를 이루고 있지만 아직 짝을 찾지 못한 외로운 커플들을 그린 풍경이라 할 만하군요."

내가 덧붙여 말했다.

"유화로 그린 도시에 관한 습작, 〈뉴욕의 방〉하고 아주 비슷해요."

그가 눈썹을 치켜세우며 말했다.

"〈철학으로의 소풍〉도 있지요."

나는 외로운 한 남녀를 그린 호퍼의 작품을 떠올릴 때 '소풍'이란 제목이 뜻밖의 선택이라는 생각이 들곤 했다. 왜냐하면 그 그림에서 남자가 옷을 다 입은 채 좁은 침대에 앉아 반라의 아름다운 여인에게 무관심하게 등을 돌리고 있기 때문이다.

남자의 뒤쪽에서 몸을 쭉 뻗은 상태로 벽을 보고 누워 있는 여자는 하얀 베개에 붉은 머리칼을 파묻고 있으며, 그녀의 벗은 둥그런 엉덩이는 햇빛을 받아 마치 지금 먹어도 될 것 같이 잘 여문 과일처럼 보인다.

그런 그녀에 비해 남자의 얼굴에는 그림자가 드리워져 있으며 고뇌에 가득 찬 얼굴을 하고 있다. 손만 뻗치면 먹을 수 있는 과일은 모르는 체, 바닥만 뚫어지게 바라보며 자기만의 생각에 정신이 팔린 남자는 아마도 옆에 놓인, 페이지가 펼쳐진 책에 대해 골몰하는 것 같이 보인다.

화가는 현대의 일상에 배어 있는 소외를 표현한 것일까? 살아가는 문제보다 잡념이 많아 우울증에 빠진 지식인들의 어리석음을 꼬집은 것일까? 호퍼는 이 그림을 그리며 그런 현실을 비웃은 것일까?

나는 늘 그것이 궁금했다.

"그 그림을 보면 언제나 막다른 골목 같다는 생각이 들었죠. 더 이상 다른 곳과 연결되지 않는. 아시다시피 결혼서약 후 몇 년이 지나면 그런 때가 찾아오죠. 착각에서 깨어나는 때가 말이에요."

"전 좀 달라요. 그 그림을 보면 하룻밤 상대와 밤을 보내고 난 다음 날 아침, 이 여자가 아니라고 생각하는 남자를 그린 것 같다는 느낌이 들어요. 과일을 먹고 나서 불현듯 실망감을 느낀 그 남자는 속았다는 생각마저 할지 모르죠. 여자가 생각과는 달랐기 때문에 말입니다. 그래서 더 이상 흥미가 없어진 거고요."

"휘트니 미술관에 가보셨군요, 맞나요?"

"아마 스무 번은 될 겁니다."

"믿지 못하겠지만 내 집에도 호퍼의 목탄 스케치 원본 두 점이 액자에 보관되어 있답니다. 바로 이곳에서 그린 것이라고 해요. 너무 멋진 일이죠. 말하자면 이 집에서 살면서 누리는 특전 중 하나니까요."

"그보다 더 좋을 수는 없겠군요."

우리는 다시 아까처럼 서로 못 믿겠다는 미소를 지었다. 마치 '크래커 잭(과자 안에 보물찾기가 들어 있는 것으로 유명)' 과자 상자에서 두 사람이 함께 3캐럿짜리 다이아몬드를 발견했을 때와 같은 미소였다.

낸이 우리 모두를 보며 말했다.

"좋아요, 신사분들. 그리고 여러분 모두! 신사분들은 다음 미스 오른쪽으로 자리를 옮겨주세요. 곧 타이머가 울립니다!"

내가 중얼거렸다.

"뛰어라! 무조건 뛰어라!"

브루스가 웃었다.

"나는 아직 '카루셀'을 치를 때가 안 되었길 바랍니다."

*세상에, 〈로건의 탈출〉을 농담한 걸 알다니.*

검은색 립스틱을 칠하고 문신을 한, 고딕풍 의상의 20대 아가씨가 우리 쪽으로 다가오자 브루스는 의자에서 일어났다.

그가 손을 내밀었을 때 나는 숨을 가다듬었다.

"내일 저와 함께 저녁식사 하시겠어요, 클레어?"

오, 예스.

"아, 내일이요……. 네, 그럼요. 괜찮을 거 같아요."

나는 내 작은 손을 그의 큰 손에 맡겼다. 그가 그냥 악수를 하다 손을 놓은 게 아니라 내 손을 계속 잡고 있었기 때문에 기쁨에 들뜬 내 마음도 끝나지 않을 것 같았다.

"바우먼, 제 성은 바우먼입니다."

"전 코지에요. 클레어 코지."

그가 조용히 말했다.

"당신은 미소가 예뻐요. 클레어 코지."

"고마워요. 당신도 그래요."

"그럼 내일 만나기로 해요."

## eight

"엄마! 이 메모를 믿을 수가 없어. 흔히 보기 어려운 사람들 같잖아."

조이가 내 수첩의 페이지를 넘길 때 나는 빌리지 블렌드 앞치마를 목에 걸고 허리 앞부분으로 긴 끈을 가져와 리본을 단단히 매고 있었다.

카푸치노 미팅이 공식적으로 끝나고 대부분의 손님이 자리를 뜨자 나는 조이와 파워 미팅에 대해 '아무렇지 않게' 이야기하려 했지만 솔직히 말해 브루스 바우먼이란 남자가 온통 내 머리를 사로잡고 있었다.

*브루스 바우먼, 브루스 바우먼, 브루스 바우먼.*

따뜻하고 강하면서 약간 굳은살이 박인 그의 손을 잡고 악수한 순간부터 나는 강한 카페인에 중독된 것 같은 느낌에 빠져, 마치 뉴에이지 풍 노래를 암송하듯 그 남자 이름을 웅얼거리고 있었다. 그러다 문득 오늘 밤 빌리지 블렌드 2층에 앉아 있던 모든 여자들이 원을 돌며 이루어지는 카푸치노 미팅에서 브루스의 움직임을 쫓고 있었단 생각이 들었다.

브루스는 분명히 밤을 사로잡는 위대한 주술사였고 낸 털리는 우리 모두에게 세 번의 미팅을 강요하는 사악한 마녀였다. 때문에 브루스가 또다른 미팅 상대자와 팔짱을 끼고 빌리지 블렌드를 떠날 때는 놀랄 필요도 없었다. 큰 키에 아름다운 옷을 입은 빨간 머리의 여자였다.

그럴 수 있었다면 난 그녀의 목을 졸랐을 것이다.

그리고 브루스의 목도.

물론 한 순간의 격한 감정이 곧 사라지고 나는 침착하게 냉정을 찾았다. 그리곤 신중하게 그 남자를 영원히 잊을 결심을 하고 있었다.

*쉬울 거야, 그렇겠지?*

하지만 잘못된 생각이었다.

한 시간 뒤에도 나는 여전히 그 남자에 대한 생각을 멈출 수가 없었다. 난 바보 같고 어이없게도 어떤 의미심장한 차원에서 우리가 서로 연결되어 있다는 느낌을 떨쳐낼 수 없었고, 내일 정말 그가 나와 데이트를 할 건지, 그리고 그의 데이트 상대자 리스트에서 난 몇 위일지 하는 생각에 사로잡혀 있었다. 아마존 여신 같았던 빨간 머리 여자 바로 아래일까? 아니면 훨씬 밑일까? 룸에 있던 여자 중 그녀 말고 브루스와 카푸치노 미팅 짝이 되었던 여자는 또 누가 있었지?

조이가 미팅에 참여한 남자들 이야기를 하려고 부리나케 뛰어왔을 때 나는 그런 상태에 빠져 있던 터였다. 그래서 난 브루스 말고는 뚜렷이 기억나는 남자가 없었다.

나는 조이가 부질없는 연애로 끝날 남자를 만나지 않도록 확실히 해두기 위해 몇 번이고 메모를 읽어야 했다.

조이는 내가 수첩을 앞뒤로 넘기는 모습을 약 2분간 참고 지켜보더니 이내 내 손에서 헬로 키티 수첩을 낚아채가며 "나도 좀 봐." 하고 소리쳤다. 지금 조이는 빌리지 블렌드의 푸른색 대리석 프런트 카운터에 기대어 분홍색 수첩의 페이지를 넘기고 있었다.

조이의 눈에는 의심의 빛이 역력했다.

"터커 아저씨, 아저씨도 믿기 어려울 거예요. 엄마가 이 사람들한테 마약 복용 문제나 체포 경험, 가장 최근 연애가 깨진 이유를 물어봤대요. 그리곤 엄마가 만난 남자들에게 라벨을 붙이셨어요. 그 남자들이 마치 커피 블렌드 종류나 되는 식으로 말이에요!"

나는 카운터 뒤에서 조이에게 주의를 주었다.

"조이, 소리가 너무 커."

거의 자정이 가까워 손님 대부분이 몰려나가기는 했지만 메인 플로어 맨 끝과 1층 벽난로 근처에 아직 몇 커플이 조용히 남아 있었다.

나는 그들을 내보내는 것이 내키지 않아 터커와 함께 청소하고 재고를 다시 채우는 동안 로맨틱한 불빛을 마지막으로 한 시간만 더 주기로 했다.

터커가 조이에게 말했다.

"커피에 비유한 건 나쁘지 않은 것 같은데. 내 말은, 그렇게 생각하자면 남자란 커피 블렌드와 비슷하다 할 수 있지. 블렌딩의 미묘한 차이에 따라 맛이 훨씬 달라질 수 있으니까. 어떤 건 건강하고 어떤 건 떫고 또 어떤 건 달고 말이야."

내가 빈정대며 말했다.

"큰 소리로 칭얼거리는 맛이 나는 것도 있지."

내가 좀 신랄한 투로 말했기 때문에 터커는 눈살을 찌푸렸다.

컵을 쌓던 일을 하다 말고 그는 앞치마에 손을 닦으며 말했다.

"나도 수첩 좀 보자."

조이가 수첩을 건넸고 터커는 수첩의 페이지를 획획 넘겼다.

걱정스럽다는 한숨과 함께 그는 내용을 큰 소리로 읽기 시작했다.

"미스터 유들유들, 미스터 스포츠 마니아, 미스터 A형, 미스터 식객, 미스터 겉만 예술가, 미스터 너무 늙었어요, 미스터 유치찬란 만화책, 미스터 운전수 겸 음악가, 미스터 마마보이, 미스터 무비폰······."

터커가 자세히 들여다보더니 코에 주름을 만들었다.

카푸치노 살인

"미스터 무비폰?"

나는 어깨를 으쓱거렸다.

"그 남자 목소리가 그랬어."

터커가 물었다.

"그러니까 그 남자 목소리가 무비폰 사이트 같았단 거예요?"

"응, 그래서 너무 정신 산란하다고 생각했어."

조이가 말했다.

"생각나! 콧수염 기르고 꼭 곰 젤리 같은 향수 냄새가 나던 사람이잖아. 키라 아줌마가 그 남자하고 나간 거 알아?"

"정말?"

"응, 둘이 다정해 보이기까지 하던걸."

나는 그 남자를 떠올리며 고개를 끄덕였다.

"그 사람, 가로세로 낱말풀이를 정말 좋아한다고 했어. 내가 그 사람 라벨을 아마 미스터 가로세로 낱말풀이라고 적어놨을 거야."

터커가 손가락 하나를 흔들며 비난조로 말했다.

"클레어, 정말 당신한테 놀랐어요. 평소에는 사람들을 그렇게 심술궂고 삐딱하게 보고 있었군요."

"심술궂은 게 아니야. 실용적인 거지."

터커가 말했다.

"실용적이라고요? 좋아요, 뭐가 그렇다는 건지 한 번 들어보죠."

"어떤 사람에 대한 첫인상을 오래 유지하고 싶을 때 가장 실용적인 방법은 그 사람을 가장 기본적인 특징으로 요약하는 거야. 우리 할머니께서 잼을 만들 때 쓰시던 방법하고 하나도 다르지 않지. 아주 실용적인 방법이야. 잼이 될 때까지 삶아 졸이고 거기에 이름을 붙이기."

"알았어요. 그러니까 클레어한테는 잼을 만드는 것과 남자 고르는 일 사이의 유일한 차이는 남자에게 질문을 퍼부어 못살게 군 다음, 마치 밀랍을 바르듯 이 사람은 어떤 스타일이라고 못 박는 일이다, 그거죠?"

내가 말했다.

"엄밀히 말하면 그렇지. 하지만 그 남자 중 일부는 못살게 굴어도 될 만큼 어쩐지 변태적인 전희를 할 것 같은 인상이 들었어."

"엄마!"

"미안, 조이야. 엄마가 '전희'라는 단어를 사용한 것을 잊어버리렴. 하지만 내가 너한테 말하려는 게 무엇인지 잊어선 안 돼. 엄마의 작은 수첩엔 브룩스 뉴먼이란 이름의 남자부터 시작해서 어떤 일이 있어도 네가 결코 데이트하면 안 될 사람이 몇 있어."

조이는 눈동자를 굴렸다.

"브룩스 뉴먼이란 사람, 무척 괴짜 같았어. 함께 앉았던 거의 모든 여자들의 전화번호를 받은 거 같아. 그 사람, 엄마한테 내가 가입할만한 온라인 데이트 사이트 주소를 알려준 남자 아니야? 싱글즈뉴욕보다는 나한테 더 '적당하다'고 엄마가 말했던 사이트들 말이야."

"그랬지, 하지만……."

맞다, 브룩스는 사실 그 사이트들에 대해 '얌전하다'는 표현을 사용했지만 조이한테 그 나이의 여자애들에게 더 '적당한' 곳이라고 말한 사람은 나였다.

내가 달리 무슨 말을 할 수 있었을까? 난 딸에게 '얌전한' 사이트에서 데이트하는 게 낫겠다는 말을 차마 똑바로 할 수 없었던 것이다.

"엄마, 난 이제 고등학생이 아니야. 내 개인적인 삶은 혼자 결정할 수 있다고. 날 못 믿는 거야?"

나는 솔직히 3차 대전을 일으키지 않을 대답을 찾을 방도가 없어 대답하지 못했다. 조이의 질문에 직접적인 대답은 못했다는 뜻이다.

"좋아, 그럼 네 마음에 든 사람이 누구였는지 말해보렴."

"싫어, 그 사람들을 공격만 할 거잖아."

내가 말했다.

"안 할게."

"약속하는 거지?"

난 조이에게 안심하라는 미소를 지어 보였지만 스스로도 걱정에 찡그린 표정으로 바뀌는 걸 느낄 수 있었다.

"최선을 다할게."

"좋아, 엄마. 내 짝이 되었던 사람들 이야기를 해줄게. 대신 엄마도 짝지어졌던 사람들 이야기를 해줘야 나도 할 거야."

"난 짝을 지었던 사람 없었어. 그러니 네 이야길 해."

조이가 눈을 가늘게 떴다.

"못 믿겠어."

"믿어."

"하지만 낸이 우리 모두 세 번씩 짝 지어줄 거라고 했잖아. 그게 규칙인데."

"알아, 조이. 그 남자들과 만나지 않기로 했단 뜻이야."

조이는 수첩을 넘겼다.

"미스터 증권가는 어땠어?"

나는 눈을 감고 만났던 순간을 기억해보았다.

"괜찮은 청년이었는데. 나이답지 않게 의지가 강해 보였어. 잘생긴데다 밝은 성격에 유머감각도 있고. 20대 후반쯤이었지. 너한테 괜찮은 남자라고 생각했어."

조이가 말했다.

"나도 맘에 들어. 그리고 나랑 점심 먹자고 하더라."

나는 미소를 지었다.

"알았어. 그럼 내가 제대로 본 거네?"

"좋아. 그럼 우리, 이 남자한텐 의견 통일."

조이는 수첩을 더 넘겼다.

"이 남자한테 쓴 표현은 무슨 말인지 모르겠어."

조이가 메모 부분을 가리켰다.

"미스터 이상한 쪽으로 과격한 화가."

"마스 말이니?"

*아, 맙소사, 안 돼.*

"자기가 체포된 적이 있다는 말을 털어놓던?"

"그 남자, 좀 과격한 스타일이란 거지?"

"좀 격한 스타일? 아마 찰스 맨슨(미국의 연쇄살인범)하고 눈싸움을 해도 이길걸."

"누구?"

나는 이를 악물었다.

"신경 쓰지 마, 조이. 마스가 맘에 든 건 아니지?"

"내가 마음에 들어 하고 아니고는 중요하지 않아. 벌써 자기 짝을 찾았다고 하던걸."

나는 크게 안심하며 숨을 내쉬었다.

"마스는 나한테도 그렇게 말했는데."

"그랬구나. 하지만 그 남자의 이상한 점은 과격함이 아닌 거 같아. 물론 다혈질이란 생각은 들었지만. 이상한 건, 나와 이야기를 나누기도 전에 자기는 벌써 짝을 찾았다고 말했다는 거야."

"조이, 엄마가 좀전에 말했지만 마스는 나한테도 그렇게 말했어. 너무 기분 나쁘게 생각하지 말렴."

"아니, 엄마. 엄마가 내 말뜻을 이해하지 못한 거 같아. 기분 나빠서 그런 게 아니야. 말이 안 된단 뜻이야. 그러니까, 우리 모두 2시간 동안 가능하면 많은 사람을 만나기 위해 각자 40달러나 낸 거잖아? 하지만 난 그 남자와 만난 두 번째 여자였다고."

터커가 말했다.

"그건 이상하네. 첫 번째 여자가 누구지? 정말 대단한 여자였나 보네."

조이가 대답했다.

"그 남자가 첫 번째로 만난 여자는 사하라 맥닐이라는 키가 크고 빨간 머리 여자였어요. 그녀는 내 왼쪽에 앉아 있었는데 마스는 그녀를 계속 뚫어지라고 쳐다보기만 했어요. 정말 징그러운 눈길이었죠."

룸에 있던 여자 중 키가 크고 빨간 머리인 여자는 단 한 사람이었다. 브루스와 함께 자리를 떠난, 내가 목을 조르고 싶었던 여자.

"그 여자 이름을 어떻게 알았니? 같이 이야기라도 해본 거니?"

조이가 말했다.

"아니, 어떤 남자가 알려줬어."

"어떤 남자가?"

"가만있어 봐."

조이가 이렇게 말하며 장난기 가득한 미소를 지었다. 그러고는 터커한테서 내 수첩을 낚아채더니 엄지손가락으로 페이지를 넘겼다.

"미스터 유들유들은 아니고……, 미스터 운전사 겸 음악가도 아냐."

조이가 그 페이지에서 멈췄다.

"이 운전사 겸 음악가라는 사람, 마음에 들었던 거 같아. CBGB에서 수요일 밤에 하는 자기 밴드를 보러 오라고 날 초대했어."

터커가 콧방귀를 뀌었다.

조이가 물었다.

"왜요?"

"예쁜 조이야. 맨해튼에서 조금만 더 살아보면 록스타 콤플렉스를 가진 서른 살이 안 된 젊은 남자들의 75% 정도는 수준이 한참 떨어지는 자기 밴드 팀하고 CBGB 클럽의 관객 참여 록 연주회에 나갈 기회를 한 번씩은 얻는다는 걸 알아야 해. 하지만 뭐, 좋은 측면에서 보자면 그의 동료나 친구, 가족들을 만날 수는 있겠지. 그게 바로 그런 밴드들이 바워리가에서 좌석을 채울 수 있는 유일한 방법이니까."

조이가 말했다.

"이젠 터커 아저씨가 심술궂어졌네요."

터커가 충고했다.

"귀마개를 꼭 챙겨가도록 해."

조이는 언짢다는 투의 한숨을 쉬며 수첩의 페이지들을 계속 넘겼다.

"여기 이 남자가 빨간 머리 여자의 이름을 알려준 거 같아. 이 사람이야, 브루스란 이름의 진짜 근사한 멋쟁이 아저씨였어."

나는 심장이 덜컥 내려앉았다, 완전히 내려앉았다.

"엄만 에스프레소를 마셔야겠어."

나는 커피를 그라인더에 넣으려고 고개를 돌렸다. 그러면서 단단한 원두가 이렇게 작고 날카로운 칼날에 전혀 맥을 못 춘다니, 우습다는 생각이 들었다.

칼날이 윙 소리를 내며 빠른 속도로 회전하자, 조그만 통 원두들이 하나같이 중심에서 멀어지면서 알아보기 어려울 만큼 작게 부서졌다.

내게 일어난 일도 지금 이런 모습과 똑같은 것 같았다.

"엄마? 뭐가 잘못됐어?"

"아무것도 아니야."

"맙소사, 브루스란 사람에 대해 엄마가 쓴 메모를 봐."

"이리 줘."

나는 이렇게 말하며 손을 뻗었다. 조이가 뒤로 물러났다.

"엄마, 이게 무슨 뜻이야?"

"조이, 그냥 아무렇게나 휘갈긴 거야. 이리 달라니까!"

나는 튀어나갔지만 카운터에 막히고 말았다.

"뭐라고 쓰여 있길래, 조이? 브루스란 사람한테 어떤 이름을 붙였는데?"

터커가 물었다.

"미스터 굿."

*nine*

"그냥 나한테 좋은 인상을 주길래 그랬어, 그게 다야."

나는 조이에게 해명하려 했다.

터커가 말했다.

"미스터 굿? 그 말은 그저 '인상이 좋았다'라는 말보다는 의미심장한 거 같은데요."

"그 사람이 엄마한테 데이트하자고 한 거야?"

나는 조이의 예쁘고 수심에 잠긴 얼굴을 찬찬히 바라보며 그 애가 어떤 반응을 할지 겁이 났다. 조이의 마음 한구석에 언젠가 내가 마테오와 다시 합치기를 바라는 희망을 포기하지 않았다는 걸 잘 알고 있었다. 조이의 할머니(나의 전 시어머니)도 똑같은 생각을 하고 계셨다.

어머님이 내게 빌리지 블렌드와 복층 주택에 대해 시간이 지날수록 더 많은 지분을 주시기로 약속하신 것도 단순한 제안이 아니었다. 어머님은 아들인 마테오에게도 똑같은 거래를 하심으로써 우리 둘이 언젠가 이 건물과 사업을 함께 운영하게 할 계획을 하고 계셨다.

그리고 행운의 여신이 미소를 짓는다면, 결국엔 마테오와 내가 둘이 함께 그것들을 조이에게 물려줄 수 있을 것이다. 어머님은 그런 전략적인 거래를 하시며 조이와 똑같은 희망, 다시 말해 언젠가 나와 마테오가 재결합할 수도 있다는 희망을 품고 계신 게 틀림없었다.

그러나 내가 다른 사람들의 희망에 맞춰 살 수는 없는 노릇이다. 더 이상은 싫다.

마테오와 다시 합치는 따위의 일은 내 계획에 전혀 없었다. 확고한 생각이었다. 물론 난 여전히 마테오에게 잘해줘 왔다. 때로는 잘해주는 것 이상일 때도 있었다. 맷의 동료와 즐겁게 어울렸던 적도 있지만 어디까지나 친구로서 그런 거였다. 절대 그 이상이 아니다.

내가 마테오를 아주 많이 사랑했던 시간은 끝났다. 실제보다 과장된 그의 모습에 빠져드는 것도, 나를 아프게 만드는 것도 끝낸 뒤였다.

만약 다른 남자, 혹은 남자들과 로맨틱한 관계를 가져도 된다는 것을 의미하는 것이라면 그렇게 할 수도 있다.

나는 다른 사람에게 옮겨갈 준비가 되었다. 하지만, 조이를 아프게 할 수도 있다는 생각을 하면 싫었다. 오늘 밤은 마치 조이가 상처받지 않도록 내가 애써야 한다고 정해진 것 같았다.

나는 내 딸의 녹색 눈에 시선을 맞췄다.

"진실을 말해줄게, 알았지? 브루스 바우먼과 난 좋은 만남을 가졌어. 하지만 그게 다야. 그가 만나자고 했지만 정말 그 사람이 전화할 거라고 생각하는 건 아니야. 그는 사하라 맥닐이란 여자와 함께 나갔어. 나보다는 그녀에게 훨씬 흥미를 느꼈다는 게 분명하지 않니."

"아니, 그렇지 않아."

나는 눈을 깜박였다.

조이가 하리라고 기대하지 않았던 대답이었다.

"조이, 내 말이 맞아. 그러니 그 일은 그만 잊어버려."

나는 터커에게 고개를 돌렸다.

"터커, 마분지 케이스가 더 있어야겠어. 식품저장실에서 좀 갖다 주겠어?"

"그러죠, 클레어."

나는 갈아놓은 에스프레소를 그대로 놔두고 재고 물품을 확인하려 고개를 돌렸지만, 조이는 내가 대화를 그만 중단하고 싶어 한다는 뜻을 받아들이지 않았다. 조이는 카운터 근처로 와서 선반과 진열장을 조사하는 나를 졸졸 따라다녔다.

"잘 들어, 엄마. 브루스 씨가 말하길 맥닐이란 여자는 그냥 대학동창이라고 했어. 그녀를 만나서 반가운 이유는 두 사람이 같이 아는 동창 몇 사람을 다시 만나고 싶어서라고 말이야."

"조이, 네 말은 꼭 맥닐이란 여자가 그의 옛날 애인이었는데 브루스가 다시 그녀와 만나고 싶어 한단 소리처럼 들리는구나."

"아니라니까. 잘 들어봐. 브루스 씨가 자리에 앉자마자 자기는 나한테 너무 나이가 많다고 했어. 그 아저씬 그 말을 할 때도 정말 멋졌어. 그러면서 예전 경험을 들려주더라고. 1년 전쯤 20대 초반의 여자와 사귀어보려고 시도한 적이 있었대. 자기 사무실에서 일하는 여자였는데 완전히 악몽이었대. 그래서 난 아예 데이트할 여자 축에도 못 끼게 된 거지. 우리는 그냥 잡담이나 나누고 있었는데, 그 사람이 말하길 내 옆 테이블에서 대학동창을 만나 놀랐다는 거야. 내가 그 여자에게 관심이 있는지 물어보니까 아니라면서 고개를 젓더라고. 그러면서 하는 말이 그녀는 항상 자기보다 너무 앞서나간다는 거야, 너무 튄다고. 그녀의 진짜 이름은 샐리였는데 대학 때 사하라로 바꾼 거래. 그 이름이 더 예술가처럼 보인다나. 난 브루스 씨의 말투에서 그 이름이 더 멍청하고 억지로 꾸민 거 같다고 생각한다는 걸 알 수 있었어. 그리고 자기는 그보다는 더 현실적인 여자가 좋다고 했어. 그래서 난 당연히 엄마 애길 해줬지."

나는 재고 물품 확인하던 일을 멈추고 놀라서 조이를 마주 보았다.

"뭘 했다고?"

"내가 부루스 씨한테 이 모임에서 가장 특별한 사람, 녹색 벨벳 드레스를 입은 클레어란 이름의 여인을 잘 주시하라고 했어. 그 여인이야말로 아저씨한테 가장 좋은 짝이 될 가능성이 있다고 했어, 그 누구보다."

"네가 그런 말을 했다고?"

"응, 엄마. 알겠지만 난 엄마가 행복해지길 바라. 그리고 나도 브루스 씨가 마음에 들어. 그래서 엄마와 그 아저씨가 연결됐다는 말을 들으니 기뻐."

"우리가 연결되었던 건지 잘 모르겠다, 조이야. 하지만 네가 기쁘다니……, 나도 기쁘구나."

조이가 물었다.

"왜 그렇게 놀란 표정이야?"

"왜냐하면 난 다르게 생각했으니까."

나는 고개를 젓고 재고 물품 확인하던 일을 멈추고는 그라인더가 있는 쪽으로 가서 에스프레소 3샷을 뽑을 만한 원두를 준비했다.

조이가 물었다.

"무슨 생각을 했는데? 어서 말해줘, 응?"

"네가 나랑 네 아빠가 다시 합치기를 바라는 줄 알았어."

조이가 어깨를 들썩였다.

"그야 그렇지, 하지만……."

"하지만, 뭐?"

"하지만 난 엄마가 행복하길 바라니까. 그리고 사실대로 말하자면, 저……, 엄마, 마리오 기억하지?"

"당연하지."

"내가 마리오한테 푹 빠졌던 게 아니라고 에스더에게 말했던 것도 기억나?"

"그럼."

"거짓말이야. 난 마리오를 정말 좋아했어, 엄마. 그래서 마리오가 나와의 관계를 끊었을 때 정말 마음이 아팠어."

"아, 조이, 가엾게도. 왜 엄마한테 말하지 않았니?"

"그건 개인적인 문제고 또 난……, 잘 모르겠지만 당황했던 거 같아. 그가 나한테 별로 중요하지 않은 것처럼 행동하는 게 더 쉽겠다고 생각했어. 그런데 있잖아, 실연을 당하게 되니까 그에게 너무 화가 나는 거야, 엄마. 그럴 수만 있다면 죽이고 싶다는 마음마저 들었어."

나는 한숨을 쉬었다.

"조이, 엄마 말 믿어. 엄만 네가 잘 이겨낼 거란 걸 알아."

"그럴 거야……. 들어봐, 엄마. 엄마가 다시 데이트를 하겠다고 말했던 거 기억해? 그 말을 들었을 때 처음엔 기분이 그렇게 좋진 않았어. 난 엄마가 아빠와 다시 합치기를 바라니까. 하지만 그 뒤 만약 엄마가 나랑 마리오가 다시 잘 되기를 바란다면 내 기분이 어떨지 생각해봤어. 마리오가 내 마음을 아프게 하고 나를 이렇게 화나게 했는데도 엄마가 그러길 원한다면 말이야. 음, 엄마가 나한테 그런 문제를 안겨주면 난 행복하지 않을 거야, 무슨 뜻인지 알지?"

"그건 달라, 조이. 마리오와 난 아무 관계가 없어. 하지만 너와 네 아빠 관계가 있지. 그러니까 네가 엄마랑 아빠가 다시 합치기를 바라는 건 당연한 거야. 하지만 엄마랑 아빠한테 무슨 일이 일어나든 아빠는 언제나 널 사랑할 거야, 나도 그렇고. 그건 변하지 않아."

"그래, 엄마. 벌써 나한테 수백 번도 더 말해준 이야기잖아. 그리고 만약에 엄마랑 아빠가 다시 재결합한다면 온 세상이 다시 제자리를 잡을 것 같은 생각을 오랫동안 해온 것도 사실이야. 하지만 어쩌면 그런 내 생각이 너무 비현실적일지도 모른다는 생각이 들기 시작했어. 엄마랑 아빠가 다시 합칠 수 없다고 해서, 엄마가 행복해지지 말아야 할 이유는 없잖아. 내 말은, 모든 엄마들이 행복해질 권리가 있다면 엄마도 마찬가지라고."

나는 카운터 훨씬 아래쪽에 있는 개봉하지 않은 커피시럽, 나무막대가 들어 있는 상자 뒤쪽으로 손을 뻗쳤다.

"이럴 때 뭐가 필요한지 알지?"

나는 이렇게 말하며 터커에게 이쪽으로 와 우리와 동석하자는 손짓을 했다.

"그게 뭔데요?"

"프란젤리코 라떼지."

나는 세 개의 잔에 반투명한 금빛을 띠는 프란젤리코 리큐어를 콸콸 따르고 거기에 갓 내린 에스프레소를 한 샷씩 넣은 후, 김 낸 우유를 파도 모양으로 붓고 맨 위에 솜털 구름 모양의 거품을 덮었다.

내가 프란젤리코 라떼를 건네자 터커가 놀리며 말했다.

"조이는 아직 미성년자잖아요."

"조이는 투표에 자동차 운전을 할 나이가 됐고 아기를 가지거나 사랑에 빠져도 될 만큼 다 컸어. 헤이즐넛 리큐어 한 잔 정도는 마셔도 되는 나이란 뜻이야. 조이, 그냥 여기가 밀라노라고 치는 거야."

"좋아, 엄마."

조이가 이렇게 말하며 잔을 들었다.

"첸딴니(이탈리아어로 100년이란 뜻으로 '건배'라는 뜻으로 사용됨), 우리 엄마."

"첸딴니, 우리 딸"

터커가 말했다.

"백년을 위하여 건배!"

나는 한숨을 쉬며 프란젤리코의 달콤한 헤이즐넛 향과 타는 듯이 얼얼한 알코올의 기운, 그리고 에스프레소에서 나는 흙냄새와 김 낸 우유의 부드러운 거품을 음미했다.

나는 더 이상 생각하고 싶지 않았지만 브루스 바우먼도 이 기분 좋은 맛을 보게 될까, 하고 궁금해지는 것을 막을 수 없었다.

터커가 말했다.

"어이구, 이런."

나는 잡히지 않는 감상적인 공상에서 깨어나 터커를 쳐다보며 그가 왜 투덜거리는지 알았다.

우리가 문을 아직 잠그지 않았던 터라 새로운 손님이 안으로 들어왔던 것이다. 회색 롱코트를 입은 젊은이였다.

터커가 물었다.

"문 닫았다고 이야기할까요?"

"아니야. 내가 저 손님 주문을 받고 문 닫을 시간이라고 말할게. 터커가 열쇠를 갖고 있다가 저 손님이 나가면 문을 잠가."

터커가 물었다.

"저 모란 잉꼬처럼 다정해 보이는 커플은 어떻게 하죠?"

'카푸치노 미팅의 밤' 때 밀려나온 세 커플이 아직 남아 있었다.

그들은 벽난로 근처에 머리를 맞대고 앉아 천천히 커피를 마시며 이야기를 나누고 있었다. '당신에 대한 모든 것을 이야기해 달라'는 그들의 친밀한 대화에는 강한 긴장감이 배기 마련인데, 이런 일은 상대방에게 열중할 때 첫 번째 불꽃이 타오르는 동안에 종종 볼 수 있는 일이다.

나는 아직 그 플러그를 뽑을 마음이 없었다.

"자기들이 먼저 나가게 놔둬야 할 거 같아. 나도 아직 30분 정도는 해야 할 일이 있으니까, 그때도 안 나가면 머리를 받아서라도 길거리로 내쫓지 뭐."

"좋아요."

이렇게 말한 터커는 돌아서서 뒤편의 식품저장실 쪽으로 성큼성큼 걸어갔다. 우리는 그곳에 한 꾸러미나 되는 가게 열쇠들을 고리에 걸어 두고 있었다. 나는 프란젤리코 라떼 한 모금을 더 마시며 새로 온 손님이 커피 바 카운터로 와서 주문하기를 기다렸다.

하지만 그는 그러지 않았다. 마치 유령이 떠다니듯 그 젊은이는 남아 있던 세 커플 쪽을 향해 머뭇거리며 다가갔다. 그리곤 회색 롱코트에 손을 찔러 넣은 채 그중 한 테이블로 가까이 갔다.

그는 그 자리에 서서 테이블에 있던 손님들이 자신을 쳐다보기를 기다렸다. 그리고 손님들이 그를 쳐다보자 무슨 말인가를 중얼거렸다.

손님들이 고개를 저으며 딴 곳을 바라보자 젊은이는 옆 커플 쪽으로 자리를 옮겼다.

나는 낮게 속삭였다.

"조이, 저 청년에게 무슨 문제가 있는 거 같아. 터커에게 가서 말해."

30초도 안 돼 조이와 터커가 돌아왔다.

그때 그 손님은 두 번째 커플에게 다가가 아까와 똑같은 일을 하고 있었다. 테이블에 앉아 있던 네이비색 스포티한 코트에 안경을 쓴 호리호리한 남자와 검은 머리의 젊은 여자가 고개를 저었다.

그러자 이방인은 다시 자리를 이동했다.

나는 터커에게 귓속말을 했다.

"터커, 저 청년을 잘 봐. 뭔가 잘못된 거 같아."

이방인은 세 번째 커플 쪽으로 가서 뭐라고 말을 걸었고 다시 한 번 외면을 당했다. 마침내 외투 차림의 젊은이는 커피 바 쪽을 향해 걸음을 옮기고 있었다.

그다지 나이 먹어 보이지는 않았다. 한 스물여섯이나 스물일곱쯤. 피부는 창백하고 짧게 브러시 컷(머리 양옆과 뒤를 짧게 바짝 자른 스타일)을 한 갈색 머리의 청년은 매우 못마땅한 표정을 하고 있었다.

"좀 도와드릴까요?"

터커가 이렇게 말하며 카운터 앞으로 다가와 남자와 마주하고 섰다.

이방인이 대답했다.

"네."

그가 입은 회색 롱코트의 깃은 아직도 바짝 세워져 있었다. 그는 코트 주머니에서 손을 꺼내 검은 가죽 장갑을 벗고 깃을 내렸다.

"사람을 찾고 있습니다."

만약 청년의 목소리에 힘이 들어가 있지 않았다면 나도 걱정이 안 됐을 것이다. 하지만 독기가 서린 그의 말투에는 노골적인 적의가 가득 차 있었다.

나는 다시 터커를 불렀다.

"터커……."

터커가 어깨너머로 말했다.

"괜찮아요, 클레어."

젊은이가 물었다.

"당신 이름이 터커인가요?"

터커가 대답했다.

"그런데요."

젊은이는 터커를 위아래로 훑어보았다.

"오늘 이른 저녁에 퍼시와 이야기한 사람이 당신입니까?"

*퍼시? 대체 퍼시가 누구길래?* 그러자 곧바로 생각이 났다.

퍼시는 스위치히터였다. 내게 개구리 왕자 커플을 생각해보라고 제안했던 잘생긴 그래픽 디자이너.

'카푸치노 미팅의 밤'이 끝나면 터커와 만나보라고 내가 권유했던 청년이 바로 퍼시였다. 퍼시는 전에 사귄 애인이 '병적으로 질투심이 강한' 남자였다고 했다.

*하느님 맙소사.*

내가 경고하기도 전에 터커는 이미 그 청년과 대화를 나누고 있었다.

"맞아요, 퍼시와 난 서로 통했어요. 하지만 당신하곤 전혀 상관없는 일 같은데요."

젊은이가 말했다.

"아하, 상관이 있지."

갑자기 너무 빨리, 그리고 너무 센 주먹이 날라 왔기 때문에 난 잠깐 완전히 넋이 나간 채 서 있었다.

"경찰 불러!"

나는 조이에게 이렇게 말하고 도움을 청하기 위해 황급히 앞으로 뛰어나갔다. 하지만 테이블에 앉아 있던 네이비색 스포티한 코트에 안경을 쓴 호리호리한 남자 손님이 나보다 더 빨리 터커에게 뛰어왔다.

공격자가 다시 한 번 몸을 휘두르려 하자 그 손님이 레슬링에서 보디슬램을 하는 것처럼 공격자의 몸을 들어 메쳤고 공격자는 공중으로 붕 떴다. 공격자의 몸이 날아가면서 의자들이 덜커덕 소리를 내며 마룻바닥으로 넘어졌다.

그가 무거운 대리석 테이블 하나를 재빨리 끌어당기며 뒤로 물러났기 때문에 마룻바닥 긁히는 소리가 귀청 떨어지게 들렸다.

그때까지 나는 야구 방망이를 쳐들고 그에게 다가가고 있었다. 몇 달 전 바로 나 자신이 이런 몹쓸 놈과 몸서리치는 대면을 해야 했던 이후로, 내가 카운터 밑에 숨겨둔 방망이였다.

공격자는 꾸물거리지 않고 문으로 달려가 칠흑같이 어두운 차가운 밤 속으로 사라져버렸다.

나는 방망이를 내려놓고 터커에게 달려갔다.

"아, 젠장, 젠장, 젠장!"

터커는 얼굴에서 피를 흘리며 소리를 질렀다.

"3일 뒤에 오디션이 있다고요! 클레어, 다 망쳤겠죠?"

"진정해, 터커. 앉아."

나는 터커를 의자로 데려갔고 조이에게 얼음주머니를 가져오게 했다. 가게에는 당연히 구급상자를 비치하고 있었고 난 직원들이 화상을 당하거나 다칠 경우를 대비해 냉장고에 항상 얼음주머니를 보관하고 있었다.

"터커, 코에 이걸 대고 있어."

잠시 후 나는 얼음주머니를 치우고 살펴보았다.

"뼈가 휘거나 일그러진 것 같진 않아. 쑤시거나 저려?"

"아뇨, 하지만 지독하게 아파요."

"그럼 괜찮아, 턱. 아마 부러지진 않고 심한 타박상을 입은 거 같아."

"휴, 다행이네요! 그리고 퍼시가 데이트한 놈이 망할 마이크 타이슨(미국의 유명한 권투선수)이 아니라 다행이구요. 안 그랬으면 내 앞길은 완전히 끝장날 뻔했다고요!"

이내 허드슨가에 앵앵거리는 사이렌 소리가 들려왔다.

빨간 등이 우리 가게의 프런트 윈도에 비치는가 싶더니 경찰차가 길가에 급정거하는 모습이 보였다.

키가 크고 호리호리한 아일랜드계 청년인 랭글리 경관이 프런트 도어를 향해 뛰어왔다. 손에는 경찰봉이 들려 있었다. 랭글리의 파트너이자 키는 좀더 작지만 더 근육질인 그리스계 청년인 데메트리오스는 랭글리의 바로 뒤에 있었다. 그의 한쪽 손은 가죽 권총집에 들어 있는 권총의 개머리판을 잡고 있었다.

나는 안으로 들어오는 그들을 맞아 공격자가 도망갔다고 말해주었다. 그러자 랭글리는 경찰봉을 치우고 수첩을 꺼냈으며 데메트리오스는 내가 설명한 공격자의 인상착의를 무전으로 알렸다.

데메트리오스가 말했다.

"근처에 있는 경찰차들이 그자의 행방을 수색할 겁니다, 미스 코지."

두 사람은 어머님과 내가 처했던 곤란한 문제를 몇 번 도와준 후, 이제 몇 달째 빌리지 블렌드의 단골이 되어 있었다.

랭글리가 터커에게 물었다.

"구급차를 불러 드릴까요?"

"제길, 됐어요. 제가 엄살이 좀 심하긴 하지만 그건 무대에서만 그런 거예요."

나는 한 손을 터커의 어깨에 올리며 말했다.

"진찰을 받아야 해. 최소한 성 빈센트 병원 응급실에서 검사는 해봐야 한다고."

"알았어요. 챙겨줘서 고마워요. 하지만 구급차는 타기 싫어요. 택시나 뭐 그런 거 잡아주시면 돼요."

데메트리오스가 제안했다.

"저희가 모셔다 드리겠습니다."

"고마워요."

갑자기 조이가 내 소매를 잡아당기며 말했다.

"엄마, 터커 아저씨랑 같이 가고 싶으면 그렇게 해. 내가 문 잠그고 여기 물건들 정리할 수 있어."

엄마로서 딸이 이렇듯 상황을 잘 파악하고 자기 몫을 하는 것을 보는 것만큼 뿌듯한 일이 또 어디 있을까?

"정말 그럴 수 있겠니, 조이?"

"응, 문제없어. 얼른 가. 그리고 있을 수 있는 만큼 있어. 엄마가 허락하면 난 위층에서 자도 되잖아."

"물론이지, 조이. 넌 아무 때나 와서 자도 돼, 알잖니."

조이는 터커와 내 코트를 가지고 오더니 남은 손님들을 쫓아버렸.

나는 터커의 팔을 잡아 부축하면서 문밖과 경찰차 뒷자리로 갈 때까지 터커의 몸이 흔들리지 않게 조심했다.

그는 코맹맹이 소리로 투덜거렸다.

"망할, 얼어 죽게 춥네요. 게다가 이 빌어먹을 얼음주머니도 별로 도움이 안 되는 거 같아요."

"계속 대고 있어."

내가 우겼다.

"아마 며칠 지나면 터커 코가 풍선처럼 부풀어 오르지 않은 것에 대해 나한테 고마워하게 될걸."

데메트리오스가 차의 뒷문을 연 채 계속 잡고 있었다. 내가 먼저 차에 올라타 검은색 차가운 비닐 좌석에 미끄러져 들어가듯 앉았다. 그런 다음, 데메트리오스가 터커를 도와 내 옆에 똑바로 앉혔다.

문이 쾅, 하고 닫히자 터커가 한숨을 쉬었다.

"알겠지만, 클레어, 퍼시를 나한테 보내줘서 고맙다고 하려던 참이었어요. 하지만 지금은 혼란스럽다고 말해야 할 것 같아요."

"유감이야, 터커."

"나만큼 유감이겠어요……, 이 영광의 상처들만큼 말이에요."

뒷좌석과 앞좌석 사이에는 쇠창살이 있었다.

나는 철사로 된 사각형 창살을 통해 데메트리오스가 운전석에 올라타고 랭글리가 옆자리에 앉는 모습을 바라보았다. 어두운 차 안 공기는 매우 차가워서 우리가 쉰 숨이 작은 구름 모양을 만들며 응결되었다.

앞좌석의 무전기에서 불빛이 깜빡이더니 지지직거리는 소리가 들리다 이내 목소리가 흘러나왔다. 그 목소리는 다른 팀에게 도난 경보기가 잘못 울린 집의 주소를 읊어댔다.

차가 도로변에서 출발할 때 내가 터커에게 조용히 말했다.

"보디슬램으로 그 바보 같은 놈을 들어 메친 선한 사마리아인에 대해 신께 감사해."

"그 사람, 누구예요? 이름 아세요?"

"랭글리 경관이 알아. 그 사람이 진술하는 거, 내가 봤어. 나야 카푸치노 미팅에서 그 사람에게 붙였던 이름만 기억하지."

"그게 뭐였는데요?"

"미스터 마마보이."

"설마?"

"진짜야."

"저런, 클레어. 당신도 틀릴 때가 있다는 말로 들리는데요."

"아니야. 안 틀렸어, 터커. 그는 어머니와 같이 산다고."

"클레어, 어머니와 같이 사는 건 요즘에 흉이 아니에요. 특히 임대료가 임대료인 만큼 이 도시에선 더 그렇죠. 제가 하는 말, 따라하세요. '폭력적인 공격자를 보디슬램으로 때려눕히는 남자를 마마보이라고 하지는 않는다.'"

나는 사람을 잘못 보고 싶지 않았다.

하지만 터커 말이 맞았다. 내가 사람을 잘못 보고 이름도 잘못 붙였다는 것을 은행 창구직원이 상냥하게 알려주는 것과 같았다.

"경관들에게 퍼시를 찾아가 이야기해보라고 하는 게 좋을 거 같아."

나는 턱을 살짝 들어 올려 앞좌석을 가리키며 말했다.

"오늘 밤 터커를 친 놈을 경찰이 잡지 못하기라도 하면, 내일 그놈 집에서 잡을 수 있을 거야. 퍼시가 그놈의 현재 주소를 모를 수는 있어도 이름은 알 거 아냐."

터커가 한숨을 쉬었다.

"그렇겠죠."

나는 고개를 저었다.

"이런 일이 일어나다니, 믿어지지 않아."

"치정 사건이에요, 클레어. 치정 사건."

우리는 약 6분 정도 후에 병원에 도착했다.

응급실 의사가 터커를 검사할 때 나는 형광등이 두 개 켜진 응급실 대기실에서 랭글리, 데메트리오스 경관과 잡담을 나누었다.

랭글리가 엉덩이에 손을 짚으며 말했다.

"당신의 부매니저가 총을 맞지 않아 다행이에요."

나는 몸을 떨었다.

"그런 말 말아요."

"죄송합니다, 미스 코지."

데메트리오스가 팔짱을 끼며 말했다.

"하지만 사실이에요. 당신도 그놈이 터커 씨에게 몇 번 더 주먹을 휘두르려 했다고 말했잖아요. 솔직히 말해서 머리를 다치면 치명적일 수 있습니다. 놈은 분명히 끝장을 볼 생각이었을 거예요."

내가 단언했다.

"아니에요, 그렇게 심각한 공격은 아니었어요. 그 사람은 단지 질투심 때문에 그런 거예요."

랭글리와 데메트리오스가 서로 시선을 교환했다.

나는 차가운 플라스틱 의자에 앉으며 말했다.

"무슨 말이냐고요?"

갑자기 엄청난 피로감이 엄습했다. 그러나 두 사람은 전혀 그렇지 않은 것 같았다.

*젊음이 좋구나.*

데메트리오스가 나를 내려다보며 어깨를 들썩거렸다.

"질투야말로 치명적인 동기죠, 미스 코지."

랭글리가 말했다.

"그럼요. O.J.심슨 얘기도 모르세요?"

나는 두 사람을 쳐다보며 이렇게 지적했다.

"심슨은 무죄 선고를 받았잖아요."

두 사람은 다시 한 번 시선을 교환했다.

내가 화제를 바꾸었다.

"참, 두 분은 최근에 퀸 형사님을 만난 적이 있나요? 전 요새 통 못 봤거든요."

"제가 아는 한, 그분은 담당 사건들에 파묻혀 계십니다."

데메트리오스가 말했다.

"네, 가장 최근 사건은 강 근처에서 발생한 자살 사건이에요. 어떤 여자가 자기가 사는 신축 건물 옥상에서 뛰어내렸거든요. 오직 퀸 형사님만 여자가 혼자 뛰어내린 게 아니라고 생각하고 계시죠."

데메트리오스가 고개를 끄덕였다.

내가 물었다.

"뭐라고 생각하는데요?"

랭글리가 어깨를 들썩거리며 말했다.

"살인이라는 거죠."

"누군가 밀었다는 겁니다."

데메트리오스가 구체적으로 설명했다.

"더 나쁜 건, 살인자가 전에도 그런 적이 있을 뿐 아니라 또다시 범행을 저지를 거라고 생각하신단 겁니다."

*ten*

*오, 이런, 이런……*.
천재는 감명을 받았다.
사하라 맥닐은 정말 카멜레온 같은 여자였다. 어젯밤엔 마크 제이콥스(유명 의류 브랜드)를 입고 있더니 오늘 아침은 프레데릭스 오브 할리우드(유명 여성 란제리 브랜드)를 입고 있었다. 그런 대단한 변신 때문에 천재는 그녀를 거의 알아보지 못할 뻔했다, 거의.

타는 듯이 새빨간 머리를 보고 알아볼 수 있었다. 너무나도 밝은 주홍색이었기 때문에 요란하게 차려입길 좋아하는 동료의 패션 스타일에 맞춰 따로 염색할 필요가 없을 정도였다.

천재는 그녀를 알아보는 첫 번째 표시가 바로 머리 색깔이라는 것을 기억해냈다. 건성으로 길을 건너던 천재는 사하라가 유리문들을 밀치고 나오는 모습을 지켜보았다. 그곳은 바로 전날 밤 자신에게 작별인사를 했던 장소였다. 어젯밤은 즐겁게 보낸 것 같았다.

옛날을 생각하며 회포도 풀고 친구들이며 아는 사람들 이야기도 하면서 커피하우스를 나왔다. 그런 다음 한 바에 갔다가 마침내 10번가 서단에 있는 이 아파트까지 함께 걸어왔다. 그리곤 그 앞에서 작별인사를 나누었던 것이다. *그러나 천재는 사하라가 그쯤에서 그만두지 않으리란 걸 알고 있었다. 그녀는 천재의 카드를 받을 것이다.*

그녀는 다시 그에게 연락하게 될 것이다, 그것도 곧.

그런 이유에서 천재는 다음날 아침 사하라가 사는 건물의 길 건너편에서 한 시간도 넘게 기다렸던 것이다. 천재는 업타운으로 가는 직장인들이나 집에서 놀면서 개를 산책시키러 나온 사람들의 얼굴을 눈여겨보며 그렇게 기다렸다.

조금만 주의력이 모자랐어도 그녀를 놓칠 뻔했다. 불타는 머리 색깔이 아니었다면, 어젯밤 맞춤 바지에 고상한 화장을 했던 저 여자가 지금 막 10번가 서단의 아파트 유리문을 밀치고 나오는 싸구려 티가 물씬 나는 여자와 같은 사람이라고 보기는 어려웠을 것이다.

너무 짧고 너무 유치한 치마를 입고 있었다. 거기에 망사 스타킹을 신고 있었다. 여자 지배자 같은 스타일의 광택이 도는 검정 부츠, 동물 그림이 그려진 재킷 때문에 그녀는 합법적인 미술상이라기보다 스트립 댄서처럼 보였다. 그러나 천재도 잘 아는 사실이지만 사하라 맥닐은 합법적인 미술상이었다. 더구나 바로 지난달에 있었던 소더비 경매에서 10만 달러짜리 경매를 담당한 대리인 리스트에 올라 있었다.

예쁘고 성공한 여자, 하지만 지독한 슬픔과 외로움에 절은 여자.

천재는 이런 유형의 여자에 대해 잘 알았다. 뉴욕은 사하라 맥닐 같은 여자들로 가득 차 있으니까.

빨간 머리 여자가 직장인 소호의 화랑까지 먼 길을 걸어가기 시작하자 천재는 확실한 거리를 유지하며 그녀를 따라갔다. 날씨가 허락하면 그녀는 대개 이렇게 걸어가는 것 같았다. 비나 눈이 오면 그녀도 택시를 탈 것이다. 하지만 오늘 그녀는 걸어갔다. 저렇게 매춘부처럼 보이는 옷차림을 했을 때 끌게 되는 남자들의 관심을 얼마든지 감상하겠다는 투였다.

그렇다. 이 순간 날씨도 완벽하다. 아직 화창하다.

안타깝게도 다음 주에는 얼음처럼 차가운 비나 심지어 눈이 내릴 수도 있다는 일기예보가 있었다. 만약 그런 일이 일어나서 사하라가 택시라도 탄다면 문제가 될 수도 있다. 그리고 우산도 무기가 될 수 있기 때문에 천재는 그런 위험을 감수할 수 없었다.

사하라는 직장까지 걸어가는 동안 아메리카스가나 휴스턴가처럼 혼잡한 길들을 건넜다. 그런 다음 주차 차량이 줄지어 늘어선, 꼬불꼬불하고 좁은 이 동네의 길들을 따라 한가롭게 걸어갔다.

딴청을 피우며 과속하는 운전자가 나타나기를 기다리기에 이곳은 완벽한 장소였다. 괜히 사고가 날 확률이 높겠는가. 모험일지도 모르지만 천재는 사고가 나길 기다리기로 했다. 그저 창의적으로 생각하기만 하면 된다. 다른 모든 것처럼 살인도 하나의 예술이다.

사하라 맥닐처럼 그런 사실을 잘 아는 사람도 없을 것이다……


"당신은 콜레스테롤 수치에 별로 신경 쓰지 않나 보네요?"

나는 캄파리 앤 소다(식전에 마시는 루비색 이탈리안 칵테일로 첫 맛은 달고 뒷맛은 쓰다) 두 잔을 들고 브루스 바우먼에게 다가가며 이렇게 물었다.

나는 중간에 육즙이 많은 요리로 억지로 바꾸느니 버터를 좋아하는 그의 취향을 지금이라도 안게 다행이라고 생각했다.

"콜레스테롤과 전 오랜 친구거든요."

브루스는 이렇게 말하고 우리 집 거실의 벽난로 앞에 웅크리고 앉았다. 그가 불을 피우자고 제의했고 감탄이 나올 만큼 그 일을 잘해 냈다. 불꽃이 막 탁탁 소리를 내며 타기 시작하자 냉기가 돌았던 거실에 열기가 가득 찼다.

"빨리 죽는 데는 과식보다 나쁜 게 많아요."

*잘 됐다.*

나는 애초 생각한 대로 콜레스테롤과 친하고 버터가 잔뜩 들어간 메뉴를 그대로 준비하기로 했다.

오늘은 일요일 저녁. 바로 어제가 '카푸치노 미팅의 밤'이었고 브루스는 약속대로 오늘 정오쯤 내게 전화로 밥보Babbo에 저녁식사를 예약했다고 알려주었다. 밥보는 워싱턴 스퀘어에 있는 정말 훌륭한 레스토랑이었다. 유명한 요리사 마리오 바탈리가 공동 소유하는 그 레스토랑의 폐점시간에 맞춰 예약하면 데이비드 카퍼필드 수준의 마술을 볼 수 있었다.

안타깝게도 터커는 코를 조심하기 위해 앞으로 며칠간 일을 쉬기로 했다. 천만다행으로 코는 부러지지 않았고 타박상을 입었을 뿐이었다. 터커가 그런 상태라 나는 빌리지 블렌드를 파트타이머들의 손에 장시간 맡기고 가게를 떠나는 것이 걱정되었다.

나는 아직 직원 중 누군가를 세컨드 부매니저로 승진시키거나 새로 뽑지 못하고 있었기 때문에 브루스에게 레스토랑 말고 우리 집으로 오지 않겠느냐고 제안했다. 그렇게 하면 아래층에서 비명 소리가 들릴 때 난 문자 그대로 두 층밖에 떨어져 있지 않을 수 있었다. 게다가 조이가 은밀히 직원들을 봐주기로 했기 때문에 설사 직원들이 날 부르지 않아도 조이가 부를 거란 걸 알고 있었다.

그는 180cm나 되는 키를 쫙 펴고 일어나며 말했다.

"정말이에요, 클레어. 이렇게 수고를 하다니 정말 감사해요."

나는 그에게 캄파리 앤 소다를 건네주며 말했다.

"수고라뇨? 그냥 고기와 감자로 만든 식사 한 끼일 뿐인데요."

브루스는 고개를 저었다.

"여자들은 제게 요리를 해주지 않아요. 뉴욕 여자들은 그래요. 한 번도 해준 적이 없죠. 특히 제가 터무니없이 비싼 레스토랑에 초대하고 나서는 절대 안 해주죠."

나는 어깨를 들썩였다.

"전 요리하는 걸 좋아해요."

나처럼 진심으로 어머님의 복층 주택을 높이 평가할 줄 아는 누군가에게 집을 보여주는 것도 매우 즐거운 일이었다. 벽난로와 창문을 복원한 것 하며 골동품과 그림, 가구들 모두가 최고급이라는 걸 브루스 바우먼은 바로 알아보았다.

전남편 마테오는 이 물건들에 대해 항상 싫증을 느껴 했다. 나는 그 이유가 이 물건들이 있는 곳에서 남편이 자랐기 때문이고 또 하나는 그가 이 모든 것을 '엄마의 물건'으로 보기 때문이라고 생각했다.

"전에도 어떤 곳에서 이런 것을 본 적이 있습니다."

브루스는 등받이에 현 장식이 있는 의자를 조용히 벽에서 들고 와 세련된 안목을 가지고 다시 한 번 살펴보았다.

"이 의자 사진이 있는 교회 복원에 대한 책이 한 권 있어요."

"그 의자는 아니에요. 아마 그 사촌쯤 될 거예요. 그건 아직 남아 있는 서른 개밖에 되지 않는 의자 중 하나거든요. 이 의자 양식은……"

브루스가 말했다.

"성 루가 교회(뉴욕 그리니치 빌리지에 있는 성공회 교회. 정식 이름은 '세인트 류크 인 더 필즈')죠! 알아요. 제 동료 중 하나가 그 교회의 복원 프로젝트 일을 하고 있어요. 이 의자를 무척 보고 싶어 했죠."

거실의 분위기는 아늑했다. 무엇보다 벽난로에서 피어오르는 불길이 매섭고 찬 가을 공기를 몰아내 주기 때문이었다. 하지만 내가 움직이지 않으면 두 사람 다 저녁을 먹지 못할 것 같았다.

"저를 따라 주방으로 오세요."

나는 그를 데리고 스윙도어(안팎으로 여닫히는 자동식 문)를 밀치며 들어갔다. 브루스가 말했다.

"아, 정말 멋진 곳이군요."

나는 그의 눈을 사로잡은 게 무엇인지 의아했다.

주방에는 놋쇠로 된 붙박이 설비와 화강암으로 만든 싱크대, 목공예품들, 그리고 레스토랑 수준의 주방기구들이 있었다.

"이 집엔 정말로 3개짜리 세트로 된 그리스월드(유명한 주방용품 브랜드) 프라이팬이 있군요?"

나는 카운터에 걸린 세 개의 주철 프라이팬을 보며 미소를 지었다.

"실은 다섯 개에요. 나머지 두 개는 요리하는 데 쓰고 있어요. 장식용이 아니라."

"티파니 램프에 페르시아 예배용 깔개, 치펜데일풍 식당, 현 장식 등받이 의자라……, 당신이 왜 이곳을 좋아하는지 알겠군요. 이곳은 진정한 보배에요."

"편안한 보배죠."

나는 이렇게 말하며 캐시미어가 들어간 크림색 스웨터를 보호하려고 목에 하얀 앞치마를 걸고 꽉 끼는 검정 바지 허리에 끈을 묶었다. 그러고는 팔을 들어 위에 걸린, 바닥이 구리로 된 냄비를 꺼내려 했다.

"제가 꺼낼게요."

브루스가 미소를 지으며 쉽사리 그 긴 팔을 뻗어 냄비를 꺼냈다.

"고마워요. 157cm밖에 안 되는 키 때문에 곤란을 겪는 때가 바로 이런 경우에요."

"천만에요. 도움이 된다니 제가 고맙죠."

나는 웃었다. 사실 내 주방에 남자가 있다는 것이 약간 낯설게 느껴졌다. 그러니까, 전남편 말고 다른 남자가 있는 게 말이다. 자주 있는 일은 아니지만 마테오가 뉴욕에 들르는 동안 우리 두 사람은 어쩔 수 없이 이 주방을 같이 써야 하는 상황이었다.

그러나 우리 관계를 따뜻하다고 볼 수는 없었다. 심지어 우리가 결혼 생활을 하던 대체로 잘 지내던 시절에도 주방은 결코 함께 있을 때 편한 장소가 아니었다. 그건 마치 한 배에 두 선장이 항해 문제를 두고 끝없이 다투느라 배가 산으로 가는 것과 같았다.

"클레어, 다음엔 뭘 할까요?"

브루스는 낙타털로 만든 블레이저(정장보다 캐주얼하고 점퍼보다 격식을 차린 재킷)를 의자에 걸쳐놓고 소매를 걷어 올리며 물었다.

"글쎄요……."

나는 근육이 잘 잡힌 그의 팔뚝을 대놓고 감탄하지 않으려 애쓰며 눈을 깜빡였다.

"음……, 당신이 사온 그 감탄이 절로 나오는 와인의 코르크 마개를 따는 게 어떨까요?"

"그러죠. 하지만 이건 그냥 별거 아닌 와인이에요."

백만장자한테야 그냥 별거 아닌 와인일지 모르지만 1995년산 라 로마네 콩티(프랑스 부르고뉴산 최고급 포도주)는 내가 매일같이 볼 수 있는 와인은 아니었다.

내가 그에게 말했다.

"농담하는 거죠? 제가 그랑 크루(프랑스 보르도의 메독 지역에서 생산되는 와인 중 최고 등급) 등급 와인을 마지막으로 본 건 어머님이 여신 모임에서였는데

로열티가 아직도 있었어요."

브루스는 웃으면서 작은 주방 테이블에서 코르크 스크류(와인의 코르크를 뽑는 기구)를 돌리고 있었다. 팔뚝 근육이 정말 보기 좋게 수축해 있었다.

"우리 집에도 한 상자 있지요."

나는 싱크대에서 일하며 말했다.

"아, 그랬군요. 한 상자가 있다니 아무리 비싸더라도 한 병쯤이야 별 거 아니겠군요, 그럼요!"

그가 또 웃었다.

"와인잔 좀 줘요."

내가 잔을 주자 그는 아주 조금 따랐다.

"마셔 봐요."

그가 이렇게 말하며 잔을 내게 건네주었다. 마셔보니 거의 기절할 지경이었다.

"와, 정말 맛있는 와인이네요."

"이건 에세죠(그랑 크루 등급의 고급 와인. 에세죠는 포도밭 이름) 와인이에요. 에세죠에는 여러 겹의 층이 있죠. 눈을 감고 다시 한 모금 마셔 봐요."

나는 다시 마셨다.

"무슨 맛이 나요?"

"블랙베리 아니에요?"

"좋아요, 그리고 또요?"

"제비꽃에 오크 향도 나고, 또 뭐가 더 있는데……, 어머나, 이건 커피 향이에요!"

"그래요."

"정말 놀라워요, 브루스."

"마음에 든다니 기쁘군요."

그는 싱크대에 있던 내 뒤로 다가왔다.

"자, 와인 마개는 땄고 맛도 보았으니 이제 뭘 하죠?"

그가 내 곁에 너무 바짝 서 있는 바람에 나는 그의 몸에서 풍기는 온기 때문에 정말로 혼란스러웠다. 나는 손이 축축해져 들고 있던 과일칼이 미끄러질 것 같은 느낌이 들었다.

"당신한테 칼을 주는 게 안전할 것 같네요."

나는 갑작스레 마른 헛기침을 하며 말했다.

"그럼 감자 껍질 좀 벗겨주겠나, 선원?"

"알았습니다! 선장님."

나는 그에게 알이 굵은 유콘 골드 감자 다섯 개를 건네주었다.

브루스가 껍질을 벗기는 동안 나는 굵직한 마늘통에서 마늘 다섯 개를 떼어내 바삭하게 마른 하얀 껍질을 깠다. 그런 다음 브루스가 요리에 맞게 감자를 네모난 모양으로 써는 것을 도와주었다.

그가 슬쩍 지나가는 소리로 말했다.

"여기로 올라오기 전에 아래층에서 당신 딸과 이야기를 했어요. 착해 보이더군요."

"정말 그래요. 우리가 저녁을 먹는 동안 그 애가 파트타이머들을 봐 줄 거예요."

"아, 그럼 내가 가야 그 일에서 해방되는 건가요?"

"비슷하죠."

"그럼 내가……, 빨리 가지 않으면 어떻게 되는 거죠?"

"그건 뭔가 저의가 있는 질문처럼 들리네요, 브루스 씨. 요리에나 신경 써주세요."

그는 웃었다.

"당신과 많이 닮았더군요."

"아빠를 닮아 고집이 세요."

"외모는 당신을 닮았어요. 밤색 머리칼이며 녹색 눈도 그렇고. 두 사람은 정말 많이 닮았어요."

나는 감자 썰던 일을 멈추고 그를 쳐다보았다.

"마치 우리가 자매라도 되는 것처럼 말하지 마세요. 전 안 속아요."

그는 내 시선을 피하지 않고 미소를 지었다.

"그럼요. 안 속는다는 거 알아요."

우리는 감자를 다 썰어 끓는 물에 집어넣고, 거기에 으깬 마늘을 넣었다. 그런 다음 나는 서브제로(유명한 주방가전 브랜드)의 스테인리스 스틸 팬을 꺼내 마리네이드에 절인 고기에 씌워두었던 호일을 걷어냈다. 그러자 강한 향이 주방을 가득 채웠다.

"이게 무슨 냄새죠? 커피 냄새 아니에요?"

브루스는 이렇게 물어보더니 놀라는 것 같았다.

"커피에 고기를 절이나요?"

나는 고개를 끄덕였다.

"한 입만 먹어보면 모든 의심이 사라질 거예요."

"좋아요. 한 번 시도해보죠."

"그러는 게 좋을 걸요. 당신이 가져온 와인에도 커피 향이 배어 있었잖아요."

"그랬죠. 그럼 여기에 정확히 어떤 것들을 넣은 거죠?"

그는 더 자세히 보았다.

"먼저 보기 좋은 마블이 퍼져 있는 두툼한 티본(소고기의 허리 부분에서 잘라

〈낸 살로 안심과 등심 부위〉 살 네 덩어리가 필요해요. 제가 다니는 정육점의 특별 상품이에요. 그리곤 끓여서 식힌 커피에 고기를 넣고 충분히 잠기게 한 다음 밤새 절이는 거예요."

브루스는 눈썹을 치켜세웠다.

"다른 건 없어요?"

"오, 약간의 믿음이요."

그가 웃었다.

"한 번도 그렇게 하는 걸 본 적이 없어서 그래요."

"실은 남서부 요리를 전문으로 하는 요리사 한 분이 제게 말해주길, 접경 지역의 요리에서는 커피가 아주 흔한 재료라는 거예요. 평원에서 구할 수 있는 양념이 제한되어 있기도 하고, 또 말이나 수퇘지같이 냄새가 나는 고기들은 향도 첨가해야 하고 육질을 부드럽게 만들어야 할 필요도 있고요."

"고기를 연하게 하는데 맥주를 쓴다는 말은 들은 적이 있어요."

"고베 비프를 말하는 거 같네요. 일본에서는 살아 있는 소한테 엿기름으로 만든 술을 매일 먹여요. 그래야 고기에 기름이 많아지고 마블이 잘 형성되죠. 하지만 그건 좀 다른 얘기예요."

"알겠어요. 그런데 일본인들은 커피에도 이상한 짓을 한단 말을 들었던 게 기억나는군요."

"그건 발효한 커피가루와 파인애플 과육을 사용하는 일본식 미용법을 말하는 거예요. 파인애플의 시트르산이 피부를 깨끗이 해주고 카페인 성분이 피부를 단단히 조여 준다고 해요. 한마디로 주름을 펴주는 거죠."

"아, 알았어요……."

그의 갈색 눈이 나를 빤히 바라보았다. 그러고는 약간 굳은살이 박인 손등으로 부드럽게 내 뺨을 만졌다.

"그게 당신의 피부 관리 비결인가요?"

나는 얼굴이 빨개졌다.

"제가 무슨 대답을 해야 하죠?"

"당신은 아름다워요."

"저, 지금 요리하는 중이거든요."

나는 이렇게 말하며 침착해야겠다고 생각했다.

우리는 서로 거의 알지 못한다. 비록 이 남자기 기꺼이 디가옴으로씨 당황스럽게도 내 마음이 약해져 버리기는 했지만 이 같은 상황을 계속 다스려야 한다고 결심했다. 그런 이유에서 보면 공공연한 레스토랑이 더 좋은 선택이었을지도 모른다.

하지만 그러기엔 이미 너무 늦었다. 나는 저항하기 어려운 그의 미소를 모르는 척하며 아까 하던 설명을 계속했다. 마샤 스튜어트가 주가 조작을 한 죄로 재판을 받을 때 그랬던 것처럼 프로들이 곧잘 쓰는 침착한 투로, 신중하게 고른 커피를 진하게 끓이면 고기에 그윽한 흙냄새를 배게 할 수 있을 뿐 아니라 육질을 연하게 할 수 있다고 설명했다.

"산도가 높은 커피를 선택해야 해요. 고기를 연하게 하는 역할을 하는 것도 산도거든요. 대부분의 라틴 아메리카산 원두도 이 요리법에 맞는 충분한 산도를 가지고 있지만 전 대개 케냐 AA 원두를 써요."

브루스가 눈썹을 치켜세웠다.

"아직 이해가 잘 안 가요."

그는 더 자세히 알려달라고 조르는 투로 말했다.

"이 스테이크를 더 맛있게 만들 수 있는 유일한 방법은 메스키트 나무(콩과식물로 콕 쏘는 향 때문에 훈연용 나무로 많이 쓰인다)를 훈연재로 사용해 석쇠에 굽는 거예요. 전 아침에 스테이크와 계란을 곁들여 먹는 걸 좋아하죠. 정말이지 커피에 절인 스테이크만큼 잠을 확 깨우는 건 없어요. 당신도 알게 될 거예요."

그의 얼굴에 미소가 천천히 퍼졌다.

"그건 내일 아침을 같이 먹자는 초대인가요?"

맙소사, 이 남자가 지금 내 말뜻을 어떻게 해석한 거야?

브루스가 내 표정을 알아보고 웃음을 터뜨렸다.

"농담입니다."

"알았어요."

나는 황급히 티본 고기를 주철 프라이팬에다 갈색이 돌게 굽는 일에 다시 정신을 쏟았다. 그러면서 지척에 있는, 싱크대에 편히 기대어 서서 내 일거수일투족을 구경하는 너무나 매력적인 남자를 필사적으로 잊어버리려 애썼다.

내가 물었다.

"냄새가 느껴져요?"

볶은 커피 향과 지글지글 거리며 소고기 구워지는 냄새가 집 안을 채웠다.

"으음, 당신이 한 말을 이제 알겠군요. 멋진 조합이에요."

두툼한 스테이크 고기의 양면이 적당하게 그슬려진 후, 나는 그것을 다시 그릴에 올려놓았다. 그리곤 비프 콩소메(국물이 맑고 맛이 담백한 수프)를 팬에 조금 넣고 디글레이즈(육류를 조리한 후, 팬이나 냄비에 남은 즙에 포도주나 육수 등을 넣어 희석하는 것)를 했다.

"사실은 고기에 커피 향을 배게 하는 다른 방법도 있어요. 그것에 대해 작년에 칼럼도 하나 썼죠. 시애틀, 샌프란시스코, 콜로라도에 있는 레스토랑들은 스테이크를 굵게 간 커피가루에 문질러요. 하지만 전 뭐가 오도독 씹히는 걸 좋아하지 않거든요. 무슨 말인지 알겠죠? 그래서 고기를 절이는 과정에서 향이 배게 하는 걸 더 좋아하는 거예요. 어쨌거나 이 방법을 쓰는 게 향이 훨씬 강렬하거든요."

"강렬하다? 음, 난 강렬한 맛을 볼 준비가 돼 있어요."

"제가 그레이비 소스(육류를 구울 때 생기는 국물을 이용해 만드는 소스)를 만드는 동안 당신은 감자를 으깨세요."

나는 그에게 포테이토 매셔(감자 으깨는 기구)를 건네주었다.

"거기에 버터는 충분히 넣었나요?"

브루스가 이런 질문을 하며 내가 잡은 바닥이 구리로 된 소스 팬을 몰래 들여다보았다.

"콜레스테롤에 대해서라면, 당신이 아까 친하다고 말했던 걸 상기시켜야겠네요."

버터가 녹은 후 나는 밀가루에 그것을 넣고 휘저었다. 그런 다음 스테이크 프라이팬에 있던 디글레이즈한 국물을 몇 방울 덜어 넣고 비프 콩소메를 다시 좀더 넣은 후, 마지막으로 커피를 넣었다.

"커피를 또요? 장난하는 거죠?"

아직 마늘 넣은 감자를 으깨고 있던 브루스가 말했다.

"저는 커피나 그레이비 소스 갖고 절대 장난 같은 거 안 해요."

식당의 테이블은 벌써 세팅이 돼 있었고 촛불도 밝혀져 있었으며, 래커 칠이 된 바구니에는 집에서 만든 버터 비스킷이 들어 있었다. 어머님의 스포드 도자기 그릇들도 준비되어 있었고 냉장고 채소실에는 토마토 아보카도 샐러드가 들어 있었다.

마리네이드에 절인 스테이크는 그릴에서 지글거리는 소리를 내며 구워지고 있었다. 지금이 딱 알맞게 덜 익은 상태였다. 하지만 시간이 조금씩 지날수록 색이 더 진해질 것이다.

"스테이크를 어떻게 먹죠?"

나는 이렇게 물어보며 고개를 돌렸는데 그만 브루스 바우먼의 팔에 안긴 꼴이 되었다.

*어떻게 그런 일이 일어난 것일까?*

"뜨겁게요."

브루스가 부드럽게 대답했다.

그런 다음 브루스는 몸을 숙이며 두 팔을 내 등 뒤로 돌려 허리의 잘록한 부분에서 서로 맞잡고 나를 꼭 끌어안았다.

나는 손에 국자를 든 채로 눈을 감고 그의 입술이 내 입술을 감싸게 두었다. 냉정함을 유지하려 했던 그 모든 어리석은 시도들이 이제 완전히, 그리고 철저히 소용없어졌다.

그의 키스는 거칠면서도 달콤했다. 마치 우리가 지난번 아래층에서 나누었던 특별한 커피 맛, 말하자면 노스 비치의 에스프레소와 밀라노의 에스프레소를 반씩 섞은 것 같은 느낌이었다.

*따뜻하고 풍부하면서도 부드러운······.*

"좋군요."

그가 내 입술에서 입을 떼며 조용히 말했다.

"아주요."

나는 눈꺼풀이 무겁게 느껴졌고 팔다리는 더 무겁게 느껴졌다.

"하지만 우린 서로 거의 알지 못해요."

"알아요. 난 그냥 당신한텐 어떤 맛이 나는지 확인하고 싶었어요."

*오, 하느님.*

그는 미소를 지었다.

"그리고 하나 더. 당신이 이곳에 있다고 주장한, 호퍼의 스케치라는 그림도 확인해야겠어요."

나는 웃었다.

"그건 다 당신을 우리 집으로 꾀어내려고 동원한 거짓말이에요."

"뉴스를 하나 알려줄게요, 클레어. 당신이 뭐라고 하든지 난 그림을 보러 가고 말 거예요."

"위층에 있어요, 부부 침실에."

"그럴 것 같았어요."

그는 내 허리를 잡았던 손을 위로 올려 내 목 뒤를 마사지하듯 어루만졌다.

"저녁식사 후가 좋을까요? 그림을 보여줄 수 있어요?"

"별로 좋은 생각이 아닌 것 같아요."

내가 말했다. 정말 숨이 막힐 것 같았다.

"아까도 말했지만 우린 서로 아직 잘 모르잖아요."

그가 웃었다.

"호퍼의 그림을 보여주려면……, 나를 더 잘 알아야 한단 건가요? 그런 뜻인가요?"

"네, 그런 뜻이에요."

그의 손이 더 위쪽으로 올라가더니 내 머리카락을 헝클어뜨렸다.

그러자 내 머릿속에서 작은 목소리가 이렇게 속삭였다.

'클레어, 너무 오랫동안 혼자였잖아. 조금만 더 어루만지게 놔둬……. 나쁠 것 없잖아, 조금만 더.'

그는 내 뒷머리를 받치고 다시 키스했다.

'따뜻하고 풍부하며 부드러운……, 그래, 바로 이거야. 하느님, 도와주세요, 전 좀더 원해요.'

하지만 불행히도 바로 그때 청천벽력 같은 목소리가 들려왔고 내 소원은 이루어지지 않았다.

"커피 스테이크랑 그레이비 소스 말고 이 집에서 나를 반겨주는 건 하나도 없군!"

이런, 세상에. 말도 안 돼.

마테오였다. 너무나도 반갑지 않은 내 전남편이 동아프리카 출장을 마치고 돌아온 것이다. 그것도 공정하지 못하게 아무 예고도 없이!

자기 열쇠가 있었기 때문에 그는 곧잘 이렇게 불쑥 집으로 쳐들어오곤 했다, 그리고 내 삶에도.

그 순간부터 그날 저녁 데이트가 훨씬 더 망가지게 되었다는 건 말할 필요도 없다. 당연한 일이지만 위태위태한 순간이 한두 번, 어쩌면 세 번 정도 뒤따랐다. 서로 비난에 가까운 표정을 교환한 후 불편하기 이를 데 없는 침묵이 이어졌다. 그리고 날카로운 스테이크 나이프도 옆에 있겠다, 디저트를 포함해 오늘의 요리 모든 곳에 카페인이 들어가 있었기 때문에 그렇지 않아도 이해할 수 있는 우리 사이의 긴장감은 더욱더 강해질 수밖에 없었다.

나는 긴장감에 몸을 떨며 이름이 밝혀지지 않은 한 힌두 철학자가 했던 불길한 말을 떠올렸다. 그는 '아프리카에서 온 검은 콩'의 해로운 효과에 경고를 표하면서 차를 마시는 아시아인의 평화를 사랑하는 태도와 커피를 좋아하는 유럽 민족들의 호전성을 비교하기도 했다.

그러나 곧이어 프랑스의 사회 비평가이자 역사학자인 쥘 미슐레가 《나의 일기》라는 책에서 했던 말이 기억났다.

그 글에서 서구 문명에서 이성의 시대가 가능했던 것은 유럽이 커피를 마시는 사회로 변화했기 때문이라고 말하고 있었다. 그래서 브루스가 마테오에게 함께 식사하자고 권유했을 때 이유야 어쨌든 난 계속 예의 바른 태도를 유지했다.

사실 마테오가 긴 여행으로 피곤해 보이는 상태였기 때문에 브루스의 제안을 완전히 정신 나간 행동이라고 할 수도 없었다. 정말이지 그렇게 하는 게 사람에 대한 예의인 거 같아 반대할 수가 없었다. 나는 커피가 유럽 사람들을 계몽시킬 수 있었다면 더 많은 기적도 가능했을 거라고 생각했다. 그리고 지금 내게 필요한 건 바로 그런 기적이었다.

나는 서둘러 티본 스테이크를 1인분 더 굽고 마테오가 먹을 자리에 세팅해준 다음, 브루스가 사온 근사한 200달러짜리 와인을 따랐다. 그러고는 전남편인 마테오와 오늘 저녁 데이트 상대인 브루스 사이에 앉았다. 어머님이 늘 하시는 말씀대로 우리는 모두 상당히 문명화된 행동을 하고 있었고 그건 거의 프랑스인이나 다름없는 태도였다!

"집에 올 때는 미리 알려달라고 했는데 당신이 메시지를 남기지 않아 놀랐어요."

마테오의 이런 행동은 전혀 놀라운 게 아니었지만 난 이렇게 말했다.

"로마 공항에서 전화했어. 아무래도 당신은 가끔 한 번씩이라도 자동 응답기를 체크해야 될 것 같은데."

마테오의 대답이었다.

"몸을 잘 태우셨군요, 마테오 씨. 뉴욕의 가을 날씨로는 어려운 일이지요."

속 들여다보이는 우리의 말싸움을 멈추게 하려 했는지 브루스가 이런 말을 꺼냈다.

마테오가 씩 웃어 보였다. 그의 하얗게 반짝이는 이가 드러났다. 가뜩이나 검은 피부가 지금은 더 검게 탄 것과는 대조적인 모습이었다.

그는 여봐란듯이 브루스보다 6인치쯤 더 높이 소매를 걷어 올리고 팔뚝뿐 아니라 이두박근도 드러내고 있었다. 헤이즐넛 색보다 더 짙은 밤색이 도는 근육들 모두 아주 단단해 보였다.

"아프리카의 태양을 쐰다면 당신도 이렇게 될 겁니다."

마테오는 포크로 티본 스테이크를 한 점 크게 찍어 맛있게 씹어 먹었다. 커피에 흠뻑 젖은 고기가 그에게 신선한 충격을 준 게 분명했다. 긴 비행기 여행의 시차로 생긴 피로를 말끔히 씻어내는 데는 마테오에게 그만한 게 없었다.

마테오가 고기를 한입 가득 문 채 말했다.

"다시 신선한 고기를 먹게 되어 기쁘군. 도로 와트 같은 요리를 만드느라 당신 정말 피곤했겠어."

"도로……, 뭐요?"

"에티오피아 요리 이름이야. 섬유질이 많은 늙은 닭과 썩은 버터를 넣어 푹 쪄서 만들어. 헝가리 요리 중 파프리카시 치르케(닭갈비에 파프리카, 버터를 넣고 삶은 헝가리의 대표적인 향토 요리)와 비슷하지. 하지만 도로 와트가 훨씬, 아주 훨씬 더 매워."

내가 의심스럽다는 투로 말했다.

"맛있겠네요."

맷이 말했다.

"강한 양념은 허다한 죄를 덮나니('사랑은 허다한 죄를 덮나니' 베드로전서 4장 8절)."

"유독성 프토마인(단백질의 부패로 생기는 염기성 유독물)도 덮어주나요?"

마테오가 내게 불쌍하다는 표정을 지어 보였다.

우리가 결혼생활을 하는 동안 그가 자주 보여준 표정이었다(너무나 많은 것이 함축된 표정). 마치 이런 말을 하기라도 하듯.

*"나랑 같이 번지점프를 하러 가지 않겠다니 그게 무슨 소리야?"* 또는 *"할리 데이비슨(세계적인 오토바이 브랜드)을 똑같은 걸로 두 개 사서 멕시코를 일주하면 왜 안 된다는 거야?"*

심지어는 이런 말을 하는 것처럼 보일 때도 있었다.

*"티파니, 나, 당신 이렇게 셋이 밤을 보내보자는 걸 가지고 뭘 그렇게 깐깐하게 구는 거야?"*

브루스가 말했다.

"클레어가 그러는데 커피 바이어시라고요? 그래서 에티오피아에 다녀오신 겁니까?"

"내가 에티오피아에 갔었다고 누가 그러던가요?"

마테오는 일부러 적의를 가장하며 물었다.

하지만 그 강도가 너무 강했기 때문에 나는 이게 만약 진짜라면 고기를 절일 때 커피가 아니라 프로작(항우울제. 정신이 몽롱해지거나 무기력해지는 등의 부작용이 있다)에 절일 걸 그랬다는 생각마저 했다.

브루스는 포크를 입으로 가져가다 말고 멈추었다.

"음, 전 다만, 당신이 조금 전에 했던 말 때문에……."

마테오는 포크를 내려놓고는 의자 뒤로 기대앉더니 점잔을 빼며 웃었다.

"그래요, 난 커피를 구하러 에티오피아에 갔었소. 좀 구한 것 같긴 한데, 모르죠. 올가을 체리(Coffee Cherry; 커피 열매)도 나쁘진 않지만 사실 내

년에 더 맛있어질 테니 말입니다. 난 앞으로 C 마켓에 입점할 계획을 하고 있소."

브루스가 물었다.

"왜 에티오피아입니까? 커피를 구하기에 거기보다 안전한 곳이 있을 텐데, 아닙니까?"

"에티오피아는 커피의 발상집입니다. 유럽 사람들이 맥주와 미드를 마시며 활력을 찾는 것처럼 에티오피아의 서민들은 커피를 마시죠."

마테오는 이 말을 하면서 라 로마네 콩티 에세죠가 든 잔을 들어 한 모금 천천히 그리고 깊이 들이마셨다. 잔에 들어 있던 와인이 금방 비워졌고 그는 다시 잔을 채우기 위해 병을 집었다.

"젠장, 정말 맛좋은 와인이군."

브루스와 난 눈을 마주치며 웃음이 터져 나오려는 걸 참느라 애썼다.

브루스는 미소를 짓고 나서 다시 점잖게 대화를 이어가려 했다.

"에티오피아는 여러 가지로 사정이 안 좋다고 들었습니다."

맷은 어깨를 들썩거리더니 마치 동아프리카의 육식동물처럼 커피에 절인 스테이크를 물어뜯듯 다시 먹기 시작했다.

"점점 좋아지고 있소이다. 하라Harrar에 있는 커피 시장도 살아나기 시작했고, 짐마Jimma에 있는 소시장은 문을 닫는 날이 없으니까. 소말리아 근처에 새로 생긴 농장들은 아직 커피를 재배하고 있지 않았지만, 난 그래도 가까스로 SUV 차량을 타고 지가-지가Jiga-Jiga까지 여행을 했소이다. 다행히 죽지는 않았지."

브루스가 말했다.

"위험하게 들리는군요."

나는 그가 여행의 위험을 과장하고 있다는 걸 다 안다는 표정으로 그를 바라보았다. 하지만 동시에 그가 한 말이 절대 과장이 아닐 수도 있다는 생각도 했다.

맷은 내게 윙크를 보내며 브루스에게 말했다.

"다음번 모닝커피를 마실 때 그 점을 기억하는 게 좋을 거요."

나는 테이블에서 일어나며 말했다.

"커피 얘기가 나왔으니, 가서 프랑스식 압착기를 가져올게요."

두 사람은 나를 도와준답시고 하도 빨리 자리에서 벌떡 일어나는 바람에 거의 부딪힐 뻔했다.

"저 혼자 할 수 있어요."

나는 손을 흔들어 두 사람 다 도로 앉으라는 신호를 하며 말했다.

"그런데 당신은 어떤 일을 하십니까?"

내가 커피를 준비하러 급히 주방으로 갈 때 마테오가 브루스에게 만족한 듯한 목소리로 이렇게 묻는 게 들렸다.

주방에 들어서는데 가스 냄새가 났다. 혹시 스토브의 불씨가 나간 것일까, 하는 생각이 들었다. 그래서 스토브를 확인해보았지만 아무 이상이 없었다.

디저트로는 새로 개발한 레시피를 이용해 이미 3단 초콜릿 모카 푸딩을 준비해두었다. 이번이 두 번째였다. 일전에 퀸 형사를 위해 준비했을 때 그는 이 디저트를 먹어보지도 못하고 떠났다. 그래서 난 브루스와의 저녁에 다시 한 번 시도하기로 했던 것이다.

나는 좋아하는 프랑스식 압착기와 스포드 도자기 커피잔 3개, 컵받침 3개를 꺼냈다. 브루스가 도착하기 전, 빌리지 블렌드의 특별 비품에서 자메이카 블루마운틴 원두(1파운드(453g)에 35달러나 하니 특별일 수밖에)를 미리 가져다 둔 터였다.

자메이카 블루마운틴은 공기가 들어가지 않는 짙은 색 용기에 밀봉되어 선반에 놓인 채, 갈려지고 끓여지길 기다리고 있었다.

커피 잔에 먼지가 낀 것이 보여, 나는 잔을 닦으려고 화강암 조각이 새겨진 싱크대 쪽으로 걸어갔다. 놋쇠로 된 수도꼭지는 처음 돌렸을 때 열리지 않았다. 이 문제가 벌써 몇 주째 나를 속썩이고 있었기 때문에 고치기로 맹세하고 있었다.

나는 두 손을 다 써서 다시 한 번 열어보았다. 이번에는 꼭지가 손에 딸려 나왔다. 이어서 차갑고 강한 물줄기가 확 터져 나왔고 나는 머리에서 발끝까지 홀랑 물벼락을 맞고 말았다. 물이 사방으로 세차게 분출하는 통에 나는 비명을 질렀다.

주방문이 벌컥 열리더니 브루스와 마테오가 뛰어들어 왔다.

맷은 나를 잠깐 쳐다보더니 웃음을 터뜨렸지만 브루스는 내 쪽으로 급히 다가왔다.

"괜찮아요?"

물이 여기저기로 계속 뿜어져 나와 나는 더 걱정스러운 얼굴로 고개를 끄덕였다.

야단스러운 물소리 때문에 브루스는 소리를 질렀다.

"차단 밸브는 어디에 있죠?"

나는 그를 멍하니 바라보았다.

이 집에서 몇 달째 살아오면서 배관에 대해 알아야 한다는 생각을 한 번도 해본 적이 없었다. 브루스는 마테오를 돌아보았지만 마테오 역시 웃음을 멈추고 멍하게 있을 뿐이었다.

"걱정하지 마요."

브루스는 이렇게 말하며 주방을 쭉 둘러보았다.

"아마 이 철판 뒤에 있을 겁니다."

그는 싱크대 밑, 돋을새김이 있는 양철 판을 가리켰다.

나는 전에도 그것을 본 적이 있지만 장식품인 줄 알았다. 그러나 브루스는 다르게 보았던 것이다. 그는 점점 물바다가 된 곳에 지체 없이 앉더니 자신의 열쇠 꾸러미를 꺼내 체인에 달린 조그만 드라이버를 빼냈다. 눈 깜짝할 사이에 그는 철판에 달린 나사를 뺐다. 그가 철판을 홱 잡아당기자 강한 가스 냄새가 주방에 가득 찼다.

브루스가 소리쳤다.

"창문을 열어요!"

마테오가 브루스의 지시대로 하자 가스 냄새가 차가운 가을 공기 속으로 흩어졌다. 철판 뒤에 파이프로 가득 찬 구멍이 있는 게 보였다.

브루스는 안으로 손을 뻗어 밸브를 비틀었다.

물의 분출이 줄어들더니 이윽고 멈추었다. 소음과 혼란 뒤에 섬뜩하리만큼 고요한 순간이 찾아왔다.

마침내 마테오가 입을 열었다.

"좋습니다, 브루스 씨. 당신을 배관공으로 인정하겠습니다."

나는 마른 옷을 입고(급히 청바지와 넉넉한 티셔츠로 갈아입은 후였다), 브루스 바우먼을 문까지 배웅해주었다. 마테오는 무심결에 우리를 따라와 현관홀에서 서성거리고 있었다.

"어떻게 이런 일이 생겼는지 모르겠어요."

나는 벌써 이 말을 거의 열 번쯤 하고 있었다.

"여기 와서 너무 즐거웠는걸요."

브루스가 대답했다.

"가스관을 벽 뒤에 그냥 두면 절대 안 됩니다. 그 관에는 거의 50년도 넘게 가스가 가득 차 있는 상태였어요. 다행히도 수도꼭지 뒤에 물 새는 구멍이 생겨서 가스관을 녹슬게 했고 그 때문에 가스관의 압력을 늦추는 역할을 한 겁니다. 그렇지 않았다면 폭발했을 수도 있었어요."

내가 말했다.

"저 혼자 있었으면 어떻게 해야 할지 몰랐을 거예요."

마테오가 내 뒤에서 갑자기 쏘아붙였다.

"혼자 있던 게 아니잖아. 내가 있었잖아."

내가 그에게 일깨워주었다.

"맷, 당신은 차단 밸브가 어디 있는지도 몰랐잖아요."

내가 브루스에게 말했다.

"아침에 제일 먼저 파이프부터 살펴볼 거예요."

"안녕히 계십시오, 맷 씨."

브루스는 이렇게 인사하며 손을 올렸다. 맷은 주저했지만 브루스와 악수를 하였다.

"그래요. 잘 가쇼."

나는 어깨너머로 마테오에게 낮게 속삭였다.

"둘이 인사하게, 가주면 안 돼요?"

맷은 눈살을 찌푸렸지만 토를 달진 않았다. 그리곤 다시 식당으로 천천히 사라졌다.

"브루스, 전……."

"미안하단 말은 하지 마요, 더는. 당신 잘못이 아니에요."

"자동응답 메시지를 확인했어야 했어요. 레스토랑으로 갈 수도 있었는데."

"괜찮아요. 자, 이제 문제는 해결된 겁니다. 알았죠?"

나는 믿을 수가 없었다. 로맨틱해야 할 첫 데이트를 완전히 망쳤는데도 브루스는 좋은 면을 보려 노력하는 것이다.

"자, 이렇게 한 번 생각해봐요. 조이도 집에 빨리 가게 됐잖아요. 내가 같이 걸어가자고 할게요. 당신이 괜찮다고 하면요."

나는 고마워하며 고개를 끄덕였다.

"당신에게 보상할 기회를 주시겠어요?"

"아……, 방법을 생각해볼게요."

그는 미소를 지어 보이고 내 뺨을 만졌다. 그리곤 몸을 숙여 길고 달콤한 작별 키스를 했다.

"전화할게요."

그는 이렇게 약속한 후 돌아서서 직원용 계단으로 내려갔다. 그 계단을 통해야만 빌리지 블렌드를 거쳐 밖으로 나갈 수 있었다.

문을 닫고 고개를 돌리자 식당 문틀에 기대어 서 있는 맷이 보였다. 갈색이 도는 팔뚝을 드러낸 채 팔짱을 끼고 있었다.

그는 고개를 저으며 말했다.

"언제부터 배관공들하고 데이트하기 시작한 거야?"

### 커피에 절인 스테이크

1. 자기가 좋아하는 소고기 스테이크 부위(티본, 립아이(꽃등심), 등심 등) 2~4조각 정도를 납작한 큰 팬에 넣고, 진하게 끓여서 식힌 커피를 고기가 잠길 정도로 붓는다(약간 산도가 높은 원두를 사용하는 것이 좋으나 라틴 아메리카 산이라면 어떤 종류라도 괜찮다. 산도가 높은 커피가 고기를 연하게 해주기 때문이다).
2. 8시간 이상 고기를 재워둔다. 밤새 재워두면 편리하다.
3. 재운 스테이크를 주철 프라이팬이나 그릴에 굽는다.


### 고단백 커피 그레이비소스

재료
버터 5 테이블스푼
밀가루 1/4컵
소고기 수프나 국물 1컵(227g)
갓 끓인 커피 1/4컵(113g)
고기를 굽고 팬에 남은 국물 2~3 테이블스푼(있을 때만)

1. 소스팬에 버터 5 테이블스푼을 녹인다.
2. 밀가루 1/4컵, 소고기 수프나 국물 1컵, 고기를 굽고 팬에 남은 국물 2~3 테이블스푼과 한데 넣고 휘젓는다.
3. 2에 갓 끓인 커피 1/4컵을 넣고 섞는다.
4. 약한 불로 끓인다.
5. 뜨거울 때 낸다.

# 매쉬드 갈릭 포테이토


1. 알이 굵은 감자(러셋이나 유콘 골드) 3~6개를 골라 껍질을 벗긴다.

* 러셋: 미국에서 가장 많이 재배하는 감자로 표면이 그물처럼 가슬가슬하고 모양이 길쭉하며 색은 적갈색을 띤다. 우리나라 감자보다 수분이 적어 구웠을 때 눅눅하지 않아, 프렌치프라이나 매시드 포테이토 요리에 많이 쓰인다.
* 유콘 골드: 캐나다 유콘 주에서 생산되는 노란 껍질과 황금빛이 도는 감자. 부드러운 맛이 일품이며 매시드 포테이토 등의 사이드 디시에 많이 애용되고, 잘라서 굽거나 통째로 구워 먹기도 한다.

2. 감자를 같은 크기로 썬다.
3. 감자에 넣을 마늘 한 통의 껍질을 벗긴다(기호에 따라 마늘의 양은 더 하거나 덜 해도 된다).
4. 감자와 마늘을 3리터 정도의 소금물에 담는다.
5. 4를 보글보글 끓여 감자와 마늘을 푹 익힌다.
6. 뜨거운 감자와 마늘에 버터 2~3 테이블스푼과 우유나 크림 340g을 넣는다.
7. 감자와 마늘을 으깬 다음 휘젓는다.
8. 뜨거울 때 낸다.

*eleven*

사막에 부는 바람처럼 사하라 맥닐은 자신이 사는 아파트에서 갑자기 튀어나와 자기가 열심히 일하는 화랑을 향해 부지런히 걸어갔다. 새빨간 머리에 얼음처럼 차가운 돌풍을 맞으며 그녀는 굽이 10cm나 되는 빨간 가죽 부츠를 신고 인도를 뛰듯이 걸어갔다.

무엇보다도 휴대용 CD플레이어를 만지작거리며 걷는 것을 보면, 너무나 익숙하기 때문인지 주변 상황에 대해 아무런 주의도 기울이지 않는 것 같았다. 얼마나 부주의했느냐 하면, 실은 천재가 그녀의 빠른 걸음에 맞춰 바로 뒤에서 따라가는데도 전혀 눈치 채지 못할 정도였다.

오늘 아침의 임무는 진짜 사건을 위한 예행연습으로 생각하고 있었다. 그리고 계획의 모든 사항을 구상하고서 진짜 사건이 일어나게 될 것이었다. 그러나 날씨를 예측할 수 없는 상황에서 지금 이 순간도 충분히 완벽하다는 생각이 들었다.

이 세상의 모든 계획은 그것을 실행하는 데 필요한 대담함이 없다면 결국 아무 소용이 없다. 그렇기에 천재는 어느 정도 위험을 감수하지 않고서 이룰 수 있는 목표는 그 어디에도 없다고 믿었다. 나폴레옹조차 똑똑한 장군보다는 행운이 따르는 장군을 선택하겠다고 말했다.

때마침 뉴욕시청 소속의 더럽게 때가 탄 흰색 청소트럭 한 대가 10번가 서단을 향해 굉음을 내며 달려오고 있었다. 운전석에는 두 남자가 앉아 있었는데 차가 텅 빈 교차로를 향해 달려올 때도 그들은 길을 쳐다보지 않았다.

이쪽 블록은 주로 주택가였기 때문에 보행하는 사람도 하나 없었다. '블루 라운지'라는 이름의 복고풍 바가 유일한 상점이었지만 이른 시간이라 상점의 불은 꺼져 있었다.

목격자가 한 사람도 없다고 천재는 생각했다.

사하라 맥닐은 넋을 놓은 채 블록 끝에서 멈춰 서서, 트럭이 지나간 다음 길을 건너가려고 기다렸다. 하지만 앞을 바라보진 않았다. 갑자기 그녀는 CD플레이어를 꺼내더니 새 디스켓을 찾으려고 가방을 뒤졌다.

트럭은 계속 달려왔다. 청소부들은 여전히 한눈을 팔며 잡담을 나누고 있었다.

'한 방에 해내야 해. 타이밍을 정확히 맞춰야 해. 딱 한 방에.'

그러면 사하라가 그를 귀찮게 할 일은 다시는 없을 것이다.


"맙소사, 세상이 어떻게 되려고 죽음 천지래요?!"

에스더 베스트는 그녀의 트레이드마크인 실존적인 질문을 불쑥 내뱉으며 가게로 들어섰다.

다른 날보다는 이런 뜬금없는 대사가 빨리 나온 편이다. 그 목소리가 너무 커서 빌리지 블렌드의 모든 사람이 다 들을 수 있을 정도였다. 책을 읽던 손님들은 책에서 얼굴을 들고 노트북이나 신문 너머로 앞쪽을 가만히 쳐다보았다.

에스더가 열린 문간에 서서 장갑 낀 손으로 놋쇠로 된 낡은 손잡이를 잡고 있었기 때문에, 그녀의 검정 코트 뒤에서 얼음처럼 찬 11월의 안개비가 안으로 맹렬히 들이쳤다.

내가 말했다.

"문 닫아, 에스더. 냉기가 들어오잖아."

에스더는 문을 닫았다. 그런 후 커피 바를 향해 터벅터벅 걸어왔다. 손님들은 거의 모두 자기 할 일로 돌아갔다, 키라 커크만 빼고 모두.

카운터 근처에 앉아 있던 키라는 가로세로 낱말풀이 책에서 눈을 뗀 채 아직도 앞쪽을 쳐다보고 있었다.

키라가 독서용 뿔테안경 너머로 에스더를 바라보며 물었다.

"어떤 '세상'이 그렇다는 거야? 어떤 세상이 죽음과 관련 있다는 거야? 이 커피하우스가 그렇단 거야? 아니면 웨스트 빌리지가? 아니면 뉴욕시가? 그것도 아니면 우주 자체를 이야기하는 건가? 좀더 구체적으로 말해줘야지."

에스더는 에스더대로 검은 테 안경을 통해 곁눈질로 키라를 쳐다보았다. 그런 다음 장갑을 벗었다.

나는 패스트리 빵 진열대 뒤에서 작업 중이었다. 빈 머핀 바구니들에 블루베리 머핀, 사과향 머핀, 호박 당근 머핀, 바나나 호두 머핀을 채우는 일이었다. 에스더는 가만가만 옆걸음질하며 내 곁으로 다가왔다.

"늦어서 죄송해요."

에스더가 툭 내뱉듯 말했다. 하지만 사과하는 투는 아니었다.

"새로 이사한 아파트 쪽으로 난 길에서 어떤 여자가 길을 건너다 죽었대요. 쓰레기 수거차에 치여서요. 사방에 경찰이 깔렸어요."

터커의 표정이 변했다. 그건 미신을 믿는 우리 할머니가 죽은 사람을 안 좋게 말하는 걸 들으신 뒤, 급히 가슴에 십자를 그리시기 전에 지어 보이던 표정과 크게 다르지 않았다.

키라 근처 테이블에는 위니도 있었다. 큰 키에 새카만 머리칼을 가졌고 양가죽 코트 레이디로 불리는 변호사 위니는 한 시간 전에 와 있었다. 그녀는 에스더의 이야기에 관심이 생겼는지 책에서 다시 눈을 떼고 앞쪽을 바라보았다. 근방의 버크 앤 리 출판사에서 편집자로 일하는 마사도 읽고 있던 원고에서 눈을 들어 앞을 보았다.

에스더는 뒤편 식품저장실에 코트를 갖다 두러 갔다가 다시 돌아왔다. 그리곤 파란색 앞치마의 끈을 목에 둘러 고리를 만든 다음 묶었다.

에스더는 여전히 시선을 피하며 말했다.

"늦게까지 일해서 시간을 맞출게요."

그런 다음 진갈색 머리카락을 뒤로 묶고 행주를 집어, 1파운드짜리 하우스 블렌드 커피 봉지들이 놓인 선반의 먼지를 닦기 시작했다. 어찌나 행주질을 했는지 선반에 붙은 라벨들이 거의 떨어질 것 같았다. 사고 때문에 마음이 혼란한 게 분명했다.

나한테 혼이 나서 그런 게 아니었다. 뉴욕시청 청소트럭에 깔려 숨을 거두었다면 분명히 좋게 죽은 것은 아니다. 그렇다고 다른 식의 죽음이 더 낫다는 것도 아니지만.

터커가 물었다.

"죽은 사람이 에스더 아파트에 사는 사람이야?"

뉴욕에서 이런 질문을 하는 것은 "죽은 사람이 당신 이웃인가요?"라고 묻는 것이나 마찬가지다. 왜냐하면 뉴욕의 아파트 대부분은 거의 작은 동네 하나를 다 합친 것과 비슷한 정도로 주민 수가 많기 때문이다.

블록에 있는 아파트들이 전부 그런 건 아니지만, 뉴욕의 아파트에서는 종종 같은 아파트 조합원끼리 게시판을 이용해 정보를 주고받는다.

작은 동네에서는 반상회가 그 역할을 한다. 반상회는 쓰레기 처리방법, 애완견에 목줄 달기, 파티 시간 등의 문제에 규칙을 정하는 아지트라고 할 수 있는데 뉴욕의 아파트에서는 게시판이 그 일을 한다.

카푸치노 살인

에스더는 먼지 닦던 일을 멈추며 말했다.

"여자 얼굴도 못 봤어요. 다리만 보였다고요. 여자 다리가 트럭 밑으로 삐쭉 나와 있었다고요. 아시겠어요?"

그녀는 몸을 부르르 떨었다.

"두 명의 경찰이 길 모퉁이에 있는 큰 아파트 쪽으로 가더군요. 한 사람은 여자의 가방을 들고 있었어요. 명품 가방이더군요. 코치였어요."

"왜 쓰레기차 앞에서 넘어진 거 같아?"

터커가 물었다.

"죽을 때가 되면, 죽는 거지."

위니가 말했다.

"아마 미끄러졌을 거예요. 사람들은 항상 미끄러지면서 넘어지잖아요, 자기 집에서 죽는 사람들도 있고."

이번엔 키라였다.

나로 말하면, 누군가 '밀었다.'라고 생각했다. 하지만 그렇게 생각한 건 애너벨 사건 때문에 그런 걸지도 몰랐다. 우리 가게 부매니저였던 애너벨이 죽게 된 이유가 미끄러지면서 넘어져 그런 거라고 다들 그랬지만, 실은 계획된 살인이었다는 게 나중에 밝혀졌다.

혹은 퀸 형사의 영향 때문일 수도 있다. 그 남자의 어두운 세계관은 쇼펜하우어에 못지않게 염세적인 때가 더러 있었다.

에스더가 말했다.

"아마 자살한 걸 거예요."

이 말을 듣자 쇼펜하우어는 퀸이 아니라 에스더라는 생각이 들었다.

에스더는 이제 자신의 말이 불러일으킬 반응을 보려고 눈을 반짝거리며 우리를 바라보았다.

지금 모습이 내가 아는 에스더의 모습이었다.

나는 에스더를 좋아했다(오해는 마시길). 게다가 오늘 아침 그녀가 당한 일에 마음이 좋지 않았다. 보통 때 에스더의 모습은 항상 밝고 낙천적인 메리 선샤인 수녀와는 분명히 거리가 멀었다.

터커의 표현을 빌리면, 어떤 사람들은 먹구름에서 환한 빛을 보지만 에스더는 강박적으로 번갯불을 찾으려 한다는 것이다. 그리곤 가령 형식에 구애받지 않는 마가복음의 시를 읽을 때 그런 것을 발견하면 끊임없이 고통과 실망에 몸부림친다는 것이다.

키라가 물었다.

"자, 에스더. 왜 자살이라고 생각하는 거지?"

"지하철에서 죽은 발레리란 여자가 생각나서 그런 거 같아요. 또 잉가 버그도 있고요. 마치 뉴욕의 공기에 자살이라는 전염병이 도는 것 같아요. 마치 그 여자들이 어느 날 아침 일어나 밖으로 나가서 아무 이유 없이, 그냥 변덕에 이끌려 자살한 것 같아요. 살아갈 모든 이유가 있었는데도 말이에요."

터커가 말했다.

"자살은 변덕으로 할 수 있는 일이 아니야. 전염병도 아니고."

키라는 마지막 남은 카푸치노를 다 비우며 재치 있는 말을 했다.

"하지만 유행일 순 있어요, 터커."

키라는 '카푸치노 미팅의 밤' 이후로 기분이 좋아보였.

나는 그녀가 꼬박꼬박 다시 화장을 하기 시작했다는 사실을 알아차렸다. 나는 그게 미스터 무비폰이자 가로세로 낱말풀이의 달인인 남자 때문이라고 짐작했다. 하지만 난 그처럼 병적인 표현에 대해 이의를 제기하지 않고 가만있을 수는 없었다.

나도 모르게 이런 말이 나왔다.

"자살이 유행할 수 있다는 게 무슨 뜻이에요? 훌라후프나 폭 좁은 넥타이가 유행하는 것 같은 건가요?"

위니는 나와 눈을 한 번 마주치며 키라에게 이렇게 빈정댔다.

"아니면, 마카레나 춤('로스 델 리오'의 노래, '마카레나'에 맞춰 추는 춤)식의 마조히즘(피학성 변태 성욕)이 유행하는 것하고 비슷한 건가요?"

나는 고개를 저었다.

키라가 설명했다.

"문학이 유행하는 거예요. 베르테르 유행병Werther epidemic같이."

에스더가 말했다.

"전 그 작품 모르는데요."

위니가 말했다.

"생각날 것 같아요."

"독일 시인 괴테가 《젊은 베르테르의 슬픔》이란 소설을 출간하고 하룻밤 새 엄청난 인기를 얻었어요. 나폴레옹도 그 책을 일곱 번이나 읽었다고 말했을 정도니까. 하지만 괴테의 책은 중산층이나 상류층 젊은 이들에게만 큰 영향을 끼쳤어요. 어떤 이들은 소설의 주인공인 베르테르와 로테의 비극적인 사랑 이야기에 너무 큰 영향을 받아서 실제로 주인공을 모방해 자살해버렸는데 그 숫자가 상당했대요. 그게 유행이 되어 독일, 프랑스, 네덜란드, 스칸디나비아반도까지 번졌죠. 짝사랑하는 연인들이 소설 속 베르테르와 같은 옷을 입고 자살하는 식이었다죠. 죽은 자리 근처에 펼쳐진 채 놓인 책에는 자기가 제일 좋아하는 페이지나 문장이 표시돼 있었고요. 그처럼 부정적인 현상이 일어나자 성직자들은 교단 사람들이 그 소설을 읽으면 고발조치를 했답니다."

키라의 설명이었다.

"설마 그 정도였을까요."

나는 키라에게 믿지 못하겠다는 표정을 지어 보였다.

터커가 물었다.

"그런 걸 다 어디서 배웠어요? 그리고, 그런 건 왜 배운 거예요?"

키라가 웃었다.

"전에도 말했잖아요, 난 천재라고."

터커와 난 서로 마주 보며 '우리도 그런데.' 라는 표정을 교환했다.

우리의 경험에 의하면 뉴욕의 커피하우스에 앉아 있는 정말 많은 사람이 스스로를 천재로 생각한다. 그리고 그 주된 원인은 어머니들이 자식에게 그렇게 말하기 때문이다.

"실은 펭귄북스로 괴테 책을 읽은 거예요."

키라가 고백했다.

"어떻게 읽게 되었느냐면……, 몇 년 전 타임스지에 실렸던 가로세로 낱말풀이 문제에 이런 게 있었어요. '파우스트가 파멸에 이르기 전에 이 주인공이 먼저 자살함.' 정답은 베르테르였지만 난 맞추지 못했죠. 그 일이 있은 후 나는 똑같은 실수를 하지 않으려고 그 주제에 대한 모든 것을 공부했답니다."

"제가 하려던 말을 아시겠죠?"

에스더가 말했다.

"비극과 죽음은 모든 것의 표면 아래 있어요. 그건 대중문화의 속성이기도 하고 우린 그걸 즐기기도 하죠. 폭력적인 영화나 음악, 가로세로 낱말풀이의 문제로 나오는 자살이 그런 예 아닌가요? 게다가 우리 자신을 봐요! 여기 있는 모든 사람이 자살 문제에 사로잡혀 있어요. 한 사람이 말을 꺼내면 금방 모든 사람이 그 얘길 하죠."

터커가 얼굴을 찡그렸다.

"하지만 에스더, 그 얘길 먼저 꺼낸 건 너야."

나는 터커에게 조용히 하라는 뜻으로 그의 팔을 잡고 에스더에게 말했다.

"자살을 언급하는 사람 중에 정말 자살하는 사람은 없어. 베르테르병이 유행했다곤 하지만, 난 어떤 사람이 다른 사람을 자살로 몰아갈 만큼 큰 영향을 미칠 수 있다는데 의심이 들어."

위니가 이렇게 지적했다.

"그건 클레어가 짐 존스(1978년 아프리카 가나에 있는 존스타운에서 약 천 명의 신도를 자살로 몰고 간 종교단체의 교주)같은 사이비 교주나 그의 추종자들을 아직 생각하지 못해서 그래요."

터커가 덧붙였다.

"그뿐만 아니라 자살 테러범들도 있어요. 아마 지금쯤 자기 몸에 폭약을 칭칭 감고 중동에 있는 작은 쇼핑몰에 쳐들어갈 헛된 망상을 품은 사람들도 있을 거예요."

내가 말했다.

"좋아, 하지만 그건 예외적인 경우야. 대부분의 사람들에겐 주어진 수명대로 살아야 할 저마다의 이유가 분명히 있어. 광신이나 종교 같은 것하곤 아무 관계없는 이유가 말이야."

위니가 말했다.

"하지만 어디가 고장 난 사람들도 있어요. 건전해 보이고 자기실현을 이룬 사람이 자신의 공격적 성향을 자기 내면이 아닌 외부로 표출하기도 하니까요."

"위니는 건전한 사람은 전혀 공격적이지 않다고 생각하나 보군요."
키라의 말이었다.

위니는 키라에게 '그런 순진한 소리 하지 마세요.'라고 말하는 것 같은 표정을 지어 보였다.

에스더가 말했다.

"저도 잉가가 정말 자살한 거라곤 믿기 어려워요. 잉가는 마음만 먹으면 뭐든 할 수 있었으니까요. 특히 이 동네에선 더 그랬죠. 적어도 우리에겐 그렇게 보였잖아요."

"그게 다 망할 디카페인 커피 때문이야."
터커가 말했다.

"잉가가 죽기 몇 주 전부터 저녁에 디카페인 커피를 주문하기 시작했어요. 잠드는데 어려움이 있다고 하더군요. 제 생각엔 잉가가 그냥 예전처럼 레귤러 커피를 고수하는 게 좋았을 거 같아요. 그러면 목숨은 건졌을지도 모르니까요."

에스더가 말했다.

"어쩌면 문제는……, 불면증 때문일 수도 있어요. 어쩌면 잉가는 피곤에 지쳐 제정신이 아니었을지도 몰라요."

"아니야, 에스더. 넌 내 말의 핵심을 이해하지 못했어. 내 말은 카페인이 든 커피를 먹는 사람들이 실제로 자살할 확률이 더 낮다는 거지. 몇 년 전 뉴스에서 나온 얘기야."

에스더가 의심스럽다는 듯 눈동자를 이리저리 굴렸지만 나는 강력히 터커의 말을 지지했다.

"터커 말이 맞아. 나도 그 문제에 대해 커피 전문잡지에 칼럼을 쓴 적이 있어. 하버드대학교의 연구에 의하면 하루에 커피를 3잔 이상 마시는 여자가 자살할 확률은 전혀 마시지 않는 여자에 비해 1/3밖에 안 된다는 결론이 나왔어."

터커가 물었다.

"그럼 우리 남자들은요?"

"그 연구는 남자들을 대상으로 하지는 않았어. 여자 간호사들을 대상으로 10년에 걸쳐 연구를 진행했지. 내 생각에는, 우울증이나 흡연, 비만, 약물 남용 같은 문제나 그 밖의 해로운 습관 때문에 병을 앓는 일반적인 인구군을 간호사로 파악했기 때문인 거 같아. 답이 못 돼서 미안."

"여자들이 그러면 남자들도 그러겠죠."

터커는 이렇게 말하면서 갓 만든 모닝 블렌드 커피를 빈 컵에 다시 채웠다.

"터커, 나도 빨리 한 잔 더 만들어줘."

키라가 빈 컵을 흔들며 말했다.

"내 커피 중독이 손목을 긋지 못하게 막아준다는 말을 들으니 안심이 다 되네."

에스더는 아직 수긍하지 못하는 것 같았다.

"발레리와 잉가는 둘 다 커피를 마시는 여자들이었는데, 둘 다 자살했잖아요."

"그 연구에서 커피를 마시는 여자가 자살할 확률이 1/3 미만이라고 했지, 100퍼센트 없다고 한 건 아니니까. 삶에서 100퍼센트 맞아떨어지는 일은 하나도 없잖아. 남자를 찾거나 경력을 높이려고 이 도시에 온 여자들의 절반 이상은 고배를 마셔야 한단 사실을 빼면."

이제 위니도 에스더처럼 냉소적으로 말하기 시작했다. 위니의 철학을 한마디로 표현하면 아마 다음 문장으로 정리할 수 있으리라.

'최악의 상황을 고려하면 좌절하지 않을 수 있다.'

빌리지 블렌드의 대화가 점점 험악한 분위기를 띠어 갔기 때문에 갑자기 신선하고 찬 공기가 확 들어오며 새로운 손님의 등장을 알렸을 때 나는 진심으로 반가운 마음이 들었다.

나는 고개를 들고 카운터에 서 있는 마이크 퀸 형사를 바라보았다. 여기서 그를 다시 보게 되어 기쁜 마음이 들었다. 하도 오랜만이라 나는 그를 다시 만날 희망을 포기하고 있던 터였다.

퀸 형사는 꽤 오래 고된 임무를 수행한 게 틀림없었다. 얼굴은 초췌하고 쇠처럼 단단한 턱에는 짙은 금발의 잔 수염이 나 있었다. 오늘 아침에 면도한 게 하루 새 저렇게 된 것 같진 않았다. 여윈 턱은 바람에 타서 거칠어 보였고 입은 외투는 세탁을 해야 할 것 같았다.

퀸이 건조한 목소리로 물었다.

"이야기 좀 나눌 수 있을까요?"

"그럼요."

나는 이렇게 대답하고 평소 그가 마시는 라떼를 준비하려고 돌아섰다. 커피를 만드는 동안 이야기를 할 수 있겠다는 생각이 들었다.

하지만 그가 "지금 해야겠습니다."라고 말했기 때문에 난 그대로 멈춰 섰다. 퀸은 내가 지금까지 만난 남자 중에 가장 매력적인 사람은 아니었지만 항상 점잖은 모습을 보여 왔다. 최소한 예의가 뭔지는 아는 사람이었다. 그러나 지금은 신경이 잔뜩 곤두서 있는 것 같았다.

나는 다시 그를 향해 돌아섰다.

"어서 해보세요, 듣고 있어요."

그는 내게서 눈을 돌려 에스더와 터커를 바라보았다.

두 사람의 시선이 퀸에게 딱 못 박혀 있던 것이다.

그는 아까보다는 차분해진 목소리로 말했다.

"좀더 조용한 곳에서 얘기하고 싶습니다."

나는 고개를 끄덕였다.

"제 사무실로 가세요. 잠깐만 기다려요."

나는 커피 주전자가 있는 쪽으로 가서 펄펄 끓어 칙칙 소리가 나는 모닝 블렌드 커피를 그란데 사이즈의 종이컵에 두 잔 따랐다.

에스더와 터커뿐 아니라 키라와 위니까지도 내 뒷모습을 바라보고 있다는 걸 느낄 수 있었다. 고맙게도 다른 손님들은 자리가 너무 멀어 퀸이 한 말을 못 들었거나 아니면 아예 관심이 없는 것 같았다.

"따라와요."

나는 이렇게 말하고서 뒤편의 직원용 계단으로 직행해 2층에 있는 내 사무실로 한걸음에 걸어갔다.

퀸의 무거운 구둣발 소리가 바로 뒤에서 따라왔다.

*twelve*

작고 실용적으로 꾸며진 내 사무실로 들어간 뒤 나는 퀸에게 커피를 강제로 쥐어줬다.

"앉아서 이것부터 마셔요."

이곳엔 금고와 오래된 낡은 나무책상, 컴퓨터, 직원서류, 그리고 일반적인 사업관련 문서들이 있었다.

퀸은 내 책상 옆에 있던 안락의자에 푹 쓰러지듯 앉아 컵을 코에 갖다 댔다. 커피 향을 맡자 험상스럽게 굳어 있던 그의 표정이 조금 누그러졌다. 풀바디(커피 밀도를 높게 해 진하게 끓이는 방식)로 끓인 커피를 몇 모금 들이키자 바람에 타 뻣뻣하게 당겨진 그의 얼굴에서 조금이나마 긴장이 씻기는 것 같았다.

"맛있군요."

"서해안 스타일의 미디엄 브라운 로스트 커피예요. 하지만 저희 가게는 인도네시아와 코스타리카산의 맛이 좋은 블렌드를 사용하죠."

나는 잔을 책상에 올려놓고 파란 앞치마를 풀어서 문고리에 걸었다.

"당신이 마시는 커피는 인도네시아산으로 여러 가지 과일 향이 나는데 라틴아메리카 원두보다 여운이 훨씬 강하죠. 당도를 결정하는 산도가 꼭 알맞기 때문이에요. 제 생각엔 모닝 블렌드 커피를 너무 쓰거나 너무 안 달게 만드는 곳이 많은 것 같아요. 우리건 그렇지 않아요."

"그런 것 같군요."

나는 문을 닫은 후 카키색 바지와 소매가 긴 분홍색 스웨터를 매만졌다. 그런 다음 책상용 의자에 앉았다.

"얘기가 너무 복잡한가요?"

그는 눈썹을 치켜세웠다.

"형사에게 복잡한 얘기란 없다고 생각합니다만."

이번엔 내 눈썹이 올라갔다.

"그렇다면 우리 집은 해마다 블렌드를 바꾼다는 것도 말씀드릴게요. 그렇게 하는 가장 큰 이유는 인도네시아 원두를 재배하는 과정이 너무 구식이라 철마다 질의 차이가 크기 때문이랍니다."

퀸은 한 모금 더 마시고 안락의자를 뒤로 젖혀 앉았다.

"아, 국제 농업의 변동 때문이란 거군요."

나도 내 커피를 조금 마셨다. 그리고 우리는 잠시 아무 말 없이 앉아 있었다.

그가 말했다.

"아래층에서 그렇게 빨리 떠나자고 한 건 아닙니다."

"괜찮아요. 당신 상태가 너무 안 좋아 보였어요. 아마 오늘 아침 10번가 서단에서 일어난 사고 현장에 있었나 했죠."

퀸은 놀랐는지 입이 반쯤 벌어졌다.

"아니, 그걸 어떻게 알았습니까?"

"에스더가 말해줬어요. 우리 파트타이머 말이에요. 그녀가 그 거리에 살거든요. 에스더가 좀전에 도착해서 사고가 났다고 알려줬어요."

그가 말했다.

"그녀와 이야기해봐야겠군요. 뭔가 보고 들은 게 있는지 물어봐야겠어요."

내가 대답했다.

"없대요. 그냥 사고가 일어난 후의 참혹한 현장만 봤대요. 하지만 충격이 꽤 큰 것 같아요."

퀸이 목 뒤를 문지르며 말했다.

"그랬을 겁니다. 나도 그랬으니까요."

"형사님이 교통사고도 조사하시는 줄은 몰랐는데요."

"교통사고가 아닙니다. 오늘 아침 사고는 살인이었습니다."

나는 몸이 굳어지는 것을 느꼈다. 10톤짜리 청소트럭 바퀴에 깔려 죽겠다고 생각하는 건 절대 좋은 생각이 아니다. 퀸한테 사고가 아니란 말을 들으니 이상한 한기가 느껴졌다.

"확실해요?"

퀸이 고개를 끄덕였다.

"목격자가 두 사람 있습니다. 근처에 있는 바의 부매니저가 청소를 하러 일찍 출근했는데, 한 여자가 "안 돼!" 하고 비명을 지르는 걸 들었답니다. 그래서 창문 밖을 내다본 그 순간 맥닐이란 여자가 트럭 바퀴 밑으로 쓰러지는 걸 봤다고 합니다."

"잠깐만요. 지금 맥닐이라고 하셨나요?"

퀸은 주머니에 손을 넣어 가죽표지로 된 네모난 수첩을 꺼냈다.

책장 하나의 모서리가 접혀 있었다.

"샐리 맥닐입니다. 사하라 맥닐이라는 이름으로도 알려졌습니다. 10번가 서단에 살고 아파트 호수는……."

내가 말했다.

"아는 이름이에요."

퀸이 수첩을 덮었다.

"어떻게 아는 사람인지 말해주겠습니까? 단골손님인가요?"

"그래요. 전에 가게에서 본 적이 있어요. 하지만 실은 그냥 본 것 이상이에요. 그녀는 지난 토요일 우리 가게에서 하는 '카푸치노 미팅의 밤'에 왔던 사람이에요."

"혼자 왔었습니까?"

"네."

"그럼 혼자 나갔겠군요."

"아니에요. 그녀는……, 친구와 함께 나갔어요."

퀸이 젖혔던 안락의자를 당겨 앉았다.

"남잡니까, 여잡니까?"

"남자예요. 옛날 대학친구라고 알고 있어요."

"이름이 뭐죠?"

"브루스 바우먼이라고 해요. 하지만 제 생각엔……."

퀸이 눈을 깜박였다.

"브루스 바우먼이란 사람을 아십니까?"

그의 말투는 담담했지만 눈빛은 딱딱했다.

문득 내가 경찰에 붙들려 취조실 불빛 아래 앉아 있는 것 같은 느낌이 들었다.

"그게……, 그 '카푸치노 미팅의 밤'에서 그 사람을 만났거든요."

나는 이제 카키색 바지 주름을 거듭 매만지며 더듬거리고 있었다.

"가게 매니저로서, 업무상 만난 겁니까?"

"그게, 실은 저도 그 카푸치노 미팅에 나갔거든요. 왜냐하면, 그러니까 조이가 나가고 싶어 하길래 가입한 남자들을 심사하고 싶었어요. 우리 딸한테 어울리는 남자가 있나, 살펴보려던 거예요. 그랬는데……."

"그랬는데 당신이 브루스 바우먼이란 사람과 데이트를 하게 되었단 건가요?"

퀸은 비록 형사로서 질문하고 있었지만, 그의 질문들은 점점 개인적인 것으로 변해가고 있었다.

"카푸치노 미팅은 그저 이웃 간의 친목 도모를 위한 모임에 지나지 않아요."

나는 방어적으로 대답하고 있었다.

"지방 교회가 운영하는 모임이에요. 브루스 바우먼도 갔었고 조이도 갔어요. 참여한 사람이 모두 몇 분씩 만나는 거예요. 전혀 불순한 성격이라곤 없는 유쾌한……."

퀸은 마치 소매치기를 해놓고 어떻게 해서 여자의 지갑과 신용카드가 자기 코트 안에 들어 있는 건지 전혀 모르겠다고 주장하는 소매치기를 바라보는 것 같은 표정으로 나를 보았다.

"제가 물어본 이유는 발레리 라뗑과 잉가 버그 사건의 배경 조사를 할 때도 바우먼이란 사람의 이름이 나왔기 때문입니다."

"브루스가 어떻게 연관되었는데요?"

"브루스라……."

퀸은 내 말을 되풀이하며 몸을 조금 앞으로 숙였다.

나는 의자 뒤로 움츠러들듯 물러나 앉았다. 갑자기 내가 키가 작아지는 버섯을 먹은 앨리스가 된 것처럼 느껴졌다.

퀸이 말을 계속했다.

"미스터 바우먼은 10월에 발레리 라뗑과 3주 정도 데이트를 한 사람입니다. 비즈니스 여행사인 그녀의 직장에서 만났다고 합니다."

"잉가 버그는요?"

퀸은 말을 멈추고 다시 커피 한 모금을 천천히 마셨다. 그리곤 컵을 내려놓고 나를 바라보았는데, 그 순간이 얼마나 길었는지 나는 손에 땀이 날 정도였다.

"지금 제가 당신에게 말하는 내용은 철저히 기밀입니다. 하지만 당신이나 당신 딸이 미스터 바우먼과의 데이트를 고려하고 있다면 무엇보다 먼저 이 점을 유념하기 바랍니다. 바우먼은 잉가 버그와 잠시 교제를 했습니다. 10월 말에 시작해서 11월 초에 끝났지요. 버그 양이 죽기 바로 전에 말입니다. 두 사람은 성적인 관계였습니다. 한데 버그 양은 만나는 사람들에 대해 항상 신중했던 건 아닙니다."

"항상 신중한 건 아니라는 말이 무슨 뜻인지 모르겠네요."

이렇게 말했지만 정말 궁금한 건지는 나도 잘 모르겠다.

"버그 양이 살던 건물 입주자 말에 의하면, 죽기 며칠 전 그녀가 옥상 주차장에 있는 새로 산 SUV 차량에서 누군가와 성관계를 갖는 것을 보았다고 합니다. 다섯 층만 내려가면 편안한 침대가 있는데 도대체 왜 차 안에서 관계를 했는지, 그게 저한텐 수수께끼입니다. 물론 버그 양에게 특별한 성적 취향이 있었다고 가정해볼 수는 있겠습니다만."

나는 그의 말을 믿지 않았다.

"그녀가 차에서 관계를 한 사람이 브루스라고 말하는 건 아니죠?"

"그것까지는 모릅니다."

퀸이 대답했다.

"입주자는 남자의 얼굴을 보지 못했다고 하더군요. 제 말은 가능성이 있다는 거지요. 그녀에게 그런 취향이 있고 또 브루스란 사람이 그녀와 성적인 관계가 있었다면 얼마든지 있을 수 있는 상황이니까요. 버그 양의 전화통화 기록을 살펴보니 사건이 일어나기 전날 그 사람에게 전화를 걸었더군요. 안타깝게도 목격자는 그 며칠 전 차에서 남녀가 알몸으로 뒹굴었다는 것 외에 더 기억하는 건 없는 상태입니다."

내가 말했다.

"그러면 그 사람이 브루스였다는 건 확실하지 않은 거군요."

"우리는 옥상 쓰레기통에서 잉가 양 앞으로 쓰인 찢어진 메모지도 발견했습니다."

퀸이 말했다.

"우리는 그 메모지가 잉가 양이 죽은 날 밤에 버려진 것이라는 걸 알아냈습니다. 왜냐하면 그 이전 쓰레기들은 바로 몇 시간 전에 비워진 상태였기 때문이지요. 메모의 내용은 옥상 주차장에 있는 그녀의 차에서 '놀라게 해줄 게' 있다는 초대의 글이었습니다. 저희가 밝혀낸 것들을 조합해볼 때 그녀가 무슨 일인지 알고 올라갔으리라고 추측하는 건 어렵지 않습니다. 놀라게 해준다는 건 클레어가 잘 쓰는 표현하고도 비슷하군요."

나는 눈살을 찌푸렸다.

*퀸은 왜 하필이면 내가 전혀 웃을 기분이 아닐 때마다 썰렁한 유머를 구사하는 걸까?*

내가 물었다.

"필체는 분석했나요?"

"자필로 쓴 게 아닙니다. 그리고 보통 그런 메모를 쓸 때 흔히 사용하는 복사용지를 이용했어요. 메모를 쓴 사람이 사용한 프린터 모델은 휴렛팩커드 소형 데스크젯이었습니다."

퀸이 수첩을 확인하며 말했다.

"840C 모델이군요. 과학수사 연구소에서 용지의 인쇄 상태와 관련

된 사항들을 검사 중입니다."

"그러니까 형사님은 사실 잉가의 죽음은 자살이 아니었고 발레리 라땡도 마찬가지라고 생각하시는 거군요?"

"저는 라땡 양의 죽음이 자살이었다고 생각해본 적이 없습니다. 하지만 안타깝게도 그녀의 타살 가능성에 대해 서장님을 이해시킬 만한 증거를 제시하지 못하고 있습니다. 그러나 잉가 버그 양은 수사를 해도 될 만한 충분한 물적 증거와 정황 증거가 있는 상황입니다."

"하지만 잉가는 여러 남자와 데이트하지 않았나요? 그녀가 직접 내게 그렇게 말했어요. 그녀에게 그건 자존심에 가까운 문제였죠. 그런데 왜 브루스만 의심하는 거죠?"

"브루스란 사람을 얼마나 잘 아시는 겁니까?"

"지난주에 그 사람을 만난 후 많은 시간을 같이 보냈어요. 그리고 형사님께 용의자를 잘못 짚었다고 말씀드릴 수 있을 정도로 그 사람을 잘 안다고 생각해요."

퀸은 이제 사람을 아주 기분 나쁘게 하는 경찰의 눈으로 나를 보고 있었다. 미안하지만 난 아무 죄가 없다. 여기 이렇게 부활절에 쓸 어린 양처럼 천진하게 앉아 있는 나는 퀸이 살인에 대해 추궁하고 있는데도 잘도 대답하고 있지 않은가.

갑자기 나 자신이 고해실에 갇혀 교구에서 가장 엄한 신부와 마주하는 것처럼 느껴졌다.

"클레어, 그 메모에는 서명이 있었습니다."

"뭐라고 돼 있었는데요?"

"B라는 이니셜이 쓰여 있었어요."

나는 고개를 저었다.

"그렇다고 그 서명이 꼭 브루스의 것이라고 단정 지을 수는 없어요. 형사님도 아시잖아요. 사하라 맥닐의 죽음을 목격했다는 두 번째 증인은 뭐래요? 뭘 보았대요?"

"아무것도. 바텐더와 마찬가집니다. 아파트 1층에 사는 여자 치과위생사가 출근 준비를 하다가 비명을 들었습니다. 그녀 역시 누군가 인도에서 뛰어가는 소리를 들었다고 합니다. 하지만 창문을 열어 고개를 내밀고 거리를 살펴봤을 때, 뛰어가던 사람은 막 모퉁이를 돌아 사라졌답니다."

퀸은 커피를 쭉 들이켜 컵을 다 비웠다.

"세 번째 목격자도 있는데 설득력이 좀 모자라는 이야기를 하고 있습니다. 청소트럭 운전사가 여자의 비명을 들었다는 겁니다. 그자는 여자가 마치 떠밀리기라도 한 것처럼 트럭 앞으로 날아올랐다고 주장하고 있어요. 하지만 어떤 판사라도 그가 발뺌하려고 거짓말하는 거라고 생각할 겁니다."

퀸이 의자에서 일어났다. 나도 따라 일어섰다.

"당신 직원과 이야기를 해봐야겠습니다. 베스트 양이라고 했지요?"

"이름은 에스더고요."

"에스더 베스트, 고맙습니다. 기대한 것보다 당신께 많은 것을 얻었습니다."

나는 사무실을 가로질러 퀸의 앞을 막아섰다.

"그런데 마이크, 왜 오늘에야 온 거죠? 2주 동안이나 여기 오지 않았잖아요. 왜 오늘에야 오신 거예요?"

"바빴습니다."

퀸이 말했다.

"실은 지금 들른 것도 맥닐 양의 데이트 북에 있는 메모를 따라온 것입니다. 그녀는 지난 토요일 날짜와 시간과 함께 빌리지 블렌드 주소를 적어놨더군요. 여기 와봤자 별 승산이 없을 거라 생각했는데 뜻밖에 당신한테 좋은 이야기를 들었습니다. 독신 남녀들의 미팅과 중요한 단서까지."

"브루스를 말하는군요."

퀸이 고개를 끄덕였다.

"당신 덕분에 이제 저는 세 여자의 의문의 죽음에 미스터 바우먼이라는 연결고리를 찾게 되었습니다. 한 번의 죽음은 우연일 수 있습니다. 두 번도 우연의 일치로 볼 수 있습니다. 하지만 당신도 알다시피 제가 늘 중요하게 생각하는 것이 바로 그 우연의 일치입니다."

"알죠. 당신이 일에서 우연의 일치란 없다고 생각한다는 걸요. 하지만 마이크, 당신은 너무 확대해서 해석하고 있어요. 당신도 그걸 알고 있고요."

"세 번의 죽음을 말입니까, 클레어? 제 사전에 확대 해석은 없습니다. 더구나 제가 제대로 봤다면 강도가 세지고 있습니다."

"어떻게요?"

"자, 봐요. 살인자는 굉장히 화가 난 듯이 행동하고 있습니다. 그녀들이 죽임을 당한 것은 그를 실망시켰거나 배신했기 때문일 수도 있습니다. 아니면 어떤 계기 때문에 살인자가 갑자기 이성을 잃은 것일 수도 있고요. 하지만 잉가 양의 경우, 남긴 메모가 그런 가능성을 반박하고 있습니다."

"메모가 분노에 의한 살인의 가능성을 반박한다고요?"

"왜냐하면 메모의 내용이 미리 계획된 일임을 말해주기 때문입니다.

다시 말해 살인자는 메모를 이용해 섹스를 목적으로 잉가 양을 옥상으로 꾀어냈을지도 모릅니다. 그런데 모든 것이 틀어지게 되자 메모지를 옥상 쓰레기통에 처분한 거지요."

"모든 것이 틀어져요? 그러니까, 살인자가 이성을 잃고 극도로 화가 나서 잉가를 밀었다, 그건가요? 그런 다음 메모지를 주워 다시 쓰레기통에 버리고 도망쳤단 거예요?"

"그랬을지도 모르지요. 아니면 살인자는 처음부터 잉가 양을 살해할 생각을 하고 있었을 수도 있습니다. 섹스를 미끼로 그녀를 옥상으로 꾀어낸 후 불시에 허공으로 날려버릴 계획을 세운 거지요. 어떤 경우였든 살인자는 현장에서 급히 도망가야 했고 범죄에 연관될 수 있는 단서, 특히 문제의 메모지를 처분해야 했을 겁니다. 메모지를 지니고 있느니 버리는 게 낫다고 생각했을 겁니다. 왜냐하면 옥상에서 내려가다 입주자를 만난다거나 경찰에게 제지를 당할 가능성이 충분히 있으니까요.

그러면 경찰이 질문하거나 몸을 수색할 수도 있고요. 어쩌면 살인자는 경찰이 잉가의 죽음을 자살로 결론지을 거라고 단정했을지도 모릅니다. 발레리 라팽 때처럼 말입니다. 그래서 경찰이 사실은 옥상 구석구석을 뒤져 문제의 증거물을 발견하리라곤 예측하지 못한 거지요.

그러나 우리는 찾아냈고 그 증거물은 우리에게 중요한 단서입니다. 그리고 몇 시간 전 똑같은 살인자로 추정되는 사람이 목격자가 보는 앞에서, 그것도 벌건 대낮에 또다시 살인을 저지른 것입니다. 이것도 우리에겐 또 하나의 중요한 단서라고 봅니다. 현재로선 목격자들이 수사를 진척시키는 데 큰 도움을 주는 것은 아니지만, 사하라 맥닐의 죽음을 사고사가 아닌 살인으로 접근하기에는 충분하지요. 확신하지만 살인자는 결코 목격자가 있을 거라곤 생각하지 못했을 겁니다. 부주의하고 무모했어요. 제 생각에 이 자는 칠칠치 못한 데가 있는 놈입니다. 다음번엔 목격자나 증거 같은 건 신경도 안 쓰고 그냥 좀 특별한 사건처럼 보이려고 할 수도 있어요. 그리고 그 다음번엔 일단 죽이고 나서 걱정은 나중에 하려고 할 수도 있고요. 바로 그때가 그놈이 제 손에 잡히는 날이 될 겁니다."

"그러려면 여자가 먼저 죽어야겠군요."

퀸이 내 눈을 쳐다보았다.

"그자한테서 떨어지십시오, 클레어. 아직은 당신에게 입증할 수 있는 것도 없고 기소할 근거도 없지만, 의문의 여지가 없는 분명한 사실이 있습니다. 바로 브루스 바우먼과 가까웠던 여자들이 죽었다는 겁니다."

"하지만 마이크, 그건 말이 안 돼요. 브루스는 모든 것을 이룬 성공한 건축가고 정신적으로도 안정된 사람이에요. 그런 그가 대체 무엇 때문에 여자들을 살해할 생각을 하겠어요?"

"제게 이유를 대보란 겁니까? 그렇다면 대답하죠. 그자는 완벽한 여자를 찾는 겁니다. 그랬는데, 그런 줄 알았던 여자가 어떤 식으로든 나쁜 여자라는 게 드러나면 그자는 그 실망감을 아주 나쁜 방식으로 받아들이는 거지요."

퀸은 돌아서서 문고리를 잡고 어깨너머로 말했다.

"커피 잘 마셨습니다."

그런 다음 그는 떠났다.

*당신이나 잘해요, 퀸. 엉망진창이 된 당신 결혼하고 자기 자신이나 잘 챙기라고요.*

나는 곧바로 아래층으로 내려가지 않았다. 그리곤 30분 동안 사무실을 천천히 왔다 갔다 하며 퀸이 말한 모든 것을 하나하나 따져보았다.

그가 해준 이야기를 듣고 떠오른 느낌, 또 브루스와 퀸에 대한 내 감정이 무엇인지 곰곰이 생각해보았다. 나는 마이크 퀸을 좋아할 뿐 아니라 존경까지 하지만 그가 브루스에 대해 한 말들을 단 한 순간도 믿을 수 없었다.

하지만 퀸의 신경이 몹시 날카로워져 곤두설 대로 곤두서 있다는 걸 확실히 느낄 수 있었다. 파탄에 이른 결혼문제로, 여자들을 '떠민' 살인자가 있다고 확신하는 자신의 추리를 뒷받침해줄 증거를 제대로 보지 못하는 것이 틀림없었다.

아주 잠깐이지만 나는 이런 생각도 해보았다. 어쩌면 좀 다른 차원의 문제일 수도 있다. '브루스에게서 떨어지라는' 퀸의 말은 나에 대한 그의 감정이 왜곡된 형태로 드러난 것일지도 모른다고.

그와 내가 사귄 것은 아니지만 우리 사이엔 분명히 남녀 감정이 있다. 그리고 바야흐로 그의 결혼이 무너지고 있는 이 시점에 내가 보인 행동 때문에 퀸이 갈등을 겪는 것일지도 몰랐다.

그가 부인과 끝장을 내거나 아니면 어떤 식으로든 문제를 해결하는 방향으로 결정 내리는 동안, 내가 그를 가만히 기다리지 않고 다른 남자와 데이트할 생각이나 하고 있다는데 화가 난 걸지도 몰랐다.

물론 내가 브루스를 만났다는 사실을 알기 전에, 그리고 브루스가 사하라 맥닐과 관계가 있다는 사실을 알아내기 전에, 이미 퀸은 그를 용의자로 주시하고 있었다. 퀸은 발레리 라펭과 잉가 버그의 배경을 조사할 때 브루스의 이름이 나왔다고 말했다.

그러나 내가 브루스를 만났다는 걸 안 순간, 브루스를 용의자로 보는 그의 의심이 한층 더 강해졌다는 걸 분명히 느낄 수 있었다.

나는 절대 퀸이 정직하지 않은 사람이라고 생각해본 적이 없다. 사실 마이크 퀸에게는 아서왕 전설에 나오는 원탁의 기사들처럼 강한 도덕심이 있었다(마테오는 경찰은 하나도 믿을 수 없다고 주장하곤 하지만 안타깝게도 그건 마테오가 중남미의 작은 나라들에서 부패한 경찰들을 너무 많이 겪었기 때문이다).

아무튼 나는 퀸을 지상에서 인간의 얼굴을 한 마지막 경찰이라고 생각하고 싶었던 게 사실이다. 단지 그가 진짜 범죄자는 우리 근처에 있다고 생각한다는 사실만으로 그랬다.

그러나 브루스 바우먼이 살인자라면 조이의 데이트 상대자를 심사하려고 내가 여러 남자를 심판했던 게 다 틀렸다는 이야기가 된다.

내가 남자들을 그렇게 잘못 봤다는 말인가? 처음엔 미스터 마마보이를 잘못 보고, 이번엔 '미스터 굿'이라고 생각했던 남자가 실은 〈다이얼 M을 돌려라(Dial M for Murder: 히치콕 영화)〉에서처럼 퀸의 용의자일 뿐이라니.

*아니야. 아니야, 그럴 리 없어. 아니야!*

지난 일요일 저녁 이후 나는 브루스와 있으면서 참 많이 웃었다.

키스도 했다. 그리고 긴 시간을 함께 보내며 그 남자를 점점 알게 되었다.

나는 마음속으로 브루스 바우먼이 살인자가 아니란 걸 알 수 있었다.

*브루스는 아니다.*

누군가의 노크 소리에 나는 생각에서 벗어났다.

터커였다.

"클레어. 사장님이 하늘같이 생각하는 딸, 조이가 왔어요. 어떤 신사분을 모시고 왔네요."

"고마워, 턱. 곧 내려갈게."

나는 다시 바지 주름을 매만지고 분홍색 긴 소매 스웨터에 앞치마를 둘러 묶고는 손가락으로 머리를 빗으며 사무실 문을 열었다.

나는 아래층 카운터 근처에서 조이를 발견했다. 그러고는 조이가 데려온 수수께끼의 사람이 누군지 궁금해서 주위를 둘러보았다.

허리를 굽히고 패스트리 빵 진열대를 찬찬히 살펴보는 남자를 이내 찾을 수 있었다.

이윽고 그가 몸을 폈다. 키가 컸고 얼굴은 다른 쪽을 향하고 있었다.

그가 조이에게 뭐라고 하자 조이가 웃었다.

그런 다음 남자는 돌아섰고 이제 얼굴이 보였다.

브루스 바우먼이었다.

*thirteen*

"안녕, 엄마."

조이가 손을 흔들었다.

"수업 끝나고 길에서 누굴 만났게?"

브루스가 눈부시도록 환한 미소를 지으며 말했다.

"조이를 못 알아볼 수 있어야지요. 특히 저 코트 때문에 말입니다."

나는 고개를 끄덕였다.

불과 한 시간 전, 피곤에 지친 뉴욕의 형사에게 나도 모르게 이 남자가 연쇄살인과 관계있는 것처럼 말하고 말았다.

수많은 감정이 한꺼번에 밀려들었다. 모두 기쁨과는 거리가 먼 것들이었다. 하지만 난 입 꼬리를 올리고 내가 보기에도 억지스럽기 짝이 없는 미소를 지어 보였다.

조이가 크고 헐렁한 파카의 지퍼를 내리며 말했다.

"이거 진짜 마음에 안 들어."

"따뜻하잖니."

나는 조이에게 강하게 말했다. 이런 일이 처음도 아니었다.

조이는 언짢은 얼굴이 되었다.

"하지만 엄마, 옷 꼴 좀 봐! 진노랑 색에 검은 줄무늬가 다 뭐야."

"노란색은 전통적인 레인코트 색이잖니."

조이가 투덜거렸다.

"이건 레인코트가 아니라 바람이 잔뜩 들어가 부하기만 한 파카야."

브루스가 웃었다.

"그렇게 나쁘진 않아."

조이가 눈동자를 굴리며 말했다.

"농담하지 마세요. 꼭 임신한 벌 같잖아요."

3주 전 '필레네'라는 옷가게의 재고 판매 행사에서 이 코트를 사준 뒤로 조이는 끊임없이 불평을 해댔다. 조이에겐 다른 코트를 장만할만한 돈이 없었고 나는 다시 쇼핑할 시간을 내기가 어려웠다. 그래서 지금 조이는 마지못해 그 옷을 입은 것이었다.

"크리스마스 때까지만 참아, 조이. 새로 사줄게."

"내가 이 옷을 입고 걸어갈 때 친구들이 뭐라고 하는 줄 알아?"

"뭐라고 하는데?"

"'윙윙' 하면서 놀린단 말이야."

브루스가 말했다.

"거기에 대한 좋은 해결책이 있는데."

조이가 물었다.

"그게 뭔데요?"

"그야, 벌침을 쏘면 되지 않을까?"

"그만 하세요. 아저씬 하나도 도움이 안 돼요."

조이는 이렇게 말하며 브루스의 팔에 펀치를 한 방 먹였다.

브루스가 웃었다.

나는 가슴이 아팠다. 이토록 순진하게 웃을 줄 아는 사람이, 그토록 달콤한 키스를 할 줄 아는 사람이, 그리고 그토록 사려 깊게 행동하는 사람이 어떻게 살인자가 될 수 있단 말인가? 어떻게?

이런 생각에 그의 모습이 우리 가게의 패스트리 빵 진열대에 같이 전시해도 될 만큼 멋졌다는 사실은 눈에 들어오지 않았다.

하지만 그는 멋있었다. 양털 안감이 대진 가죽 코트는 그의 넓은 어깨를 강조해주는 한편, 청바지를 입은 날씬한 엉덩이로 내려올수록 점점 폭이 좁아졌다. 코트 안에는 캐러멜색 캐시미어 스웨터를 입고 있었는데 그의 눈과 잘 어울렸다. 찬 공기를 맞아서인지 얼굴은 발갛게 상기되어 있었다. 그리고 무엇보다 자신감에 찬 고결한 영혼의 소유자라는 분위기가 풍겼다.

지난 일요일 저녁식사 후로 그는 여러 건물의 복원 작업으로 굉장히 바빴다. 낮에는 직원들이며 프로젝트를 살펴야 했고 밤에는 사업상 만찬이나 공식 미팅이 꽉 차 있었다. 하지만 이번 주에 그는 하루도 빠짐없이 업무 일정에서 짬을 내어 나를 보러 왔다.

어떤 날은 하루에 세 번을 들른 적도 있었다. 그가 들르면 나도 물론 시간을 냈다. 2층은 저녁이 될 때까지 문을 열지 않기 때문에 함께 2층으로 가곤 했다. 그가 난로에 불을 피우면 우리는 그냥 편히 쉬면서 커피를 마시거나 한두 시간가량 대화를 나누다가 다시 일어나 일하러 가곤 했던 것이다.

우리는 서로 더 잘 알게 되었고 나는 다음번 공식 데이트를 고대하고 있는 터였다. 그런데 이렇게 이상하고 애매한 상황이 찾아오리라곤 꿈에도 생각하지 못했다.

나는 자연스럽게 보이려 애쓰면서 조이에게 물었다.

"그건 그렇고, 두 사람 지금껏 뭘 한 거야?"

"브루스 아저씨한테 내 친구들이 열고 싶어 하는 레스토랑에 대해 말했더니, 아저씨가 지금 자리가 난 괜찮은 가게가 하나 있다고 하시면서 차로 브루클린에 데려다 주셨어."

*조이를 차에 태우고 갔구나.*

분명히 브루스의 SUV를 타고 갔을 것이다. 생각이 여기에 미치자 잉가의 SUV 차량과 병적인 이미지가 떠올랐다.

퀸이 말해준 바에 따르면 잉가는 자신의 SUV를 작은 모텔쯤으로 사용했다고 했다. 그리고 난 브루스가 절대 그 차에 탔을 리 없다고 믿고 있었다(맙소사, 어째서 살해당한 희생자들은 가장 은밀한 사생활까지 세상에 다 노출되어야 하는 걸까? 억울하게 죽은 것도 모자라 그런 일까지 당해야 하는 걸까?).

"조이의 친구들은 캐롤 가든이나 브루클린 하이츠의 상가를 마음에 두고 있더군요. 하지만 코트가, 헨리가, 힉스가는 요즘 임대료가 너무 비싸서 다른 곳의 반 정도 공간에 값은 두 배가 나갈 겁니다. 또 콜롬비아가는 아이들이 생각하는 레스토랑을 하기는 너무 격이 떨어지고요."

조이가 앞쪽으로 와서 열심히 고개를 흔들었다.

"브루스 아저씨가 몬태그가 뒤편에 있는 멋진 빈 가게를 보여주셨어. 브루클린 산책로하고 브루클린 뮤직 아카데미, 그리고 다운타운에서도 가까운 곳이야."

브루클린 산책로는 브루클린 하이츠의 맨 끝자락에 있는 곳이었다. 이스트 리버를 쭉 따라 길 양쪽으로 나무들이 늘어선 길고 좁은 산책로였다. 이스트 리버의 건너편에는 로어 맨해튼 금융가의 높고 화려한 스카이라인이 보였다. 예전엔 그곳에 세계무역센터 쌍둥이 빌딩이 우뚝 솟아 있어 더 장관을 이루었다.

브루스가 고개를 끄덕였다.

"사우스 브루클린의 레스토랑들이 아직 거기까지 진출하진 않았거든요. 하지만 부근에 뉴저지 네츠(프로농구팀)의 새 경기장이 건립될 예정이고 대규모 아파트 단지가 건설되는 중이라 그쪽 브루클린 지구가 상당히 발전할 거라고들 이야기하고 있어요. 개척자로 들어가면 유리할 겁니다."

나는 얼굴에 깁스한 것처럼 뻣뻣한 미소를 지으며 말했다.

"좋은 생각이네요."

조이가 브루스를 바라보았다. 조이의 얼굴에서 브루스에 대한 신뢰와 존경을 읽을 수 있었다, 내가 그랬던 것처럼.

조이가 말했다.

"캐롤 가든에 있는 작지만 훌륭한 식당으로 점심 먹으러 갔어. 근처 식당 중에서 진짜 이탈리안 레스토랑이었어. 엄마가 만들어준 것 말고 그렇게 부드러운 송아지 고기는 처음 먹어봤어."

브루스가 설명했다.

"제가 클린턴가의 복원 프로젝트를 설계했거든요. 인부들이 '니노스'라는 이탈리안 레스토랑 얘길 해주더군요. 대단한 발견이었어요! 마르살라(이탈리아 시실리 섬의 유명한 포도주 산지) 와인에 곁들여 먹는 송아지 고기는 혀에 살살 녹고 마늘을 넣은 브로콜리는 지금까지 먹어본 것 중 최고였죠. 하지만 전 금요일에 가는 걸 제일 좋아합니다. 그날은 시실리산 최고급 소라와 오징어, 문어가 들어간 샐러드를 포함해 각종 해산물이 무진장 나온답니다. 클레어도 빨리 데려가고 싶어요."

조이가 손목시계를 보고 말했다.

"엄마, 난 가봐야 할 거 같아. 30분 뒤에 '스페셜 메뉴'라는 차가운 요리 수업이 있어. 코셔 요리(유대인들의 율법에 따라 가공, 처리한 식품으로 돼지고기, 조개류, 갑각류 등을 사용하지 않음), 일반 채소요리, 고기와 유제품을 사용하지 않는 채소요리 같은 걸 다 배워. 그리고 내일 밤 퍽 빌딩에서 채식주의자를 위한 대규모 자선행사가 있는데, 음식 만드는 일과 나르는 일을 할 거야. 선생님이 학생 보조팀을 뽑았는데 나도 들어갔거든. 그러니까 늦어서 일을 망치고 싶지는 않아. 오늘 늦으면 선생님은 내일 행사에도 내가 지각할 거라고 생각하실지도 몰라. 지금까지 한 번도 지각한 적이 없었는데 그렇게 되면 모두 물거품이 되고 말 거야."

브루스가 물었다.

"내가 학교까지 태워줄까?"

"괜찮아요. 건물까지 한 15분만 걸어가면 돼요. 문제없어요. 아직 에스프레소 한 잔 들고 갈 시간은 돼요."

카운터 뒤에서 말없이 일하던 터커가 말했다.

"커피 거의 다 됐어."

나는 다소 얼빠진 목소리로 브루스에게 물었다.

"뭐 좀 줄까요?"

"나도 가봐야 하는 걸요. 하지만 당신한테 물어볼 게 있습니다."

브루스가 가게 1층의 저쪽 구석으로 가면서 따라오라는 신호를 했다. 꽉 찼던 점심 손님들이 거의 다 빠져 있었다. 키라와 위니마저 떠나고 없었다. 우리는 대리석 테이블 하나에 앉았다.

"오늘 밤 저녁식사를 하러 가자고 묻고 싶었습니다."

브루스가 말했다.

"물론 시간이 촉박하다는 건 압니다. 갑자기 맨해튼 구청장실에서 오늘 약속을 취소해서요. 뜻밖에 생긴 시간을 잘 쓰고 싶다는 생각이 들더군요. 그동안 우리 두 사람이 함께 보낼 수 있는 저녁 시간을 만들려고 노력했는데, 오늘 밤이 그 첫날인 것 같아요."

나는 속으로 저녁에 특별한 일정이 있는지 확인해보고 여느 때처럼 약속이 없다는 걸 기억했다.

하지만 난 아직 그에게 너무 열성인 것처럼 보이기 싫었다. 그리고 당연한 일이지만 나와 사적인 우정관계에 있는 퀸 형사가 꺼낸 기분 나쁜 얘기도 신경 쓰였다.

퀸이 최근 일어난 여러 살인사건의 용의자 리스트에 브루스 바우먼의 이름을 올린 이상 왜 안 그렇겠는가.

나는 브루스에게 모든 것을 말하고 싶었지만 차마 그럴 수 없었다. 우리는 아직 그 정도로 오래된 사이도 아니고 언제든지 깨질 수 있는 관계였다. 신뢰란 무엇보다 중요한 것이다.

나는 어떻게 하면 불결하지 않으면서도 비난하는 것처럼 보이지 않게, 그래서 혹시라도 그가 도중에 뛰쳐나가지 않을 수 있게 그 이야기를 꺼낼 수 있을지, 아무런 방법도 찾을 수가 없었다.

아무튼 나 자신의 안위만 걱정한다는 건 우스운 일이다.

나는 브루스에 대한 퀸의 추리를 믿지도 않았고, 퀸의 이야기 때문에 브루스와의 관계가 깊어질 이 기회를 망치고 싶지도 않았다.

브루스는 이혼 한 뒤로 내 마음이 끌렸던 몇 안 되는 사람 중 하나인데 더 이상 퀸이 자기 멋대로 내 생각을 좌지우지하게 내버려둘 수는 없단 생각이 들었다.

퀸이 용의자로 생각하는 브루스는 여기 이렇게 내 건너편에 앉아 살아 움직이고 있었으며 내 결정을 기다리고 있었다.

나는 그의 얼굴과 눈을 들여다보았다.

어디에도 살인자의 모습은 없었다. 그냥 브루스였다.

나는 마침내 가기로 하고 미소를 지으며 말했다.

"언제, 어디서요?"

"내 집에서 7시 30분, 어때요?"

"당신 집이요? 하지만 아직 공사 중이라 내부가 뒤죽박죽이라고 했던 것 같은데요?"

"공사를 끝낸 곳이 있어요. 아주 아늑한 곳이죠. 오면 보여줄게요. 마테오 씨도 돌아와 있고 하니, 르로이가에서 당신과 조용한 시간을 가질 수 있는 아주 좋은 기회라고 생각해요."

*안 될 건 없잖아?*

나는 이렇게 자문했다.

여자가 한 남자를 더 잘 알고 싶을 때 그가 사는 집을 보는 것만큼 더 좋은 일이 있을까? 그리고 어쩌면 그의 혐의를 벗겨줄 뭔가를 발견하게 될지도 모른다.

그 생각만으로도 브루스의 초대를 받아들여야겠단 확신이 열 배는 커졌다. 어쨌든 난 빌리지 블렌드의 부매니저였던 애너벨 하트의 살인 사건을 해결했던 전력이 있지 않은가.

퀸이 마음에 들어 하든 말든 이 사건 수사에 형사 한 명으로 부족하다면 지금이야말로 내가 끼어들 때인지도 모른다.

"빨리 가보고 싶어요."

나는 브루스에게 이렇게 말했을 뿐만 아니라 정말 그렇게 생각했다.

*fourteen*

해가 지고 한 시간이 지나자 그리니치 빌리지의 가을 날씨가 갑자기 겨울로 바뀌면서 눈이 내리기 시작했다. 내가 10년 만에 돌아온 뉴욕에서 처음 맞는 눈이었다.

얼음처럼 찬 눈송이가 내리면서 자갈길과 지붕을 온통 눈으로 뒤덮고 있었으며 벌거벗은 아름드리나무들에도 눈들이 달라붙고 있었다. 나는 브루스를 빨리 만나고 싶긴 했지만 허드슨가를 내려갈 때 서두르지 않았다. 내일 아침이나 오후가 되면 분명히 기온이 올라갈 테고 그러면 이 눈들도 다 녹을 것이다.

오늘 밤 모처럼 생긴 이 기회에 나만의 시간을 가지며 가로등의 얇고 촘촘한 철망 갓에서 뿜어져 나오는 아름다운 불빛을 만끽하고 싶었다. 뉴욕에서도 이 동네에 사는 사람들에겐 시간이 더디게 간다고들 한다.

걸음걸이에도 여유가 있고 주변 건물들도 미드타운에 있는 좁다랗고 높은 스포츠센터들보다 더 독특한 멋이 있었다. 하지만 해질 무렵의 이곳은 새하얗고 두꺼운 이불 같은 눈이 자동차들의 소음이며 구급차의 사이렌 소리, 핸드폰 소리를 뒤덮어버려, 시간이 단지 느리게 가는 게 아니라 완전히 정지해버린 것 같았다.

지금 내가 있는 이곳은 더 이상 21세기의 맨해튼 같지 않았다. 낮게 깔린 뿌연 구름이 마천루들의 꼭대기를 지우개로 지우는 것 같은 모습을 보면서 나는 마치 헨리 제임스(1843~1916. 아름다운 문체로 유명한 미국 소설가 겸 비평가)나 이디스 워튼(1862~1937. 여성 최초로 퓰리처상을 수상한 미국 여류작가)의 소설 속 장면으로 들어가는 느낌이 들었다.

발걸음을 옮길 때마다 눈이 신발에 밟혀 바삭거리는 소리가 들렸고, 나는 상쾌하고 신선한 내음이 나는 공기를 들이마시며 편안한 느낌을 주는 이 거리의 고요와 내 주변을 둘러싼 모든 것의 침묵을 마음껏 즐겼다.

18세기와 19세기에 지어진 연립주택들은 마치 크리스마스트리 밑에 놓인 인형의 집처럼 보였다. 그래서 생강 쿠키처럼 귀여운 모습을 한 집에 눈이 쌓인 모습은 꼭 예쁘게 만들어놓은 과자에 마지막으로 슈가 파우더를 뿌려 놓은 것 같았다.

나는 성 루가 거리 쪽으로 발길을 돌렸다. 이곳은 그리니치 빌리지에서 가장 살기 좋은 거리 중 하나였다. 길이는 한 블록의 3/4밖에 되지 않는 곳이지만, 탁 트여 바람이 잘 통하고 키가 큰 수십 그루의 은행나무들과 함께 아름답게 보존된 이탈리아풍 주택 열다섯 채가 쭉 줄지어 있었다.

작은 공원을 마주 보는 이 집들의 앞에는 넓은 인도가 나 있었으며, 갈색 사암 재질의 층계에는 화려한 연철 난간이 대져 있고, 아치형의 출입구 윗부분은 3단 쇠시리(기둥 모서리나 문살에 볼록하거나 오목한 모양을 낸 것)로 장식되어 있었다. 11월이니 크리스마스 캐롤을 부르기엔 아직 일렀지만, 이쪽 길이 역사적인 문화재를 보존하는 구역이라 그런지 길모퉁이에서 여러 명의 소녀가 노래 부르는 소리를 들을 수 있었다.

소녀들은 버튼식 부츠에 긴 레이어드 스커트와 두툼한 벨벳 코트를 입고 있었으며 거기에 잘 어울리는 털 머프(추울 때 손을 따뜻하게 하는 토시모양의 방한 용구)를 끼고 있었다.

커브길인 성 루가 거리는 브루스가 사는 동네인 르로이가가 시작되는 곳에서 길을 건너가게 되어 있었기 때문에 나는 그렇게 했다.

몇 걸음 지나자 공식적으로 역사보존 구역으로 지정된 곳을 바로 벗어났다. 웨스트빌리지에서도 이곳은 특히 보호구역으로 생각하기 어려운 곳이었다. 땅 주인 마음대로 아무 때나 건물을 때려 부수거나 수리해도 되고 새 건물을 세우는 것도 법적으로 허용되었다.

그러던 것이 그리니치 빌리지에서 문화적이고 역사적인 가치가 있는 건축물들을 보호하기 위한 차원에서 '그리니치 빌리지 역사보존협회'가 1980년에 창설되어 이 지역을 변화시키고 역사보존 구역을 확장하는 노력을 해오고 있었다.

나는 브루스가 알려준 주소에 이르렀을 때 걸음을 늦췄다. 연방양식으로 지어진 그 집은 전체가 2층으로 된 예쁜 집이었다. 꼭대기의 지붕창을 보니 아주 편리한 다락방이 있는 것 같았다.

난간이 둘린 짧은 계단 아래쪽으로 지하실 창문이 보였고, 그 계단은 다시 높은 현관 계단과 반짝이는 녹색 현관문까지 이어져 있었다. 현관 왼쪽으로는 통나무 원목으로 된 작은 문이 있고 그 문 위에도 작은 창이 나 있었다.

내가 "말 사육장이 있다더니."라고 중얼거리자 찬 공기 때문에 엷은 회색 입김이 서렸다.

이렇게 생긴 집을 자주 보지는 못했지만 브루스가 말한 대로 이 집은 연방양식의 원형인 것 같았다. 말 사육장은 단순히 뒤뜰로 가기 위한 문의 역할을 하는 것 같았다. 아마도 1800년대에는 그 뒤뜰에 별채가 딸려 있었을 테고 거기엔 마구간이 있었을 것이다.

이 집은 정말 탁월한 선택이었다. 예전의 모습에서 많이 벗어나 있는

데도 여전히 역사적인 건물이라 할 면모를 지니고 있었다. 나는 시간 가는 줄도 모르고 이 집에 눈이 내리는 모습을 바라보며 건물의 세련되고 수수한 선형미와 단순한 디자인의 빛바랜 벽돌, 창틀에 새로 흰색 페인트를 칠한 창문에 감탄사를 보냈다.

나는 이곳이 점점 집이 되어가는 모습을 그려볼 수 있었다. 여름엔 창밖으로 난 넓은 선반마다 꽃 상자를 얹고 겨울엔 초 하나로 집을 밝히며 해마다 크리스마스가 되면 문에 화환을 걸게 될 모습을.

불현듯 현관 측면에 달린 놋쇠 등에 불이 켜지더니 녹색 현관문이 열렸다. 그러자 집 안의 불빛 때문에 문간에 서 있는 남자의 실루엣이 비쳤다. 어두운 그림자가 앞으로 걸어와 현관에서 내가 서 있는 인도 쪽을 내다보았다.

"조이? 조이니?"

브루스가 큰 소리로 불렀다.

"나예요!"

내가 대답했다.

브루스가 나를 잘못 알아볼 만도 했다.

오후에 조이가 입었던 진노랑과 검은색의 헐렁한 파카를 입고 있었기 때문이다. 게다가 난 파카에 달린 모자까지 쓴 상태였다.

내 목소리를 알아본 브루스가 말했다.

"아, 클레어였군요."

그는 몇 걸음 더 앞으로 나와 눈으로 덮인 계단을 내려왔다.

이제 그의 모습이 더 뚜렷이 보였다.

그는 빛바랜 청바지와 깃이 없는 검은색 피셔맨즈 스웨터(북유럽 등지의 어부들이 입던 굵은 털실로 짠 방한용 스웨터), 스틸토우 워커(발가락 부분에 금속을 댄 신발)

차림이었다. 정말 멋진 모습이었다.

그는 내 앞에 멈춰 서서 부드럽게 말했다.

"위에서 잠깐 걱정을 했어요. 뭔가 잘못돼서 당신이 못 온다는 소식을 조이가 전하러 온 줄 알고. 아니, 어떻게 임신한 벌 같은 파카를 당신이 입은 거예요?"

나는 어깨를 으쓱거렸다.

"어찌나 안 예쁘다고 성화를 하는지 조이의 불평을 더 이상 들을 수가 있어야죠. 그래서 할 수 없이 제 옷이랑 바꿔 입은 거예요."

브루스가 미소를 지었다.

"그럼 당신은 어떻게 보이든 신경 안 쓴다고 해석해도 될까요?"

"엄청 따뜻한 걸요. 그리고 미안하지만 별로 이상하지도 않잖아요?"

"당신이 꿀을 좋아한다면 이상하진 않죠."

"그런 식으로 나온다면 하는 수 없군요."

나는 허리를 굽혀 젖은 눈을 한 움큼 집었다. 그리곤 아주 큰 눈 뭉치를 만들었다.

브루스는 검은 스웨터 위로 팔짱을 끼더니 눈썹을 치켜세웠다.

"설마 그걸 정말 던질 생각은 아니죠?"

"더 해봐요."

"눈싸움은 위험해요, 미스 코지."

"이 코트 가지고 한 번만 더 뭐라고 해봐요. 가만 안 둘 테니."

"당신이 침으로 나를 찌를 생각만 안 한다면 나도 가만히 있죠."

나는 팔을 뒤로 젖혀 던질 준비를 하며 말했다.

"3초 주겠어요."

브루스는 몸을 돌려 계단 위로 죽어라고 뛰었다.

나는 그대로 도망가게 놔두고는 정확히 그의 목 뒤를 겨냥해 맞혔다.

"앗, 차가워!"

나는 웃으면서 걸어 올라가 그의 옆으로 갔다.

"전직 소프트볼 선수의 실력을 무시하면 안 되는 거라고요."

그도 이제 웃고 있었다. 그런데 그 웃음에 아주 약간 이상한 구석이 있었다. 하지만 별로 그 이유를 의심하지는 않았다.

"어서 들어가서 북극 사람들이 입는 것 같은 그 옷부터 벗어요."

그가 문을 닫을 동안 나는 파카의 지퍼를 내리고 모자를 벗고 있었는데 뒤에서 그가 공격한 것이다. 나는 그것을 미처 보지 못했다.

그는 눈덩이를 내 뺨에 비빈 다음 내 스웨터 뒤에다 넣어버렸다.

"꺅! 너무 차가워!"

"차갑고 말고요. 나도 당해봐서 알지요."

내가 현관 로비에서 펄쩍펄쩍 뛰는 동안 그는 이렇게 말하며 웃었다. 내가 따져 물었다.

"대체 언제 이런 걸 만든 거예요?"

"집에 들어올 때 계단 난간에서 긁어모았죠. 배우는데 재능이 있는 남자를 무시하면 안 된다고나 할까요."

나는 가까스로 파카를 후다닥 벗어버리고 반쯤 녹은 눈덩이를 밖으로 빼내려고 스웨터를 들어 올렸다. 브루스는 계속 웃다가 진노란 파카 안의 내 옷차림을 쳐다보더니 갑자기 웃음을 멈추었다.

이런 옷을 입은 건 몇 년 만이었다. 빨간색 체크무늬의 짧은 울 스커트는 허벅지 중간까지 내려오는 길이였다(다행히 브리트니 스피어스의 뮤직비디오에 나오는 댄서들의 치마보다는 길었지만 그래도 다리가 어느 정도 드러날 만큼은 짧았다).

그리고 검은색 두꺼운 골진 스타킹에 무릎까지 올라오는 검은색 가죽 부츠를 신고 있었다. 위에는 자개단추가 달린 몸에 딱 붙는 스웨터를 입고 있었는데 과감하게 목과 어깨가 다 파인 디자인(너무 파인 걸 나도 인정한다)이 옷 전체에 도발적인 조화를 이루고 있었다.

아마존 여신처럼 아름다운 모델들과 키가 크고 늘씬한 댄서들이 넘쳐나는 도시에서 나처럼 체구가 작은 여자는 손해라는 생각이 들 때가 있다. 하지만 마테오가 한 번은 대부분의 남자가 반드시 키 큰 여자를 좋아하는 건 아니라고 말해준 적이 있다. 남자들이 좋아하는 건 날씬함이고 내 작은 체구와 가는허리는 그와 대비되는 큰 가슴을 눈에 띄게 한다는 것이다. 그래서 사실은 내 키가 작은데도 전혀 작아 보이지 않는다는 거였다.

내가 원하면 헐렁한 블라우스나 티셔츠로 몸매를 가리기는 쉬웠다. 하지만 오늘 밤 브루스와의 데이트를 앞두고는 감추고 싶지 않았다.

그가 나를 정말로 어떻게 생각하는지 그 어느 때보다 더 알 필요가 있었다. 브루스는 내게 끌리고 있음을 그대로 드러내는 타는 듯한 시선을 아주 잠시 던졌을 뿐이지만 그것만으로 내 모든 궁금증이 말끔히 사라졌다.

나는 그가 내 몸매를 보고 마음에 들어 할지, 내게 육체적인 매력을 느낄지 더 이상 궁금해할 필요가 없었다. 짧은 순간이나마 그의 불타는 눈빛이 모든 것을 말해주었다.

그가 약간 거칠게 말했다.

"정말 살인적인 옷이군요."

*맙소사, 굳이 저런 단어를 사용할 필요가 있을까?*

나는 완만하게 아래로 난 계단에 서서 모든 걱정을 잊으려 애썼다.

퀸에게 브루스에 대해 너무 많은 말을 한 것 같다는 죄책감이 자꾸 들었기 때문이다. 지금부터 나는 퀸의 용의자 리스트에서 브루스의 혐의를 벗겨주는 일만 생각해야 한다.

"클레어? 어디 불편해요? 괜찮아요?"

"그럼요. 저기……, 아마 많이 걸어서 좀 추웠던 것 같아요. 그뿐이에요."

나는 손을 볼에 대며 말했다.

얼굴이 하얗게 질린 줄 미처 생각하지 못했다.

"그럼 몸부터 따뜻하게 덥혀야죠."

그는 미소를 지으며 내 허리를 잡고 홀 아래로 데리고 갔다.

아직 인테리어 공사가 끝나지 않았다는 것을 알 수 있었다. 페인트칠을 위해 깔아놓는 천이며 사다리가 있었고, 마모된 홀 마루 여기저기에 건축 자재들이 흩어져 있었다.

뒤쪽에 있는 2층으로 올라가는 계단 저쪽으로 주방 일부가 얼핏 보였는데 그곳은 허물이 다 벗겨진 채 낡은 벽지와 더러운 타일이 그대로 드러나 아주 엉망진창이었다.

그가 나를 문간에서 오른쪽으로 데려가자 긴 직사각형의 공간이 나왔다. 이 방에는 가구가 전혀 없었다. 하지만 공사는 거의 끝난 것 같았다. 넓은 마루에선 반짝반짝 윤이 났고 벽과 쇠시리 장식도 꼼꼼히 복원되어 있었으며 가장 멋지게 공사가 끝난 곳은 벽난로인 것 같았다.

그가 설명했다.

"위층 침실엔 가구를 들여놨지만 여긴 하나도 없죠. 그래서 이곳에서 겨울 피크닉 같은 걸 할 수 있겠다, 그런 생각이 들었어요."

"멋진 생각이에요."

나는 이렇게 말했을 뿐 아니라 정말 좋은 아이디어라고 생각했다.

그는 난로 앞에 두꺼운 요를 깔아둔 상태였다. 요의 한쪽 끝은 초승달 모양으로 세워져 있었고, 자수로 장식된 커다란 벨벳 베개들이 쌓여 있었다.

그는 초승달 모양의 기대는 곳에 나를 앉히고 부드러운 셔널 모포로 내 어깨를 감싸며 문질러주었다.

"이제 따뜻해요?"

나는 벽난로 불을 물끄러미 바라보며 그의 손을 조용히 잡아주었다.

"따뜻해요."

그 순간에 내가 눈을 들어 그를 바라본다면 그가 키스하리란 걸 알 수 있었다. 그리고 그가 내게 키스한다면 더 많은 일이 일어나게 되리란 것도.

지금 내 마음이 브루스와 육체적으로 가까워지고 싶지 않은 건 아니다. 사실 그러고 싶었다. 하지만 내 마음의 평화를 위해서는 그를 옆으로 밀치고 그가 알고 지낸 여자들에 대해 물어볼 방법을 찾아야 했다.

이유도 밝히지 않고 그런 것을 물어보기는 쉬운 일이 아니지만 나는 그렇게 해야만 했다.

"저, 그런데 당신이 지금 살인사건의 용의자란 건 알고 있나요?"라는 질문부터 시작하는 건 절대 좋은 방법이 아니다. 물론 모든 것을 설명할 수도 있다. 그러나 "내가 친구로 지내는 형사와 당신 이야기를 했는데, 그 사람한테 당신을 지목하게 할 의도는 정말 없었어요."라고 말하는 것 역시 사람을 믿고 이야기하게 하는 방법은 아니다.

나는 그에게 뻣뻣하게 말했다.

"이제 괜찮아요. 그만 해도 돼요."

나는 순간 어색함을 느꼈지만 브루스는 내 뜻을 존중하려고 최선을 다했다. 그는 마지못해 손을 치우고 난로 옆에 있던 뚜껑이 닫힌 바구니 쪽으로 걸어갔다.

"분명히 배가 고플 거라 생각했어요."

내 눈에도 그가 거절당했다는 느낌을 받은 것이 보였지만 그는 애써 그런 분위기를 무마하면서 이렇게 말했다.

"그리고 당신을 놀라게 해줄 것도 이렇게 준비해놨죠."

*놀라게 해준다고? 잉가 버그가 받은 쪽지에도 옥상에서 놀라게 해줄 게 있다는 내용이 있었지?*

갑자기 그 생각이 들었다.

나는 눈을 감았다.

*하느님 맙소사.*

퀸의 목이라도 조르고 싶은 마음이었다. 퀸 때문에 나는 너무 많은 것을 알게 된 것이다. 하지만 아직 충분히 아는 건 아니다.

나는 이런 생각에 피가 말랐다.

"저녁은 좀 있다가 먹어도 되죠? 이 집을 둘러보고 싶어요."

"그래요? 몹시 어수선한데……."

"상관없어요. 이 오래된 집이 정말 마음에 들어요. 그렇지 않아도 집 외장에 감탄해마지 않았거든요. 알겠지만 그래서 눈을 맞으면서도 오랫동안 밖에 서 있었던 거예요."

그는 눈썹을 찡긋해 보였다.

"고마워요. 그건 내 솜씨를 칭찬해준 거니까요."

나는 웃었다.

"당신 솜씨는 그냥 그랬는데요."

"알아요."

"아무튼 이 집이 연방양식의 원형이라던 당신 말은 정말인 것 같아요."

"맞아요. 믿기 어렵겠지만 로어 맨해튼에는 이런 양식의 주택이 아직 300채 정도 남아 있답니다."

"300채라고요?"

"그것들 모두가 원형을 유지하는 건 아니라서 알아보기 어려운 집도 몇 군데 있긴 해요. 하지만 대부분은 온전한 상태를 유지하고 있지요."

"그럼 혹시 당신도 보존협회와 같이 일하는 건가요?"

"그래요. 보존협회는 아주 일을 잘하고 있지요. 이 집만 해도 그 사람들이 벌써 조사며 자료화며 공식적인 청원서 작업을 끝낸 상태였어요. 아마 '뉴욕시 유적 보존 위원회'에서 청원서를 허가하고 이 집을 유적으로 인정해줄 거 같아요. 저와 그리니치 빌리지 역사 보존협회가 가장 관심을 두는 점은 300채의 연방양식 주택의 절반 이상이 전혀 보호를 받지 못하고 있다는 현실이에요. 나머지 반은 공식적으로 역사보존 구역에 포함되거나 개별적으로 유적 지정을 받거나 한 상태고요."

"150채가 넘는 집이 위험한 상태라는 말이에요? 설마요?"

"그 집들은 언제고 없어질 수 있어요."

브루스는 못마땅하다는 듯 눈길을 돌리며 말했다.

"무척 낭비적인 일이에요."

"이 집이 언제 지어진 건지 알아요?"

"1830년이에요. 당신도 그때 역사를 알죠?"

나는 고개를 끄덕였다.

당시 로어 맨해튼 항구들 근처의 밀집된 식민지 거주지에 살던 미국인들은 빈번하게 발생하는 콜레라나 황열 같은 질병에서 어떻게 하면 벗어날지를 궁리하다가 이곳까지 올라오게 되었다.

그리니치 빌리지는 그곳에서 북쪽으로 2마일(약 3.2km)만 가면 되는 가까운 곳이었음에도 그들이 살던 곳과는 완전히 별천지였다. 훨씬 시골이었던 그리니치 빌리지의 공기는 깨끗했고 땅은 넓었다. 그래서 그들은 부지런히 도시를 세우기 시작했다.

내가 말했다.

"이 작은 집들이 사람들에겐 도피처가 되지 않았을까요?"

브루스는 약간 수수께끼 같은 표정을 띠며 방을 둘러보았다.

"저한테도 이곳은 그런 곳이지요."

그 말이 내겐 너무 많은 의미가 들어 있는 것처럼 들렸다.

"어떤 의미에서 그렇단 거예요?"

그는 마치 마음속에 있는 것을 말하기로 한 사람처럼 내 시선을 마주 보았다. 하지만 그는 아무 말도 없이 어깨를 들썩거렸을 뿐이다.

"그건 그렇고……, 이 방에 대한 인상은 어때요?"

나는 계속 그의 눈을 바라보았다.

그가 화제를 바꾸려 한다는 걸 우리 둘 다 알고 있었다. 나는 일단 그렇게 하기로 했다, 일단은.

"정말 굉장한 작품이에요. 벽난로 선반이 특히 멋져요. 대리석이죠?"

"아니, 나무에요. 대리석처럼 보이게 만든 나무지요."

나는 자리에서 일어나 난롯가로 걸어가 손으로 보드라운 선반의 겉면을 쭉 만져보았다. 흔히 보기 어려운 색상이었다. 오렌지빛이 살짝 도는 황금색에 진노랑색이 섞여 마치 대리석을 조각한 것 같은 인상을 주었다.

"특이하네요. 당신 말대로라면 이게 진짜 연방양식이란 건가요?"

"정확히 맞혔어요. 연방양식이 유행하던 시기의 디자이너들은 거주 공간에 빛과 밝은 색을 도입하는 것을 선호했어요. 이 선반의 채색이나 기법은 원형에 가까워요. 이상해 보일지 모르지만 그들은 한편으로 이런 느낌이 나는 나무 질감을 좋아했기 때문에 돌이나 대리석, 심지어 다른 나무처럼 보이게 만들었답니다."

"참, 아름다워요."

"고마워요, 클레어."

"그럼 이제 집을 구경할 차례죠?"

그의 설명에 따르면 처음 이 집을 샀을 때 커다란 응접실은 두 개짜리 방이었다고 했다. 원래 연방양식에서는 앞 응접실, 뒤 응접실, 이렇게 두 개의 응접실이 있었고 둘 사이에 미닫이문이 있었는데, 그가 두 방 사이의 벽을 부쉈다고 한다. 그렇게 두 개의 방을 하나의 큰 공간으로 만들어 지금의 모습이 되었다는 것이다.

우리는 주방을 쭉 훑어보았다. 그곳은 완전히 난장판이었다. 지금 사용할 수 있는 가전제품이라곤 사무실에서 쓰는 작은 냉장고 한 대와 에스프레소와 카푸치노를 만드는 커피머신, 이렇게 달랑 두 개만 있는 것을 보고 난 웃음이 터졌다.

"당신이 가장 중요하게 생각하는 물건이 나도 마음에 들어요."

나는 커다란 커피머신으로 다가가며 말했다.

"이건 파보니(이탈리아산 에스프레소 기계)네요. 커피가 맛있게 만들어져요."

"솔직히 말하면 그건 고객에게 받은 선물이에요. 아직 어떻게 사용하는지도 몰라요. 사용설명서를 읽을 시간도 없었다면 믿겠어요? 그래도 당신 가게에서 에스프레소 한 봉지도 샀고 저 작은 냉장고엔 전지유(지방분을 빼지 않은 우유)도 들어 있어요."

나는 미소를 지었다.

"저녁 먹고 나서 제가 커피를 만들어줄게요. 그리고 만드는 법도 가르쳐주고요. 어때요?"

"그렇게까지 하지 않아도 돼요."

"그게 제 일인 걸요. 제 솜씨 좀 보여주게 해줘요."

"그렇다면 이 집에 들인 제 솜씨부터 좀더 봐줘요, 괜찮죠?"

내가 고개를 끄덕이자 그가 내 손을 잡아끌었다.

계단을 오르며 그가 말하길 3층은 다락방으로 예전엔 고용인들의 숙소로 쓰이던 곳이라고 했다.

"지금 그 방들은 황량하기 짝이 없어요. 페인트통 하고 건축 자재들로 꽉 차 있거든요. 그러니 그 방들은 건너뛰기로 해요. 제 생각에 당신은 2층을 마음에 들어 할 거 같아요."

2층에는 침실 두 개가 있었다. 작은 침실은 한마디로 아직 손대기 전의 그림이었다. 벽지는 벗겨지고 천장은 얼룩덜룩한데다 쇠시리 장식들도 깨져 있었다. 거기다 마루에 깔린 분홍색 샤기 카펫(털이 긴 카펫)은 아마 1970년쯤 만들어진 것인지, 오래되어 보기 흉할 정도로 끔찍한 모습이었다.

"으악!"

"그 말은 공사를 빨리 끝내야 한단 뜻이죠?"

"맞아요. '으악'에 대한 정확한 설명을 아시네요."

그러나 큰 침실은 '으악' 하곤 완전히 판판이었다. 그 정도가 아니라 그곳은 아래층 응접실과 마찬가지로 아름답게 복원되어 있었다.

그는 오래된 벽난로 덮개를 열고 마루 면을 새로 손질해 윤을 내 두었으며 천장과 천장 쇠시리 장식도 모두 수리를 해놓은 상태였다. 게다가 모서리마다 기둥이 달린 대형 침대를 들여놓고 꾸미는 중이었으며 거기에 어울리는 화장대까지 비치하고 있었다.

구석에는 제도판이 있는 작업대도 보였는데 그 옆으로 책과 설계도가 꽉 찬 선반들이 있었다. 그중 한 곳에는 그리니치 빌리지와 소호의 지도가 기대져 있었는데 지도에는 여러 가지 색깔의 화살표와 색색으로 표현한 작은 동그라미들이 표시되어 있었다.

나는 호기심에 왔다 갔다 하며 지도를 살펴보았다.

"이 화살표들은 뭐예요?"

"녹색 화살표는 교통의 흐름 방향을 나타내고 빨간색과 파란색, 노란색의 동그라미는 청소트럭의 쓰레기 수거 일정을 표시한 거예요. 맨해튼은 일주일에 세 번, 다른 구들은 일주일에 두 번이지요."

"청소트럭이라고요?"

나는 사하라 맥닐의 다리가 10톤짜리 쓰레기 트럭에 깔린 모습을 떠올리지 않으려 애쓰며 브루스가 한 말을 되뇌었다.

"왜 그런 걸 알 필요가 있지요?"

"청소트럭들이 교통을 마비시킬 수 있기 때문이죠. 우리 직원들이 외장 공사를 하거나 어떤 지역에 장비를 들이거나 내갈 때 뉴욕의 쓰레기 수거 시간과 겹치지 않는 날을 골라야 작업하기가 수월하거든요. 다 아는 얘기지만 이른 아침부터 밤늦게까지 시간대가 제멋대로잖아요."

말이 되는 소리였다. 이런 이유 때문에 퀸이 브루스의 흠을 잡을 수는 없는 것이다.

나는 브루스에게 사하라에 대해 묻고 싶었지만 바로 오늘 아침 일어났던 일을 물어보는 것은 좋지 않은 것 같아서 기다리는 게 낫다고 판단했다.

나는 그의 책꽂이 주위를 거닐며 책 제목들을 쭉 훑어보았다.

"어머, 뉴욕 지하철역에 대한 큰 책도 있네요."

그는 고개를 끄덕였다.

"지하철 복원 프로젝트에 관심이 있거든요. 대규모 프로젝트죠. 화려한 모자이크 타일 작업의 모든 것을 보여주는 프로젝트죠."

나는 최대한 아무렇지 않게 물어보았다.

"유니온 스퀘어 역에 가본 적 있어요?"

"그럼요."

나는 그를 조심스레 바라보았다.

"이달 초에 어떤 불쌍한 여자가 죽으려고 뛰어든 역 아닌가요?"

그는 표정없는 얼굴로 눈길을 돌렸다.

"맞아요. 이런 말을 하게 돼서 유감이지만 발레리는 내가 아는 사람이었어요. 그녀의 이름은 발레리 라땡이에요."

"저도 유감으로 생각해요. 그런데 잘 아는 친구였나요?"

"한 2주 정도 만난 여자였어요. 우리는 잘 안 맞는다는데 의견 일치를 보고 친구로 남기로 했었죠. 내 비지니스 여행의 예약 담당자였어요. 그녀는 여행사에서 일했거든요. 신문에서 그녀의 일을 읽었을 때, 너무 끔찍하더군요. 가족들이 안됐다는 마음도 들고······."

"저······, 두 사람이 헤어졌을 때, 그녀가 낙담했다거나 무슨 안 좋은 일이 있었나요?"

"전혀요. 그녀는 저더러 자기가 애용하는 온라인 데이트 사이트인 싱글즈뉴욕이란 곳에 가보라는 이야기까지 한 걸요."

나는 놀라서 눈을 깜빡였다.

*발레리 라땡이 브루스에게 싱글즈뉴욕을 권했다고?*

그렇게 해서 브루스가 잉가와도 사귀게 된 게 틀림없었다. 나는 대수롭지 않은 것인지 몰라도 이 정보를 머릿속에 기억해 두기로 했다.

브루스가 말을 이었다.

"그녀는 살아가는 데 필요한 모든 것을 가진 사람이었어요. 왜……, 그런 일을 했는지 알 수가 없어요."

나도 고개를 끄덕였다.

"자살이 아닐 수도 있다는 생각은 안 해봤어요?"

"그게 무슨 소리죠? 사고일 수도 있다는 소린가요?"

"그럴 수도 있고……, 또다른 가능성도 있잖아요. 누군가 그녀를 해치고 싶어 했을 수도 있지 않을까요?"

브루스는 눈썹을 찡그렸다.

"왜 그런 소리를 하는 거죠?"

"저, 그냥 그런 생각이……, 잘 모르겠어요. 그냥 좀 말이 안 된단 생각을 해본 거예요. 젊고 예쁜 여자가 왜, 더구나 막 승진까지 했다면서……."

"물론 발레리가 그랬다는 건 맞는 말이에요. 하지만 솔직히 말해 제가 발레리에게 받은 인상은 누군가가 지하철 선로에 밀어버리고 싶은 마음이 들 만큼 대단한 여자가 아니었다는 거예요. 근본적으로 파티걸 스타일도 아니고. 그렇다기보다 다소 순진한 타입이었지요. 그녀에 대해 나쁜 이야기를 하고 싶진 않지만 우리가 헤어진 이유를 당신이 궁금해하는 것 같아서 하는 말인데, 우리가 그렇게 된 건 그녀의 일이 저녁 5시에 끝난다는 사실과 관계가 있었어요. 왜냐하면 내 일은 끝나는 시간이 없으니까. 당신도 사업한다는 게 어떤지 잘 알죠?"

"알고 말고요."

"하지만 발레리는 이해를 못 했죠. 그녀는 매일 저녁 5시 15분에 즐거운 마음으로 길에서 그녀를 기다려줄 그런 남자를 찾았어요. 비행기 값이 쌀 때 이것저것 따지지 않고 당장 섬으로 날아가 줄 그런 남자 말이죠. 전 그런 남자가 아니었죠."

브루스가 말하는 동안 나는 그를 찬찬히 지켜보았다.

분노나 죄의식 같은 건 느껴지지 않았고 그 모든 일로 침울하면 침울했지 감정이 혼란스러운 것 같지는 않았다. 뭔가를 회피하는 느낌도 아니었다.

*좋아, 하나는 됐고 둘 남았어.*

그리고 아까 그가 이 집을 '도피처'로 생각한다고 말할 때 뭔가를 회피하는 느낌이 들었기 때문에 난 그 문제를 끝까지 캐봐야겠다고 마음먹었다.

그러던 중 제도판 옆에 놓인 오크나무 책상이 그녀의 눈에 들어왔다. 접이식 뚜껑이 있는 그 책상은 뚜껑이 완전히 내려진 상태였다.

"발레리 얘기를 해줘서 고마워요. 당신에 대해 더 알게 되어 정말 기뻐요."

브루스가 고개를 끄덕였다.

"나도 그래요."

나는 접이식 책상이 있는 곳으로 걸어갔다.

"참 멋진 책상이네요."

"고마워요. 한데 안타깝게도 뚜껑이 말을 안 들을 때가 있어요. 그래도 모양이 마음에 들어서요. 저 밑에 노트북을 넣어두죠."

"컴퓨터가 있어요?"

갑자기 퀸 형사의 목소리가 귓전에 쩌렁쩌렁 울리는 것 같았다.

'메모를 쓴 사람이 사용한 프린터 모델은 휴렛팩커드 소형 데스크젯이었습니다. 모델명은 840C로…….'

나는 헛기침을 했다.

"프린터도 있나요?"

"프린터요? 당연히 있죠. 하지만 책상 밑에 있는 프린터를 보고 좋은 물건이란 생각은 안 들 거예요. 그냥 편지를 쓸 때나 사용하는 작은 프린터에요. 제가 문서를 어떻게 꾸미는지 보고 싶어서 그런 거죠?"

"음, 바로 그래요."

"몇 주 후면 제가 소프트웨어 작업을 얼마나 잘하는지 보여줄 수 있을 거 같아요. 하지만 지금은 웨스트체스터에서 첼시로 회사를 옮기는 중이라 모든 사무기기들이 창고에 보관된 상태죠. 그래서 아쉽게도 오늘 밤엔 그게 연방양식 주택 투어에 포함이 안 되겠네요."

브루스는 내 손을 잡고 방 밖으로 데리고 나갔다.

"자요, 저녁 식사가 다 식겠어요. 지금쯤은 분명히 배고플 거예요."

나는 그가 아래층으로 데리고 가는 대로 따라가며 이렇게 말했다.

"그러네요."

달리 내가 어떻게 할 수 있겠는가? 억지로 그의 프린터를 볼 수는 없는 노릇이다. 아마도 브루스 바우먼의 침실로 나 혼자 돌아올 다른 방법을 찾아봐야 할 것이다.

### 클레어 스타일, '카페 프란젤리코'
### (헤이즐넛-리큐어 라떼)

1. 프란젤리코(헤이즐넛 향이 나는 리큐어) 1샷과 에스프레소 1샷을 컵에 붓는다.
2. 김 낸 우유를 넣는다.
3. 액체가 고루 섞이도록 잘 저어준다.
4. 위에 거품우유나 휘핑크림을 얹어준다.

### 마테오 스타일, '커피-헤이즐넛 칵테일'
### (커피는 에스프레소를 사용해야 한답니다!)

재료
깔루아(커피 향이 나는 리큐어) 3/4온스 (21g)
프란젤리코(헤이즐넛 향이 나는 리큐어) 2와 1/2 티스푼
보드카 3/4온스 (21g)
얼음 조각 3온스 (85g)

재료의 깔루아, 프란젤리코, 보드카를 한데 넣고 에스프레소를 섞은 다음 잘 저어준다. 위에 얼음을 가득 넣고 위스키 잔에 넣어 낸다.

*fifteen*

"내 경우엔 마지막 결혼생활 몇 년보다는 이혼이 덜 끔찍한 일이었어요. 내 말 이해할 수 있나요?"

브루스가 물었다.

나는 즙이 풍부한 돼지고기 등심을 포크로 한 조각 크게 집어삼키며 고개를 끄덕였다.

"무슨 말인지 알 것 같아요."

우리는 소스에 볶은 회향 샐러드, 단호박과 버터를 넣어 만든 반달모양의 작은 라비올리(이탈리안 만두), 그리고 포르케따(매운 양념을 한 이탈리안 통돼지 바베큐 요리)식으로 만든 돼지 등심에 미르토(은매화를 나타내는 이탈리아어로 이것을 요리에 넣으면 아주 기분 좋고 특이한 허브향이 난다)를 곁들인 맛있는 저녁을 거의 다 먹어가는 중이었다.

브루스는 밥보 레스토랑에서 이 요리들을 바구니째 사온 것이었다. 밥보는 일전에 그가 나를 데려가려 예약했던 워싱턴 스퀘어에 있는 레스토랑으로 그때 우린 밥보로 가지 않고 내가 만든 요리를 대접했었다.

비쌀 뿐 아니라 미식가들의 레스토랑으로 유명한 밥보는 '테이크 아웃'을 해주는 곳은 아니지만, 브루스가 레스토랑 주인들에게 건물 수리에 대해 조언을 해줘서인지 그에게 늘 특별대우를 해주는 것 같았다.

"이번 주엔 당신 남편이 속썩이거나 하진 않았고요?"

"안 그랬어요. 마테오가 뉴욕에 있을 때, 그 사람은 나한테서 떨어져 있고 난 그 사람한테서 떨어져 있고 그래요. 요즘엔 뉴욕에 오는 일도 드물고요. 이 얘길 꺼내서 미안하지만 요전에 당신이 저녁을 먹으러 집에 왔던 날은 예외였어요."

"정말 끔찍했어요."

브루스가 웃었다.

"솔직히 말할게요. 그게 바로 오늘 당신한테 똑같은 와인을 낸 이유에요. 보통 한 주에 에세죠 와인을 두 병이나 꺼내는 일은 없거든요. 하지만 그날 마테오 씨가 나타나기 전에 당신이 그 와인을 너무 좋아했던 것 같아서……."

"게다가 그 사람, 뻔뻔하게 와인 한 병을 다 마셔버렸죠."

"그런 뜻으로 한 말은 아니에요."

"천만에요. 그렇게 말해도 돼요. 우리 집 창고에 가보면 마테오의 결점이란 결점은 다 모아놓은 카탈로그도 있는 걸요."

브루스가 미소를 지었다.

"그 말에는 좀 함정이 있는 것 같은데요. 그런 식으로 따지면 당신은 이제 저에 대한 리스트도 만들기 시작했단 뜻이잖아요."

"당신 리스트요? 아, 그럼요. 가만 보자. 당신은 지독할 정도로 사려 깊고 관대해요. 남자가 너무 그런 건 별로에요. 하지만 당신은 우리 조이한테도 너무 잘해주고 정말 열심히 일하고 재미있고 똑똑하고 재능이 많죠. 아 참, 건물 공사는 말할 필요도 없고, 정말 고상한 취향을 가졌다는 것도 빼먹으면 안 되겠군요."

이번엔 내가 브루스에게 눈썹을 찡긋해 보였다(물론 살인 용의자라는 말은 속으로만 했다).

"클레어, 당신의 비행기 태우는 솜씨로는 세상에 안 될 게 없겠군요."

그는 내 목 뒤로 손을 가져가더니 나를 가만히 끌어당겼다.

나는 그대로 내버려두었다. 와인의 힘이 내 긴장을 풀어주었고 검은색 피셔맨즈 스웨터를 입은 그의 모습이 너무 멋졌기 때문에 그 감촉을 느껴보고 싶었다. 그의 입은 따뜻하고 부드러웠으며 고기 요리에 들어갔던 은매화 향과 그랑 크루 와인에 들어간 블랙베리, 제비꽃, 커피 향이 섞인 복잡 미묘한 냄새가 풍겼다.

우리가 몸을 뗄 때 그가 말했다.

"으음……, 진하고 고상하면서도 복잡하군요."

"와인 맛이요?"

그는 내 눈을 들여다보며 말했다.

"당신 말이에요."

*아, 안 돼……, 안 돼.*

그가 이렇게 하도록 내버려 두면 안 된다. 아직 질문도 다 하지 못했다(정공법으로 묻는 건 아니었지만). 냉정해져야 한다.

나는 그를 좀더 밀치며 물었다.

"그럼 마테오와 동석하게 된 것이 기분 나쁘지 않았다는 거예요?"

그는 다시 더 가까이 다가오며 말했다.

"전혀요."

나는 뒤로 물러나 의아해하며 물었다.

"왜 그렇죠?"

거의 느낄 수 있을까 말까 한 한숨이 그에게서 새어나왔다. 벌써 오늘 밤 내게 두 번째 거절을 당한데서 느꼈을 듯한 그런 좌절감이 엿보이는 한숨이었다.

그는 어깨를 들썩였다.

"왜냐하면 저도 근처에서 전처를 자주 보는 처지니까요. 당신이 마테오 씨를 만날 수밖에 없는 것처럼요."

"전처가 뉴욕에 있다는 거예요? 이 근처에?"

내가 정말 물어보고 싶었던 건 전처가 아직 '살아 있느냐'는 거였다.

브루스에게 살해 동기가 있고 여자에게 달려들어 과격하게 밀어버렸을 수도 있다는 퀸의 추리가 맞는다면, 첫 번째 희생자는 아마 전부인이었을지도 모르기 때문이다.

"네, 근처에 살아요. 이런 말 하기는 싫었지만 빌리지 블렌드에서도 그녀를 본 적이 있어요. 아마 머지않아 당신도 그녀를 만나게 되겠지요. 하지만 좀 나중에 그렇게 되길 바라요. 그녀가 도시로 오게 된 것도 이해는 가요. 웨스트체스터의 집도 여기처럼 넓었는데 정원이나 테니스 코트 같은 데서 부딪힐까 봐 신경 쓰곤 했지요. 하지만 적어도 지금은 그녀와 한 집을 같이 쓰는 게 아니니까요."

"그럼 아까 이 집이 도피처라고 말한 건 그런 의미였나요?"

브루스는 자리를 옮기며 말했다.

"네. 그녀로부터, 불행했던 결혼으로부터, 그리고 과거로부터의 도피처죠. 맞아요."

*과거로부터? 정확히 어떤 과거를 말하는 걸까?*

브루스는 자신의 잔과 내 잔에 와인을 좀더 따랐다.

"그건 그렇고, 당신 말대로라면 마테오 씨는 정말 고집이 센 사람이란 거죠? 그럼 복층 주택에 대한 권리도 포기하질 않겠군요?"

"안 하겠죠. 하지만 그건 저도 마찬가지예요."

"조이도 그렇게 고집이 센가요?"

"전 조이에게 늘 아빨 닮아서 고집이 세다는 말을 하고 있어요. 하지만 저도 고집이 센 편인 걸요."

"그 경고 명심할게요."

"참, 그만 해요. 음, 당신은 고집스럽지 않은 편이에요?"

"아뇨, 저도 고집이 있습니다. 이혼할 땐 고집을 부렸죠."

"어떤 문제에요?"

"10년 전 맥시와 제가 동부로 처음 이사 왔을 때, 웨스트체스터의 집값을 맥시가 댔었죠. 하지만 저도 10년 동안 노동 봉사를 했으니까. 우린 정말 길고 추잡한 법정싸움 끝에 그 집 판 돈을 나눠 가졌지요. 그녀는 그 돈이 전부 자기 것이라는 확고한 태도를 보였지만 저도 제가 기여한 부분을 강하게 주장했죠. 제가 일해서 번 돈이 집값의 두 배는 넘었으니까요. 뉴욕에서는 보통 부부의 공유재산을 인정하지 않는 편이지만 판사도 제 역할을 인정해주었죠. 그녀는 할 수 있는 모든 주장을 했지만 결국 판사는 반반씩 나누어 가지라는 결정을 내렸어요. 그녀는 아직도 제가 한 푼도 받을 권리가 없다고 주장하고 있어요."

"처음엔 부인이 집값을 다 댔다고요?"

"네……, 클레어에게 아주 솔직히 말하면 10년 전 내 사업을 시작하기 전엔 돈이 별로 없었어요. 내가 내퍼(미국 캘리포니아주 중서부의 도시)에서 어떻게 자랐는지 이야기해준 거, 기억해요?"

"그럼요."

이번 주에 브루스가 빌리지 블렌드로 나를 보러 왔을 때 자신의 배경에 대해 이런저런 이야기를 해준 적이 있었다. 놀랍게도 우리에겐 정말 공통점이 많았다. 브루스도 나처럼 주로 조부모님의 손에 키워졌다. 또 나처럼 별로 풍족하지 못하게 자랐다.

그래서 살아가면서 사람들이 고상한 것에 매달리는 것을 보면 그만큼 더 마음이 쓰리다고 했다. 솔직히, 나도 비슷한 감정을 느꼈다. 특히 어머님의 사교 모임에 온 사람들을 보면 그런 모습에 항상 놀라곤 했다. 어머님의 친구 중에는 전통적인 부자도 있었고 신흥 부자도 있었는데, 대부분의 사람들에게(모두 다 그런 건 아니었지만) 고상함은 부자의 지위나 체면을 유지하려면 반드시 필요한 어떤 것처럼 보였다.

역사나 예술에 대한 안목은 꼭 가져야 하는 필수조건 같은 것이 아니다. 나는 그런 식으로 생각하지 않는다. 그리고 브루스도 나와 같은 생각이라는 걸 알 수 있었다.

아무튼 브루스가 말해준 바에 따르면 일찍부터 기본적인 목공이나 배관 일, 그리고 '옛날 집'을 만드는 기술에 대한 일반적인 것들을 그에게 가르쳐준 사람은 할아버지였다. 그런 배움이 있었기에 그는 건설 분야에서 일을 시작하게 되었고 나중에는 건물 복원, 최종적으로 건축 일을 하게 된 것이었다.

브루스가 천천히 말을 시작했다.

"사실……, 당신한테 말하지 않은 것이 있는데, 할아버지는 내퍼 밸리의 한 저택 부지에서 잡역부로 일하셨어요. 바로 거기가 내가 자란 곳이죠. 그 땅은 맥시네 집이 소유한 사유지였구요. 그래서 맥시와 내가 사귀게 되었을 때 맥시네 집에선 좋아하지 않았죠. 하지만 맥시는 원래 자기 마음대로였으니까. 또 그녀는 아주 똑똑한 사람이지만 사회생활을 잘하지도 못했고 또래와도 잘 어울리지 못했어요. 왜 그런 사람 있잖아요. 직장을 얻기만 하면 어김없이 해고되고 돈 많은 약혼자한테 툭 하면 차이고 하는……."

"정말 보석같이 자란 사람 같네요."

"여러모로 그녀는 보석 같은 사람이라고 할 수 있었죠. 예쁘고 똑똑하고 돈 많고. 그럴 생각만 있다면 멋진 사람이 될 수도 있었을 겁니다. 또 남자들 입장에서는 그녀에게 여러 가지 기회를 줄 만한 충분한 이유가 되었으니까요. 하지만 그녀는 역시 공주님이었고, 많은 남자가 마치 게임을 하듯 사람을 대하는 그녀한테 버텨내지 못했어요. 그래서 마지막 약혼자가 그녀와의 관계를 끊었을 때, 맥시는 부모님 집으로 돌아와 살게 되었던 거예요. 그때 맥시의 나이가 서른둘이었고 세상에 찌들대로 찌들어 있었죠. 당시 막 스물넷이 되었던 나는 어떻게 보나 참 분별없고 남의 말에 잘 넘어가는 그런 때였어요. 우리는 사랑에 빠졌고 도망을 쳤죠. 난 너무 어려서 그녀가 날 이용한다는 걸 간파할 수 없었어요. 맥시는 집안사람들이 자기 삶을 통제하려 한다고 생각했기 때문에 결혼을 통해 집안에 저항할 수 있다고 생각한 거였다는 걸."

"집안에서 정말 그랬나요?"

"그렇지 않아요. 돌이켜 생각해보면 그들은 맥시가 좀 자제하길 바랐던 것뿐이에요. 하지만 그녀는 집안사람들이 자기를 구속한다고 생각했죠. 사실 맥시를 구속한 사람은 자기 자신이었어요. 내가 그런 것들을 명확히 보기까지는 몇 년이 걸렸죠. 아무것도 모르는 20대 시골 촌놈이 세상을 제대로 보기는 어려운 거니까요."

"자신을 그런 식으로 비하하다니 말도 안 돼요, 브루스. 그냥 너무 어렸던 거예요."

나도 그가 말한 모든 것을 너무 잘 알고 있었다. 현실에 눈을 뜬다는 건 불행한 결혼의 모든 문제 중에서도 가장 힘든 일이다. 그가 꾸밈없이 있는 그대로 이야기해준 데 대해 나는 감명을 받았다.

"그랬다면……, 그런 현실을 받아들인다는 것이 쉬운 일은 아니었겠네요?"

"맥시가 나라는 사람을 어떻게 생각하는지 이해하는 데 오래 걸렸죠. 당신이 물어본 게 그런 뜻이라면 말이에요. 아무튼 그녀가 날 어떤 식으로 바라보는지, 그걸 깨닫는 데는 많은 시간이 걸렸어요. 사실 맥시의 아버지는 딸이 어떻게든 건설적인 일에 재능을 쓰게 하지 못한다면, 말하자면 딸에게 아무것도 해줄 수 없다면 저에게라도 뭔가를 해주자고 결심하셨어요."

"당신을 도와주셨단 거예요?"

"네, 맥시네 집안에서 내 학비를 대주었고 중요한 프로젝트를 연결해줬어요. 난 시키는 대로 했고 감사하며 오랫동안 맥시를 참았지요. 함께 살기 어려워지고 사람을 너무 괴롭히게 된 이후로도 그랬어요. 하지만 난 변해갔고 맥시는 내 변화를 못마땅해했어요. 난 상황이 좀더 좋아지길 바랐고 동부로 이사 오는 것도 그 방법일지 모른다고 생각했죠. 어쨌든 난 내 이름을 걸고 성공하고 싶었고 내 사업을 하고 싶었어요. 그리고 만약 그렇게 할 수 있다면 우리 둘 다 그녀의 집과 거리를 둘 수 있을 거다, 그러면 그녀나 그 집안사람들뿐 아니라 나 자신에게도 뭔가를 증명할 수 있을 거다, 그렇게 생각했어요. 그래서 난 실제로 그렇게 했고 내 회사를 만들었고 맥시의 집값보다 두 배의 돈을 벌었죠, 아까 말한 것처럼."

"그런데도 아직 죄책감을 느끼고 있는 거예요?"

그의 목소리에서 난 그런 기색을 느낄 수 있었다.

"아직도 전처에게나 또는 그녀의 가족에게 빚이 남았다고 생각하는 거예요?"

"그래요. 어떤 면에서는 그런 것 같아요. 하지만 또 어떤 면에서는 그렇지 않죠. 어떤 면에서는 아직도 이용당했다는 느낌이 있어요, 클레어. 난 오랜 세월을 자기한테 아무것도 아닌 존재, 자기한테 거의 아무 가치가 없는 존재라는 것을 상대방에게 느끼게 하는 그런 여자와 살았어요. 아까도 말했지만 맥시는 아름다운 여자고 부자에 배운 것도 많죠. 그녀는 내게 많은 걸 가르쳐줬어요. 그리고 난 진심으로 그녀를 사랑했어요. 하지만 그녀는 동시에 오랫동안 나 자신으로 하여금 쓸모없는 인간이라고 믿게 했어요. 그러던 어느 날 난 내가 그런 사람이 아니라고 생각하게 되었죠."

"진실은 꼭 그런 식으로 다가오죠. 어느 날 갑자기 거짓을 믿지 않게 되는 거예요."

"그래서, 당신도 이해할 수 있겠지만 마테오 씨에게 특별히 위협을 느끼지 않는 겁니다. 맥시와 난 갈 데까지 가보았고, 이제 난 그녀를 처음 만났을 때의 내가 아니에요. 여러 가지 면을 볼 때 그녀는 아직도 그런 상황을 받아들이지 못하는 거 같아요. 하지만 그게 진실이죠. 그리고 당신에게도 이혼할 수밖에 없던 나름의 이유가 있었을 거란 걸 난 알아요. 그러니 마테오 씨가 안 무서운 거죠. 이제 이해가 가나요?"

나는 천천히 대답했다.

"네. 이해가 가요……, 알 거 같아요."

하지만 내 감정은 브루스처럼 단호한 건 아니었다.

이런 마음을 드러내고 말한 적은 없지만 마테오에 대한 애정이 마음 깊은 곳에서 다 없어진 것이 아니기 때문이었다.

그는 여전히 사업 파트너고 조이의 아버지며 친구였다. 사실대로 말하면 브루스가 자신의 삶에서 전처가 완전히 사라지길 바라는 만큼 마테오가 내 인생에서 사라져주길 바라는 것은 아니다.

나는 벽난로의 불길을 물끄러미 바라보고 있었다.

"클레어?"

"미안해요. 그냥 좀, 생각을 하느라……."

*조사를 해야지, 클레어, 계속 하는 거야. 계속 질문을 하라고.*

"지난주 당신과 함께 빌리지 블렌드를 나서던 여자 생각이 났어요. '카푸치노 미팅의 밤'이 끝나고 나서 말이에요. 조이가 그러는데 당신이 학교 때부터 알던 사람인가 뭐 그런 사이라고 하던데요?"

그가 고개를 끄덕이며 말했다.

"맞아요. 그녀 이름은 샐리 맥닐이에요. 좀 별난 여자죠. 대학 다닐 때 '사하라'라는 이름이 이국적으로 들린다고 이름을 바꿔버렸어요."

이 대목에서 그는 웃음을 터뜨렸다.

"대학동기죠. 몇 년째 서로 연락한 적도 없어요, 맥시와 내가 동부로 이사 온 뒤로는……. 아무튼 그날 밤 우린 바에서 간단히 한 잔 하고 걸어서 그녀를 집까지 바래다줬어요. 솔직히 말하면 앞으로 그녀와 계속 연락을 할 수도 있어요. 하지만 어디까지나 친구일 뿐이에요."

*어째서 사하라 맥닐 이야기를 하면서 현재형을 쓰는 거지? 그녀는 오늘에 아침 죽었는데……, 그렇다면 그녀가 죽었다는 걸 아직 모른다는? 맙소사, 그는 아직 사실을 모르고 있다.*

"내가 몇 년째 만나지 못한 두 친구의 전화번호를 어젯밤 사하라가 메일로 보내주었더군요. 둘 다 그녀와 사귀었던 사람들인데, 솔직히 그들이 왜 그녀와 만나는지 늘 이해가 안 갔죠. 그녀는 예술가 흉내를 내는 스타일이에요. 왜 겉으로 딴 사람인 척하는 그런 사람 있잖아요, 무슨 말인지 알겠어요? 전혀 내 스타일이 아니죠. 왜 그런지 알아요?"

"모르죠."

브루스가 미소를 지었다.

"당신이 내 스타일이니까요."

브루스가 앞으로 몸을 숙였다.

난 뒤로 물러났다.

"그럼 다른 여자들은요? 발레리 라펭 이야기는 아까 해줬고, 잘 안 됐다고 그랬죠. 한데 온라인 데이트를 해봤다고 하지 않았나요?"

브루스가 웃었다.

"나를 아주 고문하려고 작정을 했군요?"

"맞아요."

"좋아요. 그래도 뭐 할 수 없죠. 온라인 데이트는 완전히 악몽이었어요. 그런 일을 해봤다는 것 자체가 실수였던 것 같아요."

"몇 명이나 만나봤는데요?"

"한 여섯이나 일곱쯤인 거 같은데, 많아야 열 명일까."

"특히 당신 취향에 맞는 여자가 있었나요?"

"그 말이 같이 잔 사람이 있었는지를 돌려서 말한 거라면, 그래요. 있었어요. 딱 한 사람 있었죠."

*오, 하느님. 이런 말을 듣고 싶었던 건 아닌데. 하지만 내가 좋아서 궁금해하는 게 아니야. 퀸이 궁금해하니까 듣는 것뿐이야…….*

"이야기해줄래요. 알고 싶어요. 어떤 여자였어요? 안전한 섹스를 했나요?"

"당연하죠. 안전한 섹스를 했죠. 잉가 버그라는 여자였어요. 허드슨 강 옆에 새로 생긴 콘도에 사는 여자였는데 빌리지 블렌드에서도 자주 보던 여자예요. 하지만 최근엔 못 봤어요. 솔직히 다시 얼굴 볼 일이 없었으면 좋겠어요."

브루스는 이번에도 현재형 동사를 쓰고 있었다. 잉가가 아직 살아 있듯이 말하고 있었다. 샐리 맥닐의 죽음과 마찬가지로 잉가가 죽었다는 것 역시 모르는 것 같았다.

사실 발레리도 그랬고 잉가의 투신이 신문의 1면을 장식한 것도 아니니까 브루스가 모른다는 건 전혀 이해하기 어려운 일이 아니었다. 이 도시의 모든 범죄와 죽음을 생각하면 잉가의 죽음은 단지 한 사람 더 늘어났다는 것뿐이니까.

타블로이드 신문에서 두 사람의 죽음은 사소한 기사였을 것이고 사실이 그랬다. 날마다 모든 신문을 꼼꼼히 챙겨 읽는 사람이 아니라면 그런 기사를 놓치는 것쯤 얼마든지 있을 수 있는 일이다.

브루스가 한숨을 쉬며 말했다.

"가감 없이 그녀에 대한 내 인상을 듣고 싶은 거예요? 이런 말을 하면 당신은 나를 파렴치한 인간으로 생각하겠지만 난 그녀를……, 일회용 여자라고 생각했어요."

"브루스, 그런 표현을 쓰는 건 좋지 않아요."

*퀸 형사가 내일이나 모레쯤 당신에게 질문하러 오거나 할 때, 혹은 그게 언젠지는 모르지만 그가 당신에게 충분한 확신을 갖고 '자백'을 강요하는 일이 생길 때 특히 그런 표현을 쓰면 안 좋아요.*

"미안해요. 하지만 잉가 버그는 그 정도로 사이코 같은 여자였어요. 물론 그녀는 매력 있죠. 그러나 그녀는 만난 지 2주일도 채 못 되어 만난 것을 후회하게 하더군요."

"그래서 그녀와 침대로 가버린 건가요?"

"침대가 아니었어요."

*SUV만은 아니길. 제발 아니라고 말해줘요.*

"알고 싶어요."

브루스는 한숨을 쉬었다, 언짢아하는 느낌이었다.

"당신은 내가 정말 우리만의 로맨틱한 저녁 시간을 망치길 바라는 거 같군요. 그런 건가요?"

"난 그냥……, 그냥 알 필요가 있다고 생각하는 것뿐이에요."

"좋아요. 당신이 모든 걸 알고 싶어 하고 나도 솔직한 게 좋아요. 또 당신이 날 믿어주기 바라니까 모든 걸 말해줄게요. 잉가는 처음부터 나와 자고 싶어 했어요. 자기가 사는 콘도 옥상에 있는 새로 산 SUV 차량에서 하고 싶다고 하더군요. 하지만 난 거절했어요. 결국 첫 번째 밤은 그녀의 아파트 거실벽에 기대서 하게 되었죠. 그 후로 그녀는 공공장소에서 하자고 졸랐고, 난 그러지 말자고 설득해야 했어요. 마지막 밤엔 저녁을 먹으러 간 레스토랑에 팬티를 안 입고 왔더군요. 내 손을 자기 치마 속으로 가져가는 거예요. 웨이터야 그걸 보고 스릴을 느꼈는지 모르지만 솔직히 난 아니에요. 그러더니 집으로 바래다주는 택시 안에서 마구 흥분하더군요. 그녀는 내게 푹 빠진 것 같았어요. 난 그 정도로 그녀에게 불이 붙은 건 아니었지만, 그녀가 너무 공격적이었기 때문에 나도 그 기세를 따라가게 되고 말더군요. 그렇지만 솔직히 그건 도발적이라기보다는 불결한 짓처럼 여겨졌어요."

"정말 그랬어요?"

"정말로요. 물론 그런 식의 섹스는 남자들의 성적 환상을 자극해서 마치 포르노 잡지에 들어간 것 같은 착각을 주지요. 하지만 젊지 않은 나이에 술에 취했다면, 다음날 있을 중요한 회의에 직원 중 하나라도 제시간에 나타나지 않으면 어쩌나 하는 게 현실이죠. 그 일은 한 마디로 혐오 그 자체였어요. 택시기사가 백미러로 계속 힐끔힐끔 쳐다보는데 정말이지……."

브루스는 남은 와인을 한참 벌컥벌컥 마셨다.

"난 노출증 환자가 아닙니다. 그녀는 택시에서 내렸을 때 거의 반라 상태였는데 개의치 않는 것 같더군요. 그래서 그녀가 아파트까지 무사히 들어가는 걸 확인하고 난 떠났어요, 영원히."

"알겠어요."

"물론 나도 섹스를 좋아해요, 열정적인 섹스를. 그러나 난 보수적인 남자예요, 클레어. 난 사실 고상한 게 좋아요. 로맨스가 좋고 우아한 것도 좋아요. 솔직히 말해서 바래다주는 여자가 날 곤란하게 만들까 봐 걱정하고 싶진 않아요. 사업이며 시청 공무원, 내 일, 그리고 내가 일군 모든 것에 난 너무 많은 것을 걸었어요. 난 우리 회사의 전 사장 중 한 사람쯤은 천재지변이 일어나도 우리 회사는 살아날 거라는 걸 인정해주리라고 믿고 있어요. 어쨌든 결론은 내 일은 제쳐놓고 자제할 줄 모르는 여자는 절대 존중할 수 없다는 거예요. 존중을 못 하는데 어떻게 사랑할 수 있겠어요, 안 그래요?"

나는 불편한 마음이 들어 침을 삼켰다.

브루스는 지금 화난 것 같았다. 저녁은 점점 망가지고 있었다.

*하지만, 내게도 나름대로 이유가 있어서 그런 거니까.*

브루스에겐 사하라 맥닐과 '카푸치노 미팅의 밤'을 함께 떠난 그럴듯한 이유가 있었다, 그리고 잉가 버그도.

나 역시도 잉가 버그가 '지쳐 쓰러질 때까지' 남자들을 만나고 싶어 했다는 사실을 알고 있었다. 이젠 그녀가 꽤 무모한 여자였을 수도 있다는 걸 알게 되었다. 자기에게 덤벼들어 폭력을 행사할 수도 있는 수많은 남자와 데이트를 했을 가능성이 있다는 얘기다.

또한 가장 확실한 건 브루스가 문제의 SUV 차량에 탔던 남자가 아니라는 점이다. 그가 내게 거짓말을 한 게 아니라면 말이다. 하지만 와인을 먹는 모습에서나 목소리에서 묻어나는 감정을 볼 때 거짓말이 아니란 걸 알 수 있었다.

"솔직히 이야기해줘서 고마워요, 브루스. 당신이 하기 싫은 얘기를 난 들었어야만 했어요."

"아니, 이런 얘길 듣게 해서 나도 미안해요."

"아니에요."

그는 한숨을 짓고 와인을 좀더 따랐다. 이제 와인 병의 바닥이 보이고 있었다.

"당신도 나한테 똑같은 질문을 할 자격이 있어요."

"그럴 필요를 못 느끼는 걸요. 지금 당신은 내 옆에 있고 당신이 예전에 누구를 만났든 나는 당신과 같이 있는 이 순간이 좋아요. 당신을 행복하게 해주고 싶고 그래서 나와 함께 있고 싶은 마음이 들면 좋겠어요. 어쩌면……, 나중에는 나하고만 있을 수 있게."

*와! 지금 이 사람이 한 말을 내가 제대로 이해한 건가?*

나는 조용히 말했다.

"그런 말을 할 정도로 나를 오래 안게 아니잖아요."

"클레어, 난 그렇게 젊은 나이도 아니고 끔찍할 정도로 바쁜 사람이에요. 장난이나 할 여유는 없어요. 최근에 내가 원하는 게 뭔지 깨닫는데 오래 걸리지도 않았어요. 하지만, 당신에게 시간이 필요하단 건 알아요. 그리고 그걸 존중하고 싶고요."

나는 여전히 조용하게 말했다.

"나도 내가 원하는 게 뭔지는 안다고 생각해요, 브루스. 그렇게 오래 기다리진 않아도 될 거예요."

그가 미소를 지었다.

"좋아요."

나도 미소를 지었다.

"이제 카푸치노 마실 준비가 된 거죠?"

"그럼요."

나는 공사가 끝나지 않은 낡은 주방으로 들어가 긁힌 자국이 난 카운터에서 그에게 줄 카푸치노를 만들려고 파보니 커피머신을 조립했다.

물통을 끼우고 전기 소켓에 플러그를 꽂은 다음 포타필터(금속 재질에 미세한 구멍이 뚫린 필터) 부분을 급히 조립했다. 이 모델은 사치품에 가까운 가정용 파보니였다. 아마 400달러 내외일 것이다. 전용 그라인더와 도저(그라인더 밑에 끼워진 용기로 분쇄한 커피가루를 받는 데 사용된다), 에스프레소 메이커, 거품우유를 만들기 위한 스팀봉이 장착된 모델이었다.

우리 집에는 아직도 할머니가 이탈리아에서 미국으로 오실 때 갖고 오셨던 5달러짜리 스토브용 커피 주전자가 있었다. 그러나 그걸 브루스에게 말하지는 않았다. 그리고 내가 아는 한 이 동네에서 가장 맛있는 커피를 끓여내는 기계가 바로 그것이란 것도.

브루스가 물었다.

"빌리지 블렌드에서 내가 당신을 만난 날 밤을 기억해요? 낮이고 밤이고 매일 에스프레소를 마시면서도 정작 살아오면서 내가 직접 만들어 먹은 적은 없다고 말했잖아요."

나는 놀리는 투로 말했다.

"그렇게 어렵지 않아요. 아까 눈싸움할 때 당신은 배우는데 재주가 있는 사람이라고 말한 거, 기억하죠?"

"아하, 아직도 몸에 들어간 눈덩이 때문에 골이 나 있군요?"

"자, 잘 들어요, 신병. 맛있는 에스프레소를 만드는 비결은 크게 알파벳 M, 네 개로 요약할 수 있어요."

"네 개의 M에 밑줄 긋고. 필기시험에 나오나요, 선생님?"

"네 개의 M이란 첫째, 마키나찌오네. 이건 커피 원두를 올바른 방법으로 가는 걸 말해요. 둘째, 미셀라. 커피 원두를 혼합하는 걸 말하는 거고요. 셋째, 마키나. 에스프레소 기계. 넷째, 마노. 커피를 만드는 사람, 즉 바리스타를 말하죠. 바리스타는 바로 당신이에요."

"밑줄 긋고."

나는 그에게 기본적인 사항들을 대충 설명해주고서 에스프레소 원두를 갈았다. 그런 다음 간 원두를 포타필터에 담고 꽉꽉 누른 후 죔쇠를 잠근 후에 그에게 물었다.

"냉장고에 전지유가 있다고 했죠?"

"가져올게요."

나는 스테인리스 스틸 주전자를 깨끗이 씻은 후 우유를 반쯤 채웠다.

"에스프레소를 내리기 전에 꼭 우유를 준비해놔야 해요. 그래야 갓 내린 샷의 맛을 떨어뜨리지 않을 수 있어요. 우리 가게에선 15초가 넘게 방치한 샷은 무조건 쓰레기통 행이에요."

"와, 정말 칼 같은 방침이군요."

"단골손님을 잃느니 25센트짜리 샷을 버리는 게 낫죠."

브루스가 고개를 끄덕였다.

"사업을 하다 보면 나 역시 그런 걸 느껴요. 난 늘 '품질이 지상과제'라는 말을 강조했는데, 디트로이트에 있는 어떤 사람이 그만 내 모토를 훔쳐갔지 뭐예요."

나는 웃음을 터뜨리며 말했다.

"그 얘기 참 마음에 드네요. 당신의 그 태도를 복제해서 우리 파트타임 직원들 몇 명에게 심어주고 싶을 뿐이에요. 그 애들한텐 동기를 심어주기 어려울 때가 있거든요."

"좀더 이야기해줘요. 그러지 않아도 말하려 했는데, 당신이 가르쳐준 트릭을 어제 다운타운에 있는 직원들한테 시험해봤더니 정말 마법 같은 효과가 있더군요."

"항상 지각하는 직원들한텐 실제 출근시간보다 30분 전에 오라고 말해야 제때 나타나요. 전 에스더라는 직원한테 늘 그 수법을 써먹고 있어요."

그가 웃었다.

"알았어요. 그럼 나한테 다른 수법을 더 알려주지 않을래요? 난 시키는 대로 정말 잘하는데. 아주 고분고분하게."

그 말투에는 뭔가 암시적인 데가 있었지만 나는 모르는 척했다.

"우유 얘기를 하죠."

나는 다시 커피 이야기로 주의를 돌리며 말했다.

"가령 라떼를 만들려고 거품우유를 만들 때는 스팀봉의 분사구를 주전자 바닥에 바짝 대야 해요."

"알았습니다, 선생님."

브루스의 눈이 나를 너무 강렬하게 보고 있었기 때문에 난 갑자기 당혹감을 느꼈다.

"하지만 카푸치노를 만들 때는 스팀보다 중요한 게 있어요. 카푸치노에 천사의 구름 같은 거품을 만들려면 공기가 들어가야 해요. 그러니까 분사구의 끝을 우유의 표면 바로 아래에 갖다 대고 거품이 생기면 주전자를 조금씩 내려야 하는 거예요."

브루스가 말했다.

"어서 만들어 봐요, 옆에서 보게."

나는 주전자에 전지유를 반쯤 채우고, 스팀 밸브를 닦은 후 스팀 분사구를 주전자 안에 댔다.

"초보 바리스타들은 주전자를 이리저리 움직이는 게 멋있어 보인다고 생각하는 경향이 있어요. 그래서 주전자를 위아래로 움직이고 둥글게 원을 그리죠. 하지만 그건 좋은 방법이 아니에요."

브루스가 바로 내 뒤로 걸어왔다.

"잠깐, 그 부분을 좀더 명확히 이해할 수 있게 다시 설명해봐요."

"어느 부분을요?"

나는 그의 몸의 온기가 내게 닿지 않게 노력하면서 침을 삼켰다.

하지만 그건 일광욕을 하면서 음료수에 든 각얼음은 안 녹길 바라는 것만큼이나 안일한 생각이었다.

그는 짧은 체크무늬 치마를 입은 내 엉덩이에 손을 대고 부드럽지만 강하게 나를 자기 쪽으로 끌어당겼다.

"위아래로 움직인다고 했죠? 그리고 둥글게 원을 그린다고? 그런데 그건 좋은 방법이 아니라고 한 거죠?"

내 뒤에 서 있던 그는 손으로 내 엉덩이를 잡고 자신의 몸을 밀착시키고는 천천히 움직였다.

"음, 거품우유를 만들 땐 그렇게 하면 안 된단 거예요, 절대로. 거품이 생기면 주전자를 천천히 아래로 내려야 해요. 그게 바로 주전자에 우유를 반만 채우는 이유에요. 거품이 일어날 만한 공간을 남기기 위한 거죠."

"거품이 일어날 공간이요? 그런 다음에 둥글게 돌리고 위아래로 움직인단 거죠?"

그는 여전히 내 뒤에서 몸을 딱 붙이고 나를 곤혹스럽게 했다.

"아니라니까요."

나는 조용히 말했다.

"그렇게 하면 안 된다고 했잖아요. 그러면 아주 형편없는 커피가 만들어져요. 그렇게 하면 공기가 너무 많이 들어가게 돼서 커다란 거품이 생겼다가 금방 꺼지면서 거품조직이 엉성해지고 말아요."

"열심히 듣고 있어요. 또 뭘 더 배워야 하죠?"

그의 입김이 내 머리 위에서 느껴지는가 싶더니 그는 이내 내 목에 키스하며 어루만지기 시작했다.

"그러니까, 뭔가 하면······."

나는 간신히 평정을 유지하려 애쓰며 입술을 핥고 헛기침을 했다.

"우유가 뿜어져 나와도 안 되고 튀겨도 안 돼요. 그게 아니라 분사구 끄트머리 밑에서 넘실거리는 정도가 돼야 해요. 그러면 부드럽게 빨아들이는 소리가 들리는데······."

"다시 한 번 말해봐요."

"네?"

"방금 말한 거요."

"부드럽게 빨아들이는 소리요?"

이제는 그의 입이 귓가에 느껴졌다.

"다시 말해봐요."

"브루스······."

"말해요."

그의 입술이 내 귓불에 닿자 나는 숨을 거칠게 들이쉬었다.

나는 작게 속삭였다.

"부드럽게 빨아들이는 소리."

그는 나를 돌려세워 품에 안았다. 이번 키스는 부드럽지 않았다. 그것은 뜨거움과 갈망으로 가득 차 있었고 나는 그를 막지 않았다.

숨을 쉬기 위해 입을 떼면서 그는 내 뒤로 손을 뻗쳐 커피머신의 버튼을 껐다. '켜짐'에 들어와 있던 작은 불이 깜빡하고 사라졌다.

내가 물었다.

"카푸치노를 마시려던 생각이 바뀐 거예요?"

"그래요. 이미 마신 거나 다름없어요."

그가 다시 내 입술에 키스했을 때 나는 미소를 지었고, 모든 걱정을 잊기로 했다. 다시 키스를 멈추었을 때 그는 내 손을 잡고 조용히 뒤편의 응접실로 이끌었다.

우리는 벽난로 앞에 깔린 두껍고 푹신한 요로 갔다.

그는 진한 키스를 한 다음 내 옆에 몸을 쭉 뻗으며 누웠다.

"이렇게 해도 괜찮아요?"

그는 다정하고 온화한 눈빛으로 내 대답을 기다리고 있었다.

나는 그의 뺨을 어루만지며 말했다.

"괜찮다는 말론 부족해요."

그 후 오랫동안 우리는 더 이상 아무 말도 하지 않았다.

## sixteen

20년 전.

지중해의 태양은 레몬색을 띠며 빛나고 있었다. 희망에 가득 찬 태양빛이었지만 너무 밝아 마치 레몬즙이 눈에 튀었을 때처럼 아플 지경이었다. 한 청년이 바닷가 모래밭에서 개 한 마리와 장난을 치고 있었다.

그는 올 풀린 짧은 군인용 반바지만을 걸치고 있었고 목에 건 삼베로 엮은 초커(목에 꼭 맞는 목걸이)는 솜사탕처럼 새하얀 빛을 띠고 있어 짙게 그을린 가슴의 피부와 확연한 대조를 이루고 있었다.

젊은 처녀는 이곳 이탈리아 마을의 토박이는 아니었다. 아버지 쪽 친척집에 놀러 와 머물던 그녀는 이 기회에 여름 동안 미술사를 공부하고 있었다. 한 주 전, 로마에 있는 미켈란젤로의 작품들을 보러 갔던 터라 그녀는 개와 뛰어노는 청년을 보고 미켈란젤로의 작품과 비슷하다고 생각했다. 꼭 조각상이 살아 움직이는 것 같았다.

그녀는 청년이 모래밭을 뛰어갈 때 수축했다 이완됐다 하는 조각칼로 깎은 듯한 종아리와 허벅지 근육을 감탄스런 눈으로 바라보았다. 또 파도가 밀려오는 곳을 향해 플라스틱 원반을 연이어 던질 때 그의 팔 근육이 구부려졌다 펴지는 모습, 그러면 신이 나서 열심히 원반을 물고 오는 개의 모습을 흐뭇하게 바라보았다.

사람을 홀릴 듯 멋있는 모습이라고 생각했지만, 사실 청년에게는 오늘이 '휴식일'일 뿐이라는 걸 그녀는 알 리가 없었다. 청년은 보통 때 이보다 훨씬 더 정력적인 운동인 사이클 경주라든가 윈드서핑, 암벽 등반, 암벽 다이빙 등에 매진하지만 오늘은 모처럼 시간을 내어 쉬는 중이었던 것이다. 그녀는 전에 그 남자나 가족을 소개받은 적이 없어서 그의 이름도 몰랐다. 그의 모습에 감탄하면서도, 아니 어쩌면 바로 그 이유 때문에 그녀는 계속 걷기만 했다.

왜 그런지 몰라도 커다란 검은색 점박이 무늬가 있는 래브라도 리트리버 종 개가 갑자기 그녀 앞으로 뛰어들었다. 어제 마을에서 산 샴푸에서 강한 라벤더 향이 풍겼는데, 아마도 개가 잘 알고 좋아하는 사람 중에 그 향을 쓰는 사람이 있는 것 같았다. 개는 마치 오랜 친구인 것처럼 껑충껑충 뛰더니 그녀를 향해 점프하면서 그 큰 발을 들이댔기 때문에 그녀는 모래밭으로 털썩 넘어지고 말았다.

*"Mama mia! Scusi, signorina(이런! 죄송합니다, 아가씨).*"

아직 물에 젖은 긴 머리카락이 포니테일로 묶은 끈에서 빠져나와 청년의 얼굴에 드리워져 있었다. 명랑한 얼굴이었다. 숨김없고 밝은 얼굴. 모든 일에서 즐거움을 볼 줄 아는, 그런 느낌의 얼굴이었다. 갈색 눈은 호기심에 가득 차고 상냥해 보였다.

놀란 탓에 그녀의 입에서 영어가 튀어나왔다.

"괜찮아요. 다치지 않았어요."

"미국인이군요! 여기 분이 아니군요!"

두 사람은 호의를 느끼며 이런저런 잡담을 나누었다.

청년은 여자에게 자신은 유럽을 배낭여행 하는 중이며 유럽 전체에 흩어져 사는 친척이나 친구를 방문하고 있다고 했다. 그러면서 그날 저녁 자신의 사촌 집으로 저녁을 먹으러 오라고 초대했다. 하지만 그녀는 거절했고 그냥 가던 길을 걸어갔다.

그로부터 오랜 뒤에 청년이 그녀와 결혼하고 말해준 바에 따르면, 그녀가 시야에서 사라질 때까지 자신은 그녀의 뒷모습에서 시선을 뗄 수 없었다는 것이다. 당시 그녀는 밤색 머리칼을 허리까지 기르고 있었는데, 청년은 제일 처음 그녀의 초록색 눈에 반했고, 그녀가 그를 떠나갈 때 길고 웨이브 진 밤색 머리칼이(나중에 그가 자주 사용한 표현을 빌리면) '청바지를 입은 사랑스러운 몸매'에 찰랑거리며 흔들거리는 모습을 홀린 듯 바라보았다는 것이다.

며칠 후 그녀는 한 카페에서 독서를 하는 청년을 발견했다. 청년이 팔뚝에 깁스하고 있어서 그녀가 물어보니, 오토바이를 타고 커브를 돌다 손목이 부러졌다는 것이다. 청년은 그녀에게 성적인 접근을 하지 않았고 부드럽고 순수한 태도로 대했다. 이어서 청년이 그녀가 긴 일정으로 잡은 다음 여행지인 로마를 함께 가도 되겠느냐고 물었을 때 그녀는 순순히 수락했다.

아마도 깁스를 한 그의 모습과 부탁할 때의 힘없어 보이던 모습 때문이었을 것이다. 그는 정말 측은하고 안쓰러워 보였다. 이제는 아무것도 할 수 없다는 듯 완전히 상실감에 빠져 있었다. 더구나 그가 10년에 걸쳐 여름마다 이탈리아를 방문했었다는 것과 바티칸의 박물관들을 빠지지 않고 찾았다는 사실을 무시할 수 없었다.

그래서 그녀는 그의 안내를 받기로 한 것이다. 그녀는 청년과 함께 잠을 자거나 하진 않겠다고, 혹시 성적으로 접근해 오더라도 막아내겠다고 이미 결심하고 있었다. 하지만 그는 여자에게 정면으로 돌진하는 스타일의 남자는 아니었다. 그보다는 에스프레소 커피 같은 느낌을 주는 남자였다. 따뜻하고 마시고 싶은 생각이 들게 하지만 아주 강한 맛을 지닌 에스프레소.

그는 사람의 마음을 편하게 하면서 동시에 긴장을 줄 줄 아는 사람이었다. 그리고 그녀가 마침내 경계심을 풀었을 때 그는 크게 웃으며 마구 놀려댔고 그녀는 마치 그의 손에 쥐인 모닝 초콜릿처럼 녹아버렸다.

나중에 그녀는 그때의 만남을 생각하며 애수에 잠기곤 했다.

그런 식으로 만난 것 자체가 씁쓸한 결과의 전조였기 때문이다. 내일에 대한 희망을 주며 밝게 빛나던 태양이 그녀에게 기쁨과 슬픔을 동시에 안겨주었고 그것이 어떻게 고통으로 바뀌었는지, 그래서 그녀의 미래를 어떤 식으로 가두어갔는지를 생각하곤 했다. 그녀가 청년의 시야에서 사라지며 저 멀리 걸어갈 때 그가 얼마나 간절히 그녀를 원했던 건지도.

나는 눈을 떴다. 마테오 꿈을 꾸다니, 참 이상한 일이라는 생각이 들었다. 마테오와 처음 사랑을 나누었던 순간이 이렇게 생생히 기억나는 것은 처음 있는 일이었다.

하지만 꿈 때문에 잠이 깬 것은 아니었다. 왠지 이상하게 편한 느낌이 들었다. 일본식 요에 누워 있는 내 몸에 브루스의 팔이 둘려 있었다.

그의 몸은 따뜻했지만 나는 추웠다.

여기에 누운 지 몇 시간이 흐른 뒤라 벽난로의 불이 꺼져가고 있었던 것이다. 브루스는 내 옆에서 깊이 잠들어 있었다. 바로 지금이란 생각이 들었다. 지금이 아니면 절대 틈이 나지 않을 것이다.

나는 그의 팔에서 살짝 빠져나와 그의 검정 피셔맨즈 스웨터를 잡고는 얼른 머리를 집어넣었다. 옷이 너무 커서 거의 무릎까지 내려오고 소매는 손보다 훨씬 길었다. 나는 소매를 밀어올리고 맨발로 일어나 발끝으로 걸으면서 살금살금 계단으로 갔다.

브루스와 함께 보낸 시간은 가장 멋지지는 않았어도 최근 몇 년간 가장 만족스러운 것이었다. 엊저녁 이리로 걸어오며 맞았던 눈처럼 그럴 수만 있다면 이 순간을 즐기고 싶다는 생각이 들었다.

오늘 밤 브루스와 나 사이에 있었던 일이 앞으로 얼마나 지속할지 전혀 알 수 없으니까 적어도 이 순간만은. 물론 영원한 관계를 바랐지만 그런 것은 마치 때 이르게 내리는 눈을 어떻게 할 수 없는 것처럼 내 마음대로 되는 게 아니다.

예전에도 그런 불길한 예감이 맞았다는 걸 받아들여야 했었다. 20년 전 마테오를 처음 만났을 때 난 모든 것이 지속하기를 바랐다. 무엇보다 불안하지 않은 영원한 관계에 대해 필사적이었다.

어쩌면 그건 무모하고 분방하며 늘 어디로 튈지 알 수 없었던 아버지의 영향 때문이었는지도 모르고…… 어쩌면 아버지가 어떤 사람인지와 아무 상관없는 문제인지도 모른다. 어쩌면 그건 아직 아무것도 정해지지 않아 미래에 대한 전망이 불확실한 모든 젊은이들이 마음속에 가진 불안함 때문인지도 모른다.

지금 나는 조이 나이였던 무렵의 그 시절보다는 미래에 대해 두려워하지 않는다. 또 가장 중요한 것이 따로 있지 않다는 것을 그때보다는 묵묵히 받아들일 수 있게 되었다. 확고부동하게 변하지 않는 생각이 한 가지 있다면, 그건 모든 것은 변하고 모든 것이 유동적이며 이 세상에 완전히 소유할 수 있는 것은 하나도 없다는 사실이다.

아마도 긴 시간에 걸쳐 이 저택에 살다 간 수많은 사람도 부자로 이사 왔다가 가난해지고 다시 회생하는 굴곡을 겪으며 이 집을 들어오고 나가고 했을 것이다. 그리고 앞으로 수십 년 동안 이 집을 거치게 될 사람들도 수많은 변화를 겪게 될 것이다.

더구나 살아 숨 쉬는 생명을 소유한다는 게 불가능하다는 것은 너무나 자명한 일이다. 친구도 남편이나 아내도, 나이 들어가는 부모도 그리고 자식조차 소유할 수 없는 게 진실이다.

이따금 딸아이의 초록색 눈을 들여다보고 있노라면 초등학교 앞에서 내 손을 꼭 잡고 떨어지지 않던 조심성 많은 어린아이의 모습이 보인다. 그러던 아이가 어느새 마치 마술사가 비둘기를 만들어내는 것 같이 이렇게 큰 것이다. 그리고 곧 아이는 좋아라고 웃으며 자기 앞에 놓인 창창한 미래를 향해 훨훨 날아 내 곁을 떠나게 될 것이다.

어쩌면 영원한 관계에 대한 생각을 이제 그만하거나 아니면 적어도 그 집착에서 벗어나는 것이 나한테도 이로울지 모른다. 어쩌면 내가 정말 해야 할 일은 이렇게 꽉 쥔 것들을 손에서 놓는 것일지도 모른다. 내가 억눌러왔던 것에서 해방되어 마테오가 아닌 다른 남자에게 좀더 일찍 나를 맡겼다면 좋았을 거라는 생각이 들었다.

만약 마테오가 지금 내 모습을 본다면 무슨 생각을 할지 궁금한 마음이 들었다. 벗은 몸에 다른 남자의 스웨터를 입고 그 남자의 침실로 몰래 들어가 그가 연쇄살인범이 아니라는 증거를 찾으러 다니는 모습을 본다면 말이다.

*그렇다.*

난 브루스가 연쇄살인범일지도 모른다는 생각은 추호도 하지 않았다. 1분도, 아니 1초도 그렇게 생각한 적이 없다.

그처럼 부드럽게, 그처럼 사려 깊게, 사랑을 나눌 줄 아는 남자가, 그처럼 완전히 자신을 드러내 보이는 남자가 퀸이 말한 것과 같은 냉혈한 살인범일 리 없다.

나는 그런 사실을 퀸에게도 입증해 보일 수 있는 증거를 꼭 찾아야만 했다. 우선 문제의 프린터부터 살펴봐야 한다. 나는 아직 공사가 끝나지 않은 낡은 원목 계단을 맨발로 살금살금 기어 올라갔다.

현관 입구가 있는 아래쪽 긴 복도에서 얼음처럼 찬 외풍이 들어와 계단까지 올라오고 있었다. 바람은 내가 입은 브루스의 무거운 스웨터 밑자락까지 파고들어 허벅지에 냉기가 스몄다. 그래서 다섯 번째 계단을 오를 때쯤엔 한기로 몸이 떨렸다.

여섯 번째 계단에선 삐걱거리는 소리가 나고 말았다. 나는 얼어붙은 채 집중해서 귀를 기울였다. 하지만 집 안은 완전한 정적에 묻혀 있었다. 나는 안도의 한숨을 지으며 계속 올라갔다.

계단 꼭대기는 칠흑같이 어두웠다. 나는 벽을 따라 큰 침실의 문간까지 걸어갔다. 방은 어두웠지만 창문에서 거리의 불빛이 들어오고 있었기 때문에 네 개의 기둥이 설치된 대형 침대가 있는 쪽으로 갈 수 있었다. 침대는 마치 헐크처럼 커다란 덩치로 방 한쪽 끝에 놓여 있었다.

나는 침대 머리맡에 있는 작은 램프에 손을 뻗어 스위치를 켰다. 앤티크풍 접이식 책상은 창가에 있었다. 뚜껑을 젖혀보았다. 중간쯤에서 뚜껑이 걸려 움직이지 않자 나는 욕을 하며 더 세게 젖혀보았다.

하지만 망할 놈의 책상은 마테오보다 더 말을 듣지 않았다. 허리를 굽히고 아래쪽을 들여다보자 브루스의 작고 반들반들한 노트북이 있는 것이 보였다. 모니터가 열린 상태였으며 화면은 어두웠다. 넓은 책상 뒤쪽에 작은 프린터처럼 보이는 물건의 끄트머리가 보였다.

나는 몇 분 더 책상 뚜껑을 여느라 씨름을 했다. 결국 뚜껑을 탁 쳐서 밀어보았다. 그러자 갑자기 덜컥거리는 큰 소리와 함께 뚜껑이 올라가더니 쾅 소리를 내며 위로 펴졌다.

나는 눈을 감고 숨을 죽이며 무슨 소리가 나는지 귀를 기울였다.

책상에서 너무 시끄러운 소리가 났기 때문에 나는 겁에 질려 서 있었다. 벌써 마음속에선 별별 시나리오가 다 떠올랐다.

브루스는 당연히 깼을 테고 화가 잔뜩 나 계단을 뛰어올라 와 이 새벽부터 자기 침실에서 뭘 찾는 거냐고 설명을 요구할 것이다. 정적 같은 몇 분 동안 나는 그대로 서 있었지만 아래층에서 아무런 기척 소리도 들리지 않는 것이었다.

난 침을 삼키고 굳은 마음으로 책상 쪽으로 돌아서 뒤쪽에 있는 프린터를 재빨리 살펴보았다.

나는 작게 중얼거렸다.

"휴렛팩커드 데스크젯, 모델명 840C."

퀸이 잉가 버그 살해와 관련 있을 것으로 짐작하는 프린터와 같은 상표에, 같은 모델이었다.

나는 눈을 감았다.

*빌어먹을.*

퀸이 이것을 보면 브루스에 대한 심증을 더 굳힐 것이다.

하지만 난 이건 단지 우연의 일치라고 생각했다.

꼭 그래야만 했다. 한순간 나는 이 모든 것을 브루스에게 이야기하고 프린터를 치우라고 귀띔해주고 싶은 유혹을 느꼈다.

그러나 그럴 수는 없다는 생각이 들었다. 아직은 아니다.

내 마음 아주 작은 한구석에서 미약하나마 이런 의문이 드는 것을 막을 수가 없었다. 브루스 바우먼이 살인자일 가능성이 있는 것일까? 혹시 그런 가능성이?

뭔가를 더 알아내야 한다는 생각이 들었다. 나 자신을 이해시킬 수 있는, 혹은 퀸에게 제시할 수 있는 뭔가의 단서를 더 찾아내야 한다는.

나는 기도하는 마음으로 과감히 컴퓨터의 스페이스 바를 눌렀다.

화면이 밝게 살아났다.

좋아.

절전 모드로 불이 꺼져 있던 것이다.

나는 뭔가 단서가 될 만한 것을 찾아 바탕화면에 있는 것들을 부지런히 검색해보았다. 브루스는 인터넷을 위해 모뎀을 연결하고 암호를 자동으로 설정해놓은 것 같았다. 나는 얼른 '새 편지함'에 접속해 확인해보았다. 비어 있었다.

내가 도착하기 전에 이미 이메일 답장을 쓴 게 틀림없었다. 편지함은 깨끗이 비어 있었다. 나는 '받은 편지함'을 쭉 훑어보며 발신자 중에 죽은 여자들의 이름이 있는지 살펴보았다.

내가 찾는 게 도대체 무엇인지 정확히 몰랐지만 뭔가 나온다면 실마리를 잡을 수 있기만을 간절히 기원하는 마음으로 무턱대고 뒤졌다. '받은 편지함'은 가장 오래된 편지부터 최근 순서로 화면이 이동하게 설정되어 있었다.

제일 처음 편지는 30일 전의 것인데, 내 컴퓨터와 마찬가지로 보자마자 삭제되어 백업 폴더로 옮겨진 것 같았다. 그 폴더까지 확인할 시간이 없다고 생각한 나는 그냥 아래쪽 화면을 계속 살펴보았다. 회사 직원들이 보낸 수많은 편지가 있었다. 메일 주소 뒤의 URL 주소가 '@Bowman-Restoration.com'이라고 된 편지들은 전부 무시했다.

'Vintage86'이란 아이디를 사용하는 사람이 보낸 편지도 수십 통이 있었다. 브루스는 캘리포니아의 와인 생산지에서 자란 사람이니까 '와인'을 좋아하는 것으로 보이는 사람과 편지를 주고받는 것은 전혀 이상할 게 없어 보였다(vintage는 포도의 수확연도).

나는 그중 아무 거나 한 개를 열어보고 장황해 보이는 긴 편지를 눈으로 대충 따라가며 읽어보았다.

*"당신을 똑똑하다고 생각하는 사람은 아무도 없어. 사람들이 말하길 내가 너무 남자들과 놀아난다고 했었지, 그게 사실이고. 당신은 나한테 그냥 장난감 같은 존재였어. 하등의 가치가 없는……."*

표현이 너무 거칠고 조잡했다. 계속 그런 말이 반복되고 있었다.

나는 몸서리를 쳤다. 만약 이게 그의 전부인 맥신의 편지라면 왜 브루스가 이곳에서의 새로운 삶과 이 집을 도피처라고 했는지 이해할 수 있겠다는 생각이 들었다.

이런 일을 하는 게 싫었지만 나는 그가 무슨 답장을 했는지 보기 위해 '보낸 편지함'을 클릭했다. 지금 내가 하는 행동은 심각한 사생활 침해다. 나도 안다. 하지만 난 알아야 했다.

그가 그 정도로 잔인해질 수 있는 남자일까? 행동이 이랬다저랬다 하는 병적인 사람일까? 퀸이 지목한 대로 사람한테 달려들어 분노와 증오를 폭발할 수 있는 사람, 전부인처럼 어떤 여자가 자기를 업신여기거나 하면 바로 그 자리에서 죽여 버릴 수 있는 그런 사람일까?

'보낸 편지함'도 '받은 편지함'과 같은 설정이 되어 있어서 30일치의 편지가 보관되어 있었다. 그러나 Vintage86이라는 주소로 쓴 편지는 하나도 없었다. 나는 이 사실에 약간 당황했다.

똑같이 맞받아치는 공격적인 언사도 없었을 뿐더러 신중히 골라 쓴 답장도 없던 것이다. 브루스는 Vintage86이란 사람에게 한 통의 이메일도 쓰지 않았다는 얘기다. 적어도 최근 한 달 동안은 말이다. 그는 자기에게 온 편지를, 그토록 끔찍하고 추악한 내용으로 가득 찬 편지들을 그냥 읽기만 하고 답장을 하지 않은 것 같았다. 어쩌면 예전에는 답장하다가 차라리 무시하는 게 낫다는 결론을 내렸을지도 모른다. 그냥 상대방이 화를 터트리게 놔두는 길을 선택한 것이다. 그렇다면 어느 모로 보나 그는 아무리 심한 말을 들어도 화를 참을 수 있는 남자인 것이 분명했다.

하물며 오늘 밤 내가 그에게 퍼부은 질문 세례는 아무것도 아니었을 것이다. 아까 그는 내게 짜증을 낼 수도 있었고 그토록 꼬치꼬치 캐물으니 얼마간 화를 낼 수도 있었겠지만 그는 계속 분별 있게 행동했고 내게 함부로 말하지 않았다. 절대 화를 내거나 반발하지 않았다. 심지어 이의를 제기하지도 않았다.

나는 숨을 참고 있던 것도 모르고 생각에 빠져 있다가 숨을 내쉬었다.

*브루스는 결백해.*

나는 이제 확실히 알 수 있었다. 내 모든 신경세포를 통해 그렇다는 것이 확실히 느껴졌다. 나는 다시 받은 편지함을 살펴보기 시작했다.

잉가 버그가 죽기 얼마 전 날짜들에 '귀여운 여자 잉가34-24-32'라는 아이디로 보내온 편지가 몇 통 보였다. 아마 그녀의 신체 치수를 말하는 것으로 보이는 숫자들을 보고 잉가의 성격을 그대로 보여주는 표현이라고 생각했다. 마지막 편지에는 이렇게 쓰여 있었다.

*"당신, 어디에 있는 거예요? 여행 중이에요? 여러 번 전화했어요. 만나요, 그리고……"*

이메일 내용은 뒤로 갈수록 야한 성적 표현으로 변질되고 있었다.

나는 보낸 편지함을 얼른 훑어보고 브루스의 답장을 찾았다.

*"미안해요. 당신은 아름다운 여자지만 나는 당신한테 맞는 남자가 아닌 것 같군요. 또 당신도 내가 찾는 여자는 아닌 것 같아요. 잘 지내기 바라고 행운을 빌어요. B."*

나는 이니셜 B를 보고 퀸이 언급했던 잉가에게 보낸 편지의 서명이 생각나 흠칫 몸이 떨렸다. 그러나 만약 브루스에게 잉가를 다시 만날 생각이 있었다면 이런 식으로 이메일을 통해 안녕을 고하지는 않았을 것이다. 잉가와 관련된 남자는 누군가 다른 사람임이 틀림없었다.

나는 '받은 편지함'을 다시 한 번 훑어보며 줄줄이 나오는 이메일 화면을 끝까지 살펴보았다. Sahara@darknet.com이라는 아이디가 눈에 들어왔다. 날짜와 시간을 보니 어제저녁에 보낸 것이었다.

"좋아, 마지막……."

나는 메일을 열고 급히 읽어보았다. 샐리가 본명인 '사하라' 맥닐은 '내 옛 남자들이자 당신의 오랜 친구들인…….'이라고 언급하며 두 남자의 이메일 주소와 전화번호를 알려주고 있었다. 아마 브루스가 다시 연락을 취하고 싶다고 했던 대학 친구들을 말하는 것 같았다.

샐리는 브루스를 우연히 만난 것이었다. 두 남자의 주소를 알려주고서 그녀는 브루스를 다시 만나게 되어 얼마나 기뻤는지, 그리고 다음 주에 있을 화랑 전시회에 그가 와주면 얼마나 기쁠지 말하고 있었다. 그러면서 이메일 맨 밑에 '데쓰 로우(사형수 감방이라는 뜻)'에 대한 자세한 정보가 들어 있는 사이트에 하이퍼링크를 걸어놓고 있었다.

나는 그 단어에 오싹 몸을 떨며 낮게 속삭였다.

"데쓰 로우? 도대체 뭘 말하는 거지?"

"클레어?"

멀리서 희미하게 나를 부르는 소리가 들렸다.

'큰일 났네.'

브루스가 깬 것이다. 그가 여기로 올라오려면 적어도 1분은 걸릴 것이다. 나는 숨을 죽이고 하이퍼링크가 된 사이트를 클릭했다. 인터넷이 빨리 연결되어 곧장 한 화랑 사이트가 나왔다.

나는 눈을 깜빡이며 홈페이지를 급히 훑어보았다. 홈페이지는 수많은 사이트를 다시 링크할 수 있게 소개하고 있었다. 링크된 목록들은 화가들의 이름인 것 같았으며 사이트의 캐치프레이즈인 것처럼 '폭력을 다루는 예술로의 여행, 또는 폭력의 예술'이라는 말이 쓰여 있었다. 샐리 맥닐의 화랑은 '육체적 탐욕과 병적인 정신상태, 그리고 강박관념에 영감을 받는 예술' 위주인 것 같았다.

여섯 번째 계단의 삐걱거리는 소리를 들었을 때 나는 노트북에 활성화되어 있던 모든 창들을 급히 닫기 시작했다.

"클레어?"

이제 그의 목소리는 더 커져 있었고 약간 긴장하는 것 같았다.

나는 할 수 있는 최대한 순진한 목소리로 크게 말했다.

"브루스? 저, 이 위에 있어요. 당신 침실에요."

나는 접이식 책상의 열린 뚜껑을 잡았다.

'제발 아까처럼 걸리지 말아줘.'

다행히 뚜껑은 걸리지 않고 부드럽고 조용히 아래로 내려갔다. 그러지 않았다면 브루스가 침실 문간에 모습을 나타내기 전에 화장대로 가는 데 필요한 5초를 벌지 못했을 것이다.

내가 화장대 서랍을 열고 안을 들여다보고 있을 때 브루스가 맨발로 나타났다. 그는 청바지를 걸쳐 입고 지퍼까지 올린 상태였지만 버튼까지 잠그지는 않고 있었다. 은은한 침실 조명 때문에, 웃통을 벗은 그의 가슴 털에 이제 막 거뭇거뭇하게 자라기 시작한 거친 턱수염보다 더 진한 그림자가 어렸다.

"좀 추워서요. 이리로 올라와 봤어요. 혹시나 여벌 담요나 뭔가 덮을 만한 게 있을까 해서……."

브루스가 미소를 지었다.

"그걸 입고 있으니 보기 좋은데요."

나는 검은색 니트 스웨터를 살짝 집으며 말했다.

"이 오래된 옷이요? 그냥 저기 어디에서 주운 거예요."

브루스가 하품하며 말했다.

"그런 농담을 하기엔 시간이 너무 이른 것 같아요."

"하긴요."

나는 아직 긴장을 풀지 못한 채 문간으로 걸어갔다. 그가 접이식 뚜껑이 닫히는 소리를 듣고 내가 무엇을 하고 있던 건지 의심하면서 기분 나빠하는 것만 같았다.

"잠깐 여기서 기다려요."

그는 내 어깨에 손을 올리며 말했다.

"아까는 농담이었어요. 당신이 입을만한 게 있어요."

그는 화장대로 걸어가 서랍을 열고 플란넬 천으로 된 잠옷 한 벌을 꺼냈다.

"당신이 상의를 입어요, 내가 바지를 입을게요."

"고마워요."

"그리고 좀더 몸을 따뜻하게 해줄 다른 것도 있어요……."

나는 틀림없이 그가 다시 유혹하려는 속셈이라고 생각했는데 그게 아니었다. 그는 화장대 옆에 있던, 삭스 백화점(뉴욕 5번가의 백화점) 상표가 붙은 두 개의 쇼핑백 중 하나를 집었다.

그는 쇼핑백 안에 손을 넣어 클래식한 디자인의 발목까지 오는 양가죽 코트를 꺼냈다. 솔기가 밖으로 노출되고 소매가 접힌 스타일에 모자가 달렸다.

"당신 거예요, 클레어. 한 번 입어 봐요."

"브루스! 도대체 뭘 한 거예요?"

그 코트는 천 달러는 족히 넘어 보였다.

그는 어깨를 으쓱거렸다.

"당신과 조이가 그 우스꽝스러워 보이는 파카 때문에 서로 으르렁거리기에 그냥 그럴 필요가 없지 않을까, 생각한 거예요. 그래서 좀 이르지만 크리스마스 선물로 두 사람을 위해 준비했어요. 다음에 조이를 만날 때 당신이 전해 주면 좋을 거 같아요."

"브루스. 이건 너무 과한……."

"아니, 과하지 않아요."

그가 내 말을 잘랐다.

"그냥 선물일 뿐이에요, 클레어. 그러니 물리치지 마요. 지난번 당신이 나한테 직접 저녁을 만들어줬을 때 나도 거절하지 않았잖아요. 이걸 못 받는다느니 그런 말은 하지 않았으면 해요."

"너무 과분해요."

"그냥 코트일 뿐인걸요. 당신이 입는 걸 보면 기쁠 것 같아요."

그는 코트를 붙들고 내가 소매에 팔을 끼우기만을 기다렸다.

"어서요. 입어 봐요."

나는 양털 안감이 대진 옷에 팔을 끼우고 버터처럼 부드러운 가죽 코트로 몸을 휘감았다. 그리고 장난 겸 모자도 휙 써보았다.

"정말 따뜻하고 아름다운 옷이에요. 솔직히 말하면 우리 손님 중 이런 양가죽 코트를 입은 여자를 볼 때마다 부러운 마음이 들어 늘 갖고 싶다고 생각했지만 비싼 옷을 살 여유가 없었어요. 조이 것도 이거랑 같은 거예요?"

"네."

나는 웃었다.

"조이는 틀림없이 이 코트를 마음에 들어 하겠지만 엄마랑 똑같은 옷을 입는 건 싫어할 거예요. 조이가 네 살 때부터 우리는 엄마하고 딸이 맞춰 입는 커플 룩은 입어본 적이 없거든요."

"그럼, 언제든 당신이 가서 다른 스타일로 바꿔도 되고 조이가 바꿔도 돼요. 난 그냥 둘 중 한 사람은 이런 옷을 갖고 싶어 할지도 모른다고 생각했어요."

"고마워요."

나는 이렇게 말하며 돌아서서 그에게 키스했다. 간단히 감사의 키스를 하려 한 것인데 그는 미소를 지으며 긴 키스로 바꾸어버렸다.

그에게서 몸을 떼려는데 그가 날 더 당겨 안는 바람에 모자가 스르르 미끄러졌다.

나는 그에게 타이르듯 말했다.

"당신도 알겠지만 빌리지 블렌드 문을 열려면 지금부터 네 시간 안에는 일어나야 해요."

그는 고개를 끄덕이며 기둥 달린 침대로 걸어가더니 침대보를 들추며 말했다.

"알았어요. 알람시계를 맞춰 놓고 일어나면 바래다줄게요."

"그렇게까지 할 필요는……."

"바래다줄게요, 클레어. 그러니 그 얘긴 그만두고, 시간이 될 때 침대에 드는 게 좋겠어요."

*seventeen*

빌리지 블렌드 위층에 딸린 집의 현관문을 열 때는 아침 5시 35분이었다. 다시 말해서 좀 씻고 옷을 갈아입고 다시 아래층으로 내려가 모닝 패스트리 빵 배달을 받기 위해 문을 열기까지 내게 25분의 시간이 주어진 셈이었다.

나는 인도 위에 쌓인 눈을 치워야 한다는 생각은 하고 싶지 않았다. 물론 곧 그래야 한단 건 알고 있었다. 그러지 않으면 시청 청소과에 만만치 않은 벌금을 물게 될 수도 있기 때문이다.

시에서는 눈이 그치고 난 뒤 네 시간 안에 건물 주인이 자기 건물이 속한 인도의 눈을 청소하도록 정하고 있었다. 나는 이러다가 상당한 액수의 위반 딱지를 떼게 생겼다는데 생각이 미쳤다. 마테오는 한 일주일 정도는 해외출장 계획이 잡혀 있지 않은 상태였다.

나는 그를 깨우지 않으려 조용히 집 안으로 들어섰다. 그의 곤한 잠을 깨우고 싶지 않아서가 아니다. 사실 15분 후에는 그가 자는 문을 쾅쾅 두드려 잠을 깨운 다음 삽을 들고 나가 길의 눈을 치우라고 말할 참이었다. 하지만 지금은 이 시간에 이런 옷을 입고 현관에 들어오는 모습을 보이고 싶지가 않았다. 그러나 너무 늦었나 보다.

마테오가 언짢다는 투로 말했다.

"이런, 이런. 그래도 집에 들어오긴 하셨군."

나는 그의 눈을 마주치며 말했다.

"잘 잤어요?"

그는 딱 붙는 헤진 청바지에 주름무늬가 있는 회색 목 티를 입고 서 있었다. 나는 양가죽 코트를 벗어 옷장에 걸었다. 조이 옷이 든 삭스 상표의 쇼핑백을 바닥에 내려놓고 바라보니 마테오가 내 옷차림을 뚫어져라 쳐다보는 것이었다.

진주조개 단추가 달린 몸에 꼭 붙는 스웨터의 파인 앞가슴 부분과 빨간 체크무늬 미니스커트의 길이를 비난 어린 눈으로 바라보고 있었다.

"어제 나갈 때는 조이의 노란 파카를 입었던 거로 아는데. 대체 그 옷이 어디 갔느냐고 묻고 싶지도 않군. 애들 옷을 빌려 입은 건 아닐 테고 말이야?"

내가 대답했다.

"당연히 아니죠. 난 이제 막 성인이 된 딸에게 이런 옷을 입고 밖에 나가게 할 생각은 절대 없거든요."

무슨 마음의 변화가 생겼는지 마테오는 더 말하지 않았다.

"커피 할래요? 이렇게 일찍 일어난 걸 보니 커피를 찾을 것 같은데."

이렇게 말하며 드리퍼형 커피 메이커가 있는 주방으로 가는데 마테오가 졸졸 따라왔다.

"누군가는 일찍 일어나야 하지 않았겠어? 당신이 집에 안 올 수도 있으니까. 누군가는 가게를 열어야 하지 않았겠느냐고."

나는 손을 내저으며 말했다.

"제발요, 당신 어머니를 위해서 가게를 꾸려가는 내내, 결혼 시절에도 그랬고 다시 돌아온 다음에도 난 가게 문 여는 일을 놓친 적이 한 번도 없어요. 하지만 당신은……."

마테오가 손을 들어 내 말을 막았다.

"옛날 얘기를 하자는 게 아니야. 지금 얘기를 하는 거잖아."

마테오는 테이블에 앉았고 나는 커피 그라인더에 원두를 담았다.

"아무튼 난 가게 운영에 대한 당신의 그 대단한 경력이 얼마나 오래 가게 될지 궁금하지 않을 수 없어. 브루스 바우먼, 일명 '미스터 굿'이란 백만장자가 당신한테 열이 올라 따라다니는데 왜 아니겠어. 아니면 이제 그렇게 열심히 따라다니는 시기는 다 끝난 건가?"

마테오는 손목시계를 보더니 눈썹을 치켜세웠다.

"시간이며 당신 옷을 보니 그 친구, 원하던 것을 손에 넣었겠군. 어땠어, 클레어? 좋았어?"

마테오는 결혼 초부터 이런 식으로 사람을 괴롭히는 여러 방법을 터득하고 있었다. 처음 몇 년은 난 마테오의 장단에 맞추지 않으려고 노력했지만 머지않아 꽤 자주 싸우게 되었다.

내가 적대적으로 나간 게 그 사람한테는 다른 데서 위안을 찾는 것에 대한 치졸한 합리화를 하게 했다고 말할 수도 있다. 정말이지 이유 같지 않은 이유였다. 그러나 마침내 이혼을 한 뒤로 난 대개 마테오의 게임을 참아낼 수 있게 되었다.

"그래요. 사실대로 말하면 좋았어요."

나는 어깨너머로 툭 던지듯 말했다.

"브루스가 나를 너무 행복하게 해줬어요. 그러니 내가 잘못한 거면 한 번 가르쳐줘 봐요. 내가 너무 꽉 막힌 사람이라 남의 말을 들어야 한다고 항상 말했던 사람이 당신 아닌가요? 우리 결혼 시절에 내가 너무 말을 듣지 않아 당신이 불끈했던 거라면서요."

"그런 말도 안 되는……."

나는 그의 대답을 듣고 싶지 않아 전기 그라인더의 버튼을 눌렀다.

원두를 너무 오래 갈면 커피 맛이 써지지만, 솔직히 귀보다는 입이 쓴 걸 선택하고 싶었다. 원두가 가루가 되었을 때 그라인더의 전원을 끄고 침묵 속에서 커피 드리퍼의 원뿔형 필터에 가루를 털어 넣었다.

나는 그걸 전부 커피로 내리고 커다란 머그잔 두 개를 가져와 마테오 앞에 한 개를 놔주었다. 갓 내린 모닝 블렌드 커피의 그윽한 향이 점차 주방을 가득 메웠다.

나는 하품을 하며 화강암 싱크대에 몸을 기대고 커피의 흙냄새가 내 기운을 돋우게끔 했다. 그러자 조금씩 지금 이 상황이 어딘지 기막힌 인과응보 같다는 생각이 들기 시작했다.

마치 과거의 마테오와 내가 다시 환생한 것 같았다. 다만 이번엔 입장이 바뀐 것이다. 예전 우리의 결혼 시절에 밤마다 밖에서 파티하고 돌아다닌 건 마테오였다. 사업관련 파티의 속성상 명랑하지만 약간 모자라 보이는 사람들과 항상 어울렸다. 맷이 그러고 다닐 때 가정의 책임을 지며 오랫동안 고통받은 사람도 나였고 그런 그에게 충실하면서도 상처받는 쪽도 언제나 나였다.

나는 좋아서 그런 역할을 한 게 아니었는데도 마테오는 내 가치관을 '꽉 막힌' 사람으로 정하고 내게 다른 선택의 여지를 주지 않았다. 마테오가 고삐 풀린 망아지처럼 길을 잃고 헤매고 다닌 건 내가 그러라고 해서 그런 게 아니었다.

내 기억이 맞는다면 이렇게 어두운 새벽에 항상 커피를 만들던 사람도 마테오였다. 그는 전날 밤에 입고 나간 옷을 여전히 입은 채였고 온몸에서는 아드레날린 기운이나 테스토스테론 같은 남성 호르몬이 철철 넘치고 코카인 냄새를 풍기기도 했다. 어떨 때는 그 세 가지를 다 풍길 때도 있었다.

커피를 만드는 사람이 그였고 테이블에 앉아서 창밖을 바라보며 골이 잔뜩 나 끝장에 대해 생각하던 사람은 나였다. 내가 잔인한 사람이라면 지금 이 뒤바뀐 입장에 대해 신이 났을 것이다.

또 내가 자기에게 돌아와 주길 마테오가 원한다는 걸 어느 정도 아는 상황에서, 솔직히 이 순간을 즐기는 나는 잔인한 사람일지도 모른다는 생각이 들었다. 하지만 다른 한편으로는 그렇게 잔인한 사람은 아닐 것이다. 나도 그냥 사람이라 괘씸한 생각이 든 것뿐이다.

커피포트에서 쿨쿨 소리를 내며 마지막 커피가 내려지는 소리가 들리자 난 커피가 담긴 뜨거운 유리주전자를 테이블로 가져갔다.

맷이 다시 말을 꺼냈다.

"당신 친구인 퀸 형사가 어젯밤 거의 문 닫는 시간에 들렀어."

나는 커피를 잔에 따르는 도중에 깜짝 놀라 잠시 멈칫했고 그 바람에 진한 색 커피가 세 방울 정도 떨어졌다.

마테오가 자기 손을 테이블로 가져가 커피 자국을 싹 훔쳤다.

"퀸 형사가 브루스란 자를 미행하고 있더군. 어젯밤 늦게 보고를 받았는데 노란색 파카를 입은 여자가 그자의 집으로 들어간 것 같다는 내용이었대. 퀸은 그게 조이라고 생각한 거 같더군. 그래서 놀라 가게로 와서는 당신을 찾더군. 그런데 당신이 아니라 내가 있었지. 당신이 조이 파카를 빌려 입었다고 내가 설명해줬어. 사복을 입고 잠복한 그의 부하들이 본 사람은 당신이라고. 그랬더니 퀸 형사가 말해주길……"

나는 커피를 다 따르고 조이의 아버지인 그의 맞은편 자리에 앉았다.

"퀸이 무슨 말을 했는지 알아요. 브루스 바우먼이 살인사건의 용의자라고 했겠지요."

"자그마치 세 건의 살인사건 용의자라고 했어."

나는 침착하게 말했다.

"퀸이 과장하는 거예요."

커피 맛을 보니 썼다. 그래서 크림을 더 넣고 예외적으로 설탕을 한 스푼 가득 떠 넣었다.

"그 말은 두 사람이나 세 사람이 아니라 한 명만 죽였다는 것처럼 들리는군, 알겠어. 퀸 형사가 조금 과장했나 보군. 그럼 걱정할 필요도 없겠네."

나는 언짢아져서 고개를 저었다.

"맷, 내 말 들어봐요. 브루스는 살인자가 아니에요. 퀸이 틀렸어요. 잘못 짚은 거예요. 너무 사건에 골몰한 나머지 판단이 흐려진 거라고요. 퀸이 당신에게 그 이야길 한 걸 보면, 내가 브루스를 그만 만나도록 당신에게 설득을 부탁했겠군요. 하지만 난 그러지 않을 거예요. 그렇게 아니라 다른 방법을 찾을 생각이에요."

"다른 방법이라니?"

"퀸이 틀렸다는 걸 입증하려고요."

"와, 클레어……."

"'와, 클레어'라는 말 하지 말아요."

나는 약간 소리 높여 말했다.

"내가 무슨 생각하는지 알아요? 당신이나 퀸이나 둘 다 질투하는 것 같아요. 당신은 당신대로 공공연히 여자들이나 갈아치우고 퀸은 퀸대로 엉망이 된 결혼생활과 그로 인한 모든 복잡한 문제가 있어서 그렇겠죠. 솔직히 두 사람한테 정말 진력이 나요."

"우리가 무슨 심한 소리를 했다고 그래?"

나는 이를 갈며 맷을 노려보았다.

"나는 남자를 만났어요, 그것도 멋진 남자를. 사실 멋지다는 말론 부족하죠. 비범하고 재능 있는데다 성격도 부드럽고 성실한 남자예요. 건전하고 합리적일 뿐만 아니라 성숙하고 자의식이 강한 사람이죠. 그리고 젊은 날의 잘못에 대해 솔직히 말할 줄 아는 그런 남자라고요. 그런데 당신하고 퀸이 작당을 해서 나를 망치려 드는군요."

"클레어, 그건 지나친 망상이야. 퀸의 생각에 대해서는 내가 뭐라고 말할 수 없지만 난 브루스란 사람을 모함하거나 당신에게 상처를 줄 만큼 생각 없는 사람이 아니야. 내 말 믿어줘."

"나한테 상처를 주려던 게 아니다? 그 말 참 거창하군요. 그럼 당신은 예전에 허구한 날 여자 바텐더며 스튜어디스며 심지어 친구 부인하고도 놀아나면서 무슨 생각을 한 건데요?"

마테오는 오랫동안 대꾸하지 않았다.

그가 마침내 조용히 말했다.

"당신에게 상처를 주려고 그런 게 아니야, 클레어. 당신도 알잖아."

슬픈 얘기지만 나도 알았다. 마테오와 나는 섹스에 대한 가치관이 너무나 다르다는 걸 깨닫기까지 너무나 많은 해가 걸렸다.

마테오에게 있어 육체적 사랑은 활력을 주는 운동 같은 것에 불과했다. 암벽 등반이나 윈드서핑, 혹은 술 많이 마시기 내기나 번지점프 같이 말이다. 섹스란 불안이 따르는 거대한 시련이라고 절대 생각하지 않았기 때문에 그 뒤에 복잡한 의미가 있을 필요가 없던 것이다. 하기는 술 마시기 내기나 번지점프에 무슨 특별한 의미가 있겠는가?

그러나 내게 있어 그것은 한순간의 쾌락을 좇는 자극적인 놀이나 가슴 설레며 유혹에 몸을 내맡기는 일 이상이었다. 그런 것을 훨씬 넘어서는 문제였다. 그 남자를 존중할 수 있어야 하고 설사 완전히 사랑한다는 확신이 없어도 아주 많이 좋아해야 가능한 일이었다.

섹스란 관계에 대한 문제다. 내게 있어 그것은 절대 하룻밤 불장난이 돼서는 안 되는 일이었다. 지금 와서 생각하면 맷은 자신의 작은 부정이 내게 어떤 영향을 미치리라고 전혀 생각지 않았던 것 같다.

그는 마치 유전자가 조금 모자라거나, 아니면 자기가 어떤 행동을 하면 다른 사람에게 어떤 영향을 끼치는지를 실험하는 일종의 맹목적이고 심리적인 스포츠인 것 같이 행동했다.

솔직히 말하면 코카인도 별 도움이 되지 않았다. 내가 아무리 마테오의 결함을 이해했다고 해도 내 마음속의 고통을 진정시키거나, 여전히 때때로 그를 향해 느끼던 분노를 억누를 수 있을 만큼 깊이 이해한 것은 아니었다. 지금 이 순간도 마찬가지다.

나는 내 머그잔을 들었다. 그와 난 아무 말 없이 커피를 마셨다.

마테오가 긴 침묵 끝에 말을 꺼냈다.

"지금도 그렇고 과거에도 난 당신에게 상처주려고 한 게 아니야, 클레어. 그렇게 되리라고는 생각하지 못했던 거야. 하지만 지금은 알아. 그게 어떤 기분인지……, 이제야 알겠어."

그는 내 눈을 똑바로 보았다.

나는 약간 허를 찔린 기분이었다. 내가 그에게 화를 내는 이 순간에 그가 이런 식으로 말했기 때문이다. 마치 과거의 잘못에 대해 그때 하지 못했던 사과를 지금 하는 것 같았다.

"그렇다면 당신이 날 도와줄 수도 있겠네요. 브루스의 혐의를 벗길 수 있게 도와줘요."

나는 기대를 걸며 천천히 말했다.

"만약 그 여자들의 죽음이 정말 살인사건이라면, 그리고 퀸이 브루스를 의심하는 이상, 나 혼자 그걸 다 밝힐 수는 없는 걸요. 맷, 그 일들은 꼭, 나한테는 너무나도 중요해질 수 있는 일에……, 먹구름을 드리우는 것 같아요."

마테오는 불안하게 몸을 뒤척거리더니 커피를 벌컥벌컥 마셔댔다.

"난 경찰이 아니야. 당신의 형사 친구 퀸에게 도움을 구하는 게 나을 거 같은데."

"지난번 애너벨 사건 때도 당신과 내가 힘을 합쳐 꽤 잘해냈잖아요. 우리가 사건의 진실을 밝히고 진범을 교도소로 보냈잖아요. 그건 정말 대단한 일이었어요."

맷이 고개를 저었다.

"그땐 운이 좋았지, 클레어. 우린 그때 불법 가택 침입이나 연방경찰 흉내를 낸 죄로 하마터면 교도소에 갇힐 수도 있었어. 그리고 당신은 거의 죽을 뻔했다는 것도 잊었어?"

나는 의자 뒤로 물러나 앉아 따뜻한 커피잔의 가장자리를 손가락으로 만졌다.

"당신은 퀸의 도움을 받아야 해."

"퀸에게는 갈 수 없어요. 이번 사건만큼은 그를 믿을 수 없어요."

나는 잠시 말을 멈추고 사실을 전부 말해야겠다고 결심했다.

"퀸은 지금 결혼생활에 문제가 있어요, 맷. 그 문제를 내게 이야기한 적이 있어요. 난 퀸이 나를 만나고 싶어 했을지도 모른다는 생각이 들어요. 아니면 적어도 나를 만나는 문제에 대해 깊이 생각했다고 봐요. 물론 내가 브루스를 만나기 전에요."

마테오가 코웃음을 치며 말했다.

"흥, 그러게 내가 그 작자가 당신을 좋아한다고 했던 거 아니야!"

"맙소사, 마테오. 나는 그렇게 말한 적 없어요!"

"당신 말로는 퀸이 당신을 마음에 둔 것 같다고 했지. 당신은 어떤데? 당신도 그래?"

"잘 모르겠어요."

"좀 솔직해져 봐."

"물론 나도 퀸을 좋아해요. 그는 내 농담에 웃어주는 사람이고 나도 그의 썰렁한 유머감각이 재미있어요. 약간 섹시하다는 생각도 들고. 그 사람한테는 마치 하드 보일드나 갱스터 영화에서 인상을 잔뜩 찌푸리고 나오는 주인공 같은 분위기가 있거든요. 그리고 솔직히 처음 만난 후 서로에게 약간의 연애 감정을 느낀 것도 사실이에요. 지금 생각해보니 퀸이 있었기 때문에 내가 다시 다른 남자를 만날 수 있다고 생각하게 된 거 같아요."

"클레어."

"왜요?"

"지금 그 말은 내가 듣고 싶어 한 얘기 이상이군."

나는 손을 내두르며 말했다.

"퀸에겐 지금 너무 복잡한 문제들이 있어요. 결혼생활이 파탄에 이르렀는데 아이들은 끔찍이 사랑하지, 아내에 대한 감정을 정리하지 못한 것 때문에 완전히 분열된 상태라고요. 어쨌든 난 그렇게 복잡하게 얽힌 문제에 끼어들고 싶은 생각이 전혀 없고 그 사람도 알아요. 내가 다른 남자와 데이트를 한다는 걸 알게 되었다고 해서 퀸이 흥분하거나 할 사람은 아니라고 생각해요. 하지만 브루스라면 얘기가 달라질 수 있죠. 난 퀸이 지푸라기라도 잡는 심정으로 브루스가 이 사건에 관계되었다는 증거를 찾으려 한다고 확신해요."

맷이 말했다.

"무슨 말인지 알겠어."

"이 문제를 수사하는 데는 퀸보다는 당신이 더 믿음직스러워요. 그리고 당신이 그걸 뭐라고 부르든 상관은 없지만, 나는 수사가 아니라 '브루스를 돕는 일'이라고 부르고 싶어요."

마테오가 미소를 지었다.

"기분이 좋군."

"왜요?"

"그야 당신이 날 믿는다고 하니까. 그 말을 들으니 당신을 도와주고 싶은 기분이야. 하지만 진실을 말하자면 당신은 퀸의 도움을 받아야 해. 그 친구는 벌써 몇 주째 그 사건들을 수사해온데다 당신이나 나는 모르는 사람들과도 이야기를 나눴다고. 모든 사실이 그 사람의 손아귀에 있다고."

나는 똑바로 고쳐 앉아 테이블로 몸을 숙이며 작게 속삭였다.

"퀸이 모든 걸 아는 건 아니에요. 내 나름대로 조사를 좀 했어요. 어젯밤 브루스가 잠든 사이에 그의 컴퓨터에 접속해서 이메일을 읽었죠."

"당신이 그 사람 이메일을 읽었다고? 그 사람 몰래 그랬단 거야?"

"물론이죠."

"맙소사, 클레어, 당신 간 한 번 크군. 하긴 다프네와 내 관계를 알아냈던 당신이니 놀랄 일도 아니지만. 나름대로 무척 조심했다고 생각했는데."

"맷, 당신은 그때 그녀를 보란 듯 데리고 다녔다고요. 어머님도 눈치채고 있었던 걸요."

"어머니가 아셨다고?"

"그래요. 그런데도 당신을 눈감아 주신 거예요. 하지만 어머님이 다프네도 용서하셨는지, 그건 저도 미심쩍어요."

그건 정말 슬픈 사건이었다. 어머님과 다프네는 오랜 친구사이였는데, 그런 그녀가 그만 제일 친한 친구의 아들과 바람을 피운 것이었다.

대화의 방향이 딴 데로 새자 마테오는 심기가 불편한지 얼른 화제를 바꾸었다.

"클레어, 그자의 컴퓨터를 몰래 뒤졌다는 건 당신 스스로도 그자를 어느 정도 의심하고 있었단 뜻이잖아."

"아뇨."

나는 거짓말을 했다(솔직히 그의 휴렛팩커드 데스크젯 프린터 모델 번호를 보았을 때는 한순간 의심이 들었던 게 사실이다. 하지만 내가 진정 하려던 건 퀸이 브루스에 대해 그린 그림을 반박하는 무언가를 찾기 위한 거였고 실제로 난 그것을 찾았다).

"그렇다면 그 조사로 당신이 알아낸 게 뭔데?"

"내 생각에 모든 것의 열쇠는 사하라 맥닐에게 있는 것 같아요. 브루스는 결혼한 뒤로 오랫동안 그녀를 만나지 못했어요. '카푸치노 미팅의 밤'에서 사하라를 다시 만나기까지는 그녀가 뉴욕에 산다는 것조차 몰랐다고요."

맷이 단정적으로 말했다.

"그러면 사하라가 이 도시에 산다는 걸 알아내고 죽인 건가 보군."

"그건 내 논점의 방향이 아니잖아요."

"그게 바로 퀸의 논점이야. 그리고 지하철에서 죽은 여자는 어떻게 된 건지 설명할 수 있겠어? 잉가 버그는 또 어떻고? 브루스란 자가 그 두 여자를 사귄 게 아니래?"

나는 다시 뒤로 물러나 앉아 커피를 한 모금 마시고는 말했다.

"브루스가 두 여자를 사귄 건 맞아요. 하지만 아주 잠시였을 뿐이에요. 나는 단순히 우연의 일치라고 생각해요. 뉴욕은 큰 도시지만 그런 데이트 서비스를 이용하는 사람들은 아주 일부예요. 브루스가 고백하길, 이혼 뒤에 여러 명의 여자와 데이트했고 그중에 죽은 두 여자도 있어요. 하지만 장담하는데 그녀들과 데이트한 남자들은 한둘이 아니에요. 특히 잉가는 더 그렇죠. 터커에게 물어봐요. 잉가는 주말마다 데이트하고 와선 투덜거리곤 했어요. 또 브루스가 말하길 발레리는 해피 아워(평일 오후 4시에서 7시 사이, 술집이나 음식점에서 무료 음료나 음식을 할인해주는 서비스)에 데이트하는 걸 무척 좋아했다더군요. 그에게 싱글즈뉴욕 사이트의 존재에 대해 이야기해준 사람도 발레리예요. 그리고 바로 그 온라인 데이트 서비스 사이트에서 브루스는 잉가를 만나게 되었던 거죠."

맷은 팔짱을 꼈다. 그는 아직 내 말을 수긍하는 눈치는 아니었지만 적어도 여전히 듣고는 있었다.

"그럼 당신은 왜 사하라라는 여자가 열쇠라고 생각하는 거지?"

"사하라 맥닐은 브루스에게 메일을 보냈는데, 한 웹사이트에 링크를 걸었더군요. 자기가 일하는 화랑을 홍보하는 사이트였죠. 소호에 있는 화랑인데 '데쓰 로우'라는 이름이에요. 혹시 들어본 적 있어요?"

맷이 고개를 저었다.

"전혀."

"확실히 그 화랑은 우리 같은 사람들을 겨냥하는 것 같진 않더군요. 사이트의 캐치프레이즈에도 '폭력의 예술'이니, '육체적 탐욕과 병적인 정신상태, 그리고 강박관념에 영감을 받는 예술' 어쩌고 쓰여 있었어요."

맷은 면도하지 않은 턱을 긁으며 말했다.

"소름끼치는군. 한데 난 아직도 당신이 무슨 말을 하려는 건지 모르겠어."

"사하라 맥닐은 자기네 화랑에 그림을 건 화가 중 한 사람한테 살해된 것일지도 모른다는 거예요. 사실은……, 잠깐만 기다려요. 곧 돌아올게요."

나는 일어나 내 침실로 가서 '카푸치노 미팅의 밤' 때 기록해둔 헬로 키티 수첩을 가지고 돌아왔다.

나는 분홍색 페이지들을 서둘러 넘겼다.

"조이 남자친구로 내가 심사했던 사람 중에 마스란 이름의 청년이 있었어요. 스토커 같은 인상에 과격해 보이는 스타일이에요. 자기가 화가라고 했었죠. 한데 이상한 건 줄곧 곁눈질로 사하라 맥닐만 보더라는 거예요. 더구나 그날 밤 이미 자신의 '짝'을 찾았노라는 말을 되풀이했어요. 조이가 그러는데 자기한테도 그런 말을 했다더군요. 그 청년이 조이를 고작 두 번째로 만났다는 점을 생각하면 좀 이상한 일이죠. 그리고 첫 번째 만난 여자가 바로 사하라였어요."

"그러니까 당신 생각은 마스라는 청년이 사하라를 죽였을 수도 있다, 그거지? 또 그가 화가고 하니 데쓰 로우인가 하는 화랑을 통해 사하라를 이미 알고 있었을 수도 있다?"

나는 너무 필사적으로 보이지 않으려 애쓰며 이렇게 대답했다.

"그게 출발점이죠."

맷은 말없이 앉아 자기 커피잔에서 피어오르는 김만 유심히 바라보았다.

"사실들만 놓고 보자고요."

나는 잠시 쉬었다 말을 이었다.

"발레리 라뗑의 죽음은 살인사건으로 다루어지지 않았어요. 잉가 버그의 살인범이 될 수 있는 사람은 수도 없이 많아요. 그리고 사하라 맥닐이 있는데……, 난 그녀에게서 사건의 진짜 열쇠를 찾을 수 있다고 봐요. 내가 만약 다른 용의자들을 찾아낼 수 있다면 퀸 형사에게 그들을 조사해야 한다고 말할 참이에요. 난 그저 브루스가 억울한 혐의를 받고 있다는 걸 입증할 수 있는 수단을 찾고 싶은 거예요."

맷이 고개를 끄덕이더니 손바닥으로 테이블을 때리며 말했다.

"좋아, 내가 뭘 해주길 바라는데?"

바로 그때 아래층에서 초인종이 울리는 소리가 작게나마 여기까지 타고 올라왔다.

"먼저 내가 옷을 갈아입는 동안 패스트리 빵 배달원을 맞아줘요. 그런 다음 인도의 눈을 치워줬으면 좋겠어요."

나는 햇볕에 잘 탄 그의 피부를 쳐다보며 말했다.

그의 피부는 적도의 태양빛을 받아 청동색을 띠고 있었다.

"삽질하는 방법은 기억하고 있죠?"

맷이 짙은 색 눈썹을 치켜세우며 나를 쳐다보는 눈길이 꼭 이제껏 살인사건에 대한 시나리오를 쓰느라 삽질한 사람도 나니까 눈도 내가 치우는 게 좋겠다고 말하는 것 같았다.

나는 그에게 잘할 수 있을 거라고 격려하며 빌리지 블렌드의 문을 열었다.

## 빌리지 블렌드식 커피 보관법

1) 원두를 공기나 습기, 열, 빛에 과도하게 노출되지 않도록 한다. 이렇게 하면 갓 볶은 커피 향을 최대한 오래 유지할 수 있다.

2) 커피를 매일 사용할 때는 얼리거나 냉장 보관하지 않는다! 커피에 습기가 닿으면 닿을수록 향이 파괴된다.

3) 밀봉 용기에 커피를 넣고, 서늘하고 그늘진 곳에 보관한다. 가스레인지나 오븐 근처 찬장은 뜨거운 여름 태양빛에 노출된 선반만큼이나 따뜻하므로 절대 피해야 한다.

4) 커피는 먹는 양에 맞춰 조금씩 산다. 커피의 신선한 향과 맛은 볶은 직후부터 사라지기 시작한다. 따라서 갓 볶은 커피를 조금씩 자주 사는 게 좋다. 한 번 살 때 1주일이나 2주일 먹을 분량 이상을 사지 않도록 한다.

*eighteen*

  1840년 이전까지 소호는 맨해튼에서도 활기 없는 지역이었다. 소호 SoHo라는 단어는 '로어 맨해튼의 휴스턴가 남쪽lower Manhattan south of Houston'에서 머리글자 몇 개를 딴 것이다. 그러다 1850년대 개발 붐을 타고 소호는 값비싼 소매상점들이 즐비한, 그리고 극장 객석용 조명기구 생산을 위해 만들어진 공장형 창고들이 결집한 지역으로 바뀌었다.

  지금의 상가 건물들이 활기를 띠며 개발되던 그 당시에는 조각을 새긴 석재가 아니라 아직 비싸지 않았던 주철이 유행해 그런 건물이 많이 지어졌는데, 1857년에 세워진 브룸가 근처, 브로드웨이가에 있는 이탈리안풍 건축물인 하크오토Haughwout 빌딩이 대표적이다.

  그래서 소호에 있는 수많은 건물은 기둥과 받침돌, 박공벽, 까치발 선반과 입구의 통로가 모두 쇠로 되어 있어 '주철 지구'라는 이름으로 널리 알려진 것이다. 그러나 1960년대에 이르러 그 건물들의 외관은 100년이나 보수되지 않고 방치되어 너무 낡아 보이게 되었고, 한때는 꽤 비싸게 나갔던 공장형 창고들은 싸구려 공장으로 바뀌기 시작했다.

  이 시절에는 공장 건물의 전체 한 층을 거저 이웃에 빌려주는 일이 가능했으며 가난한 예술가들이 그 기회를 많이 이용했다. 10년 만에 소호는 동해안 지역에서 예술의 메카가 되었고, 1970년대에는 웨스트 브로드웨이가, 브룸가, 그린가, 바로우가를 따라 수백 개의 크고 작은 화랑들이 생겨났다. 그들은 대개 고미술품 상점을 겸한다.

소호가 보헤미안들의 거리가 되면서 미술과 디자인, 건축이 활기차게 어우러져 업타운의 구경꾼들을 불러들였고 1970년대 후반에는 새로운 종류의 사람들이 소호의 창고들을 사들이기 시작했다. 그러자 더 이상 배고픈 예술가들이 아니라 예술 후원가들의 시대가 열렸고 이제 가난한 예술가들은 어쩔 수 없이 작은 창고들이 밀집한 서쪽 지구나 비싸지 않은 공단이 있는 곳을 찾아 도시 외곽에 자리한 자치구들로 떠나게 되었다.

1980년이 되자 새로 단장한 소호의 창고들은 앤디 워홀이 발간했던 잡지인 〈인터뷰(1973년에 발간)〉보다는 〈건축요람〉과 같은 잡지에 실리는 게 어울려 보이게 변했다. 다행히 소호 부근의 '예술가적' 분위기가 완전히 사라진 것은 아니었다.

또 소호의 울퉁불퉁한 경계선 안쪽과 인근의 몇몇 지역에는 아직도 북아메리카에서 가장 대규모로 밀집된 화랑과 박물관들이 존재하고 있었다. 장래가 촉망되는 화가나 디자이너들은 자기가 마음에 드는 곳 어디에서도 작업할 수 있겠지만 그 분야에서 진정으로 성공적인 경력을 쌓으려면 소호의 화랑에서 전시회를 하는 것이 필수 사항이다. 바로 이런 이유 때문에 해를 거듭할수록 야심 있는 작가들이 아트 스쿨 졸업장을 따기 위해 뉴욕으로 몰려드는 것이다.

오늘처럼 햇살이 밝으면서도 바람이 휘몰아치는 토요일의 추운 오후, 소호의 좁다란 거리는 사람들로 붐볐다. 어젯밤 내린 눈이 솜털처럼 새하얗게 지붕과 자동차 덮개에 쌓여 있었지만, 거리나 인도의 눈은 보행자들과 운행하는 자동차들로 검은 진탕으로 뒤범벅되어 있었다.

지금쯤 터커가 빌리지 블렌드를 잘 살피고 있을 테니 마테오와 난 시간을 내 가게를 나올 수 있었다. 우리가 소호 경계 지점에 도착했을 때는 하늘이 완전히 파랗게 개어 구름 한 점 없었다. 길거리에서 우리는 관광객이며 낮 손님들, 혹은 운 좋게도 이 화려한 유행의 거리에서 살 만큼 경제적으로 풍요한 소수의 사람을 계속 만날 수 있었다.

나로서는 이곳에 마테오와 함께 다시 왔다는 것이 낯설게 느껴졌다. 빌리지 블렌드를 운영하느라 너무 바빠서 뉴욕으로 돌아온 이후에도 소호에는 자주 올 수가 없었다.

너무나 많은 것이 변해 있었다. 페리 화랑, 애틀랜틱 화랑, 리처드 앤더슨 화랑과 같이 오랜 명성을 자랑하는 미술품 가게들, 그리고 그 옆에 나란히 붙은 리볼루션 화랑이나 페리 네그티바 같이 혁신적인 미술품을 전시하는 곳이 여전히 남아 있었다.

그러나 지역 전체가 무척 고급화되어 프라다, 아르마니, 샤넬 같은 매장들이 여기까지 입점해 파멜라 오신클로스나 퍼스트 피플 화랑과 어깨를 나란히 하고 붙어 있었다. 유명 디자이너들의 이름을 내 건 보석가게와 오트 쿠튀르(최신 유행의 숙녀복을 만드는 디자이너) 의상실도 작은 화랑이나 고미술품 상점들을 몰아내는 것 같았다.

가장 눈에 띄는 차이는 세계무역센터가 없다는 것이다. 그전에는 이 지역에 세계무역센터의 쌍둥이 빌딩이 마치 거대한 은색의 감시초소처럼 우뚝 솟아 있어 뉴욕 항구를 지켜주는 것 같은 모습을 하고 있었다.

하지만 수많은 변화에도 이곳에 대한 내 추억은 변함없이 귀중한 것이었다. 마테오와의 신혼 시절에 우리는 여기서 쇼핑하는 걸 즐겼다. 어머님도 자주 동행하셨는데 우리에게 어떤 물건을 사는 게 좋은지 지혜와 높은 안목을 아낌없이 빌려주시곤 했다.

그러나 과거에 코카인에 빠졌던 마테오의 버릇과 우리의 이혼, 그리고 조이를 키우는 문제로 요즈음에는 대개가 고가인 이곳의 옷을 산다는 건 우리에게 완전히 그림의 떡이 되고 말았다.

소호 상점 대부분에 고급화가 일어나긴 했지만 아직도 쌈짓돈을 털면 빌려 입을 수 있는 저가의 대여점이나 지하의 싼 술집들, 그리고 타로카드 점을 봐주는 가게들이 있었다.

데쓰 로우 화랑은 바로 그런 블록에 있는 걸로 알고 있었다. 톰슨가의 고급 화랑인 미첼 알구스 북쪽에 있었다. 혁신이 불어 닥치는 최근의 붐이 아직 닿지 않은 3, 4층 건물들이 쭉 늘어선 길을 따라 걸어가면서 마테오와 나는 거리에 면한 몇몇 비주류 화랑들과 저렴한 고미술품 상점, 그리고 구제 옷을 파는 가게들을 보았다.

마테오는 빌리지 블렌드를 나서기 전에 휘갈겨 쓴 메모를 쳐다보며 말했다.

"주소대로라면 이 근처에 있어야 하는데."

나는 거리에 면한 우중충한 화랑들을 쭉 둘러보았다. 벨로 화랑, 쇼의 고미술품점, 벨마의 구제 의상실, 왁스맨의 스토브 및 난로 골동품점 등의 간판이 보였지만 데쓰 로우 화랑이라는 이름은 보이지 않았다.

마테오가 내 어깨를 잡으며 말했다.

"저기 있다."

고급 화랑인 줄 알았던 사하라 맥닐이 일했다는 미술관의 외관은 내가 상상했던 모습과 전혀 딴판이었다. 거리에 면한 세련된 화랑들과 달리, 마테오가 가리키는 쪽을 바라보니 이름도 달지 않은 3층짜리 건물이 보였고 1층에 우중충한 골동품점이 하나 있었다.

그 골동품점 입구 옆으로 지면에서 지하실 문으로 내려갈 수 있게 된 콘크리트 계단이 보였다. 지하실 문에는 스텐실로 본을 떠 색칠한 13cm쯤 되는 '데쓰 로우'라는 단어가 붙어 있었다.

울퉁불퉁한 계단을 조심스럽게 내려가니 빗장이 질러진 철문이 나타났다. 뉴요커들이 흔히 사용하는 알루미늄 보안 문이 아니라 19세기의 감옥에서 떼어 온 것 같은 진짜 주철로 된 문이었다.

문은 잠겨 있었다. 문 옆에는 검은색 해골 모양을 한, 쇠로 된 붙박이 초인종이 설치되어 있었다. 마테오가 벨을 누르자 안쪽 깊은 곳에서 장례식 때 울리는 징소리 같은 게 들렸다.

나는 영화 〈아담스 패밀리(유령가족인 아담스가의 이야기를 코믹하게 만들어 히트한 영화, 1992)〉의 러치(기이한 키다리 집사)라도 나오는 게 아닐까, 하고 생각할 정도였다. 그러나 벨 소리를 듣고 우리를 맞으러 나온 사람은 엉클 페스터(아담스가의 삼촌으로 뚱뚱하고 우스운 캐릭터) 같은 모습을 하고 있었다.

그 남자는 액자 미술품들이 줄지어 걸린 긴 복도 끝에 서 있었다. 화랑 안의 공기는 후텁지근해서 숨 막히는 기분이 들었고 조명이 은은한 주홍빛을 발하고 있어 불안한 느낌이 들었다.

살찐 남자가 자기 쪽으로 손짓하며 명랑하게 말했다.

"어서 오십시오. 화랑은 이쪽입니다."

정체를 설명하기 어려운 복도의 벽은 전부 초록색으로 칠해진 벽돌로 되어 있었다. 마루도 역시 싸구려 초록색 타일로 덮여 있었다. 복도는 음침하고 지저분했지만 벽에는 값비싼 액자 속에 그림 출력본들과 영화 포스터 원본들이 걸려 있었다.

나는 화가 중 한 사람도 알 수 없었고 전시된 작품들 대부분이 처음 보는 것이었다. 그중 〈토막 살인범 잭; 뻔뻔한 잭 이야기〉라는 제목의 오프-브로드웨이 뮤지컬 포스터 한 점을 알아보았다.

또 1980년대 몇 번 막을 올리고 내렸던, 메리 셸리의 〈프랑켄슈타인〉의 연극에 사용되었던 대형 걸개그림이 있었고, 스티븐 킹의 원작소설을 영화로 한 〈캐리〉의 뮤지컬 버전 포스터도 보였다. 그 포스터가 내 기억을 일깨웠다.

"이 복도의 무대장치를 이해할 수 있을 거 같아요."

나는 마테오에게 작은 목소리로 속삭였다.

"스티븐 킹의 소설을 영화로 만든 〈그린 마일〉을 차용한 거예요. 이 긴 초록색 복도는 사형수들이 사형 집행을 받으러 걸어가는 길을 의미해요."

"음, 그런 의미에서 사형수 감방이라는 제목을 썼나 보군."

우리 앞에 서 있던 거구의 남자가 말했다.

"그렇습니다."

뚱뚱하긴 해도 그 남자는 머리부터 발끝까지 검은색 아르마니 정장을 차려입고 있었다. 바지며 셔츠, 재킷까지.

그는 뒷짐을 지고 있었기 때문에 분홍색 커다란 얼굴과 대머리가 까만 옷에서 툭 튀어나와 있는 것처럼 보였다. 요즘 유행대로 셔츠의 단추를 목까지 바짝 채우고 넥타이는 매지 않고 있었다.

우리가 그에게 다가서자 남자는 마테오와 악수를 하려고 뚱뚱한 손을 내밀었다. 나는 그의 꽉 끼는 칼라 위로 불룩 솟은, 통통하게 살찐 케루빔 천사 같은 분홍색 얼굴의 머리 부분과 눈썹에 털이 하나도 없는 것을 보았다. 또 비좁은 문으로 우리를 안내할 때 보니 구두는 브루노 마글리(이탈리아의 명품 구두 브랜드), 손목시계는 롤렉스였다.

"데쓰 로우에 오신 것을 환영합니다. 저는 토르케마다라고 합니다."

나는 마테오를 쳐다보며 "토르케마다?"라고 작게 소곤거렸다. 왠지 그 이름을 들으니 역사적으로 극악무도했던 잔학행위가 연상되었다.

맷이 눈살을 찌푸리며 말했다.

"그 이름을 듣고 스페인의 종교재판을 떠올리는 사람은 아무도 없겠지(토르케마다는 15세기 스페인의 종교 재판관으로 수많은 사람을 참형에 처함)."

숨 막힐 듯 답답한 복도를 지나니 별안간 밝고 거대한 화랑이 나타났다. 화랑은 지하실 전체를 차지하고 있었다. 화랑 안에 창문은 없었지만 전략적으로 배치한 거울들, 배관이 빽빽하게 설치된 높고 흰 천장, 그리고 경목(참나무, 마호가니 등의 단단한 재목) 재질의 반짝반짝 윤이 나는 마루 때문에 공간 전체가 더 밝고 더 넓어 보였다.

조명은 은은했지만 전시된 작품들에 하이라이트를 주기에는 충분했다. 공간 구석구석까지 모든 설비가 훌륭했고 고상한 취향이 엿보였다. 거기엔 예술을 넘어서는 뭔가가 있었다.

화랑에는 손님 몇 명이 더 있었다. 유행에 맞게 옷을 차려입은 젊은 커플 한 쌍이 이리저리 구경하고 있었고, 중년으로 보이는 일본인 남자 두 명이 한 곳에 멈춰 서서 키가 큰 여성과 대화를 나누고 있었다. 늘씬한 몸매의 젊은 여자는 마치 영화 〈엘비라 마디간〉에 나오는 청순하고 아름다운 주인공 엘비라가 세련된 프라다를 입은 것처럼 보였다.

마테오의 눈이 그녀에게 꽂혔다. 그러고는 토르케마다에게 말했다.

"멋진 공간이군요. 이런 곳에 이토록 훌륭한 화랑이 있으리라곤 상상하지 못했습니다."

토르케마다는 눈을 내리깔았는데 마테오의 찬사에 입 끝이 살짝 올라갔다.

"특별히 찾고 계신 화가의 작품이 있으십니까?"

그 순간 내 눈은 잔인한 살인과 신체 상해를 표현한 섬뜩한 그림 한 점에 못 박혔다.

온몸을 난도질당하고 손발이 잘린 한 여자의 몸이 침대 가장자리로 삐죽 튀어나온 모습이었다. 상처에서 피가 스며 나와 마루에 흥건히 괴어 있었다. 여인의 묘사는 거칠면서도 세세했다. 색채가 얼마나 진하고 강렬한지 꼭 불이 타는 것 같았다.

캔버스의 오른쪽 위 구석에 우뚝 솟아 있는 창문으로는 바깥의 거리가 대충 그려져 형체도 알아볼 수 없는 것이, 마치 화가가 전경에 있는 불운한 여인에게만 온 관심을 강박적으로 쏟아 부은 것처럼 보였다.

"이 작품의 제목은 독일어로 'Lustmord'라고 합니다. 영어로 해석하면 '성적(性的) 살인' 정도의 뜻이 되지요."

토르케마다가 그림을 응시하며 말했다.

"원본은 1922년에 독일 화가 오토 딕스가 그렸지만, 유감스럽게도 이것은 1920년대 바이마르 공화국 시절에 제작된 판화입니다. 그렇긴 하지만 판화도 무척 진귀하답니다. 이 판화본에는 서명과 번호가 매겨져 있습니다."

나는 그림에서 시선을 돌리며 말했다.

"흥미롭군요."

투박한 금속 전극이 붙어 있는, 다듬질 가공이 되지 않은 나무의자에 마테오가 손을 얹으며 말했다.

"이 물건을 보니 전기의자 같은데, 맞나요?"

"그것은 연쇄살인범인 조나단 피셔를 실제로 사형시켰던 전기의자입니다. 하지만 저희가 그것을 어떻게 입수했는지는 묻지 마십시오."

토르케마다가 의미심장한 표정을 지어보이며 말했다.

"죄송하지만 그 물건은 비매품입니다."

마테오가 아쉽다는 듯 말했다.

"아, 그것참 유감스럽군요."

나는 이리저리 둘러보다 어릿광대 그림들을 모아놓은 구역을 발견했다. 분명히 어릿광대 그림이었다. 미국의 어느 벼룩시장을 가더라도 흔히 볼 수 있는 그런 그림말이다. 완성품이긴 하지만 전문가가 그린 것이 아닌 것 같은 그림들은 다양한 모습의 광대들을 묘사한 것이었다. 좀 기이하긴 해도 불쾌한 느낌이 들진 않았다.

토르케마다의 설명이었다.

"그 그림들은 연쇄살인범인 존 웨인 게이시(미국 역사상 최악의 연쇄살인범. 광대 살인광 으로 불림)가 교도소에서 그린 작품들입니다. 그는 1994년 5월 10일에 사형되기까지 자신을 추종하는 팬들을 위해 수백 점의 유화를 그렸던 것으로 밝혀졌지요."

마테오가 물었다.

"그도 전기의자에서 죽었나요?"

"독극물 주사였습니다."

토르케마다가 대답했다.

"저희는 최근 한 소장자로부터 이 작품들을 입수했는데 그분은 얼마 전 작고 하셨습니다."

그림 중 하나를 쳐다보니 얼핏 악의없어 보이는 어릿광대의 눈에 잔인함이 깃들어 보였다. 그림의 제목은 〈어릿광대 포고Pogo the Clown〉, 부제는 '자화상'이었다.

"게이시는 동성애적 광기에 사로잡혀 스물여덟 명의 젊은이를 고문하고 살해했습니다."

토르케마다의 설명이 이어졌다.

"게이시는 어린 시절 그네에 머리를 맞았고, 그때 입은 상처로 응혈이 생겨 선악에 대한 판단을 잃게 되었다고 주장했지요. 질환이 있었다는 것이 꾸며낸 이야기인지는 모르지만 그는 화가로서의 재능이 있었고 자기가 속한 집단에서 매우 활동적일뿐더러 탁월한 사업가이기도 했습니다. 게이시는 〈어릿광대 포고〉의 그림처럼 차려입고 지방 병원의 소아 환자들을 위문공연하기도 했고 그들을 위한 기금마련에 기여하기도 했지요. 또 지미 카터 전 대통령의 부인인 로잘린 카터 여사와 함께 찍은 사진이 있을 정도로 시카고 정계에서는 매우 영향력이 있는 인물이었습니다."

아까 그 엘비라 마디간을 닮은 여인에게 천천히 다가가던 마테오가 오래된 뼈로 만들어진 책꽂이 앞에 서 있는 것이 보였다.

겉모습을 보건대 사람의 뼈 같았다. 만약 내가 전에 이탈리아에서 사람의 뼈로 만든 성골함(성자의 유골이나 유물을 모시는 함)을 보지 못했다면 무척 놀랐을지도 모른다. 그것은 소름끼칠 정도로 아름다운 성골함이었다.

그리고 마테오는 아마도 제3세계에서 이보다 더 사람의 마음을 뒤숭숭하게 하는 물건들을 자주 보았을 것이다. 이 책꽂이는 그에 비하면 대수롭지 않을 수도 있다. 아니나 다를까, 마테오의 눈은 이미 기이한 형태의 책꽂이를 벗어나 거기에 보관된 책들에 가 있었다.

갈비뼈로 된 책꽂이 칸 하나에 유리 상자가 있고 그 안에는 팔리지 않고 오래된 잡지가 한 권, 표지가 넘겨진 채 전시되어 있었다. 겉장이 넘겨진 표지에는 검은 가죽으로 몸을 에워싸는, 머리가 있는 여자의 토르소(팔다리나 목이 없이 몸통만으로 된 조각상) 한 점이 사진으로 찍혀 있었다.

토르케마다가 설명했다.

"저희는 존 윌리가 발간했던 잡지인 〈비자르(Bizarre: 별난, 기괴한이라는 뜻)〉 전 26권을 모두 소장하고 있습니다. 혹시 두 분께 이 잡지가 생소할까 해서 말씀드리자면 〈비자르〉는 1940년대와 50년대에 발간되었던 언더 그라운드 페티쉬 잡지입니다. 저희 데스 로우 화랑은 그런 춘화들을 많이 취급하지는 않지만 소장 가치가 있는 것이라면 조금씩 가지고 있습니다."

내가 물었다.

"토르케마다 씨, 그러면 주로 어떤 종류의 작품들을 취급하시죠?"

"그냥 토르케마다라고 불러주십시오. 미스……?"

내가 대답했다.

"코지라고 합니다."

토르케마다는 손을 깍지 끼며 말했다.

"손님의 질문에 답변 드리면 저희 데스 로우 화랑은 주로 사회에서 버림받은 폭력범들의 작품을 전시하고 그들의 창의적인 시도를 상품화하는 일을 하고 있습니다."

"그 말씀은 살인범들의 작품을 파신다는 뜻인가요?"

"노골적인 표현을 쓰시는군요, 미스 코지. 하지만 정확히 맞추셨습니다."

그는 마테오 쪽을 한 번 쳐다보았다가 다시 나를 바라보았다.

"손님께서는 분명히 아주 구체적인 관심사가 있으신 것 같군요. 제가 도움이 돼 드릴 수 있다고 생각합니다만."

내가 대답했다.

"실은 어떤 특정 화가의 작품을 찾고 있어요. 자기 이름을 마스라고 했던 화가인데요……"

토르케마다는 미심쩍어하는 얼굴로 나를 쳐다보았다.

"마스요?"

"사하라 맥닐이 그에 대해 말해줬어요. 그의 작품을 추천했죠."

사하라의 이름이 언급되자 엘비라 마디간을 닮은 여자가 우리 쪽을 바라보았다.

토르케마다가 딱 잘라 말했다.

"마스라, 설마 진심으로 하는 말씀은 아니겠죠."

구경꾼 중 남녀 커플은 우리 대화의 어조가 달라진 것을 의식하지 못하는 것 같았지만, 일본인 사업가들은 이제 우리를 쳐다보고 있었다.

토르케마다는 결코 부드럽다 할 수 없는 태도로 내 팔을 꽉 잡았다.

그는 억지 친절을 가장하며 말했다.

"두 분, 잠깐 제 사무실로 따라오시죠."

나는 팔을 놓으라는 시늉을 하며 화랑을 지나 '외부인 출입금지'라고 쓰인 문까지 그를 따라갔다.

그는 황급히 자물쇠를 따며 우리에게 안으로 들어가라는 손짓을 했다. 먼저 마테오와 내가 들어가자 그가 따라 들어오더니 서둘러 문을 닫았다. 사무실은 좁고 황량했으며 회색으로 탁해진 흰 벽에는 데쓰 로우 화랑 전시회에 쓴 포스터들이 액자에 걸려 있었다.

책상에는 애플 컴퓨터와 반들반들하고 얇은 모니터가 있었고, 미술 서적과 카탈로그 꾸러미가 빽빽이 쌓여 있었다. 한쪽 벽에는 검정 가죽 폴더에 든 작품집이 한 아름 기대져 있고 책상 뒤쪽의 구석에는 은 쟁반을 손에 받친 자세를 취하는 해골이 서 있었다. 점심을 나르는 모습처럼 보였다.

쟁반 위에 있는 물건들이 뭔가 하고 자세히 쳐다보려는데, 토르케마다가 내 주의를 돌리며 강한 어조로 말을 꺼냈다.

"자, 이게 다 무슨 일인지 설명해주시죠."

토르케마다가 안색을 붉히며 말했다.

"저는 벌써 형사에게 다 말했습니다. 두 분도 형사라면 신분부터 밝혀야 하지 않을까요?"

"저희는 사하라 맥닐의 죽음을 조사하는 사립탐정입니다."

마테오는 일말의 망설임도 없이 탐정이라고 말했다.

"뭘 조사한단 거지요?"

토르케마다는 두 팔을 벌리고 들썩이며 이렇게 물었다.

"그녀가 청소트럭에 깔려 죽은 게 다라고 알고 있습니다."

내가 말했다.

"그녀의 죽음에 별로 충격을 받지 않으신 것 같군요."

"네, 그렇습니다, 미스 코지. 두 분도 사정을 알면 그러실 겁니다. 샐리는 아주 무능한, 평균 이하의 판매 담당자였고 저희 화랑이 간판으로 내세우는 화가나 고객들과 수다나 떠는 역할을 하는 바람에 하마터면 가장 중요한 고객 하나를 잃을 뻔했습니다."

"마스를 말씀하시는 건가요?"

토르케마다가 웃음을 터뜨렸다.

"그럴 리가 있나요. 마스는 형편없는 화가입니다. 래리 길먼이라는 이름으로 활동하고 있어요. 그냥 살인범을 추종하는 워너비족입니다."

내가 대답했다.

"믿을 만한 소식통에 의하면 그에게 폭력 전과가 있다고 들었습니다. 살인을 저질렀을 수도 있다고요."

"살인으로 번진 폭행 사건의 피고인 중 하나로 기소되었죠. 바에서 한 아가씨를 두고 푸에르토리코 펑크족 몇 놈이 몸싸움이 붙었고 래리도 거기에 말려들었어요. 한데 싸움에 끼었던 푸에르토리코 청년 하나가 죽고 말았습니다. 래리는 살인을 저질렀는데도 별로 고생도 안 하고 가석방을 받았습니다. 오히려 그 상황을 이용했죠. 제 생각에도 그 일이 그의 경력에 유리하게 작용했다고 봅니다."

"정말인가요?"

토르케마다가 대답했다.

"재능이 아주 조금은 있단 뜻입니다. 마스는 한마디로 자기가 좋아하는 것에만 극성스럽게 열광하는 친굽니다. 일본 만화가 잭슨 폴락을 만났다고나 할까요. 모방에는 꽤 능했습니다. 전 이따금 진품을 살 여유가 없는 고딕문화 팬들에게 그의 작품을 팔아주기도 했습니다."

"저기 있는 광대 그림들 같았다는 뜻인가요?"

"미스 코지, 광대 그림들은 심오하지 않을지는 모르지만 래리 길먼 같은 인간보다는 훨씬 어두운 세계를 포착할 줄 아는 대담한 정신을 가진 사람의 작품입니다. 확실히 당신 같은 분보다는 그렇단 뜻입니다."

*그래, 나 같은 사람보다 어두운 세계를 포착한다니 하느님한테 감사해야겠네.*

내가 물었다.

"래리 길먼과 사하라 맥닐의 관계가 어땠다고 생각하세요?"

"주인과 애완견의 관계죠, 하라는 대로 하는. 래리는 맥닐을 숭배하고 그녀는 그를 참아줬죠. 사하라가 래리의 그림을 팔아줬고, 그가 화랑에 와서 한참 수다를 떨게 놔뒀습니다."

토르케마다는 손톱을 한참 뜯어보며 한숨을 지었다.

"사하라는 아마 그런 관심이 좋았던 것 같지만 제가 보기에 그 이상의 감정이 있었다고는 생각하기 어려웠어요. 사하라는 래리보다 열 살이나 위였고 학력이나 감식안에서도 래리보다는 좀 나았죠. 그녀는 미술 분야에서 학위를 딴 사람이지만 래리는 뉴저지 시골에서 고등학교도 중퇴한 인간입니다. 아니, 사하라가 청소년 티를 막 벗어 어린데다 재능도 없는 래리 같은 친구한테 진짜 마음이 끌린다는 게 가당키나 한 일입니까?"

토르케마다는 벽에 기대져 있던 검은 가죽으로 된 작품집 쪽으로 걸어가 그중 하나를 책상 위에 내던지듯 올려놓았다.

"마스가 오늘도 일찌감치 들러 이걸 건네주더군요."

그는 가죽 폴더를 휙 열어젖혔다. 안에는 아크릴 물감으로 그린 그림이 있었다. 모두 열 점인 그림은 하나같이 같은 여인을 그린 것이었다.

나는 '카푸치노 미팅의 밤'에서 보았던 사하라 맥닐의 불타는 듯한 빨간 머리와 녹색 눈을 알아볼 수 있었다.

"사하라 맥닐이군요……."

꽤 잘 그린 그림들은 빛나듯 밝았으며 무척 이상화된 초상화였다. 끓어오르는 사랑의 고통에 빠진 정열적인 젊은이가 그렸을 법한 느낌이 들었다.

"이런 건 팔 수도 없어요."

토르케마다의 목소리는 비통에 차 있었고 안타까움이 배어 있었다.

그는 화가 났다기보다는 애처로운 표정을 지으며 작품집을 닫았다.

"동화책 그림 같이 보인단 말입니다. 이런 걸 살 사람이 어디 있습니까?"

*하긴 누가 살까? 데쓰 로우 화랑에 미술품을 사러 온 사람 중에는 보나 마나 없겠지.*

나는 체념한 얼굴을 하는 토르케마다의 표정을 찬찬히 살펴보았다. 여전히 마음에 걸리는 게 한 가지 있었다.

"아까 사하라 맥닐 때문에 중요한 고객을 잃을 뻔했다고 하셨죠? 그게 누군가요?"

토르케마다는 책상 뒤로 걸어가 의자에 앉았다.

나는 그의 뒷자리 구석에서 흔들거리는 해골과 뭔가를 바치는 듯 앞으로 쭉 뻗쳐진 은쟁반에 자꾸 시선이 가는 것을 막으려 애썼다.

"세쓰 마틴 토드라는 사람입니다."

그가 대답하는 동안 마테오와 나는 그의 맞은편 의자에 앉았다.

마테오가 말했다.

"이름만 들어서는 모르겠는데요."

"네, 뭐, 그럴 수도 있겠죠."

나는 토르케마다의 대답에서 뭔가 약간 방어적인 낌새를 느꼈다.

"세쓰 마틴 토드는 다음 주 로스앤젤레스에 있는 게티 미술관에서 단독 전시회를 열 예정인 화가입니다. 그의 그림은 현재 상당한 돈이 되고 있지요. 우리 화랑이 살아남는 데 꼭 필요한 커미션을 만들어주고 있다, 그런 말입니다. 그런데 사하라 때문에 토드 씨와 우리의 신용에 커다란 금이 가고 말았어요."

"어떻게요?"

"토드 씨가 자기 작품을 헐값에 팔았다고 그녀를 고소했습니다. 〈찰리 로스 전시회〉에 사하라가 약속을 깨고 나타나지 않은 것에 화를 내며 뉴욕현대미술관MoMa에서 자기 작품 전시회를 잘못 조율한 것도 사하라 때문이라고 책임을 전가했지요."

"토드 씨가 사하라를 협박했나요?"

토르케마다는 말도 말라는 듯 통통하게 살찐 분홍색 손을 흔들어 보이며 대답했다.

"여러 문제로요. 하지만 그는 원래 모든 사람에게 그럽니다. 제게도 그러는 걸요."

"그러면 그 사람도 마스처럼 살인범을 추종하는 워너비족이란 건가요? 그런데도 전혀 위험하지 않단 말인가요?"

"그런 얘기가 아닙니다, 미스 코지. 세쓰 마틴 토드는 진짜 무서운 사람이죠. 사람을 둘이나 죽였어요. 그중 한 사람은 자기 부인이었고요."

마테오가 몸을 앞으로 숙였다.

"그러면 지금 그는 교도소에 있습니까? 그렇지 않다면 적어도 재판 중이겠군요."

"그에 대한 기소는 절차상 문제에 봉착해 있어요. 살인은 버몬트에서 일어났는데 토드를 체포한 작은 마을의 보안관이 일련의 증거들을 서투르게 처리하고 말았지요. 아주 비싼 돈을 주고 산 토드 측 변호사가 재판 전에 토드에게 불리한 증거는 다 입수해 없애버렸죠. 토드는 재판도 받지 않고 풀려났고 그 일로 악명이 높아져 특정 수집가들에게 아주 비싸게 팔리게 되었지요."

내가 물었다.

"토드 씨는 뉴욕에 살고 있나요?"

토르케마다가 콧방귀를 꼈다.

"퀸즈도 뉴욕이라고 할 수 있다면 뉴욕에 살긴 살죠."

그는 서랍을 열어 색인 파일을 꺼내더니 거기에서 명함을 하나 뺐다.

"거기 그의 주소가 있습니다. 그 사람이 당신들을 만나주면 안부나 전해 주시지요."

마테오가 눈을 가늘게 뜨며 말했다.

"아, 만나줄 수밖에 없을 겁니다."

"그 사람은 어제 '세계무역센터 추모 위원회'의 대표도 만나길 거부

했습니다. 저도 그 대표가 토드를 만나길 바랐는데, 토드는 그 대표가 도덕적으로나 윤리적으로 자기 작품을 재단하는데 걸맞지 않다고 했다더군요."

"왜요?"

"토드는 남자들하고 문제가 좀 있습니다. 수탉 콤플렉스 같은 게 있다고 할까요. 겉으로 보기엔 남자나 여자 모두에게 인기가 있지만 실은 여자와 만나는 것을 더 좋아합니다. 특히 경력에 도움이 될 것 같으면더요. 이건 제 생각인데 그의 성공 비결도……, 여자 다루는 솜씨에 있지 않나 싶죠. 제 말은 세쓰란 인간은 그 방면에서 자기 매력을 최고로 발휘한단 뜻입니다."

토르케마다는 내게 무슨 말인지 알지 않느냐는 듯 징그러운 미소를 띠어 보였다.

"미스 코지, 당신도 운이 좋다면 그가 마술을 보여줄 겁니다."

마테오는 그 큰 체격으로 내 옆에 바짝 붙어 앉으며 단호히 팔짱을 꼈다. "그 마술에는 살인도 포함되는 겁니까?"라고 묻는 그의 목소리에서 긴장감을 읽을 수 있었다.

"세쓰에게는 자기만의 혼 같은 게 있습니다."

토르케마다는 자신의 뒤에 있던 해골로 잠시 시선을 주며 말했다.

"우리 모두가 그런 것처럼 말입니다."

그런 다음 그는 나를 쳐다보았다.

"세쓰가 사하라를 죽였다고 생각하신다면 틀렸습니다. 그는 샐리도, 그녀의 부르주아적 배경도 경멸했어요. 예술가로서 세쓰의 힘은 자기가 사랑하는 것을 파괴한다는 자각에서 나옵니다. 자기에게 목숨보다 소중한 사람이 자기 손에서 죽어간다는 자각 말입니다."

대머리 토르케마다의 시선이 다시 한 번 뒷자리의 해골로 향했다.

"저는 세쓰를 이해합니다. 어떤 면에서는 그의 감정까지 알 것 같죠. 물론 나는 아내를 죽이진 않았지만 죽어가는 것을 그냥 옆에서 방관만 했으니까요."

그는 다시 우리 쪽을 쳐다보았지만 눈빛은 어디 먼 곳을 바라보는 것 같았다.

"매들린은 마약을 했었죠, 헤로인을. 그게 아무 일도 제대로 할 수 없었던 그녀의 무능력과 더해져 남용하게 되었죠. 하지만 그녀는 여기 이렇게 여전히 제 곁에 있습니다."

처음에 난 그게 순수하게 마음에 남아 있단 뜻으로 이해했는데 곧 그 말이 해골을 가리킨 것임을 알게 되었다. 그의 어깨 뒤에 서 있는, 의과대학 해부학 교실에서 봄직한 견본이라 생각한 그 해골이 실은 토르케마다의 죽은 아내의 유골이었던 것이다.

맙소사, 여기는 정말 공포영화에 나오는 장면 같아.

"보시다시피 저는 그녀를 잊지 못하고 있습니다. 마스는 사하라를 저 세상에 보내고도 이렇게 제게 그림을 가져온 걸 보면 적어도 제정신이라는 뜻입니다. 사하라 맥닐의 죽은 얼굴을 다시는 쳐다보지 않으려고 그러는 거죠."

나는 서둘러 일어서며 말했다.

"시간을 내주셔서 감사합니다."

마테오도 내 뒤를 따랐다. 하지만 나는 방을 나가려고 방향을 돌리기에 앞서, 끔찍하긴 하지만 토르케마다 부인의 손에 꼭 쥐인 쟁반에 올려 있는 물건들에 눈길이 가는 것을 막을 수가 없었다.

주사기와 숟가락, 흰 가루가 든 비닐봉지가 하나씩, 그리고 심지가

다 탄 초가 한 자루 있었다. 또 꼭 칠면조 목같이 보이는 오그라진 물건이 있었다. 그게 무엇이든 간에 동물의 장기인 건 분명했다.

나처럼 쟁반을 바라보던 마테오가 커다란 공포에 질린 듯 숨이 거칠어졌다.

"오, 하느님, 어떻게 이런!"

마테오의 동요에 놀랐는지 토르케마다는 황급히 일어나 우리를 거의 문으로 밀다시피 쫓아냈다.

"당신은 결코 이해하지 못합니다."

그는 화난 목소리로 말했다.

"사랑하는 사람에게 정조를 지키고 약속을 지키는 데는 여러 가지 방법이 있는 겁니다……. 나는 내 식대로 정조를 지킨 겁니다."

마테오는 내 팔을 낚아채 서둘러 데리고 나왔다.

어떻게 나왔는지 기억도 안 나지만 우리는 벌써 길가에 나와 있었고 마치 광산에 갇혀 있던 광부들이 구출된 후 소생의 숨을 들이마시듯 신선하고 차가운 공기를 들이마시고 있었다.

"저기서 빠져나왔으니 천만다행이에요."

마테오를 돌아보니 그의 얼굴이 새하얗게 질려 있었다.

나는 너무 놀랐다.

그가 동요하는 모습을 보니 나까지 동요되었다.

"언제부터 구역질이 느껴진 거예요? 전에도 해골을 본 적이 있는데 왜 그래요? 뉴욕에 살면서 그런 소름끼치는 거 처음 봐요?"

마테오는 나를 톰슨가로 서둘러 끌고 가며 말했다.

"해골 때문에 그런 것도 아니고 토르케마다한테 질려서 그런 것도 아니야. 쟁반에 올려 있던 물건 때문이야."

"그럼 주사기 때문에? 헤로인 때문에? 아니면 칠면조 목 때문에?"

마테오가 고개를 저었다.

"칠면조 목이 아니야, 클레어."

"그럼 뭔데요?"

"언젠가 아프리카에 있을 때 두 남자가 강간죄를 선고받는 걸 봤어. 재판이 끝난 뒤 처벌로 신체 일부를 제거당했지."

나는 숨이 막혔다.

"세상에, 그럼 그게……?"

마테오가 고개를 끄덕이며 말했다.

"토르케마다가 했던 말, 당신도 들었잖아. 자기 식대로 정절을 지켰다고……"

*nineteen*

데쓰 로우 화랑을 떠난 뒤 마테오와 나는 지하철 R선까지 걸어가 업타운 행인 브로드웨이 지방선을 탔다. 바로 발레리 라땡이 타려고 했던 노선이다. 타임스 스퀘어 역에서 우리는 롱아일랜드로 가는 퀸즈행 7호선으로 갈아탔다. 7호선은 타임스 스퀘어 역에서 5번가 역까지는 지하구간을 통과하고 그랜드 센트럴 역까지는 가장 깊은 곳을 지나간다.

거기서부터는 이스트 리버 밑의 터널을 통과하고 다시 그곳을 빠져나와 퀸즈 중간부터 플러싱에 있는 시 스타디움(메이저리그 소속의 프로야구팀 뉴욕 메츠의 홈구장)까지 선로는 고가를 달리고 거기가 7호선의 끝이다. 7호선 승객 중에는 스페인계와 아시아인, 그리고 이스트 인디언들과 혈색이 붉은 아일랜드에서 막 온 사람들이 주로 타고 있었다. 아일랜드인들은 동료 이민자들과 섞이기 위해 에메랄드 섬이라 불리는 아일랜드를 떠나 퀸즈의 우드사이드로 이주해온 사람들이다.

마테오와 나는 아일랜드인 거주 지역까지 가지 않고 그전에 내릴 예정이었다. 우리의 목적지는 거기보다도 덜 유쾌한 곳인 퀸즈의 공단 지역이었다. 롱아일랜드 시라고도 불리는 그곳은 요즈음 주거지역으로 바뀌는 중이었다. 사실 우리가 가는 곳은 말이 오래된 공단 지구지 주택가로 변하기 시작하면서 도회지풍의 세련미를 갖추어가고 있었다.

소호 중심부에서 무척 불쾌한 경험을 했음에도, 아니면 그랬기 때문인지, 지하철이 땅속을 지나갈 때의 최면을 일으키는 흔들거림 때문에 나는 공상에 빠졌다.

내 머릿속은 어느덧 아직 공사가 끝나지 않은 브루스 바우먼의 저택으로 날아가 있었다. 네 기둥이 달린 침대에 함께 누워 몇 시간이고 그가 나를 어루만져 피부가 계속 조금 얼얼했던 기억.

최근까지도 7호선은 주홍색이 칠해진 오래된 열차를 운행하고 있었다. 외풍이 들어오고 잡음이 심한 낡은 열차는 어떤 구간을 지나갈 때면 특히 더 시끄러운 소리가 나서 대화가 거의 불가능할 때도 있었다.

그러나 우리가 오늘 탄 열차는 새것이라 반들반들 윤이 나고 조용했는데도 마테오와 나는 서로 이야기를 꺼내지 않고 있었다. 나는 나대로 공상에 잠겨 있었고 마테오는 내 옆에서 오렌지색 딱딱한 플라스틱 의자에 앉아 팔짱을 끼고 앉아 있었다. 먼 곳을 응시하는 모습을 보니 그도 나처럼 딴생각에 잠긴 것 같았다.

열차가 터널을 빠져나올 때 나는 퍼뜩 공상에서 깨어났다. 긁힌 자국이 난 창문을 통해 늦은 오후의 눈부신 석양이 쏟아져 들어왔기 때문이다. 위로 비스듬히 난 선로를 따라 7호선 열차가 고가로 올라가자 진흙과 녹기 시작한 눈이 뒤범벅되어 덮인 황량한 조차장(철도에서 열차를 잇거나 떼어내는 곳)을 통과하는 모습이 보였다.

긴 구간에 걸쳐 선로 공사를 하고 열차를 새것으로 바꿨는데도 7호선 구간은 여전히 자기 자리가 아닌 곳에 있는 것처럼 황량하고 낡아 보였다. 맨해튼 선이 새로 복원한 모자이크 타일로 된 역들을 지나가는 것에 비하면 7호선 구간은 가난한 사촌 동생 같다는 생각이 들었다.

퀸즈 플라자에 있는 역을 포함해 7개의 역이 백 년 된 고가 구간에 있었고 그것들은 산업혁명 때 지어진 것이다. 높은 철재 기둥은 가장자리 장식이 없는 철골 구조로 되어 있고 콘크리트 플랫폼과 나무 선로가 있는 곳도 더러 있었다.

열차가 삐걱거리며 그런 역을 지나갈 때면 마치 나무로 된 낡은 롤러코스터를 탈 때와 같은 소리가 났다. 내가 자랄 때는 시골의 놀이공원에서 그런 롤러코스터를 타곤 했었다.

우리는 퀸즈 플라자 역 다음인 33번가 역에서 내렸다. 비좁은 콘크리트 플랫폼에서 바라보니 강 건너에 있는 엠파이어스테이트 빌딩의 웅장한 모습이 황금빛 저녁놀에 붉게 타는 듯 보였다.

우리는 길게 난 3층 계단을 걸어 내려가 퀸즈 대로 방향으로 나갔다. 퀸즈 대로는 퀸즈의 주요 도로 중 하나다. 신호등이 바뀌기를 기다리는 동안 3차선 도로는 차들로 꽉 차버렸다. 이렇게 시끄러운 곳에서 이윽고 마테오와 나는 차의 엔진들이 내는 굉음을 들으며 말다툼을 하기 시작했다.

마테오가 말했다.

"클레어, 별로 좋은 생각이 아닌 것 같아. 왜 지금 세쓰 마틴 토드를 만나려는 거야? 꼭 오늘이어야 해? 우린 이미 그가 사람을 죽인 걸 알고 있잖아, 그것도 두 명이나. 왜 꼭 호랑이 굴에 쳐들어가려는 거야?"

"왜 그런지 알잖아요. 내 마음의 평화를 위해선 꼭 해야 할 일이에요."

"퀸더러 사건을 해결하라고 해. 형사도 크리스피 크림 도넛이나 사먹고 이혼한 여자 꽁무니나 따라다니는 것보다는 중요한 일을 해야 하는 거 아니야? 지쳐 빠진 형사가 이번에는 월급 값을 하게 하자고."

"그런 식으로 퀸을 모욕할 것 없잖아요. 퀸이 이번엔 브루스에 대해 잘못된 판단을 하고 있지만 절대 능력 없는 형사가 아니에요. 나도 퀸에게 사건을 맡길 생각을 하고 있다고요. 하지만 그러려면 그에게 제시할 증거가 필요해요. 마테오, 여기까지 온 것도 아주 유리한 상황이고 당신은 원래 도전을 좋아하는 사람이잖아요."

마테오의 얼굴이 돌처럼 굳어졌다.

"도전 좋지. 하지만 클레어, 지금 당신은 살인자의 집을 찾아가면서 나더러 호위해 달라는 거잖아. 그게 좋을 리 있겠어?"

나는 한숨을 쉬었다.

"당신도 나 혼자 가는 걸 바라진 않잖아요?"

"난 당신도 안 가길 바라는 거야."

"하지만 난 갈 거예요. 그러니 당신이 알아서 해요."

맷은 목 뒤를 문지르더니 고개를 저었다.

"제발, 그만두자고."

"이건 진짜 완벽한 기회라고요."

혼잡한 길을 건너면서 나는 마테오의 사기를 돋우려 애썼다.

"토르케마다가 말하길 토드는 세계무역센터 추모 위원회 대표를 만나주지 않았지만 매력을 과시하는 건 좋아한다고 했잖아요. 그러니 내가 추모 위원회에서 나온 사람인 척하고, 싫긴 하지만 자기 매력을 나한테 과시하게 해주자고요. 그러면 분명히 정보를 빼낼 수 있을 거예요."

"그럼 당신이 정보를 빼내는 동안 난 뭘 해야 하는데?"

"그냥 밖에서 기다려요. 토르케마다가 토드는 권위 있는 남자하고 있으면 문제를 일으킨다고 했잖아요."

"클레어, 아무리 봐도 좋은 생각이 아닌 거 같아."

"분명히 좋은 기회에요. 만약 내가 나올 시간에 나오지 않으면, 한 삼십 분쯤? 그럼 당신이 경찰을 불러요. 퀸을 불러도 되겠죠. 물론 여기가 그의 관할 구역은 아니지만……."

나는 맷에게 시선을 던지며 말을 이었다.

"이 근처에도 크리스피 크림 도넛 가게는 있을 테니까요."

마테오도 나를 쳐다보았지만 말은 하지 않았다.

태양은 이제 지평선에 닿아 있었고 우리가 33번가 북쪽으로 걸음을 옮길 때쯤엔 가로등 불빛이 깜빡이기 시작했다.

대규모 상업지구인 이쪽 거리의 자동차용품 판매점, 강철 마감재나 가구 제조사, 창고들은 막 문을 닫는 중이거나 이미 닫은 후였다. 저 멀리 공장형 창고 스타일의 커다란 건물들이 몇 채 보였는데 다들 반쯤은 비어 있는 것 같았다.

이쪽 구역은 주거단지가 아니라 눈을 치우러 나온 사람들이 하나도 없는 것 같았다. 그래서 찻길과 인도에 더럽혀진 눈이 두껍게 쌓여 있었다. 상점이나 식당, 슈퍼마켓, 가판대 하나 보이지 않았다. 도시의 삶에 빗대어 말하자면 이곳은 확실히 흔히 말하는 '도시의 경계지점' 같은 곳이었다.

마테오와 내가 공터를 지나가는데 스페인계 십대 청년 몇이 그곳에서 야구를 하고 있었다. 그들의 사나운 눈빛이 우리를 쳐다보는 게 느껴졌다. 그러자 문득 천 달러를 호가하는, 유명 메이커에 새 옷인 긴 양가죽 코트를 입고 온 게 후회가 되었다.

이 멋있는 코트를 소호의 거리에서 입고 있을 때는 사람들의 부러움을 사기에 완벽했지만 롱아일랜드에서는 절대 현명하다고 볼 수 없다. 십대 청년들이 마테오와 나를 두 번, 세 번 쳐다보자 마테오가 그들에게 코웃음을 쳤고 그러자 청년들은 곧장 야구 놀이로 돌아갔다.

마테오가 침착한 어조로 말했다.

"클레어, 당신이 눈치 채지 못했을까 그러는데 여긴 절대 좋은 동네가 아니야."

"당신은 강도가 우글거리는 나라에서도 지가-지가까지 지프를 타고 갔던 사람이니까 롱아일랜드의 정글에서도 우리 둘쯤 충분히 지켜낼 수 있다고 생각해요."

"아프리카에서야 총이 있었지."

우리가 오른쪽으로 돌아 커다란 공장 건물 두 채 사이에 난 좁고 막다른 골목으로 들어갈 때는 눈 깜짝할 새 땅거미가 내려앉고 있었다.

왼쪽 건물 앞에는 철조망이 둘려 있었다. 철조망은 세 개가 연달아 붙어 있었는데 각각 2.4m가량 되어 보였으며 맨 위에 가시철사가 사슬 모양으로 연결되어 있었다.

철조망 안쪽에서 검은 개 한 마리가 우리를 보고 컹컹 짖어댔다.

오른쪽 건물은 6층짜리 공장 겸 창고 같은 구조로 되어 있었는데 거의 한 블록 전체를 차지하고 있었다. 그 건물은 토르케마다가 내게 건네준 명함에 적힌 것과 똑같은 주소에 있었다.

나는 밝은 표정으로 말했다.

"여기에요."

맷은 싸늘한 눈빛으로 어두컴컴한 골목을 살펴보았다.

골목에는 초기에 깐 듯 보이는 자갈이 아직도 깔려 있었다. 건물의 어두운 유리창을 통해 보니 안에는 불빛이 전혀 없었다.

"이거 완전히 즐거운 나의 집이로군."

우리는 막다른 블록의 맨 끝까지 걸어가 창문이 없고 강철로 된 문 앞에 멈춰 섰다. 문 위에 매달린 갓 없는 백열등은 꺼져 있었다. 지는 해의 어슴푸레한 마지막 빛에 의지해 간신히 간판을 읽을 수 있었다.

"토드 스튜디오에요. 여기가 분명히 맞는 것 같은데 왜 자기 이름 철자를 틀리게 썼는지 이상하네요. 명함에 있는 철자에는 '토드'에 D가 두 개인데 말이에요."

맷이 대답했다.

"이름의 철자를 잘못 쓴 게 아니야. '토드Tod'는 독일어로 '죽음'이란 뜻이야."

"아."

나는 황량해 보이는 빌딩의 이상하게 생긴 문을 다시 한 번 쳐다보고 어깨를 들썩거렸다.

"그럼 나는 이쯤에서 들어갈게요."

맷이 뒤에서 내 코트 소매를 잡아당겼다.

"시계를 맞춰놓자고. 삼십 분이야."

맷은 브라이틀링 손목시계를 만지작거리며 말했다.

"됐어, 어서 들어가."

마테오는 숨기 좋은 자리로 가 내가 문 옆의 버튼을 누르는 모습을 지켜보았다.

창고의 벨들이 그렇듯 곧 시끄러운 메아리가 거대한 건물에 울려 퍼졌다. 안에서 사람이 응답하는 데 너무 오래 걸리는 거 같아 이러다가 문 앞에서 30분이 다 가겠다는 생각이 들었다.

거의 10분쯤 지나서 발걸음 소리가 들렸다. 문 위의 백열등이 갑자기 탁 켜지며 날카로운 금속성의 소리와 함께 문이 크게 열렸다.

헝클어진 옅은 금발에 호리호리한 몸을 한 남자가 문간에 서 있었다. 키는 컸지만 너무 말라서 나보다도 무게가 적게 나가 보였고 안색은 창백한데다 건강해 보이지 않는 모습이었다. 그러나 하늘색 눈동자를 통해 지성과 에너지가 엿보였으며 솔직하고 친절한 성격으로 보였다.

사실 세쓰 마틴 토드가 사람을 불안하게 만드는 모습은 딱 하나, 검붉은 액체가 손에서 팔뚝까지 얼룩덜룩 묻어 있는 것이었다.

"저런, 그게 페인트면 좋겠는데요."

놀랍게도 그 남자가 웃었다.

그래서 나도 웃었다.

그가 물었다.

"뭐 도움이 필요하십니까?"

"혹시 세쓰 마틴 토드 씨라면요."

그가 고개를 끄덕였다.

"그럼 도와드릴 수 있겠군요. 저 어떤 분이신지……?"

내가 대답했다.

"클레어라고 합니다. 선생님께서 세계무역센터 추모 위원회에 그림을 주시겠다고 제안하신 걸로 알고 있습니다만."

"만나서 반갑습니다, 클레어."

세쓰 토드는 악수를 하려고 손을 내밀었다. 그러더니 자기 손에 피처럼 검붉은 페인트가 잔뜩 묻은 것을 깨달은 것 같았다.

그는 양처럼 순하게 말했다.

"죄송합니다."

우리는 둘 다 또 웃었다.

*완전히 로맨틱 코미디 분위기군. 자기 부인을 죽인 사람이라는 것만 빼면.*

"들어오시죠."

세쓰 토드는 내가 안으로 들어갈 수 있게 스케처 운동화 바닥으로 문을 밀었다. 순간 나는 불안한 마음에 어깨너머로 골목길 저 아래 어떤 집 문간에 잠복해 있을 마테오의 모습을 흘깃 쳐다보았다.

나는 곧 토드 쪽으로 몸을 돌리고 안으로 들어갔다.

"안으로 들어가 계세요."

토드는 팔꿈치로 열린 커다란 문을 가리키며 말했다.

"저는 정리를 좀 하고 오겠습니다."

문지방을 넘어서니 넓고 텅 빈 공장이었다. 콘크리트 바닥은 기름때로 얼룩져 있고 천장은 높았으며 회반죽 이음매가 없는 벽돌 벽을 따라 배관과 난방 파이프들이 쭉 연결된 모습이 보였다.

이 창고는 한때 화물차의 짐을 싣고 내리는 적재 도크로 사용된 것 같았다. 벽에 면한 커다란 창고 문 두 개가 43번가를 향해 나 있었는데 이음매 부분에서 차가운 외풍이 새어 들어왔다.

공장의 양 측면을 따라 줄지어 난 큰 창문들은 전기를 가동하기 전, 아침 햇살과 오후 햇살을 받을 수 있도록 전략적으로 배치되어 있었다.

밖이 막 어두워지기 시작했기 때문에 드넓은 공장 내부 군데군데에 그림자가 지고 있었다. 막상 안에 들어와 보니 밖에서 볼 때 왜 안의 불빛이 하나도 보이지 않았는지 이해가 되었다.

토드는 넓은 공간 중에서 한쪽에 있는 작은 구석만 작업공간으로 사용하고 있었는데 공장 안에서 불이 켜진 곳은 그곳밖에 없었다. 그쪽 자리 천장에 긴 전선이 달려 거기에 매달린 갓 없는 밝은 백열등 세 개에만 불이 켜져 있었다.

등받이 의자 몇 개는 비슷한 거라곤 하나도 없었고 또 등받이 없는 의자가 몇 개, 가지각색의 그림이 그려진 이젤 몇 개가 보였다. 추상화가 몇 점 보였지만 모두가 추상화는 아니었다.

오래된 고딕 교회를 그린 유화가 한 점, 그리고 앤드류 웨쓰(1917~ . 미국의 사실주의 화가)의 작품을 떠올리게 하는 농장 그림 하나가 역시 유화로 그려져 있었다.

토드가 현재 그리는 작품은 작업실 한가운데 있는 대형 이젤에 얹혀 있었다. 가로 3m, 세로 1.8m가량 크기의 캔버스는 온통 서로 다른 주홍색으로 칠해져 있었다.

갓 흘린 피의 빛깔과 같은 선홍빛부터 딱지가 새로 앉을 때의 탁한 자주색, 그리고 오래된 핏자국과 같은 진갈색 얼룩에까지 다양한 색이 었다. 추상화지만 각각의 요소들이 합쳐져 감정적인 효과를 자아내고 있었다. 이 화가는 색상과 형태, 질감의 선택과 배열에서 정말 천재적인 면을 보여주고 있었다.

세쓰 토드는 김이 모락모락 나는 은주전자와 흰색 도자기 컵 두 개를 들고 내 곁으로 다가오며 말했다.

"차 한 잔 하시겠습니까?"

"감사합니다."

내가 대답하는 새 그는 낮은 나무 탁자에 컵을 올려놓고 물을 따랐다.

"코트를 벗고 앉으시지요."

나는 양가죽 코트를 벗어 솜이 잔뜩 채워진 팔걸이의자 등에 걸쳐놓았다. 그는 등받이 없는 의자 하나를 끌고 와 내 맞은편 자리에 앉았다.

의자는 다리 부분의 쇠 가로대 크롬도금이 많이 벗겨졌고 위에는 검은색 쿠션이 끼워져 있었다. 차를 마셔보니 맛이 좋았다. 과일 맛이 살짝 도는 다즐링 홍차였다.

"실은 전 커피를 더 좋아합니다."

세쓰는 커피를 못 내 미안하다는 투로 말하며 〈비버는 해결사(말썽꾸러기 꼬마 비버의 모험담을 그린 코미디 영화, 1997)〉의 한 에피소드에 나오는 십대 소년처럼 스케처 운동화 굽을 의자 다리의 가로대에 편히 올려놓았다.

"고급 코나나 블루마운틴을 내면 좋았을 텐데 제가 수면장애가 좀 있어서 저녁 6시 이후로는 카페인을 마시면 절대 안 된답니다. 친구들은 저더러 디카페인 커피로 바꾸라고들 하지만 그런 절망적인 방법에 의존하느니 차라리 저녁 커피를 건너뛰고 말지요. 이탈리아 시인 단테도 카페인을 거부한 사람들이 가게 되는, 지옥에서 울리는 종에 대해 글을 쓰는 것은 깜빡한 것 같아요."

나는 큰 소리로 웃었다.

*세상에, 살인자라는 말만 안 들었어도 이 사람이야말로 내 이상형이라고 생각했을 거 같아.*

"내 생각도 딱 그래요. 저도 선생님이 상상하시는 이상으로 엄청난 커피 애호가랍니다. 하지만 지금 이 차도 정말 훌륭한데요."

"그건 차이나타운에서 산 겁니다. '웰네 수입품점'이라는 모트가에 있는 작은 가게죠. 전 잎으로 된 차만 산답니다."

나는 세쓰 토드의 작업 공간을 쭉 둘러보았다. 내가 생각할 수 있는 전형적인 화가의 작업실이었다. 튜브형 그림물감과 페인트통, 붓, 연필, 그리고 캔버스와 종이들이 있었다. 아까 그 이젤 말고 다른 이젤에는 펜과 연필로 그린 스케치들이 몇 점 압정으로 고정되어 있었다.

대개 인체를 그린 그림이었다. 얼굴과 몸을 그린 그림들과 초상화 몇 개에 그려진 사람들은 분명히 살아 있는 모습을 그린 것이었다. 그중에서 몸이 잘려나가거나 칼에 찔리거나 어떤 식으로든 잔인하게 그려진 사람은 하나도 없었다. 하지만 작업실 한가운데 위압적으로 서 있는, 처음에 보았던 붉은 색조의 대형 캔버스에 다시 눈이 갔다.

내가 말했다.

"저 그림은 상당히 강렬하군요."

"고맙습니다."

그는 나를 빤히 바라보며 대답했다.

"그건 시애틀에 본사가 있는 소프트웨어 개발회사인 고디언 사의 로비에 걸기 위해 위탁받은 그림입니다. 새로 신축한 본사 건물을 스코트 뮤제이크와 대럴 소렌센이 디자인했지요. 정말 대단하죠."

그는 위탁받아 그리는 다른 그림 몇 가지에 대해서도 이야기해주었다. 도쿄에 본사가 있는 전자회사나 스리랑카의 고층빌딩, 그리고 아직 건설 중인 파리의 한 호텔 그랜드볼룸 같은 곳이었다.

그러면서 세계 곳곳의 미술관과 화랑에 자기 작품이 전시되고 있다는 사실을 넌지시 비추는 것도 잊지 않았다. 이야기하는 중에 어조가 다소 강해지기는 했지만 자기의 그림과 다른 사람들의 디자인 작품에 대한 그의 열정은 흡인력이 있었다.

그는 진지하면서 동시에 악명을 얻은 화가였다. 어떤 사람들은 그의 야망에 손을 내두를지 모르지만 나는 솔직하고 재미있는 사람이라는 생각이 들었다. 적어도 자기 삶에서 타인을 통해 바라는 게 무언인지 숨기지 않는 사람인 건 분명했다.

"참, 제가 세계무역센터 추모 위원회에 한 제안 때문에 오신 거라고 했나요?"

마침내 그가 본론을 꺼냈다.

나는 나중에 조사해도 이 거짓말이 제발 먹히기를 바라며 고개를 끄덕였다.

"물론 선생님의 제안을 따지려 온 건 아니에요."

나는 시간을 벌 생각으로 먼저 이렇게 말했다.

"그림들을 보러 온 것도 아니고요. 단순히 선생님과 인터뷰를 하려고 왔습니다. 저희는 이처럼 중요한 프로젝트에 참여하길 원하는 모든 화가와 디자이너를 만나보려고 합니다."

"남자가 올 걸로 알았는데요. 헨더슨이라는 이름의, 〈아트 리뷰〉라는 미술잡지에 글을 기고하는 미술 평론가지요."

"아, 네. 그러니까 저희가 생각해보니 헨더슨 씨는 어떤 화가 분들과 만나시는 데는 좀 딱딱한 스타일이 아닌가 싶어서 제가 그분을 대신할 자리에 자원했습니다."

"클레어 씨가 와줘서 기쁩니다."

토드는 엷은 하늘빛 눈동자로 나를 쳐다보며 말했다.

"헨더슨은 제 전시회를 혹평했던 사람이지요. 나는 그자가 나에 대해 정당한 평가를 하리라고 생각하지 않습니다."

토르케마다가 말한 것과 달리, 이 정도 반응은 화를 내는 거라고 보기 어려웠다. 토드가 남자들에게 적대심을 가진 게 아니라 헨더슨이란 남자에 대해서만 반감이 있는 듯했다.

설사 그렇다 해도 공정하게 말하면 토드는 자기 작품과 명성에 대해 단지 방어적인 태세를 취했을 뿐이고, 그가 이 문제를 이야기할 때 너무나 순수한 진정성을 보여주었기 때문에 나로서는 그가 한 모든 말을 믿을 수밖에 없었다. 보기에 따라서 사람을 불안하게 하는 요소가 있긴 했지만 그렇다고 이 남자를 토르케마다가 묘사했던 것과 같은 사람이라고 보기는 어려웠다.

내가 물었다.

"그런데 선생님께서 새 세계무역센터 건물에 작품을 전시하시고 싶은 이유는 무엇인가요?"

"그건 너무 중대한 일이기 때문입니다. 일단 새 건물이 완성되기만 하면 수백만 명의 사람들이 그 건물로 드나들게 될 것입니다. 새로운 세계무역센터는 세계의 상업 중심지이자 미술과 디자인을 전시하는 메카가 되겠지요. 쿠푸(이집트 고왕국 제 4왕조의 파라오)가 대 피라미드를 건설한 이래 한 건물을 세우면서 이처럼 전 세계적인 관심을 불러일으킨 적은 없었습니다. 제 작품을 전시하기에 거기보다 좋은 장소가 있을까요?"

"무슨 말씀이신지 알겠네요."

세쓰 마틴 토드는 살인자라기보다 장사꾼에 가깝다는 걸 알게 되었기 때문에 나는 이제 브루스 바우먼의 혐의를 벗기기 위한 마지막 질문을 할 차례라고 확신했다. 그래서 질문을 계속 밀고 나갔다.

"데쓰 로우 화랑을 통해 선생님 작품을 팔고 계시죠? 맥닐 양이 중개한 걸로 아는데, 사하라 맥닐 맞나요?"

토드의 눈빛이 딱딱해졌다.

"맥닐 양은 제 작품 하나를 어느 일본 대기업에 팔았어요. 그런데 왜 물으시죠?"

나는 찻잔을 내려놓았다.

"아마 선생님도 맥닐 양의 사고 소식을 들었을 거라고 생각했습니다. 어제 아침 일어난 사건을 알고 계신가요?"

세쓰 토드는 눈을 깜빡였다.

"아니요."

"맥닐 양은 죽었습니다. 그리치니빌리지에서 청소트럭에 깔리고 말았어요."

"그 사고가 추모 위원회와 무슨 관계가 있는 거지요?"

나는 할 수 있는 최대한 침착하게 말했다.

"저희가 후원하는 화가들이 깨끗한 배경이 있는 사람이길 바라는 마음에서입니다."

토드는 몸을 앞으로 숙여 찻잔을 내려놓으며 말했다.

"제 배경에 대해 이미 알고 있지 않습니까? 그렇지 않으면 당신이 여기 왔을 리도 없고 죽은 여자에 대해 이렇게 질문하고 있을 리도 없겠지요."

"선생님이 살인죄로 기소된 적이 있던 것을 알고 있습니다."

토드는 코웃음을 쳤다.

"기소가 돼요? 그런 적 없습니다. 물론 사람을 죽이긴 했죠. 버몬트에 작은 별장이 있어서 어느 날 쉬러 갔는데 아내가 딴 남자와 사랑을 나누고 있더군요. 얼마나 배신감을 느꼈는지 제정신을 잃었지요. 두 사람을 죽이고 말았습니다. 배신당한다는 게 어떤 기분인지 알아요?"

"네, 실은 저도 그런 일을 당한 적이 있지요."

"그럼 저를 이해하겠군요."

우리는 한순간 아무 말 없이 앉아 있었다.

토드가 말했다.

"그러니까 당신은 내가 사하라 맥닐의 죽음과 어떤 관계가 있는지 알아보러 온 거군요."

그는 자리에서 일어나 캔버스가 있는 곳으로 걸어갔다. 그리곤 그림을 쳐다보며 등 뒤로 내게 말했다.

"토르케마다가 보냈습니까? 내가 사하라한테 화가 나서 협박했다고 하던가요?"

"그녀를 협박하셨나요?"

세쓰 마틴 토드는 긴 한숨을 토해내며 어깨를 들썩였다.

"나는 여러 사람에게 협박했습니다. 클레어 양, 당신도 잘 알겠지만 난 성질이 좀 급합니다. 내가 화내는 모습을 보고 좋아하는 사람은 없어요."

나는 자리에서 일어났다.

"귀찮게 해드려 죄송합니다, 토드 씨."

그는 돌아서서 나를 마주 보았다.

그는 미소를 짓고 있었다.

"자, 클레어 양, 질문해봐요. 그게 당신이 여기 온 진짜 이유잖아요."

나는 거북하게 이리저리 서 있는 자세를 바꾸며 말했다.

"선생님이 사하라를 죽였나요?"

그는 한참 있다 대답했다.

"아니요. 나는 사하라 맥닐을 죽이지 않았어요."

나는 퀸을 떠올리며 토드가 사실대로 말하지 않으면 퀸에게 이야기해야겠다고 생각했다.

"어제 아침 오전 7시부터 10시까지 어디에 계셨는지 설명해주실 수 있나요?"

"어제요?"

그는 웃음을 터뜨리더니 책상 쪽으로 걸어갔다. 그러더니 비디오테이프 한 개를 가지고 돌아왔다. 그는 내게 테이프가 든 플라스틱 케이스를 건네주며 케이스를 톡톡 두드렸다.

"라벨을 읽어봐요."

그것은 '메트로 뉴욕 아츠' 방송에 나간 그의 인터뷰를 담은 테이프였다. 케이블에서 하는 아침 방송이었다. 퀸즈 텔레비전 스튜디오에서 생방송으로 인터뷰가 나간 때는 정확히 사하라 맥닐이 죽은 시간과 일치했다.

토드가 말했다.

"실망시켜 드려 유감이군요. 진심으로 하는 말입니다."

"맙소사, 정말 어쩔 바를 모르겠군요."

세쓰 토드는 개구쟁이 같은 눈으로 내 모습을 재미있다는 듯 바라보았다.

"그렇게 쩔쩔맬 것 없어요, 클레어. 나는 그런 질문을 항상 받고 있으니까요."

"뭐라고요? 또 사람을 죽였느냐고 물어본단 말인가요?"

"맞아요, 사하라의 경우는 당신이 처음이지만."

나는 의자에 걸쳐놨던 양가죽 코트를 입으며 사실대로 고백했다.

"아시겠지만 저는 추모 위원회에서 온 사람이 아니에요."

토드가 고개를 끄덕였다.

"아까 눈치 챘어요."

"그런데도 제가 여기 온 진짜 이유가 궁금하지 않으세요?"

"전혀요. 나는 서스펜스를 좋아하거든요. 그럼 제가 차를 불러 드릴까요? 이 근처까지 오는 택시는 하나도 없어요. 하지만 제가 정기적으로 이용하는 자동차 회사가 있답니다."

"감사하지만 괜찮습니다. 골목 끝에 차를 대기시켜 놨어요."

"만나서 반가웠습니다, 클레어. 한 번 또 들르세요. 그땐 제 작품을 혹평하러 올지도 모르지만 그러면 정말 화낼 겁니다."

내가 살짝 노려보자 그는 항복했다는 듯 두 손을 올리며 말했다.

"농담이에요."

토드는 나를 문까지 배웅해주고 이 동네에서는 조심해서 다녀야 한다고 주의를 주며 작별인사를 했다.

"걱정하지 마세요. 제가 데리고 온 운전사는 캘커타(인도 동부의 항구도시)의 지옥에서도 싸워서 이긴 사람이거든요."

"대단하군요."

나는 어두운 자갈길을 걸어 내려갔다. 골목 맨 끝의 캄캄한 곳에서 마테오가 걸어 나왔다.

그가 추위를 참으려 몸서리를 치며 말했다.

"3분만 더 기다려보고 퀸 형사한테 전화하려던 참이었어. 그래서 어떻게 됐어?"

"토드를 만나보니 또다시 막다른 곳에 온 기분이에요. 협박했다는 건 말뿐이더군요. 하지만 그래도 중요한 사실 한 가지를 알아냈어요."

"그게 뭔데?"

"껍데기만 보고 책을 평가하지 마라."

마테오는 뾰로통한 눈으로 나를 쳐다보았다.

"그럼 아무 소득이 없었다는 거잖아."

"그렇죠."

나는 이렇게 대답하며 세쓰 마틴 토드가 두 명을 죽인 살인범인데도 얼마나 매력적이고 박식하며 교양 있고 지성적인지에 생각이 미쳤다. 그리고 그를 보니 안타깝게도 브루스 바우먼 생각이 얼마나 많이 났는지도.

천재는 소녀가 신이 나서 그 남자와 함께 있는 모습을 볼 수 있었다.

자기 엄마네 커피하우스의 아늑한 테이블에 함께 앉아 카푸치노를 홀짝이며 편한 자세로 수다를 떨고 있었다.

무척 귀여운 모습이었다. 정말이지 너무너무…….

그래, 조이라고 했지. 이름도 예쁘고 얼굴도 예쁘구나. 하지만 이 어리석은 아가씨야, 그렇게 톡톡 튀는 매력도 다 젊을 때 얘기일 뿐이야.

멍청해 보이던 노란색 파카도 이제 과거사가 되었군. 새로 얻은 양가죽 코트를 입고 무척 마음에 들어 하는 것을 알겠어. 얼마나 마음에 들었으면 난롯가에 앉아 카푸치노를 음미하면서도 벗을 생각을 안 하는지. 하지만 넌 그 코트를 입을 자격이 없어…….

왜냐하면 너처럼 어린 것이 그런 것을 얻어 입는다는 건 말도 안 되는 이야기니까. 그리고 이 귀여운 아가씨야, 넌 너무 태평하고 경솔하기 짝이 없구나. 넌 거기서 그렇게 시시덕거리고 있지만 네 웃음소리를 듣는 내 마음은 갈가리 찢어진다는 걸 이해 못 하겠지.

힘이 있는 사람은 네가 아니라 바로 나, 이 천재라는 것도 넌 이해를 못 해. 하지만 조이, 너도 곧 알게 될 거다……, 곧 말이야.

왜냐하면 이 천재께서 너한테 직접 가르쳐줄 테니까.

*twenty*

"하지만 아무도 당신의 도덕에 대해 묻지 않네.

또 아무도 당신의 집세가 얼마냐고 묻지 않네.

우리가 마음의 문을 꼭꼭 걸어 잠글수록 당신과 내가 누군지,

우리가 저녁을 어떻게 보내는지 궁금해하는 사람은 아무도 없네……."

이스트 리버 밑을 지나던 어디쯤에서 맷은 내 쪽으로 돌아앉아 '예술가들의 삶'이란 소곡의 한 구절을 암송했다.

한때 뉴욕에 살았던 저널리스트이자 급진주의자였던 존 리드가 쓴 짧은 시로 거의 100년이나 된 글이었다.

"갑자기 그건 왜요? 무슨 생각이 들어서?"

마테오가 암송을 마쳤을 때 내가 물었다.

"이 동네는 아까 그 토드인가 하는 화가 같은 사람들한테는 안성맞춤인 곳이야. 과거에서 도피하고 싶어 하는 사람들 말이야. 뉴욕 사람들은 타인을 만나긴 하지만 그들을 알지는 못해. 설사 안다고 해도 진정으로 아는 게 아니고."

"맷?"

"당신은 중요한 단서를 놓치고 있어, 클레어……."

"아니에요, 그렇지 않아요."

"내 말 들어봐. 토드란 사람이 브루스 바우먼 만큼이나 호감 가는 사

람이라고 당신 입으로 말했지. 그 말은 사람을 죽일 만큼 화가 나지 않았을 때는 감각적이고 상냥한데다 매력적일 수 있다는 얘기지. 마찬가지로 당신이 브루스를 안다고 생각할지 모르지만 그 사람 역시 알고 보면 토드 같은 인간일 수 있다고. 브루스가 뉴욕으로 이사 온 진짜 이유도 사실은 과거에 저지른 '사고'에서 도망치려는 것일 수도 있어. 토드를 만나본 이상 당신은 이제 조사를 그만두고 그 문제를 생각해야 하는 거야."

나는 고개를 저었다.

"생각해야 해, 클레어. 나는 당신이 퀸의 생각이 맞을지도 모른다는 가능성을 이제 인정해야 한다고 봐."

나는 오렌지색의 차가운 지하철 좌석에 구부정하게 기대앉아 양가죽 코트를 더 꼭 여미며 브루스의 온기를 다시 떠올려 보려 했다.

지하철이 굉음을 내며 강 밑을 빠져나와 맨해튼의 첫 번째 지하구간 역을 향해 갈 때 우리가 탄 열차와 나란히 난 옆 선로에서 열차 한 대가 천천히 지나가는 것이 보였다. 그 열차에 탄 사람들은 어둠 속에 나타난 유령처럼 보였다.

다른 열차의 차창에 비친 그들의 모습은 머리와 팔다리가 따로따로 붕 떠다니는 것처럼 비현실적인 장면을 연출하고 있었다. 그러자 문득 발레리 라펭 생각이 났다. 이렇게 수 마일씩 계속 펼쳐지는 지하철 선로 한 구간에 그녀의 몸이 어떻게 흩어졌을지 떠올리니 두꺼운 양가죽 코트를 입었는데도 한기로 몸이 떨려왔다.

맷이 말했다.

"클레어, 들어봐. 아까 당신은 토드의 스튜디오에서 나온 다음 그 사람 때문에 놀랐다고 서슴없이 말했어. 살인자라고는 도저히 생각할 수 없다고."

"하지만 그냥 한 번 만나기만 한 거잖아요. 그 사람을 알기 위해 많은 시간을 보낸 게 아니라고요. 그가 사는 곳이나 이메일을 몰래 훔쳐 본 것도 아니고 더구나……."

"더구나 같이 자지도 않았고."

맷이 큰 목소리로 말했기 때문에 지하철 안의 몇 사람이 우리를 쳐다보았다.

스페인계 십대 청년 둘이 킬킬거리며 웃더니 곧 눈길을 돌렸다. 필리핀 할머니 한 명은 눈을 가늘게 뜨고 우리를 보다가 고개를 한 번 젓고는 다시 신문을 읽기 시작했다.

"나중에 다시 얘기해요."

나는 작은 목소리로 속삭인 다음, 딱딱한 플라스틱 의자에 몸을 푹 파묻고 또다시 눈을 감았다, 맷이 한 말을 떨치려 애쓰면서.

나는 브루스가 범인일 확률에 대해서가 아니라 실제 있었던 사실만 생각하고 싶었다. 사실을 정리해보자.

*브루스는 결백하다는 것.*

물론 퀸이나 맷한테는 아니겠지만 나한테는 사실이었다.

나는 알 수 있었다. 증명하기만 하면 된다.

나는 다시 발레리 라펭을 떠올렸다. 하지만 이번엔 그녀의 시체가 아니라 살아있을 때의 모습을 그려 보았다.

발레리는 잠깐이나마 브루스와 데이트를 했던 여자다. 브루스는 여행사 직원이었던 그녀의 직업 때문에 발레리를 만나게 되었다. 그리고 그 단순한 사실에 퀸은 지금 이 순간 모든 관심을 기울이는 것이다.

또 잉가가 죽은 현장에서 'B'라는 이니셜이 서명된 메모지가 발견되었기 때문에 퀸은 브루스를 용의자로 보게 되었다.

　브루스가 발레리와 관계가 있단 걸 알아낸 상황에서 퀸이 발레리의 남자 문제에 더는 관심을 두지 않게 된 것은 충분히 말이 되는 이야기였다.

　그러나 브루스가 내게 고백한 바에 따르면 그에게 싱글즈뉴욕 사이트를 추천한 것은 발레리였다. 다시 말해 발레리도 잉가 버그와 똑같은 온라인 데이트 서비스를 이용했다는 뜻이다.

　퀸은 이미 이러한 사실을 알고 있을 수도 있고 모를 수도 있다.

　아무튼 내 생각에는 그녀들이 같은 사이트를 이용했다는 사실은 서로 중요한 관계가 있고 조사해볼 만한 가치가 있어 보였다.

　브루스 바우먼이 발레리와 잉가, 둘 모두와 관계가 있었다는 점(관계가 있다는 점만 놓고 보면 사하라도 거기에 포함된다)을 감안하면 퀸이 그를 의심하는 게 잘못이라고만 할 수는 없다는 걸 나도 안다.

　그런데 퀸은 브루스의 결백을 믿지 못하고, 나는 믿는다는 차이가 있다. 내 생각이 맞는다면 그녀들 중 누군가와 아니면 그녀들 모두와 연관이 있는 제3의 남자가 있다는 얘기다.

　만약에 발레리와 잉가가 같은 남자에 의해 살해당한 것이라면 살인자는 바로 싱글즈뉴욕 사이트에서 두 여자 모두를 만났을 확률이 높다.

　맷과 내가 정말 해야 할 일은 그 사이트의 남자들을 하나하나 조사하는 것이리라. 그들의 명단에서 그녀들 둘 모두와 데이트를 한 남자가 누구로 밝혀지든 간에 그 남자도 용의자가 되는 것이다.

　그리고 싱글즈뉴욕 사이트 회원 중에 사하라 맥닐의 이름이 등장하더라도 나는 전혀 놀라지 않을 것이다. 어쨌든 사하라 역시 '카푸치노 미팅의 밤'에 나타났던 여자고, 그 말은 그녀도 남자를 찾고 있었다는 뜻이기 때문이다. 그러니 그녀가 싱글즈뉴욕 사이트를 이용했을 가능성은 매우 크다.

결론은 이렇다. 만약에 브루스 말고 세 여자 모두와 관계가 있는 제3의 남자를 찾아낼 수 있다면 나는 그자를 범인으로 여길 것이다. 그리고 토르케마다의 사무실에 있는 해골이 들고 있던 것보다 훨씬 좋은 접시에 받쳐 자랑스럽게 그자를 퀸에게 넘길 것이다.

나는 혼잣말처럼 작은 소리로 중얼거렸다.

"그래, 새로운 단서가 있어."

아직 눈을 감은 채였다.

"싱글즈뉴욕 사이트."

"뭐?"

"맷, 내 말 좀 들어봐요."

나는 이제 눈을 뜨고 고개를 돌려 맷을 똑바로 바라보며 말했다.

"내가 브루스에게 끌리거나 속아서 이런다고 생각하지 마요. 내 판단을 믿기 때문에 이러는 거예요. 내가 나를 믿기까지 정말 오래 걸리기는 했지만 난 나를 믿어요. 그리고 이 사건에 대해선 내가 제대로 보고 있다고 확신하고 있어요. 조사해봐야 할 단서가 한 가지 더 있어요. 아주 중요한 단서에요. 나를 조금만 더 믿어주면 안 돼요?"

톡톡 튀는 매력의 소녀가 빌리지 블렌드를 나오자 천재는 충분한 안전거리를 확보하면서 그녀를 뒤따랐다. '올드 네이비' 상표의 두꺼운 모직 코트나 가죽 재킷, 또는 싸구려 인조 파카를 입은 인파 속에서 천 달러짜리 양가죽 코트를 입은 소녀를 찾기란 쉬운 일이었다.

오늘을 위해 계획해둔 것은 없었다, 전혀.

그러나 천재는 신경 쓰지 않았다.

뭔가 아이디어가 즉흥적으로 떠오를 수도 있는 거니까.

천재는 순발력에는 타고난 재능이 있었다.

그런데 그것도 모르고 소녀는 오늘 밤 너무 많이 나간 것이다. 소녀는 자리에서 일어나 밖으로 나오기까지 인정사정없이 그 남자에게 집적대면서 한 시간을 그 남자와 웃고 떠들며 애교를 부렸던 것이다.

소녀는 허드슨가 동쪽, 7번가 남단을 향해 걸어갔다.

천재는 잘됐다고 생각했다.

*아주 좋아, 완벽해.*

토요일 밤의 거리는 대학생, 파티에 가는 사람, 남녀나 동성애 커플, 업타운 슬럼가에 사는 인간들, 레일 깔린 장난감 기차를 갖고 노는 아이들, 나이트클럽에 드나드는 족속들, 술에 취하거나 여장 옷을 입은 남자들로 바글바글했다.

7번가 남단의 법석대는 분위기보다 더 혼잡하고 시끄러우며 혼란스런 곳도 없을 것이다. 대학생들이 주로 가는 바 근처 모퉁이에 이르자 인파가 우르르 인도로 몰려들었다. 이 블록 아래 중간쯤에 있는 버스 정거장이야말로 완벽한 장소다.

조이는 모퉁이로 성큼성큼 걸어가 신호등이 바뀌기를 기다리며 잠시 서 있었다. 넓은 대로를 건너가려는 것이다. 염소수염을 기른 한 금발 청년이 그녀에게 뭐라고 이야기하는 것이 보였다.

조이는 돌아보며 미소를 지었다.

천재는 잘됐다고 생각했다.

*빨리 가서 저 청년한테 말을 시키는 거야. 넌 그런 거 잘하잖아. 그냥 저 청년과 딴청이나 피우다가 즉흥적인 상황이 일어나면 행동에 옮기*

면 돼.

다운타운행 M20번 버스가 이쪽으로 빠르게 달려오고 있었다.

버스는 반 블록 아래에 있는 정거장으로 가려고 커브를 돌고 있었다.

*온다, 조이 알레그로, 그곳이 네 마지막 정거장이다.*

인파가 이렇게 붐비니 미는 것쯤 누워서 떡 먹기고, 버스가 달려오는 커브 길로 소녀를 밀친 게 누군지 아무도 알아보지 못할 것이다.

천재는 마지막에 탁 부딪히는 모습을 보는 게 제일 즐거웠다.

그 모든 것 중에서 그 순간이 가장…….

## twenty-one

 마테오와 나는 맨해튼의 7호선 마지막 정거장인, 42번가 브로드웨이에서 지하철을 내렸다. 우리는 계단을 올라가 지상으로 나갔다. 지하철 역사 문을 밀고 밖으로 나가니 토요일 밤이라 타임스 스퀘어 광장의 왁자지껄한 인파의 벽과 부딪혀야 했다. 사람들로 꽉 찬 인도에서 걷는 공간을 확보하려고 수백 명의 군중이 서로 밀어젖히고 있었다.

 맷은 상대적으로 덜 복잡한 어떤 사무실 건물 근처로 나를 데려가 네온사인 불빛에 의지해 주머니에서 PDA를 꺼냈다. 무선 인터넷이 재빨리 연결되어 싱글즈뉴욕의 웹사이트가 나왔고 'FAQ' 코너를 통해 본사 사무실 주소와 몇 가지 유감스런 정보를 찾아낼 수 있었다.

 "사무실은 이미 닫혔군. 월요일 아침까지는 계속 닫혀 있을 거야. 일요일엔 문을 안 열어."

 "가만있어 봐요. 사이트에 경영자들의 이름이 나온다면 전화번호부에서 그 사람들의 집 주소를 찾을 수 있을지도 몰라요. 적어도 한 사람 이름은 공개되어 있을 거예요."

 나는 PDA를 뺏어서 사이트 여기저기를 급히 훑어보았다.

 "빙고!"

 "이름을 찾았어?"

 "아뇨, 하지만 더 좋은 걸 찾아냈어요. 봐요, 오늘 밤 세미나를 하는 중이라고요."

나는 손목시계를 쳐다보았다.

"지금 막 시작할 시간이에요. 다운타운으로 가야 해요. 택시를 잡으면 늦지 않게 들어갈 수 있어요."

"세미나? 무슨 세미나인데?"

맷이 큰 소리로 물었지만 나는 벌써 사람들을 헤치고 길가로 나가 오른팔을 높이 들어 택시를 잡고 있었다.

나는 어깨너머로 고함치듯 대답해주었다.

"데이트 카운슬링 비슷한 세미나 같아요. 뉴스쿨대학교(뉴욕에 있는 사회과학 분야가 유명한 대학교) 대강당에서 한 달에 한 번 열리는 거예요. 택시!"

우리는 택시를 타고 아메리카스가와 12번가가 만나는 모퉁이 근처까지 간 다음, 12번가 서단 66번지에 있는 뉴스쿨대학교가 있는 곳까지 반 블록은 걸어갔다.

우리는 마지막 계획에 대해 이야기를 나누며 리모델링 공사 중인 건물까지 걸어갔다. 마테오가 걷다 말고 갑자기 멈춰 섰다. 그의 앞에는 합판으로 된 바리케이드에 충격적인 포스터가 붙어 있었다.

벌거벗은 여인의 토르소가 커다란 포스터를 가득 채우고 있었다. 여인의 잘린 한쪽 팔의 위치가 교묘하게 처리되어 드러난 가슴을 감추고 있었다. 여자가 소고기라도 되는 듯 검고 굵은 선이 그녀의 몸 전체에 그어져 있었다. 어깨 살, 등심, 갈빗대와 갈빗살, 사태 식으로 소고기의 여러 부위를 절단하려고 금을 그어놓은 것 같은 느낌이 들었다.

"맙소사, 이 포스터가 우리가 지금 가려는 데이트 세미나 광고는 아니었으면 좋겠군. 이 근처에 정육 마켓이 있다는 얘긴 들었지만 이걸 보기 전까진 그 말을 액면 그대로 받아들이진 않았지."

"별로 웃기지 않아요."

포스터를 유심히 보니 싱글즈뉴욕의 세미나와는 아무런 상관이 없는 광고였다. 그건 오늘 밤늦게 퍽 빌딩에서 하는 급진적 채식주의자 단체인 'M.N.M.'의 란제리 쇼 겸 자선행사를 알리는 포스터였다. 그 단체의 새로운 기금조성 지휘자가 되었다는 브룩스 뉴먼과 그가 이야기해 준 자신의 '천재적' 계획이 생각나 몸이 으스스 떨렸다.

그가 결국 해낸 모양이었다. 하지만 난 포스터의 정체에 대해 맷에게 알려주지 않았다. 왜냐하면 뉴먼이란 인간이 우리의 순수했던 '카푸치노 미팅의 밤'을 어떤 식으로 룸살롱 분위기로 바꾸어 버렸는지 별로 말하고 싶지 않았기 때문이다.

"어서 가요."

뉴스쿨대학교의 본관 로비는 사람들로 붐볐고 불이 환하게 켜져 있었다. 나는 안내 데스크로 걸어갔다. 지루한 얼굴로 데스크에 앉아 있는 학생은 사람들의 끊임없는 방해를 받으면서도 틈틈이 노트를 보며 공부하고 있었다.

"실례합니다만 여기가……."

"싱글즈뉴욕을 찾으십니까? 홀 끝까지 가셔서 오른쪽으로 돌면 접수창구가 나옵니다. '플러그를 뽑아라'라는 표지를 찾으세요."

내 얼굴이 그렇게 필사적으로 보였을까? 아니면 뉴욕에 사는 독신여성들은 남자에 굶주려 연애에 안달이 났다고 지레짐작한 것일까?

세미나가 벌써 시작했기 때문에 접수창구에는 줄 선 사람이 없었다. 스탠드에는 '플러그를 뽑아라'라고 쓰인 대형 플래카드가 세워져 있었다. 플래카드에는 유행에 맞게 차려입은 남녀 커플이 키스를 나누며 컴퓨터를 쓰레기통에 팽개치는 모습을 한 만화가 그려져 있었다.

"싱글즈뉴욕에 가입한 회원이십니까? 그러시면 트렌트와 그랜저의

강의를 들으시는데 30퍼센트를 할인해 드리고 있습니다."

흐린 갈색 립스틱을 칠한 발랄해 보이는 젊은 아가씨가 말했다.

그녀가 입은 짧은 옷의 어깨선은 지난번 내가 브루스의 집에 갈 때 입었던 것보다 훨씬 파여 있었다.

맷이 말했다.

"아닙니다, 우리는 회원이 아니에요."

나는 사실대로 말했다.

"아니, 회원이에요."

마테오가 놀란 얼굴로 나를 바라보았다.

"내가 없는 동안 무척 바쁘셨군그래."

나는 마테오의 말을 무시하고 아가씨에게 내 이메일 주소를 불러주었다. 여자는 노트북에서 즉각 검색을 시작했다.

나는 컴퓨터를 낚아채 줄행랑을 치고 싶은 기분이었다. 내가 원하는 모든 정보가 저 작은 기계 속에 들어 있다는 것을 알고 있기 때문이다. 그러나 인생에서 그렇게 쉽게 되는 것은 아무것도 없으니 만약 그런 일을 저질렀다간 지금 신은 하이힐로 반 블록도 못 가서 붙잡히겠지.

"클레어 코지 씨? '플러그를 뽑아라; 마우스에서 해방되라.' 세미나에 오신 걸 환영합니다."

아가씨가 내게 팸플릿을 건네주며 말했다.

"40달러입니다."

한숨이 나왔다. 지금 내가 서 있는 뉴스쿨 대학은 제1차 세계대전 후 학자와 지식인들의 피난처 역할을 하며 나치 정권을 피해 도망쳐 온 그들과 더불어 1930년대 동부 연안에서 학문의 중심지가 되었던 곳이다.

바로 이 학교의 교정에서 윌리엄 스타이런, 에드워드 앨비, 로버트 프로스트, 아서 밀러, 조이스 캐롤 오티스 같은 저명인사들, 그리고 성해방을 부르짖은 정신분석학자 빌헬름 라이히, 환각제 치료요법을 주창해 사회에 대대적인 논의를 불러일으켰던 심리학자 티모시 리어리 같은 특이한 인습타파주의자들이 교편을 잡았다.

그런데 내가 지금 들으려 하는 강의는 그 얼마나 괴상한가? 트렌트와 그랜저라는 이름의 강사들이 웹사이트에 의존하지 않고 이성을 낚는 법을 알려준다고 하니.

나는 돈을 냈다. 가슴이 깊게 파인 옷을 입은 아가씨가 마테오를 돌아보며 회원 등록을 할 거냐고 물어보았다. 마테오는 바로 대답하지 못했다. 아가씨의 가슴골과 큰 입술에 잠시 한눈을 판 것 같았다. 다행히 내가 그의 옆구리를 찔러 어색한 상황을 모면했다.

강당은 천 명은 족히 들어갈 정도로 컸지만 앞에서부터 열 줄이나 열두 줄까지만, 2백 명에 못 미쳐 보이는 사람들이 옹기종기 모여 앉아 있었고 그중 2/3 이상이 여자였다. 청중 대부분이 30세 이상, 50세 미만인 듯 보였다.

연단 근처의 빈자리를 찾았을 때 마테오는 입장료로 60달러를 낸 데 대해 쉴 새 없이 투덜거렸다.

"60달러면 케냐에 있는 한 가족이 6개월을 먹고살 수 있는 돈이야."

"입 좀 다물어요. 강의에서 혹시 배울만한 게 나올지도 모르잖아요."

그는 나를 노려보더니 "그런 일은 없을 거야."라고 말했지만 곧 입을 다물었다.

연단에는 영화배우 휴 그랜트같이 짙은 색 바람머리와 얇은 입술을 한 키 큰 남자가 서 있었다. 그는 목의 단추를 푼 몸에 꼭 붙는 검정 셔츠에 검정 바지, 그리고 이탈리아제로 보이는 짙은 회색의 실크 재킷을 입고 있었다.

그는 자신 있는 태도로 동작을 취했으며 연단을 종횡무진으로 움직이며 청중을 향해 강의의 주체가 바로 그들이라는 식으로 이야기하고 있었다.

"자, 그럼 이제 우리는 연애의 법칙과 그 중요성도 알았고 그토록 중요한 법칙이 대부분의 온라인 데이트에서는 먹히지 않는다는 것도 알았습니다. 여러분 모두 첫 번째 법칙을 배우신 겁니다, 아시겠죠?"

트렌트라는 강사 옆에는 좀더 작고 좀더 다부진 체격을 한, 짙은 색테의 작은 안경을 낀 동그란 얼굴의 남자가 서 있었다.

그 남자가 컴퓨터로 파워포인트 프로그램 버튼을 누르자 뒤에 있던 흰색의 대형 스크린에 한 문장이 떴다. 그러자 청중들은 가라오케에서 하듯 글씨를 따라 읽었다.

"조물주의 모든 자식이 미남미녀는 아니다."

마테오가 옆에서 소곤거렸다.

"두 번째 법칙이 뭔지 알아? 저놈들은 순전 사기꾼이란 거지."

"그러면 상대방이 매력이 있는지 아닌지 무슨 수로 알까요?"

연단의 남자가 다시 말을 잇고 있었다.

"살과 살을 맞대보지 않고 무슨 수로 말입니까? 그 여자는 모니카 르윈스키(클린턴 대통령과 섹스 스캔들이 났던 백악관 비서) 같은 스타일인가요, 힐러리 클린턴 같은 스타일인가요? 또 그 남자는 앤드루 왕자(영국의 왕자) 같은 귀공자 스타일인가요, 호머 심슨(만화 심슨 가족에 나오는 아빠)처럼 재미있는 스타일인가요? 은밀한 비밀을 하나 알려 드리죠. 그건 바로 온라인 채팅 룸에서 대화하는 걸로는 절대 상대방을 알 수 없다는 겁니다. 대신에 살과 살을 맞대고 만나야지만 상대방을 알 수 있다, 이 말입니다."

남자는 그렇게 하면 섹시해 보일 줄 알고 자신의 엉덩이를 앞으로 쭉 빼 보이며 '살과 살'이란 마지막 단어에 힘을 주어 말했다.

하지만 절대 엘비스 프레슬리처럼 섹시해 보이지 않았다. 옆에 있던 마테오는 혐오스럽다는 듯 한숨을 토했다.

"바로 그런 이유에서 제가 오늘 이 자리에 선 겁니다. 제 이름은 트렌트라고 합니다. 그리고 제 옆에 있는 돈 많게 생긴 친구는 그랜저라고 합니다. 그랜저와 저는 이 황금 같은 토요일 밤을 희생하고 여러분에게 실시간으로 얼굴과 얼굴을 마주 보며 데이트를 하는 확실한 비법을 전수해 드리기 위해 이 자리에 섰습니다."

트렌트는 연단 가장자리로 걸어 나와 목소리를 한 옥타브 낮추며 말했다.

"신사 숙녀 여러분, 우리는 그런 만남을 컴퓨터 네트워크가 필요 없는 데이트라고 부릅니다. 진짜 현실인 만큼 위험도 따르겠지만 돌아오는 것은 혼란을 무릅쓸 가치가 있는 대단한 것입니다. 나는 여러분에게 잠깐이라도 컴퓨터의 플러그를 뽑아보실 것을 부탁합니다. 마우스를 치워버리세요. 바로 여러분의 손에 적절한 카드를 들고 있을 때 언제고 승자가 될 수 있는 겁니다. 그럴 때만이 여러분이 지금까지 꿈꿔온 것보다 멋진 연애가 가능해질 수 있습니다."

마테오가 내 귀에 대고 불평을 늘어놓았다.

"도저히 믿을 수가 없어. 여기 모인 사람들은 세련되고 교육 수준도 높은 뉴요커들이라고. 한데 이성을 낚는 법에 대해 강의를 듣고 있다니? 저런 건 고등학교 때 떼는 거라고."

내가 작은 목소리로 속삭였다.

"당신이야 6학년 때 떼었죠."

마테오가 얼굴을 찡그렸다.

"내가 당신한테 매기 얘기를 했었어?"

우리 앞줄에 앉아 있던 30대 여자 하나가 뒤를 돌아보았다.

나는 조용히 하라고 그러려나 생각했다. 하지만 그녀는 마테오를 쓱 쳐다보더니 무릎도 흔들리고 마음도 약해진 것 같았다. 그러면서 맷에게 추파를 던지곤 이어서 심술궂은 눈으로 나를 쳐다보았다.

내가 중얼거렸다.

"이 남자, 가지셔도 돼요."

맷이 나를 쳐다보았고 우린 둘 다 웃음을 터뜨렸다.

"이번에는 가장 완벽한 데이트 장소가 어딘지 알아보겠습니다."

트렌트는 목을 그르렁거렸다.

"부동산 재벌 도널드 트럼프가 항상 강조하는 것도 바로 어느 땅이 좋으냐, 그 문젭니다. 제 이야길 들으시면 여러분이 지금까지 얼마나 잘못 알고 계셨는지 놀라게 될 겁니다."

"디스코의 여왕을 찾으십니까? 그렇다면 자연사박물관 같은 곳에서 찾을 생각은 마십시오. 혹시 비밀리에 사내 연애를 하고 계십니까? 그러시다면 행여 사장이 자주 가는 컨트리클럽에 애인과 저녁을 먹으러 가면 안 됩니다. 서로 구속하지 않는 뜨겁고 자극적인 섹스 파트너를 찾으십니까? 그렇다면 교회는 절대 안 됩니다! 자, 일곱 번째 규칙을 기억하십시오."

그랜저가 파워포인트를 활성화하자 청중은 스크린의 글씨를 노래하듯 따라 읽었다.

"완벽한 데이트 장소를 찾을 때는 어디로 가느냐가 관건이다."

마테오가 내 귀에 대고 신음 소리를 냈다.

"구역질이 날 거 같아."

나는 마테오에게 경고를 주었다.

"나한테만은 그러지 말아요."

"자, 세미나 2부가 시작되기 전에 20분간 휴식시간이 있겠습니다."

트렌트가 큰 소리로 알렸다.

"팸플릿 챙기시는 것, 잊지 마시고요. 늦게 오신 분은 일찍 오신 부지런한 분들에게 무슨 이야기가 있었는지 물어보시고 놓친 얘기들을 들어보시기 바랍니다. 그러시다 짝을 찾으실 수도 있으니까요……."

연단의 불이 꺼지자 청중들은 자리에서 일어나 기지개를 켜며 서로 속닥거렸다.

맷이 내 손을 잡아끌며 말했다.

"가자고."

맷은 쏟아져 나오는 사람들의 무리를 거칠게 헤치며 말 그대로 나를 질질 끌다시피 해서 통로 아래로 내려갔다.

나는 맷이 사람들을 밀칠 때마다 연신 사과의 말을 뱉어야 했다.

마침내 연단 앞쪽에는 아무도 남아 있지 않게 되었다.

"맷, 지금 무슨 생각하는 거예요?"

앞쪽으로 밀고 나갈 때부터 그는 이마에 갈지자를 그으며 험상궂은 표정을 짓고 있었다.

"조용히 해, 연기를 해야 한단 말이야."

무대담당자 한 명이 우리를 제지했지만 그는 야구 모자를 뒤로 돌려 쓴 호리호리한 대학생일 뿐이었다.

마테오는 그를 가볍게 밀치고 연단으로 쳐들어갔다. 트렌트와 그랜저는 아직 연단에 앉아서 파워포인트를 만지작거리고 있었다.

마테오는 두 사람 바로 앞까지 걸어가 정말 화난 사람처럼 시비조로 고래고래 소리치기 시작했다.

"미성년자인 내 딸이 당신네 사이트에 가입해서는 중년 남자들이랑 데이트했소. 걔 친구들도 더러 그랬다고 들었어. 걘 아직 십대야! 이제 겨우 고등학생인데! 내 딸과 걔 친구들이 만났다는 놈들 이름을 내놓지 않으면 당신들을 경찰에 신고하겠소!"

마테오가 햇볕에 잘 탄 근육질 몸으로 그랜저 앞에 우뚝 다가섰다. 그는 주먹을 꽉 쥐고 있었고 관자놀이의 핏줄까지 떨리고 있었다.

그랜저는 겁에 질려 뒤로 물러났다. 하지만 트렌트는 침착했다.

그는 청중을 둘러보았다. 몇 사람이 나가다 말고 고개를 돌리고 목을 쭉 빼며 무슨 소린가, 하고 쳐다보는 모습이 보였다.

솔직히 난 트렌트에게 두 손 두 발 다 들었다.

마테오는 보통 때도 꽤 위협적인 존재였지만 화가 났다 하면 야성적인 데가 있었다. 대부분의 남자들이 화가 난 마테오의 면전에서는 살려 달라고 애원하거나 줄행랑을 치는 등 울먹거리면서 바보 같은 모습이 되곤 했다. 그런데 트렌트는 그러지 않았다.

그는 마테오를 마주 보고 억지 미소를 띠며 용감하게도 마테오와 이 상황을 전문적으로 처리하려 했다.

"좀 진정하십시오. 미스터……?"

"알레그로요."

"알레그로 씨, 지금은 때와 장소가 적절하지 않은 듯싶군요. 월요일에 저희 사무실로 오시면 그때……."

마테오가 악을 썼다.

"내 딸과 그 아이 친구들이 지금 이 시간에 데이트하러 나갔다고 하지 않소! 월요일엔 미성년자에게 이 퇴폐적인 사이트를 이용하게 한 죄로 체포당하게 하겠소!"

아까보다 많은 사람이 이쪽을 쳐다보았다. 담배를 피우러 가거나 휴게실에서 쉬려고 출구를 찾던 사람들이 갑자기 멈추더니 좌석 통로에서 어물쩍거리며 이쪽 이야기를 엿듣기로 한 것 같았다.

"저와 함께 가시죠."

트렌트는 마테오와 나를 연단 뒤에 있는 작은 대기실로 데려갔다. 도중에 그는 그랜저보고 접수창구에 있는 노트북을 가져오라고 시켰다.

횡재했다!

우리가 쇠로 된 접이식 의자에 앉는 동안 트렌트는 연신 사과의 말을 했다.

"전에는 이런 일이 한 번도 없었습니다. 저희는 검색 프로세스가 상당히 잘 되어 있습니다. 그러니 어떻게든 여러분께 협력해 드릴 수 있을 겁니다."

그랜저가 접수창구에 있던 가슴이 깊게 팬 옷의 아가씨와 함께 들어왔다. 그녀는 마치 음식을 나르는 사람처럼 검은색 노트북을 얌전하게 들고 있었다. 나는 토르케마다의 사무실에 있던 해골이 생각나려는 것을 억지로 떨쳤다.

"이 무선 원격 시스템으로 저희의 모든 데이터베이스에 접근할 수 있습니다."

트렌트는 암호를 친 다음 마테오를 쳐다보았다.

"찾으시는 게 어떤 겁니까?"

맷이 나를 가리키며 말했다.

"아내가 말해줄 거요."

나는 거짓말을 했다.

"딸아이랑 제일 친한 친구부터요. 발레리 라뗑이라고 해요. 아마 우리 딸이랑 이름을 같이 쓴 걸로 알고 있어요."

트렌트는 발레리의 이름을 쳤다.

"이 계정은 별로 많이 사용하지 않았군요. 발레리는 10월 이후엔 사이트를 한 번도 방문하지 않았습니다. 회원가입 후 통틀어 여섯 번 데이트했습니다."

"그 사람들이 누구죠?"

나는 이미 작은 수첩과 연필을 꺼내 들고 있었다.

"잭 웜서, 파넬 제퍼슨, 레이먼드 실버맨, 닥터 안토니 파지오, 훌리오 존스, 브룩스 뉴먼입니다."

*브룩스 뉴먼이라고? 이거 재미있군.*

마테오가 물었다.

"바우먼이란 이름은 없소?"

트렌트가 고개를 저었다.

당연히 없지. 브루스는 여기에서 발레리를 만난 게 아니니까. 발레리는 이 사이트가 아닌 자신의 직장에서 브루스를 만난 것이었다.

나는 재빨리 다른 이름을 댔다.

"딸아이의 다른 친구 이름은 잉가 버그라고 해요."

트렌트의 손가락이 키보드를 날아다니듯 빠르게 움직였다.

"버그 양은 이용을……, 이용을 정말 많이 하셨군요. 8월 이후로만 수십 번 데이트를 했어요."

그는 맷을 쳐다보았다.

"한데 여기 선생님이 언급하신 이름이 나오는군요. 바우먼이란 사람이 있습니다. 브루스 바우먼, 그리니치 빌리지 르로이가에 사는군요. 이 사람은 분명히 잉가 양과 데이트했습니다."

"잉가가 마지막에, 그러니까 가장 최근에 데이트한 남자들의 이름이 다 필요해요. 최근 2주 동안으로 한정하면 될 거 같아요."

"잉가 양의 계정도 최근에는 사용을 안 하고 있군요. 가장 마지막으로 만난 남자들은 바우먼, 에릭 스나이더, 이반 페트라비치, 제롬 워커, 라즈 바스와니, 브룩스 뉴먼이군요."

나는 눈을 깜빡였다.

*브룩스 뉴먼이라니. 미스터 절대 안 돼, 3일짜리 채식주의자. M.N.M.의 란제리 쇼를 지휘하는 남자.* 피터팬 증후군(사회에 동화하지 못해 아이 같이 행동하는 남자 어른의 심리를 나타내는 말)*을 앓는 여자 사냥꾼. 그래, 브룩스 뉴먼이라면 여성 연쇄살인범이라고 해도 믿을 만해.*

이성에 대한 뉴먼의 태도는 여성 혐오증과 가까웠다. 물론 그자에게 여자에 관해 물어보면 아무튼 자기는 여성, 특히 여성의 몸을 전적으로 숭배한다고 주장할 것이다.

나는 또 거짓말을 했다.

"뉴먼이란 사람은 우리 딸에게 메시지를 남긴 남자 중 하나에요. 그자가 만난 다른 여자들 이름을 알 수 있나요?"

트렌트는 화면을 응시했다.

"최근 열흘 동안은 전혀 없습니다. 아마 일 때문에 바빴던 것 같군요. 하지만 장바구니에 두 여자의 신상 정보를 담아놓았습니다. 장바구니는 각 회원이 나중에 데이트하고 싶은 상대방의 신상 정보를 저장하는 사이버상의 공간을 말합니다."

"어떤 여자들이죠?"

"미스 사하라 맥닐, 그리고 미스 조이 알레그로군요. 아, 두 분의 따님 이름 아닌가요?"

뉴먼의 장바구니에 사하라의 이름이 들어 있다는 것도 그렇지만 조이의 이름이 나왔을 때의 충격에 비하면 아무것도 아니었다.

나는 눈을 감았다.

"오, 세상에, 조이!"

갑자기 머릿속에서 서로 연관되지 않던 여러 가지 사실들이 복합적으로 떠오르면서 내 머릿속에 피에 물든 깃발의 이미지를 만들었다.

깃발은 내게 불길한 경고를 암시하며 눈앞에 어른거렸다.

나는 마테오의 손을 낚아채며 소리 질렀다.

"빨리 가요!"

"하지만……."

"빨리요!"

마테오가 일어서자 그랜저와 트렌트는 크게 당황하는 눈치였다.

트렌트가 물었다.

"무슨 일이십니까?"

"당신들……, 그건 내 변호사한테 들으라고."

내가 마테오를 질질 끌며 나갈 때 그는 여전히 고함을 질렀다.

나는 뛰다시피 좌석 통로를 지나 접수창구를 거쳐 밖으로 나갔다.

마테오는 서둘러 나를 따라왔다.

"클레어, 무슨 일인데 그래?"

나는 아까 보았던 판자가 덕지덕지 붙은 건물까지 한 블록을 뛰어 내려갔다. 그러고는 M.N.M. 단체의 포스터를 다시 살펴보며 비명을 질렀다.

"오, 세상에."

마테오가 캐물었다.

"클레어, 무슨 일인지 빨리 말해!"

나는 악을 쓰며 말했다.

"브룩스 뉴먼이에요, 여자들을 죽인 놈이 바로 그자라고요. 이제 확실히 알겠어요. 그자는 발레리하고도 잉가하고도 데이트를 했고 '카푸치노 미팅의 밤'에서 사하라하고도 만났던 게 분명해요. 그의 온라인 장바구니에 들어 있던 사하라의 신상 정보만 봐도 그녀에게 관심이 있었단 걸 알 수 있어요. 그리고 지금은 조이를 쫓아다니고 있다고요."

"걱정하지 마. 그놈은 우리 딸 근처에도 못 올 거야."

"조이는 지금 그자하고 함께 있는 걸요!"

"뭐라고?"

"이 포스터를 봐요."

나는 포스터가 붙은 판자를 탕탕 때리며 말했다.

"이건 M.N.M. 단체의 란제리 쇼를 광고하는 포스터에요. 오늘 밤 퍽 빌딩에서 하는 거죠. 지금 막 시작하고 있을 거라고요!"

"그게 어쨌게?"

"조이가 오늘 밤 퍽 빌딩에서 하는 채식주의 단체 파티에서 음식을 나를 거라고 했단 말이에요. 바로 여기서 말이에요. 맷, 조이가 거기 있어요. 우리 딸 조이가 지금 브룩스 뉴먼이란 인간과 같이 있다니까요!"

*twenty-two*

"안녕하세요! 조이 알레그로입니다. 저는 지금 전화를 받을 수 없습니다. 수업을 듣고 있거나 프렌치 소스가 분리되지 않게 하느라 바쁘답니다. 아무튼 메시지를 남겨주세요!"

택시 뒷좌석 맷 옆에 앉은 나는 조이의 음성 메시지를 듣고 절망적인 한숨을 내쉬었다.

나는 메시지를 남기려 신호음이 날 때까지 기다렸다.

"조이니? 엄마야. 메시지 들으면 곧장 엄마 핸드폰으로 전화해. 널 놀라게 하고 싶진 않지만 브룩스 뉴먼이란 사람하고 떨어져 있으라고 말하려는 거야. 그 사람이 어떤 식으로든 너한테 치근대면 즉시 선생님한테로 가. 절대 혼자 있으면 안 되고 선생님 옆에 있어, 조심해야 해. 엄마랑 아빠가 지금 퍽 빌딩으로 가고 있으니까 꼼짝 말고 기다려. 우리가 가서 집까지 데려다 줄 거니까 안심하고. 장난하는 거 아니야, 조이. 메시지 듣자마자 전화하는 거 잊지 말고, 엄마가······."

삑!

"이런 망할!"

"진정해, 클레어. 그러는 건 조이한테 도움이 안 돼. 신경만 곤두설 거야, 침착해."

"알아요, 맞는 말이에요. 진정해볼게요."

이런 기분이 너무 싫었다. 브룩스 뉴먼이 최소한 세 명의 여자를 죽였다거나 조이를 노리고 있다는 사실 때문만이 아니라 조이가 위험에 처해 있다는 느낌을 떨칠 수가 없었다.

엄마의 본능 때문이겠지만 이상하게 아까 뉴스쿨대학교 강당에 들어갈 때부터 조이가 날 찾을지 모른다는 불길한 느낌이 계속 머릿속을 떠나지 않고 있던 것이다.

나는 조이의 아파트에도 전화를 해보았지만 자동응답기만 울릴 뿐이었다. 오늘 밤엔 조이의 룸메이트조차 전화를 받지 않았다.

"커피하우스에 해봐."

벨이 다섯 번 울리자 누군가 수화기를 들었다.

에스더의 목소리였다.

"여보세요, 빌리지 블렌드입니다."

"에스더. 나야……"

"사장님이에요!"

에스더가 근처에 있는 사람한테 나라고 알려주는 모양이었다.

나도 큰 소리로 에스더를 불렀다.

"에스더! 에스더!"

잠시 후 에스더가 다시 수화기를 들었다.

"사장님, 오늘 밤 오시긴 하는 거예요? 터커가 물어보래요. 지금 정말 바쁘거든요."

"에스더, 내 말 잘 들어. 에스더하고 터커 둘이서 가게를 좀더 봐야 해, 알겠지? 내가 전화한 건 최대한 빨리 조이를 찾으려는 거야. 비상사태야."

"와, 하지만 조이는 여기 없는데요. 아까는 있었어요. 한데 어떤 남자랑 같이 나갔어요."

"어떤 남자?"

"뉴욕대 학생이에요. 무척 매력적이던데요. 짧은 금발머리에 염소수염을 길렀어요. 저도 학교에서 본 것 같아요. 군인 바지에 모직 더블 재킷을 입은 근육질의 멋쟁이였어요. 조이가 그러는데 그 청년이 7번가 남단에서 자기 목숨을 구해줬대요."

"뭐? 조이 목숨을 구해주다니 그게 무슨 소리야?"

내 옆에 있던 맷도 소리치며 물었다.

"지금 뭐라는 거야? 클레어, 무슨 일이야?"

"제발 좀! 마테오, 잠자코 있어 봐요."

나는 맷에게 말한 다음, 전화에 대고 물었다.

"에스더, 대체 무슨 일이 있었던 거야?"

"아, 그러니까 조이가 그러는데 7번가에 있는 술집 앞에 술 취한 사람들이 잔뜩 몰려 있었대요. 그러다가 그만 사람들한테 치여 커브 길로 떠밀렸는데 달려오는 버스 앞이었대요."

"오, 하느님."

나는 눈을 감았다.

"하지만 조이는 괜찮아요."

에스더가 계속 말했다.

"사고가 일어나기 전에 그 학생이 조이한테 말을 걸고 있었나 봐요. 그래서 조이가 커브 길로 넘어지는 걸 본 거죠. 청년이 급히 앞으로 뛰어나가 조이가 입고 있던 새 코트의 모자를 잡아챘대요. 좋은 코트는 뭐가 달라도 다르다니까요. 요컨대 코트에 달린 모자와 멋쟁이 청년 덕에 조이는 목숨을 구한 거죠. 하지만 조이가 너무 흥분한 상태라 그 청년이 가게까지 데려왔어요. 그리곤 저랑 터커한테 사고 이야길 해준 거예요. 한동안 둘이 커피를 마시며 웃고 떠들다 조이가 퍽 빌딩에서 음식 나르는 일을 하러 가는데 청년이 데려다 주겠다고 했다면서 나갔죠. 그게 제가 아는 전부에요."

나는 맷의 눈을 마주치며 고개를 끄덕였다. 그러고는 손을 핸드폰 송화구에 갖다 대며 말했다.

"됐어요. 조이는 무사해요. 어떤 청년이 조이를 퍽 빌딩까지 바래다 준다고 했대요."

맷이 이를 악물며 말했다.

"무슨 청년?"

"에스더 말을 들어보니까 괜찮은 대학생 같아요. 그러니 진정해요."

그러나 맷은 진정하지 못했다. 대신에 몸을 앞으로 숙여 택시의 플라스틱 칸막이에 머리를 들이밀며 이렇게 소리쳤다.

"이 망할 택시 좀더 빨리 모시오, 당장!"

택시 운전사는 어깨너머로 맷에게 짜증난다는 시선을 보내며 러시아어로 뭐라고 중얼거렸다. 그러더니 다시 운전으로 관심을 돌렸는데 느긋하게도 속도는 조금도 올리지 않는 것이었다.

나는 한숨을 쉬었다. 맷은 이따금 자기가 뉴욕에 살고 있다는 것을 잊어버린 사람처럼 행동한다.

"10달러 더 드릴게요."

이번에는 내가 부드럽게 말했다.

그러자 운전사는 즉각 전속력으로 차를 몰기 시작했다. 택시가 브로드웨이가를 쏜살같이 내달릴 때 나는 핸드폰에 저장된 단축번호를 눌렀다.

맷이 물었다.

"누구한테 전화하는 건데?"

"퀸한테 하는 거예요."

하지만 퀸은 전화를 받지 않았다.

나는 '삑' 소리가 들리자마자 음성메시지를 남겼다.

"마이크, 클레어에요. 메시지 들으면 최대한 빨리 퍽 빌딩으로 와줘요. 비상사태에요. 발레리 라뗑과 잉가 버그, 그리고 사하라 맥닐을 죽인 사람을 알아낸 것 같아요. 그리고 지금 그가 조이를 노리고 있기 때문에 너무 걱정이 돼요……."

한쪽 귀에서는 음성녹음 종료를 알리는 '삑' 소리가, 다른 쪽 귀로는 마테오의 욕설이 들렸다. 마테오가 앞에 꽉 막혀 있는 차들을 보고 한 소리였다. 택시가 웨스트 휴스턴가로 돈 다음에는 점점 기어가더니 마침내 꼼짝도 못 하고 발이 묶여 버렸다.

나는 거짓말을 했다.

"맷, 걱정하지 않아도 될 것 같아요. 브룩스가 사람들이 다 보는 앞에서 조이한테 어떻게 하진 못할 거예요. 조이는 괜찮을 거예요, 분명히 그럴 거예요."

맷이 저렇게 흥분해 있는 데 폭발하는 모습까진 보고 싶지 않았다.

택시가 앞으로 좀 나가나 싶더니 이내 또 멈추었다.

신호등이 금세 빨간색으로 바뀌었던 것이다. 마테오는 또 욕을 했다.

뉴욕의 교통은 예고 없이 불어 닥치는 폭풍만큼이나 종잡을 수가 없었다. 마치 날씨를 예상하기 어려운 것처럼 뉴욕의 교통도 안 그랬으면 할 때 꼭 변덕을 부리는 것이었다.

중년의 운전사가 러시아 억양이 섞인 영어로 불평했다.

"무순 일이 인는 거 가튼데요."

정말 무슨 일이 난 것 같았다. 휴스턴가와 라파예트가의 교차지점에서, 웨스트 휴스턴가가 끝나고 이스트 휴스턴가가 시작되는 바로 그 지점에서 여러 대의 검은 리무진이 동시에 같은 곳으로 진입하려 하면서 마치 바퀴벌레 떼가 기어가는 것 같은 장면을 연출하고 있었다.

내가 맷에게 물었다.

"저 리무진들이 퍽 빌딩으로 가려는 걸까요?"

"그럼 설마 '딘 앤 델루카(카페 겸 식재료 전문매장)'에서 하는 할인행사에 가자고 저렇게 몰려 있을라고."

"파스타 소스 한 병에 85달러나 하는 곳인데 '딘 앤 델루카'가 할인 같은 걸 하진 않을 거 같아요."

"내 말이 그 말이야."

우리는 교통신호가 녹색에서 노란색으로 다시 빨간색으로 바뀔 때까지 기다렸다. 하지만 택시는 꼼짝도 하지 않았.

맷이 연달아 발을 동동 구르기 시작했고 나는 경험상 폭발할 때가 얼마 남지 않았다는 걸 알 수 있었다.

"우리 내려요. 겨우 두 블록이에요."

나는 맷을 진정시킬 생각에 택시 문을 열었다.

맷이 내리는 동안 나는 운전사에게 남은 돈을 다 털어 20달러를 건네주었다. 웨스트 휴스턴 가를 따라 걸어가면서 보니까 리무진에 탄 손님들이 더 잘 보였다.

"검정 타이를 매고 초대장도 있어야 하나 봐요. 우리 어떻게 안에 들어가서 조이를 찾을 수 있을까요?"

맷이 앞으로 성큼성큼 걸어가며 말했다.

"트렌트와 그랜저라는 작자들에게 한 것처럼 하면 돼."

"안 돼요, 맷. 들어봐요."

나는 맷의 팔을 잡아당겼다.

"이건 공개 세미나가 아니에요. 그냥은 못 들어갈 거예요. 9/11 사태 이후로 이런 행사의 보안이 예전보다 훨씬 강화됐다고요. 특히 유명인사나 정치인들, 언론인들이 참석할 땐 더 해요. 우린 입구에서 조이를 부르며 춤을 춰도 되고 노래를 불러도 되고 아무튼 그런 건 할 수 있겠지만, 진짜 신분증이나 공식적인 초대장이 없으면 경비가 와서 내쫓고 말 거예요."

"그럼 어떻게 해야 하는데? 나는 퀸인가 하는 형사가 올 때까지 마냥 기다리고 있을 수만은 없어."

"마이크한테 다시 전화해보겠지만 만약 안 받는다면 뭔가 일 때문이겠죠. 그리고 조이의 핸드폰도 가방에 있을 확률이 높은데 일하는 동안 가방을 라커룸이나 직원 대기실에 두었을 거예요."

"아무튼 당신한테 뾰족한 수가 없다면 난 으름장을 놔서라도 안으로 들어가고 말겠어."

"맷, 그 방법은 안 먹힌다니까요."

바로 그때 어떤 젊은 여자가 우리 앞에서 약간 얼빠진 듯한 큰 목소리로 하는 말이 들렸다. 인도에 서 있던 여자는 행인에게 키득키득 웃어대며 말했다.

"어쩜, 퍽Fuck이 아니라 퍽Puck이네요! 어쩐지 건물 이름 치고 너무 웃긴다고 생각했지 뭐예요."

나는 고개를 돌리고 키 큰 아가씨를 쳐다보았다.

그녀는 갈대처럼 긴 금발 생머리에 이집트의 파라오가 봐도 울고 갈 정도로 진하게 속눈썹을 칠한 데다 아찔할 정도로 높은 하이힐을 신고 비틀거리고 있었다. 코트는 입고 있었지만 휑하니 나온 다리와 끈으로 된 구두는 이렇게 추운 가을밤 날씨에는 도무지 맞지 않아 보였다. 지나가던 배달복 차림의 스페인계 남자는 재미있어하면서도 넋 나간 표정으로 그녀를 쳐다보았다.

그때 그녀의 커다란 파란 눈이 내 눈과 마주쳤고, 나는 상냥하게 웃으며 말했다.

"도움이 필요해요?"

그녀는 나와 마테오를 쳐다보더니 열렬히 고개를 끄덕였다.

그녀는 숨을 헐떡이며 말했다.

"택시에서 내려 두 블록을 걸어왔어요. 퍽 빌딩을 찾고 있어요."

마테오가 말했다.

"저희도 그쪽으로 가는 길이에요. 위로 조금만 더 가면 있어요. 아가씨는 모델인가요?"

그녀가 얼굴에서 머리카락을 치우자 얼굴 윤곽이 드러났다.

"네."

나는 마침내 결심하고 말했다.

"이 사람도 그래요."

맷이 놀라서 무슨 말인가 하려고 입을 열었다.

나는 마테오가 말을 꺼내기 전에 그의 옆구리를 찔렀다.

나는 계속 말을 지어냈다.

"브룩스 뉴먼이 란제리 쇼의 모델로 여기 이 푸에고를 고용했죠."

맷이 소리를 질렀다.

"푸에고!"

나는 다시 그의 옆구리를 찔렀다.

"저는 푸에고의 매니저에요. 클레어라고 해요."

"만나서 반가워요, 클레어. 당신도요, 푸에고. 제 이름은 탠디 페이지에요. 탠디의 마지막 철자는 Y가 아니라 I에요(Tandy; 유명한 신발 브랜드). 제 매니저가 항상 하는 말이 사람들한테 이름을 가르쳐줄 때는 철자를 정확히 말해주라고 했어요."

내가 물었다.

"브룩스도 아가씨 이름을 정확히 아나요?"

"하! 내 이름도 기억 못 할 걸요."

라파예트가에 도착하자 퍽 빌딩이 거대한 모습을 나타냈다.

나는 이 건물을 볼 때마다 늘 동화 같은 분위기가 있다고 생각해왔다. 건물 이름 때문만은 아니다. 이 건물에 본사가 있는 풍자적이고 도발적인 성격의 잡지사 이름을 따 이런 이름이 붙여졌지만, 이곳에는 아직도 셰익스피어의 작품에 나오는 요정의 이름인 '퍽'의 반들반들한 조각상이 자랑스럽게 세워져 있었다.

퍽은 그의 희곡 《한여름 밤의 꿈》에서 끝이 뾰족한 중산모를 쓰고 나오는 장난꾸러기 요정이다. 퍽 빌딩의 건축 형태 역시 동화 같은 데가 있었다. 시카고학파가 즐겨 사용한 철골구조를 도입한 가로 줄무늬가 있는 아치형 창문들 때문에 광량을 풍부하게 받을 수 있었다.

또 탁월한 솜씨로 경쾌한 느낌의 붉은색 벽돌들을 사용했고, 벽돌 간의 간격을 짧게 해 수수한 녹색으로 테두리를 둘러 매우 인상적이고도 발랄한 분위기가 났다. 마치 셰익스피어의 코미디를 읽을 때와 같은 기분이라고 할까. 어떻게 보면 단순한 우아미와 경쾌함이 느껴지고 또 어떻게 보면 저 깊은 곳에서부터 강인함과 불멸이 느껴지기도 했다.

처음에는 건물의 입구가 휴스턴가로 나 있었지만 100년 전, 〈퍽〉 잡지사의 편집자들이 태머니 홀(뉴욕 시정을 지배하던 악명 높은 정치 집단이었던 태머니파의 회관)의 부패한 정치인들한테 분개한 나머지 라파예트가에 새로 출입구를 만들려고 건물 일부를 새로 고쳤다. 그러느라 건물 일부는 파괴되었지만, 무너진 잿더미에서 날아오르는 불사조처럼 되살아난 퍽 빌딩은 라파예트가 쪽으로 바닥을 더 늘이고 화려한 입구를 다시 갖추게 되었다.

나는 지금 건물 로비 밖에 서서 중산모를 쓴 반들반들하게 윤이 나는 퍽 요정의 조각상을 쳐다보고 있었다. 퍽 요정은 건물로 들어가려고 애쓰는 어리석은 인간들을 재미있다는 듯 바라보는 것 같았다.

야회복을 차려입은 남자들 하며 화려한 가운을 걸친 여자들 할 것 없이 모두 문간에서 안달하며 북새통을 이루고 있었다. 자기들이 타고 온 리무진 때문에 거리는 꽉 막혀 있었다.

건물은 건물대로 이 동네의 한 블록을 다 차지할 만큼 커다란 덩치로 강한 빛을 발하며 그 큰 창문들을 통해 휴스턴가, 라파예트가, 멀버리가, 저지가에 황금빛 조명을 던지고 있었다.

탠디는 가방에서 초대장을 꺼냈다.

"저지가에 나 있는 종업원 출입구로 들어가야 하나 봐요."

우리는 사람들을 피하며 건물을 뼁뼁 돌았다. 저지가에 있는 출입구에도 사람들 무리가 꽤 있었다. 그곳에는 검정 양복과 검정 셔츠에 빨간색 나비넥타이를 매고 눈에 확 띄는 밝은 빨간 양말을 신은 뚱뚱한 남자가 으스대며 서 있었다.

"안녕, 트레버." 하고 탠디가 애교스럽게 인사를 했다.

남자가 소리쳤다.

"탠디, 오긴 왔군. 다른 모델들은 벌써 안에 들어갔다고. 빨리 가서 음료를 나르라고."

탠디가 우리에게 작별인사를 하며 손을 흔들었다.

"행운을 빌어요, 푸에고."

탠디가 끽끽대며 마테오에게 인사했다. 그리곤 패션모델답게 캣워크(패션쇼에서 객석으로 뻗어 나온 좁고 긴 스테이지)를 걸어가듯 문을 통과해 시야에서 사라졌다.

트레버라는 남자가 눈을 깜박거리며 물었다.

"도움이 필요하십니까?"

"모델 일 때문에 왔어요."

그는 나를 이리저리 뜯어보더니 눈썹을 치켜세웠다.

"아닌 것 같은데요."

"저 말고 이쪽이요. 푸에고라고 해요."

나는 물건을 바치듯 마테오를 앞으로 떠밀었다.

"쓸 만하군요."

남자는 마테오를 평가하더니 말했다.

"계약서와 초대장은 갖고 계시지요?"

"저, 무슨 말씀이신지?"

남자가 손을 내밀었다. 손가락마다 반지가 끼워져 있었는데 그게 자기 멋인지 엄지손가락에만 반지가 없었다.

"계약서 말이에요."

"브룩스 뉴먼이 다른 사람을 시켜 보내준다고 했는데 아직 도착을 안 했어요."

나는 이렇게 말을 갖다 붙이면서 내가 이렇게 시치미를 잘 뗀다는 사실에 스스로도 놀라고 있었다.

"브룩스가 푸에고를 본 게 며칠 안 되거든요. 하지만 오늘 밤 행사에 아주 제격이라고 했지요."

"그러니까 당신 말은 브룩스 씨가 최근에 대충 구두계약만 했단 거죠?"

그는 마테오가 경주마라도 되는 듯 다시 한 번 위아래를 훑어보았다.

"치아가 좀 길지만 나쁘진 않군요."

남자는 콧방귀를 뀌더니 팔짱을 끼며 말했다.

"그렇지만 초대장이 없으면 안으로 들어갈 수가 없어요. 제니퍼 로페즈는 들여 보내줬죠. 하지만 톰이든 딕이든 푸에고든 간에 모르는 사람은 들여보낼 수가 없어요, 아시겠지만."

"여기 브룩스가 준 명함이 있어요."

나는 지갑을 뒤지며 브룩스와 처음 커피숍에서 만나 저녁식사를 한 뒤로 제발 그 명함을 버리지 않았기만을 기도했다.

"여기 있네요!"

나는 남자의 손에 명함을 찔러주었다.

"좋습니다."

남자의 태도가 누그러졌다.

"우린 지금 쭉쭉 빵빵한 남자 모델보다 가죽끈 팬티가 남아도는 실정이라 들여보내 주는 거니까 운 좋은 줄 알아요. 안 그랬으면 푸에고라는 친구는 정육점 거리로 내쫓았을 거요."

마테오와 내가 그의 옆으로 지나가려 했지만 그는 손을 뻗어 나를 제지시켰다.

"아가씨는 어디 가시는 겁니까?"

"우리 모델이랑 같이 가려고······."

"저 친구가 모델이지 당신은 아니잖아요."

"하지만 푸에고는……, 그는 영어를 한마디도 못해요."

나는 말을 더듬거렸다.

"대신에 무척 말을 잘 듣죠. 제 말이라면 뭐든지 해요. 그런데 뭘 어떻게 해야 하는지 제가 일일이 알려줘야 해요. 왜냐하면……, 실은 이건 우리끼리 얘긴데요, 푸에고는 잘생기긴 했지만 조금 모자라요."

남자는 그 말에 둥그런 얼굴 한가득 이를 씩 드러내며 웃었다.

"아하, 나는 그런 남자가 좋더라고요! 그럼 어서 들어가요. 행운을 빌어요."

건물 안으로 들어갔을 때 마테오가 씩씩거리며 말했다.

"좀 모자란다고?"

"그래도 잘생겼다고 했잖아요."

바로 그때 날씬하면서도 근육질인 젊은 남자가 체모를 몽땅 민 상태로 우리 옆을 성큼성큼 지나갔다. 그는 남성의 은밀한 부분을 가리는 가죽과 끈으로 된 팬티를 걸치고 있었다. 입은 건 그게 다였다.

"저런 모델하고 겨루려면 잘생긴 게 낫잖아요."

마테오는 내 말에 코웃음을 쳤다.

뼈만 앙상하게 남은 한 남자가 우리를 보고 소리쳤다.

"분장실은 이쪽이에요."

그 남자는 들고 있던 헤어 드라이기를 흔들어 자기 쪽으로 오라는 신호를 했다. 그의 등 뒤에 있는 분장실에서는 육체적인 매력이 물씬 풍기는 젊은 남녀들이 옷을 벗는 중이었다. 남녀 모델들은 프라이버시를 전혀 보호받지 못한 채로 함께 어울려 옷을 갈아입고 있었다.

마테오는 입이 귀에 걸리도록 웃으며 말했다.

"아무튼 그렇게 나쁘지는 않을지도 모르겠군."

"잘할 수 있을 거예요, 마테오. 일단 옷을 갈아입으면 아무 데나 돌아다닐 수 있으니까 조이도 찾을 수 있을 거예요. 나는 주방으로 찾으러 가볼게요."

주방을 찾는 데 10분이나 걸렸다. 둑처럼 높이 쌓인 철제 냉장고들과 엄청나게 넓은 가스레인지가 있고 그 사이로 흰 가운을 입은 수십 명의 요리사가 공들여 만든 카나페(빵, 토스트, 크래커에 치즈, 캐비아, 안초비 등을 얹은 것)를 쟁반에 담고 있었다. 모두 채소뿐이었다.

"실례합니다."

나는 요리사들이 쟁반을 들고 주방을 나갈 때마다 요리 상태를 확인하는 남자에게 말을 시켰다.

"음식 나르는 일을 하는 소녀를 찾고 있어요. 조이 알레그로라고 아시나요? 이쪽에 오면 만날 수 있을까 해서 왔는데요."

"여기 없고 위층에 있습니다. 우리는 퍽 빌딩 소속의 연회 담당이에요. 외부에서 온 요리사들은 위층에 있는 '스카이라이트 룸'에서 일하고 있어요. 당신은 그 팀의 웨이트리스인가요?"

"아, 저……, 네, 맞아요."

나는 초대 손님들이 입고 온 정장 차림이 아니었기 때문에 남자의 말에 그렇게 대답하는 게 낫다고 생각했다. 그 남자에게 한마디라도 더 했다간 쫓겨날 게 틀림없었기 때문에 그런 위험을 감수할 수는 없었다. 게다가 얼핏 들으니 스카이라이트 룸은 아무나 들어갈 수도 없는 것 같은데 웨이트리스 복장을 하면 분명히 들어갈 수 있으리라.

"잘 됐군요! 사장님이 그러는데 온다고 하고 안 온 여자들이 있어서 한두 명 더 필요하다는 거예요. 그렇지 않아도 지금 막 우리 직원 중에서 한 명을 위로 올려 보내려던 참이었죠."

나는 의기양양하게 말했다.

"여기 이렇게 제가 온 걸요!"

완벽한 기회였다. 뉴저지에서 파트타임으로 서빙 일을 해본 적도 있으니까 그까짓 거 식은 죽 먹기일 것이다.

"잘 됐어요. 우리 직원들은 그 옷을 못 입겠다고 하더라고요."

나는 피가 얼어붙는 느낌이었다.

"옷이요?"

"이쪽에서 갈아입으면 돼요. 하지만 서둘러요."

남자는 라커룸 문을 열어주며 말했다.

"속옷 회사인 빅토리아 시크릿에서 오늘 밤 행사를 위해 이 옷들을 기증했대요. 그러니 맞는 옷을 찾아 입으면 될 거예요. 다 입으면 알려 줘요. 그럼 제가 위층까지 데려다 주죠."

나는 주저주저했다. 그랬더니 그 남자도 내 얼굴에 나타난 난감한 표정을 눈치 챈 것 같았다.

"그렇게 걱정하지 말아요. 속옷은 아니에요."

"다행이군요."

"속옷은 아닌데 하늘하늘한 나이트가운 같은, 그런 스타일이에요."

## twenty-three

나는 라커룸에 들어갔다가 10분이 지난 뒤 빨간 뮬(뒤축 없는 슬리퍼)을 신고 종아리까지 내려오는 실크 나이트가운을 입고 나왔다. 가운의 목은 깊이 파이긴 했지만 전체적으로 천박해 보이지는 않는 디자인이었다. 목선 주변으로 작고 빨간 장미꽃이 박음질 되어 있었으며, 분홍색 꽃무늬 옷감이 몸에 딱 붙어 몸매의 굴곡이 강조되는 옷이었다.

하지만 얇아도 너무 얇아 바람이 다 들어왔다. 아무리 봐도 우아한 옷임엔 틀림없었다. 이런 옷을 입는 건 무척 행복한 느낌일 수도 있다. 하지만 그건 어디까지나 집에서, 그것도 침대에서 입었을 때 얘기다.

주방장이 돌아왔다.

나는 몸을 감추고 싶은 충동을 억눌러야 했다.

"직원용 엘리베이터는 지금 엄청난 음료 상자를 위층으로 나르느라 정신이 없어요. 그걸 기다리려면 시간이 오래 걸릴 거 같네요. 그러니 메인 볼룸을 통과해서 프런트에 있는 엘리베이터를 타고 올라가는 게 좋겠어요."

"네? 메인 볼룸을 통과하라고요? 이런 옷을 입고요?"

"부끄러워하실 것 전혀 없어요."

오, 이런 세상에.

"그 근처에서 음료를 서빙하는 아가씨들하고 비교하면 그 옷은 얌전한 걸요. 아무튼 스카이라이트 룸에는 2백 명가량의 사람들이 있고 그들도 당신이 입은 옷을 볼 거잖아요. 그러니 그 옷에 익숙해지는 게 좋겠죠. 위층에는 유명인사들도 많은데 냉정함을 잃으면 안 되잖아요."

그는 주방문을 열어젖히며 말했다.

"메인 볼륨 가운데로 곧장 가면 오른편으로 엘리베이터 문이 있어요. 그걸 타고 위로 올라가면 돼요. 위층 바에 있는 엘리한테 가서 왔다고 말하면 그녀가 서빙할 쟁반을 내줄 거예요."

정말 그러고 싶지 않았지만 그 길만이 조이를 찾을 수 있는 방법이었다. 하는 수 없이 심호흡을 한 번 한 뒤 나는 결단을 내렸다.

환한 조명이 번쩍이는 메인 볼륨의 플로어는 우아하게 차려입고 파티에 온 사람들로 가득 차 있었다. 남자들은 검정 넥타이, 여자들은 종아리까지 오는 가운이나 몸에 꼭 끼는 유명 디자이너의 드레스를 입고서 하프 선율에 따라 기둥 사이사이로 우아하게 거닐고 있었다. 여자들은 하나같이 보석 목걸이를 차고 귀와 손가락에도 보석이 반짝거렸다.

청량음료를 나르며 경목으로 된 플로어 이곳저곳을 돌아다니는 란제리 모델들조차 빅토리아 시대 회화에서 우아하게 날아다니는 요정처럼 보여서 무대장식 일부로 보일 정도였다.

딱 두 가지 요소만이 완벽한 그림을 망치고 있었다. 바닥에서 거의 5m가량 되는 메인 볼륨의 높은 천장에는 꽤 큰 크기로 썰린 피투성이 소고기와 양 갈빗살, 내장이 빠져나온 새끼 통돼지, 그리고 수백 마리의 죽은 닭들이 매달려 있었다.

다행히 그 모든 동물들과 고기들이 가짜라는 것을 곧 알 수 있었다. 닭은 고무로 만들어진 것이었고 갈빗살은 석고에 붉은색을 칠한 식이었다. 그것들은 가짜긴 했지만 전하는 메시지는 너무나도 강렬했다.

"브룩스, 너무 많이 갖다 놓은 거 아니에요?"

나는 가짜 닭고기를 보고 눈살을 찌푸리며 혼잣말로 중얼거렸다.

두 번째로 사람의 심기를 불편하게 하는 요소는 룸 건너편, 입구 근처의 받침돌에서 포즈를 취하는 아름다운 커플이었다.

두 사람은 내가 지금까지 본 중에 가장 완벽한 육체미를 자랑하고 있었다. 남자는 수영팬티만을 걸치고 있고 여자는 끈 팬티와 딱 붙는 비키니 상의를 입고 있었다.

두 사람의 근육은 단단하고 여러 색조를 띠었으며 피부는 부드러우면서도 건강해 보였다. 또한 오늘 밤 행사 포스터에서처럼 검정 잉크로 고기 부위를 나눈 듯한 굵은 선이 그어져 있었다.

내가 룸을 가로질러 중간까지 갔을 무렵, 한 여자가 혀 꼬부라진 발음으로 귀에 익숙한 이름을 부르는 소리가 들렸다.

"어머, 맛--테--오."

나는 고개를 돌려 마테오를 바라보았다.

벨벳 슬리퍼를 신고 실크로 된 사각팬티만을 걸친 그의 모습은 놀랄 만큼 위압적이었다. 마테오가 나를 알아보고 급히 다가오려는데 나이 꽤나 든 여자가 중간에 그를 낚아채더니 거미 같은 팔로 마테오의 근육질 팔을 감싸 안았다.

나는 여인을 곧장 알아보았다. 다프네 데본셔였다.

*휴, 다프네. 어떻게 알아보고서······.*

어머님의 친구였던 그녀를 마지막으로 보았을 때, 그녀는 몸을 잘 가꾼 글래머 미인이었고 툭 하면 자메이카의 해변에 있는 밀월장소로 마테오를 꾀어내곤 했다.

하지만 그건 벌써 15년 전 이야기고 세월은 그녀에게 자비를 베푼 것 같지 않았다. 한때 고전적인 자태가 묻어났던 다프네의 얼굴은 성형수

술 부작용으로 뻣뻣하게 굳어 있고 보톡스 주사 때문에 가면을 쓴 것처럼 보였다. 또 선탠으로 잘 태워 건강했던 피부도 과도한 음주와 흡연 때문인지 푹 꺼진 듯 보였다.

가장 심각한 건 아무리 라이크라 재질의 어깨끈 없는 브래지어를 했어도 전혀 몸매가 살아나지 않는다는 거였다. 물론 아직도 몸매가 아주 나쁘지는 않았지만 다프네가 입은 가운은 파멜라 앤더슨처럼 25년 동안 몸매를 가꿔온 여자에게나 해당할 일이지 60대 후반의 여자가 입을 만한 옷은 아니었다.

"마테오, 달링! 이렇게 다시 만나서 너무 반가워."

다프네는 마테오에게 키스하는 흉내를 내며 말했다. 그러면서 마테오의 이두박근에 거머리처럼 찰싹 두른 자기 팔을 뗄 생각을 안 하는 것이었다. 말할 때는 음료를 조금씩 흘리기까지 했다.

"자메이카에서 내가 자기한테 불러주던 노래 생각나? 응?"

다프네는 이제 자메이카 악센트를 흉내 내고 있었다. 하지만 정말 형편없었다.

"맛―테―오오, 맛―테―오오. 해가 지면 자기가 우리 집에 오곤 했었지……."

마테오는 절망적인 얼굴로 나를 바라보았다. 도와달라는 간절한 눈빛을 하고서.

"조이가 위층에 있대요. 거기서 만나요."

나는 마테오에게 이렇게 말하고 입김으로 키스를 날려준 다음 가던 길을 갔다. 옛 애인의 팔에서 빠져나오는 문제는 아직도 어린아이 같지만 충분히 성숙한 자기 힘으로 해결하게 내버려두었다.

그런데 얼마 더 가지 않아 내 이름을 부르는 익숙한 목소리를 들었다.

"클레어, 아가. 어쩜 그렇게 대담한 옷을 입었니. 하지만 솔직히 참 잘 어울리는구나."

고개를 돌리니 빌리지 블렌드의 주인이신 마테오의 어머니가 내 눈앞에 서 계셨다. 어머님은 몇 달 전에 만난 '특별한 친구'이신 종양학과 의사 닥터 개리 맥태비시 씨와 우아한 포즈로 팔짱을 끼고 계셨다.

나는 반라 상태인 복장 때문에 얼굴이 빨개졌을 거라고 생각했다.

어머님은 내 불편함을 덜어주시려 능숙하게 말을 돌리셨다.

"닥터 맥태비시 기억하지?"

닥터 맥태비시는 미소를 지으며 내 손을 잡았다.

"놀랐나 보군요, 며느님."

"그런가 봐요. 음, 보석이라도 좀 걸치면 옷이 좀 덜⋯⋯, 야해 보일 텐데 말이에요."

어머님은 약간 못마땅하신 투로 말했다. 그러시곤 내 근처를 둘러보며 "누구랑 같이 왔니?" 하고 물으셨다.

나는 살인사건과 브룩스 뉴먼, 그리고 조이를 찾고 있다는 말이 목구멍까지 넘어오는 것을 참았다. 한꺼번에 그 이야기를 다 하면 정신병자처럼 보일 테고 또 그렇게 되며 시간을 더 낭비하게 될 것 같았다.

또 손녀가 위험에 처했다는 말을 들으면 어머님의 심장에 무리가 갈 텐데 지금은 때와 장소가 맞지 않는다는 생각이 들었다. 빨리 예의 바르게 이곳을 벗어나 바람이 솔솔 들어오는 이 옷을 입고 위층으로 가는 게 급선무였다.

나는 얼른 대답해 드렸다.

"마테오요, 마테오하고 같이 왔어요."

어머님의 눈빛이 환하게 빛났다.

"우리 아들하고? 아프리카에서 돌아온 지 벌써 며칠이 지났는데도 나한테 한 번도 안 왔단다. 그런데 마테오는 어디 있니?"

나는 어깨너머를 힐끗 보며 말했다.

"저기, 그게요……."

어머님은 볼룸을 이리저리 둘러보다 마테오를 발견하곤 눈살을 찌푸리셨다. 마테오는 아직도 어머님의 옛 친구 다프네 데본셔에게 꼼짝없이 붙잡혀 있는 상태였다(다프네가 마테오와 바람을 핀 뒤부터 어머님은 그녀를 친구로 생각하지 않았다).

어머님은 서글픈 듯 한숨을 쉬시며 말했다.

"맙소사, 클레어. 그러기에 왜 저런 여자랑 어울렸다니?"

"그땐 마테오와 제가 사이가 안 좋았으니까요. 1990년대 초반이라 힙합 문화가 뉴웨이브 열풍을 휩쓸던 때고……."

"마약을 해서 그런 거잖니!"

"그것도 이유였고요."

어머님은 고개를 저으시며 말했다.

"코카인은 정말 끔찍한 거야."

나는 빨리 이 자리를 빠져나갈 생각에 이렇게 귀띔을 해드렸다.

"어머님이 그를 구해 주셔야 할 거 같아요."

"예전에 놀아난 여자랑 또 놀아나게 내버려둬도 되겠지."

닥터 맥태비시가 어머님의 손을 잡으며 달랬다.

"구해줍시다."

그는 어머님을 데리고 플로어를 가로질러 마테오 쪽으로 갔다.

나는 더 이상의 사건에 휘말리지 않고 스카이라이트 룸으로 올라가는 엘리베이터에 당도했다. 예상한 대로 경비원이 엘리베이터 문을 지키고 서 있다가 내 의상을 보더니 직원이라고 생각했는지 고개를 끄덕였다. 경비원은 내게 엘리베이터를 타라는 손짓을 했다.

나는 아무도 없는 엘리베이터를 타고 위층으로 올라갔다.

엘리베이터 문이 열리자 모래처럼 엷은 갈색 머리칼에 검은색 타이를 맨 잘생긴 젊은이가 복도에 서 있는 모습이 보였다. 어디서 많이 본 듯한 얼굴이었다.

"멋진 저녁 보내세요."

내가 엘리베이터에서 내릴 때 그 남자가 타면서 이렇게 인사했다.

남자의 깊고 낭랑한 음성에 비로소 그가 팻 키어난이란 걸 깨달았다. 뉴욕 베이직 케이블방송인 채널 1에 나오는, 에스더와 조이가 제일 좋아한다던 바로 그 앵커였다.

나는 고개를 돌렸지만 엘리베이터 문은 이미 닫힌 뒤였다.

"잠시 잠깐이지만 얼굴을 보긴 봤네. 에스더와 조이가 봤더라면 엄청 좋아했을 텐데."

나는 이렇게 혼잣말을 중얼거리며 사람들을 헤치고 나아갔다. 저 앞쪽, 스카이라이트 룸의 활짝 열린 문에서부터 왁자지껄한 목소리와 웃음소리들이 쉴 새 없이 쏟아져 나오고 있었다. 나는 사람들 무리를 지나 서둘러 바로 걸어갔다. 어떤 사람이 계속 사진을 찍어대고 있어 카메라 플래시 때문에 사람들의 얼굴을 알아볼 수가 없었다.

"어, 미스 코지 아니세요?"

바 근처에 서 있다가 나를 보고 놀란 목소리는 조이의 반 친구로 레이 하딩이란 이름의 청년이었다. 조이와 함께 빌리지 블렌드에 들르곤 했었기 때문에 당연히 내 얼굴을 알고 있었다.

하지만 그 청년은 이런 행사에서 반 친구 엄마가 파란색의 큰 앞치마를 두르고 다니는 모습에 익숙했으면 익숙했지, 빅토리아 시크릿 나이트가운을 입은 건 별로 못 본 모양이었다.

청년은 당황한 것 같았다.

*레이, 놀란 건 나도 마찬가지야.*

"혹시 조이 못 봤니?"

레이는 고개를 끄덕이며 "이쪽으로 오세요."라고 말했다.

그는 나를 이끌고 혼잡한 사람들 무리를 빠져나가 룸 뒤로 데려갔다. 대형 수납실로 보이는 그곳에는 의자와 테이블이 잔뜩 쌓여 있었다.

"이런 말 드려서 유감인데요, 오늘 밤 조이한테 별로 안 좋은 일이 있었어요."

"조이는 괜찮니? 무슨 일이 있었길래?"

"조이는 괜찮아요. 하지만 이곳을 떠났어요. 능글맞은 브룩스 뉴먼이란 자가 조이한테 아주 꼴사나운 추태를 보였다고 들었어요. 엠버가 말해줬어요. 그러면서 조이가 학교 선생님께 폐를 끼치고 싶지 않아 괜찮은 척한 다음에 여기를 나갔다고 하더라고요."

나는 주먹을 불끈 쥐었다.

"어디로 갔대?"

"빌리지 블렌드로 돌아가는 길일 거예요. 20분 전에 떠났어요."

"그럼 브룩스 뉴먼은 지금 어디 있고?"

레이가 얼굴을 찡그리며 말했다.

"스카이라이트 룸 안에요. 돈 많은 유명 기부자들한테 알랑거리면서 보드카랑 진토닉을 아주 들이붓고 있죠. 제가 바에서 음료 서빙을 돕고 있었는데 저한테만 다섯 잔을 가져간 걸요."

*잘 됐어. 그렇다면 길에서 조이를 따라가는 건 아니란 뜻이니까. 그*

럼 이제 마테오를 찾아서 빌리지 블렌드로 돌아가면 되는 거야. 그리고 퀸이 브룩스 뉴먼을 살인죄로 체포할 때까지 조이를 우리 눈에서 한 발짝도 떨어지지 않게 하면 되는 거야.

"여기서 최대한 빨리 빠져나가려면 어떻게 하는 게 좋을까?"

"고객용 엘리베이터는 안 돼요. 사람이 너무 많더라고요. 그렇지 않아도 여러 사람이 그 문제로 불평하는 걸 들었어요. 주방을 지나서 직원용 엘리베이터를 타세요."

레이가 주방 쪽을 가리키며 말했다.

"음료 상자 내리는 일이 막 끝났어요. 지금은 엘리베이터가 비었어요. 가서서 버튼을 누르면 올라올 거예요."

레이는 룸으로 돌아갔고 나는 주방으로 빠르게 들어갔다. 그리곤 버튼을 누르고 엘리베이터가 올라오기를 기다렸다. 뒤쪽에서 문이 열리는 소리가 들려 고개를 돌려보니 3m 거리도 채 안 되는 곳에 브룩스 뉴먼이 휘청거리며 서 있는 게 아닌가.

그는 손짓하며 나를 불렀다.

"이봐, 아가씨. 저쪽 손님들을 좀 도와줘야겠어. 이쪽으로 오라구."

나는 못 들은 척하고 다시 등을 돌렸다. 그랬더니 그가 무거운 발걸음으로 내 뒤까지 걸어와서는 억센 손으로 내 팔을 움켜잡는 것이었다.

"이봐, 내 말 안 들려? 와서 도우라고 했잖아."

그는 이렇게 말하며 나를 돌려세우곤 나를 알아봤는지 풀린 눈에 힘을 주며 쳐다보았다.

"클레어?"

"비켜요."

하지만 브룩스는 이제 술이 깬 것 같았다.

"이번에도 따님을 구출하러 오셨나?"

"비키라고 했어요."

웬일인지 그가 비켜섰다, 하지만 가지는 않았다.

"복장이 멋지군요. 정말 섹시해요, 클레어. 대단해요."

등 뒤로 엘리베이터의 '기기깅' 하는 소리가 들렸다.

*도대체 언제 올라오려고 이렇게 늦는담?*

브룩스가 약간 혀 꼬부라진 소리로 말했다.

"나랑 가서 한 잔 하지 그래요?"

나는 뒤로 물러서며 말했다.

"가봐야 해요. 같이 온 상대가 아래층에서 기다리고 있거든요."

그가 나를 구석으로 몰아세우며 말했다.

"그냥 기다리게 놔둬요."

보드카는 냄새가 안 난다고 말한 사람들이 누군지 모르지만 다 헛소리였다. 브룩스 뉴먼의 숨결에서 알코올 냄새가 확 풍겼다.

나는 겁을 먹을 수도 있었지만 전혀 겁내지 않았다. 나는 조이가 아니니까 브룩스란 자가 어떤 인간인지 잘 아는 만큼 그리 쉽게 희생자가 되지는 않을 테니까.

저 아래쪽에서 엘리베이터 문이 여닫힐 때 나는 삐걱거리는 소리가 들렸다.

"아직 가지 말아요, 클레어. 오늘 밤 함께 뜨거운 밤을 보내자구요. 조금 있으면 여기 일도 다 끝나는데."

나는 무미건조하게 대답했다.

"미안하지만 사양할게요."

바로 그 순간 그가 내게 달려들었다. 너무 급작스러웠기 때문에 예상하지 못한 일이었다.

그는 곰처럼 서툰 동작으로 내 몸을 더듬었다.

나는 그를 떼어내려 애썼고 비틀거리며 그의 손아귀에서 벗어난 순간 엘리베이터 문이 스르르 열렸다.

나는 그 틈을 타 재빨리 브룩스한테서 떨어졌다. 하지만 그놈의 가운이 문제였다. 하늘하늘한 얇은 천으로 된 가운은 '쫙' 하는 소리와 함께 꽤 넓은 부위가 찢어지고 말았다.

나는 비명을 지르며 몸을 가리려고 했다.

그때 엘리베이터에서 건장한 남자가 내리는 바람에 난 기겁을 했다.

이어 찰칵하고 수갑채우는 소리, 고래고래 울부짖는 소리가 들렸다.

나는 뜯어진 가운을 움켜잡은 채 뒤돌아보았다.

마이크 퀸이었다.

그는 브룩스 뉴먼을 힘껏 붙잡고 있었다. 브룩스 뉴먼의 팔은 등 뒤로 돌려져 수갑이 채워져 있었으며 퀸은 그의 팔을 붙들고 무릎을 꿇릴 태세였다.

"괜찮아요?"

브룩스 뉴먼이 길길이 날뛰며 비명을 지르는 중에 퀸이 내게 물었다.

나는 침착하게 말했다.

"그를 체포해요. 세 명의 여자를 죽인 자가 바로 이 남자예요. 싱글즈 뉴욕 사이트에서 그녀들을 만난 거였어요. 그녀들과 함께 잤거나 적어도 자려 했고 그런 다음에 죽인 거죠."

브룩스 뉴먼이 째지는 목소리로 말했다.

"뭐가 어째? 난 아무도 죽이지 않았어."

퀸이 경고했다.

"당신은 입 다물고 있어."

브룩스 뉴먼은 이제 꺼이꺼이 울고 있었다.

그때 갑자기 마테오가 주방으로 뛰어들어 왔다.

마테오가 내 쪽으로 달려오며 소리쳤다.

"클레어! 당신 괜찮아? 조이는 어디 있어?"

"조이는 안전해요. 지금 빌리지 블렌드로 가고 있대요."

퀸이 말했다.

"그렇다면 꼭 안전한 것만도 아닙니다."

"하지만 살인범은 지금 당신이 잡고 있잖아요."

"클레어, 미안하지만 브룩스 뉴먼은 아니에요. 당신 전화를 받고 달려오긴 했지만 이 자가 범인이 아니란 건 확실해요. 최소한 살인범은 아니에요. 진작부터 이 자를 조사했어요. 이 자는 살인사건이 일어난 시간에 세 번 모두 확실한 알리바이를 가지고 있어요. 한데 더 중요한 건 난 이제 살인범이 누군지 안다는 겁니다."

"제발요, 퀸, 브루스 바우먼은 아니라니까요. 브루스에 대한 추리를 또 말하려는 거라면 듣기 싫어요."

"브루스가 아니라 그의 전부인인 맥신 바우먼입니다. 당신이 내 핸드폰으로 전화한 시간에 나는 웨스트체스터에서 돌아오는 길이었어요. 브루스 바우먼의 배경도 조사할 겸 해서 그곳 경찰을 만나 이야기를 들으려 갔었죠. 그는 맥신 바우먼이 1년 전 브루스의 사무실에서 일하던 젊은 여자 인턴사원을 죽였다고 확신하고 있더군요. 다만 지방검사가 만족할 만큼 충분한 증거를 찾아내지 못한 것뿐이죠. 어느 날 밤 그녀는 자신의 직장인 바우먼의 건물 옥상으로 올라가 투신했어요. 외부에는 자살이라고 발표했지만 그 형사는 죽은 여자가 최근 브루스 바우먼과 사귀기 시작했다는 것과 브루스가 이혼한 지 얼마 되지 않았다는 걸 알아냈지요. 죽은 여자의 룸메이트가 주장하길 맥신이 친구를 괴롭히고 스토킹했다는 겁니다. 하지만 운 나쁘게도 맥신 바우먼은 웨스트체스터에서 가장 능력 있는 변호사들을 고용했고 그들이 맥신에게 알리바이를 만들어주었다는 거예요. 그들은 룸메이트의 증언에 이의를 제기했는데, 그녀에게 마약 전과가 있었다는군요. 또 지방검사에게 압력을 가해 사건을 확정 짓기에는 증거가 불충분하다는 뜻을 얻어냈죠. 형사는 사건을 그렇게 종결시킨 데 대해 지금도 다른 생각을 하고 있지만 실은 손발이 묶여버린 거지요. 현재 웨스트체스터 당국은 맥신을 추적하지 못하고 있습니다. 우리는 그녀가 뉴욕으로 이사를 왔고 다른 이름을 사용하고 있다는 것은 알고 있어요. 하지만 그냥 이렇게 사라지진 못할 겁니다. 우리가 반드시 찾아낼 테니까요."

"브루스의 전처였다니."

나는 눈을 감았다.

앞뒤가 맞는 얘기였다. 브루스의 컴퓨터에서 본, 'Vintage86'이란 아이디로 보내온 욕설이 가득했던 이메일을 떠올려보니 마음이 착잡해졌다. 그러나 내 마음 한구석에서는 여자가 남자한테 버림받았다고 해서 연쇄살인범이 된다고는 생각하기 어려웠다.

그런 식으로 따지면 나도 마테오한테 버림을 받았던 거라고 할 수 있고 그래서 자신에게 득이 안 되는 분노가 어떤 건지, 그 파괴적인 고통이 어떤 건지 안다고 생각했다. 하지만 그렇다고 그런 행동을 하지는 않는다. 사람을 해한다는 건 꿈에도 생각해본 적이 없었다.

브루스의 전부인도 그런 생각을 한 건 아니었을 것이다. 다만 극도로 화가 나 저지른 일이었을 것이다.

퀸이 말했다.

"난 쭉 브루스에게 단서가 있다고 생각했어요, 클레어. 브루스 바우먼 자신이 아니라면 그와 가까운 누군가임이 틀림없다고."

나는 고개를 저었다.

"난 당신이 브루스를 잡을 생각만 하는 줄 알았어요."

"난 어떤 사람도 잡으려고 생각한 적 없어요. 증거를 잡으려고 한 겁니다. 하지만 브루스가 강력한 용의자라고 생각한 건 사실입니다."

브룩스가 말했다.

"난 용의자가 아니야. 난 아무 죄가 없다고!"

퀸이 그에게 고함쳤다.

"당신 얘기를 하는 게 아니오."

브룩스가 울부짖듯 말했다.

"그럼 풀어주시오."

퀸이 말했다.

"당신을 성추행으로 잡아넣겠소."

마테오가 물었다.

"누구한테 그랬죠?"

"저예요."

나는 찢어진 나이트가운 자락을 계속 붙들고 있었다.

마테오는 그제야 내 옷이 찢어진 것을 알아본 것 같았다. 아까 이 옷을 처음 보았을 때나 찢어진 지금이나 별로 다르지 않다고 생각했는지 그리 놀란 것 같진 않았다.

마테오는 브룩스에게 고개를 돌리고 말했다.

"이 나쁜 자식, 수갑만 안 차고 있었으면 이 주먹으로 면상을 갈겼을 거야."

"맷, 당신이 몰라서 그래요. 저 작자가 조이한테도 치근거렸대요."

"죽여 버리겠어."

"진정하십시오, 마테오 씨."

퀸이 마테오를 막아서며 말했다.

"지금은 더 중요한 문제가 있습니다. 여기 오기 전 빌리지 블렌드에서 에스더 베스트를 만났는데, 조이가 커브 길에서 떠밀려 M20번 버스에 치일 뻔했다는 말을 들었습니다. 나는 그게 단순한 사고라고 믿지 않습니다. 맥신 바우먼이 민 게 틀림없어요. 분명히 조이를 죽이려고 한 겁니다."

나는 마테오에게 소리쳤다.

"빨리 전화해봐요!"

그는 두 손을 활짝 펴보이며 말했다.

"내가 지금 핸드폰 넣을 데가 어디 있어?"

퀸이 내게 핸드폰을 건네주며 말했다.

"여기 제 전화를 쓰십시오."

나는 빌리지 블렌드에 전화를 걸었다.

에스더가 받았다.

"에스더! 조이 거기 있니?"

"지금 막 왔어요."

"조이 어디 못 가게 해줘! 얌전히 거기 있으라고 해. 우리가 금방 간다고!"

이때 웬 남자가 우리 쪽을 향해 고함치는 소리가 들렸다.

"이게 다 무슨 짓이오!"

뚱뚱한 몸에 야회복을 차려입은 대머리 남자가 주방으로 뛰어오고 있었다.

"당신들 지금 내 고객에게 무슨 짓을 하는 겁니까?"

브룩스가 소리쳤다.

"오, 제리! 하느님 감사합니다. 당장 이 수갑을 풀어줘!"

퀸이 재빨리 배지를 내보이자 뚱뚱한 대머리 남자는 다소 진정하는 눈치였다.

"제리 벤자민이라고 하오. 뉴먼 씨의 변호사입니다. 지금 제 고객을 연행하려는 겁니까?"

퀸이 나를 바라보았다.

내가 말했다.

"이러고 있을 시간이 없어요."

퀸은 고개를 젓더니 브룩스 뉴먼을 일으켜 수갑을 풀어주었다.

"이제 좀 살겠군."

브룩스가 손목을 비비며 말했다.

"경찰이 함부로 사람을 취급했다고 당신을 고소하고 말겠어!"

브룩스는 퀸에게 노발대발할 줄만 알았지 마테오의 주먹이 날아가는 것은 미처 보지 못했다.

*twenty-four*

빌리지 블렌드로 돌아가니 조이는 무사한 상태였다. 조이는 맷과 나를 한 번씩 안아주고는 너무 피곤해서 자기 아파트로 돌아가고 싶다고 말했다.

나는 위층에서 자고 가라고 만류했지만 조이는 단호히 거절했다. 지금은 룸메이트도 집에 돌아와 있고 빨리 가서 아까 자기를 구해준 청년이 전화했는지 자동응답기를 확인하고 싶다고 했다.

조이가 음식 나르는 일을 끝내고 '전화 데이트'를 하기로 약속했다는 것이다. 나는 위층에서 전화하면 되지 않느냐고 했지만 조이는 프라이버시를 지키고 싶은 것 같았다. 그게 아니면 청년이 그냥 전화만 하지 않고 조이한테 올 수도 있는 모양이었다.

*아, 젊으면 이래서 좋구나.*

그래서 난 조이가 집에 가는 것을 막을 수 없었다.

하지만 마테오와 함께 빌리지 블렌드를 나서는 모습을 보니 충분히 안심할 수 있었다. 마테오가 정말 잘하는 걸 한 가지 꼽으라면 그건 바로 딸을 지키는 일이니까.

그리고 퀸이 정말 잘하는 일을 한 가지 꼽으라면 그건 범인을 잡는 일이었다. 살인범이 누군지도 알아냈겠다, 이제 그녀가 어디 있는지 찾아내기만 하면 되는 것이다.

퍽 빌딩에서 나와 헤어질 때 퀸은 비번인데도 계속 브루스의 아내를 찾으러 다니는 중이라고 했다.

나는 맥신 바우먼을 찾아내기가 그리 어렵지는 않을 거라고 생각했다. 아무리 다른 이름을 쓴다고 해도 운전면허증이며 신용카드, 사회보장번호 같은 것 때문에 그렇게 오래 숨어 있을 수 없다. 그리고 그녀가 있는 곳을 알아내는데 브루스도 도움을 줄 것이다. 그녀의 주소는 모르겠지만 퀸이 함정을 파는데 도움을 줄 수는 있을 것이다.

커피 바 카운터 뒤에는 터커가 완전히 기진맥진한 얼굴을 하고 있었다. 그에게 2교대나 시켜놓고 조금만 더 있어달라고 말하기는 정말 싫었지만, 나는 여기 혼자 남아 있고 싶지 않았다. 그리고 마테오도 곧 돌아온다고 했다.

내 뒤에 있던 전화벨이 울리기에 나는 부리나케 수화기를 들었다.

"빌리지 블렌드입니다."

"클레어? 당신이에요? 오, 하느님 감사합니다."

브루스였다. 그의 깊고 따뜻한 목소리가 귀에 울려 퍼지자 소리가 아니라 손길이 느껴지는 기분이었다.

"당신 목소리를 들으니 정말 좋네요."

그의 얼굴을 본 지가 1년은 지난 것처럼 아득하게 느껴졌다.

"오늘은 너무 힘든 날이었어요."

"그래요? 저녁에 빌리지 블렌드에 들러서 조이를 만났는데 아무도 당신이 어디 갔는지, 언제 돌아오는지 모르더군요. 얼마나 걱정했는지 몰라요."

"걱정하지 않아도 돼요. 다 잘 해결됐어요."

"지금 로어 맨해튼의 내 차 안이니까 늦어도 10분이면 갈 수 있어요. 어디 가지 말고 있어요."

운전 중이라는 말을 들으니 어제오늘 이틀간 있었던 일을 설명하느라 그를 혼란스럽게 만들면 안 되겠단 생각이 들었다. 그 이야기들을 다 하려면 몇 시간은 걸릴 것이다. 또 퀸도 브루스에게 뭔가를 더 알아보고 싶어 할 것이다.

나는 브루스가 도착하면 잠깐 우리끼리 안부를 확인하고 퀸에게 전화를 해야겠다고 생각했다. 브루스가 맥신의 소재지를 알든 모르든 퀸은 그에게 물어보고 싶을 게 분명했다.

"걱정하지 말아요. 막 가게 문을 닫으려던 참이었어요. 아무 데도 안 가요. 와서 제가 안 보이고 문이 닫혀 있으면 아마 위층에 있을 거예요. 휴대폰으로 전화해주면 내려갈게요."

나는 전화를 끊고 터커를 보며 환하게 웃었다.

에너지가 다시 샘솟았다.

터커가 물었다.

"왜 그렇게 기분이 좋아지셨어요?"

"브루스는 최고로 멋진 남자야. 나, 사랑에 빠진 거 같아."

터커는 무척 피곤해 보이는 얼굴로 미소를 지었다.

"클레어한테 그런 얘기를 듣게 되다니 잘 됐네요. 정말 잘 됐어요."

"지금 이리로 오는 중이야."

터커가 고개를 끄덕였다.

"올 때까지 기다려줄게요."

그러나 터커를 더 있게 하는 건 못할 짓이란 생각이 들었다. 그는 쓰러지기 일보 직전으로 보였다.

"안 그래도 돼. 얼마나 피곤한지 다 보여. 그냥 남은 손님들 일어나게 하는 거랑 문 잠그는 것만 도와줘. 문을 잠그고 있으면 10분도 안 돼서 그가 올 텐데 그 사이에 무슨 일이야 있겠어?"

터커가 다시 고개를 끄덕였다.

"하긴 다리가 떨어져 나갈 것 같아요. 정말 그래도 괜찮겠어요?"

"그럼."

솔직히 말하면 아까 왜 조이가 오늘 만난 청년하고 조용히 전화하고 싶다며 서둘러 집으로 돌아갔는지 알 거 같았다.

다시는 브루스와 떨어져 혼자 있고 싶지 않았다. 그가 도착하면 팔로 그 사람 목을 감싸고 영원히 그대로 있고 싶다는 마음이 들었다.

2분쯤 뒤, 터커와 나는 마지막으로 남아 있던 손님 다섯 사람에게 정중히 문 닫을 시간이라고 말하고 나가게 했다.

터커가 자기 물건을 주섬주섬 챙겨 프런트 도어로 향하면서 재차 물었다.

"정말, 정말 가도 괜찮은 거죠?"

"정말 그렇대도!"

"고마워요, 클레어. 잘 있어요."

나는 문을 잠그고 이런저런 쓰레기들로 어지럽혀진 대리석 테이블을 곧바로 치우기 시작했다. 쓰레기 대부분은 구겨진 냅킨이나 과자 부스러기, 종이컵이었다. 벽난로 옆에 있던 테이블에 갔더니 모니터가 달린 노트북이 놓여 있었다.

"누가 이런 걸 두고 갔담······."

나는 호기심에 모니터를 열어보았다. 화면이 꺼져 있었다.

그러나 스페이스 바를 누르자 화면이 살아났다.

바탕화면에 여러 가지 파일이 있었다.

"그래, 누구 컴퓨터인지 한 번 볼까?"

나는 이름이 있는 곳이 있나 살펴보다 '이메일 백업'이라고 적힌 폴더를 클릭해보았다. 폴더 안에 두 개의 폴더가 들어 있었다.

그 폴더들의 이름을 확인해보려는데 누군가 다급히 프런트 도어를 두드리는 소리가 들렸다. 문으로 다가가자 우리 가게 사람들이 양가죽 코트의 여인이라고 부르는 위니 윈슬렛이 서 있는 게 보였다.

"위니?"

"클레어, 문 좀 열어줄 수 있어요? 제가 깜박하고 노트북을 두고 간 거 같아요."

"아! 위니 것이었군요. 누가 놓고 간 건지 궁금하던 참이에요. 조금만 기다려요."

브루스가 도착하면 금방 문을 열어주려고 열쇠를 아직 열쇠 구멍에 꽂아둔 상태였다. 그래서 위니를 들이기 위해 열쇠만 돌렸다.

"들어와요."

나는 문을 닫고 그녀와 함께 컴퓨터가 있는 자리로 갔다. 노트북 앞에 도착하자, 나는 컴퓨터를 열어본 것에 막 사과를 하려 했다.

그런데 나도 모르게 모니터로 눈이 갔고, '이메일 백업' 하위 폴더들의 이름을 보고 말았다. 하나는 'Vintage86 보낸 편지함'이라고 쓰여 있었고 다른 하나는 '맥신의 받은 편지함'이라고 쓰여 있었다.

나는 위니의 얼굴을 바라보았다. 그러고는 최대한 침착하게 물었다.

"이게 당신의 이메일 이름인가요? Vintage86이?"

그녀가 대답했다.

"네, 맞아요."

"윈슬렛이 처녀 때 성인가 보죠?"

"그래요."

"결혼했을 때 성은 바우먼이고?"

위니는 눈 깜짝할 사이에 총을 꺼내 들었다.

벌써 모든 것을 각오하고 온 것이었다. 노트북을 두고 간 건 빌리지 블렌드가 문을 닫은 다음에 들어올 구실이었던 것이다.

"브루스가 당신을 정말 좋아한다고 생각한다면 큰 오산이야. 브루스는 당신을 좋아하지 않아. 말이 난 김에 하는 말인데, 그 사람은 당신 뒤에서 호박씨를 까고 있었다고. 당신 딸이 그 사람하고 밤을 지낸 것도 모르지. 하긴 당신이 그런 걸 알 리가 없겠지."

"맥신, 그 사람하고 밤을 지낸 사람은 조이가 아니라 나예요."

의기양양하게 사람을 깔보는 듯한 표정을 짓던 위니의 가면이 한순간에 벗겨졌다.

"뭐라고? 거짓말하지 마. 조이가 들어가는 걸 내 눈으로 똑똑히 봤단 말이야."

"조이의 코트를 본 거겠죠. 그 옷을 입었던 사람이 나예요. 그런데 위니란 이름은 뭐죠? 위장하느라 이름을 바꾼 건가요?"

"그건 내가 옛날부터 쓰던 애칭이야, 이 멍청한 여자야. 당신이 상관할 바도 아니고. 자, 이제 우리 일이나 일찍 끝내자고. 뒤로 돌아."

"싫어요."

그녀는 권총의 공이치기를 당기며 말했다.

"뒤로 돌아서 걸어가."

나는 그녀의 눈을 똑바로 바라보았다.

그녀는 총을 쏠 만발의 준비가 되어 있었다.

우리 둘 다 그것을 알고 있었다.

*브루스가 오고 있어. 곧 도착할 거야. 마테오도 금방 돌아올 거야. 시*

*간을 벌 수만 있다면 괜찮을 거야……*.

"알았어요. 시키는 대로 할게요. 그런데 어디로 걸어가란 거예요?"

"일단 프런트 도어로."

그녀는 가게 문을 잠그게 했다.

나는 열쇠를 이쪽저쪽으로 돌렸다. 하지만 사실은 문을 잠근 게 아니었다. 잠갔다가 금세 방향을 돌려 잠금을 해제한 것이었다. 아마 맥신은 내가 문을 잠갔다고 생각했을 것이다.

"계단 쪽으로 가지."

나는 될 수 있는 대로 천천히 걸었지만, 그녀가 내 옆구리에 총을 찔러 넣으며 빨리 가라고 재촉했다. 우리는 2층과 3층, 그리고 아파트 현관문을 지나 직원용 계단의 가장 높은 층계참까지 계속 올라갔다. 그렇게 옥상으로 나가는 문에 이르렀다.

나는 올라가는 동안 각 층의 문이 열려 있는지 조심스레 확인했다. 아까 브루스한테 위층에 있겠다고 말해 두었으니, 그가 와서 이 문들은 잠그지 않고 또 아파트 문은 잠겨 있는 것을 이상하게 생각해주기 바랐다. 그러면 그는 뭔가 잘못됐다는 생각을 하게 될 것이고 지금 맥신과 내가 가는 옥상까지 올라올지도 모른다고 나는 간절히 기도했다.

"빗장을 풀어."

나는 옥상 문 중간에 있는 무거운 잠금장치를 돌리고 벽 쪽으로 질러져 있던 두꺼운 빗장을 풀었다.

"계속 가."

그녀가 날카롭게 소리쳤고 우리는 눈 덮인 옥상으로 나갔다.

옥상 문은 활짝 열린 상태였다.

살을 에는 듯한 강바람이 불어와 온몸을 세차게 때렸다. 나는 어둠 속에 몸을 떨며 앞으로 걸어가다 미끄러지면서 손과 무릎으로 땅을 짚었다. 우연히 그렇게 된 게 아니었다. 이대로 눈 속에 앉아 있고만 싶어 일부러 넘어진 거였다. 어젯밤에 쌓인 깊은 눈 속에 손이 파묻혀 보이지 않았다.

그녀는 내 머리채를 움켜쥐고 세게 잡아당겼다.

"저쪽까지 가야 해, 클레어. 일어나."

"싫어!"

하지만 그녀는 나를 더 세게 당겨 옥상 가장자리까지 끌고 갔다.

"두 가지 선택이 있어. 한 가지는 뛰어내리는 거야. 건물이 4층밖에 안 되니 살아남을 수도 있겠지. 다른 방법은 바로 이 총이야. 이걸 쏴 널 죽인 다음 강도로 위장할 수도 있어. 바보 같은 경찰들은 조사도 제대로 하지 않을걸. 내 말 믿으라구, 요즘 같은 시대에 사법당국에는 영특한 사람이 하나도 없단 걸 말이야."

"그렇게 확신할 일이 아니에요, 맥신."

나는 고통과 추위, 두려움에 떨면서도 어떡하든 시간을 벌고 싶었다.

"퀸 형사는 이미 웨스트체스터에서 있었던 인턴사원의 죽음에 대해 모든 걸 알고 있어요."

아름답고 자신감에 찬 맥신의 얼굴이 다시 한 번 무너졌다.

"뭐라고? 뭘 안다는 거지? 뭘 말이야? 어서 말해!"

"당신이 그녀를 밀어서 죽였다는 걸 알고 있어요. 자살이 아니었단 걸 말이에요. 당신이 발레리 라뗑을 유니언 스퀘어 역에서 떠밀어 죽인 것도 알고 있어요. 잉가 버그를 옥상으로 꾀어내 투신하게 했든 밀었든 아무튼 당신이 죽인 거란 것도 알아요. 사하라 맥닐도 마찬가지예요. 조이에 대해서도 알고 있죠. 그러니 경찰은 당신이 저지른 일들을 불꽃

놀이처럼 만천하에 밝히게 될 거예요."

나는 이 말이 떨어짐과 동시에 그녀에게 눈 뭉치를 던졌다.

그녀의 얼굴에 정통으로 눈 뭉치를 던진 후, 나는 중심을 잃고 넘어질 뻔했다. 눈 뭉치는 그녀의 높은 광대뼈 사이, 그리고 콜라겐을 삽입한 입술 위, 성형수술로 만들어진 아름다운 코를 정확히 때렸다.

"이 나쁜 년!"

그녀가 비명을 질렀을 때, 나는 이미 그녀와 옥상 난간을 피해 달아나는 중이었다. 하지만 그녀가 뛰어들듯 달려들어 내 다리를 붙잡아 같이 넘어지고 말았다.

우리는 눈밭을 뒹굴며 난간 근처에서 한데 붙어 치고받았다.

어느덧 그녀가 내 몸을 타고 앉아 있었다.

나는 발길질을 하며 비명을 질러댔다. 그렇게 서로 싸우는데 어디선가 브루스의 외침 소리가 들려왔다.

"세상에! 안 돼!"

그가 우리를 향해 달려왔지만 맥신은 어느새 내 뒤통수에 총을 겨누고 있었다.

"이 여자를 죽일 거야."

맥신의 목소리는 극도로 팽팽해져 미친 사람이 울부짖을 때와 같은 쇳소리가 났다.

"이 여자를 총으로 쏴버릴 거야, 브루스. 쏴버릴 거라고. 그러면 당신이 그렇게 좋아하는 이 여자의 뇌가 하얀 눈밭에 쏟아지겠지."

"안 돼! 그녀를 다치게 하지 마, 맥신. 그러지 마. 당신이 괴롭히고 싶어 하는 사람은 나잖아. 당신도 알잖아. 자, 맥신, 차라리 나한테 앙갚음을 하라구."

순간 내 머리에서 총이 치워지는 것이 느껴졌다.

*맙소사. 뭘 하려는 거지? 브루스를 쏘려고?*

나는 소리를 질렀다.

"안 돼요!"

그러자 맥신은 다시 내게 총을 겨눴다.

머리뼈를 짓누르는 차가운 총신이 느껴졌다.

나는 이렇게 죽는구나 하고 생각했다.

곧이어 총성이 들렸다. 귀에서 대포가 울리는 것처럼 큰 소리가 났다. 하지만 난 총에 맞지 않았다. 총소리로 귀는 멍했지만 총알은 나를 맞춘 게 아니었다.

더구나 내 몸에 걸터앉았던 맥신의 몸이 느껴지지 않았다.

지붕에는 나 혼자만 있었다. 순간 나는 브루스가 맥신에게 몸을 날려 그녀와 함께 추락했다는 것을 알았다.

보디슬램으로 내 머리에서 총을 치울 수는 있었지만 그 탄성 때문에 두 사람 모두 옆에 있던 옥상 난간으로 넘어가 버린 것이다.

나 역시 난간 바로 근처에 있었다.

나는 빌리지 블렌드 뒷골목을 내려다본 다음 눈을 감고 말았다.

평생 잊지 못할 모습이었다. 브루스와 맥신은 4층 아래로 떨어져 콘크리트 바닥에 누워 있었다. 미동도 하지 않는 두 사람의 몸은 끔찍하게도 꼭 껴안은 채 비틀려 있었다.

*twenty-five*

맥신은 목이 부러져 즉사했다.

브루스는 떨어지면서 척추 손상과 내출혈이 있었지만 살아남았다.

그는 성 빈센트 병원으로 실려 갔고, 그가 의식을 회복했다는 말을 들었다. 브루스가 병원으로 실려 왔을 때, 이제는 내 친구가 된 성 빈센트 병원의 레지던트이자 빌리지 블렌드의 단골인 닥터 존 푸가 응급실 담당이었다.

나는 대기실에서 초조한 마음으로 서성이고 있었다.

마테오도 내 옆에 앉아 있었다.

닥터 푸가 수술실에서 나오자, 마테오가 자리에서 일어났다.

내가 물었다.

"그는 어때요?"

닥터 푸가 머뭇거렸다.

"바우먼 씨는 의식을 회복하자마자 당신이 괜찮은지부터 물었습니다. 그래서 당신은 무사하다고 알려줬습니다만 그 말을 듣고서……, 눈을 감았습니다. 클레어, 정말 미안해요. 우리는 최선을 다했지만 그분을 살릴 수가 없었습니다. 미안합니다, 그분은 돌아가셨습니다."

누군가를 잃는다는 느낌은 정말 끔찍한 것이다. 이제 막 사랑에 빠진 사람을 잃는다는 건…….

그 앞에서는 아무 말도 할 수가 없다, 아무 말도.

나는 나락으로 떨어지는 느낌만이 들었다. 텅 빈 새까만 구멍이 나를 삼키는 것만 같았다. 그리곤 쓰러졌다.

그 뒤로는 거의 생각이 나지 않는다.

마테오가 팔로 나를 감싸며 계속 똑같은 말을 했던 기억 외엔.

"내가 있잖아, 클레어. 내가 있잖아."


이튿날 나는 경찰서에서 진술했다. 퀸은 천천히 아주 다정하게 내 말을 들어주었다. 그로부터 일주일이 채 안 되었을 때, 그는 사건의 내막을 자세히 들려주려고 빌리지 블렌드에 들렀다.

터커가 2층의 내 사무실로 모카 자바 커피를 채운 열 잔들이 보온병을 갖다 주었다. 그가 문을 닫고 나갈 때 퀸과 나는 의자에 앉았다.

그는 맥신의 아파트를 수색한 이야기부터 시작했다.

그녀의 아파트에서는 고가의 감시 장비와 고성능 망원경, 그리고 잉가에게 메모를 쓰는 데 사용한 프린터와 복사용지가 나왔다고 한다. 또 노트북에서 브루스의 이메일을 해킹했다는 증거가 발견되었다.

노트북 폴더에는 엄청난 양의 일기가 들어 있었다고 했다.

"일기는 장황한데다 상스런 폭언으로 꽉 차 있었어요. 브루스가 이혼하자고 한 것 때문에 대단히 화가 나 있던 것 같더군요. 자신이 아무것도 아니라고 우습게 봤던 브루스를, 사람들이 주변에 몰릴 수 있게 남자로 만들어놨더니 다른 여자들한테만 좋은 일을 시켜주게 되었고, 그걸 그냥 보고만 있을 수 없다고 생각한 겁니다. 처음 웨스트체스터에서 바우먼의 회사 직원을 죽였던 것은 싸우다가 감정이 폭발해 우발적으로 일어난 살인 같습니다. 그런데 여자를 밀어서 죽인 것을 경찰이 자살이라고 판단한 거지요. 그러자 맥신은 어리석은 경찰보다는 자신이 훨씬 똑똑하다고 생각하기 시작했고, 그것이 살인의 패턴이 되었던 거예요. 사건의 전모는 그렇게 된 겁니다."

"모르겠어요, 마이크……. 그렇게 매력적인 여자와 자신을 통제하지 못한 살인자가 같은 사람이라고 생각하기가 너무 어려워요."

퀸은 커피 한 모금을 천천히 들이켰다.

"굿맨이란 거지요."

그 말을 들으니 전율이 느껴졌다. 브루스를 처음 만났을 때 내가 붙였던 이름이 '미스터 굿'이었단 게 떠올랐기 때문이다.

퀸이 다시 블랙 유머를 보여주려는 걸까? 아무리 그래도 난 하나도 웃기지 않았다.

나는 딱딱한 투로 물었다.

"지금 뭐라고 한 거예요? '미스터 굿'이라고 한 거예요?"

"아니요. '굿맨'은 병리적 징후를 뜻하는 말이에요. 가정폭력 사건을 설명할 때 그런 말을 써요. 어떤 사람들은 자기가 항상 옳다고 생각하지요. 그런 사람은 밖에서는 아주 호감 가는 사람일 수도 있고 대부분의 일상생활에서는 자신을 완전히 통제하죠. 하지만 이상하게 자기 부인한테만 이성을 잃습니다. 가령 아내가 어떤 식으로든 자신을 우습게 만들었다고 생각하거나 혹은 자기 말을 안 듣는다거나 혹은 자기 혼자 상상으로 아내가 누군가와 바람을 피웠다고 생각하면, 인정사정없이 아내를 두들겨 패는 그런 사람을 말하는 겁니다."

"그러니까 당신 말은 맥신에게 그런 증후군이 있었다는 건가요?"

"수사 결과에서 나온 모든 것을 볼 때 그렇게 보인다는 겁니다. 그녀는 '굿 우먼'이었던 거죠. 결혼생활의 지배자이며 자기 세상의 여신이었던 거예요. 어린아이처럼 응석을 피워야만 하고 항상 자기 말만 옳고 자기 멋대로 하지만, 알고 보면 아이러니하게도 마음 깊은 곳에선 불안감에 시달리죠. 그녀의 노트북에서 발견한 일기만 봐도 그런 성향을 다분히 짐작할 수 있었어요."

"그렇다면 맥신의 어디에 브루스가 끌렸던 걸까요?"

"당신이 이야기해준 대로 브루스는 오랫동안 그녀를 우러러보고 살았지요. 굿맨이나 굿 우먼 같은 사람들은 순종적이고 자기를 떠받드는 사람을 찾아다니죠. 그래야 자긍심을 채울 수 있으니까요. 그러나 맥신은 깊은 내면에서 스스로를 낙오자라고 생각하고 있었어요. 아버지 얘기를 한참 써놓았는데 아버지가 한 말들 때문에 상처가 컸다는 것을 알 수 있더군요. 맥신을 해고한 로펌 회사에 대해서도 마찬가지였구요. 그렇다고 굿맨이나 굿 우먼을 꼭 실패자라고 볼 수만은 없어요. 사회에서는 성공하는 경우도 많아요. 중요한 것은 마음 깊은 곳에 열등감이 있느냐 없느냐, 하는 겁니다. 맥신에겐 그런 열등감이 있었다는 걸 확연히 알 수 있었죠."

"불안감 때문에 살인을 저질렀단 건가요?"

"왜 그런 말을 하는지 알겠어요. 하지만 이걸 알아야 해요. 바깥세상에서는 자신을 통제할 줄 아는 것이 굿맨 증후군의 특징이라고 했잖아요. 세상에 적응하려고 모든 사람들은 자신을 통제하는 법을 배우지요. 굿맨과 굿 우먼도 마찬가지에요. 한데 그들은 살아가면서 만나는 다른 모든 사람에겐 그렇게 하지만 단 한 사람에게만은 그렇지 못하는 거지요. 그리고 그 사람한테는 자신을 통제할 필요가 없다고 생각하죠. 그 대상은 애인이 될 수도 있고 아내나 자식이 될 수도 있고 부모가 될 수도 있어요. 맥신 바우먼은 그 대상이 남편이었던 겁니다. 자신이 원하면 남편한테는 마음대로 해도 된다고 생각했고, 아무 때나 화를 터뜨려도 되고 심지어는 폭력을 휘둘러도 된다고 생각했죠. 클레어, 자신을 통제하지 않아도 된다고 생각하고 그렇게 한 겁니다."

"그러니까 브루스가 떠났을 때 맥신의 안전밸브도 함께 사라졌다는 말이죠?"

"그래요. 자기가 남편을 어떻게 대했든 이제 자기를 우러러볼 남자가 주변에 하나도 남아 있지 않게 된 거지요. 다 맥신의 아버지가 잘못한 거라고, 혼자 힘으로 세상을 헤쳐나가는 데 실패한 늙은 공주가 아니라고 안심시켜 줄 사람이 이제는 없어져 버린 거죠. 자기 내면의 악마를 마음껏 활개치게 할 특별한 대상이 사라진 거예요. 더 참을 수 없는 것은 그 남자가 자기를 배신하고 다른 여자들과 놀아난다는 생각, 그리고 자기 재산이라고 생각해온 집을 그 여자들이 다 뺏어가게 생겼다는 두려움이 싹트기 시작했다는 거죠. 돈 꽤나 되는 집으로 만드느라 얼마나 끔찍이 공을 들인 자기 집일 텐데 말입니다."

"그건 브루스가 벌어서 일군 재산인데……."

나는 브루스가 그 집에 대해 했던 말이 생각나 이렇게 중얼거렸다.

브루스와 맥신이 함께 살았던 웨스트체스터의 집을 처음 샀던 가격보다 두 배 값으로 만든 것은 자기가 노력했기 때문이라고 했었다.

"맥신 입장에서는 이혼하는 과정에서 브루스가 자신의 정당한 몫을 받겠다고 끝까지 버티며 맞선 것에 큰 충격을 받았을 거예요."

"더구나 이제 자신이 브루스에게 아무런 힘을 행사할 수 없다는 것을 분명히 보여주는 또다른 면이 있었어요. 그가 자신을 헌신짝처럼 내팽개치고 마침내 홀로 설 수 있는 남자가 되었다는 걸 깨닫게 된 거예요. 이런 상황에서 그가 다른 여자들을 만나기 시작하자……."

"그녀들을 죽인 거군요."

"그래요. 자기가 그토록 공들인 집을 망치고 싶지 않았죠. 그래서 감히 안주인 자리를 노리는 여자가 있다 싶으면 죽여 버린 겁니다."

"하지만 그녀한테 마지막 수는 무엇이었을까요? 여자들을 죽여서 자신에게 무슨 득이 된다고 생각했을까요? 브루스가 만나는 여자들을 몽땅 죽이면 그가 자기한테 돌아올 거라고 믿었던 건 아니겠죠?"

퀸이 고개를 저었다.

"치정범죄는 기본적으로 분노에서 기인하는 거예요, 클레어. 거기엔 아무런 논리도 없어요. 오로지 폭력과 고통, 그리고……."

"눈물이 있죠."

퀸이 난색을 보였다. 내가 울었기 때문이다.

나는 눈물을 닦으며 조용히 말했다.

"미안해요."

그가 조용히 말했다.

"발레리 라펭 양의 어머니와 할머니를 만나러 갔습니다."

나는 신문에 실렸던 발레리의 끔찍한 모습이 떠올라 몸서리를 치며 눈을 감았다.

*하느님, 조이의 이름이 신문에 나지 않게 해주셔서 감사합니다.*

"무척 신앙심이 깊은 가족이더군요. 그래서 그런지 발레리가 스스로 목숨을 끊었을 리 없다고 생각하더군요. 그들에게 그건 중요한 문제인 것 같았습니다."

나는 고개를 끄덕였다.

"이봐요, 클레어. 당신이 걱정돼요. 마음을 추스를 수 있겠어요?"

"네……."

나는 침을 삼키고 코를 훌쩍이며 다시 고개를 끄덕였다. 그러고는 심호흡을 하고서 바람을 맞아 까칠해진 퀸의 얼굴을 쳐다보았다.

그는 수심이 가득한 얼굴을 하고서 푸른 눈으로 나를 안쓰럽게 바라보며 대답을 기다리고 있었다.

나는 그를 위해 간신히 웃어 보였다.

"고마워요, 마이크."

퀸이 깊은숨을 토해내며 말했다.

"이봐요, 당신이 이렇게 살아 있어 정말 다행이에요."

*조이도 살아 있고 마테오도 살아 있으니 얼마나 다행인가.*

"나도 그렇게 생각해요."


오랫동안 나는 성 루가 거리와 역사보존 지구 너머로 있는 커브 길 쪽은 피해 다녔다. 나는 르로이가의 그 집에서 보냈던, 넘지 않으려 했던 선을 넘고 사랑에 빠졌던 눈 내리던 밤을 잊어버리려 최선을 다했다.

그러나 어느 선선한 봄날, 산책을 하던 나는 미처 의식하지도 못한 채 그쪽으로 갔다.

조이가 나를 그 집까지 데려가 주었다. 생각지도 못하게 나는 단순하면서도 세련된 미를 자랑하는 브루스 바우먼의 집 앞에 다시 서 있었다. 내 가정이 될 뻔했다가 만 그 집 앞에.

조이가 물었다.

"엄마? 괜찮은 거야?"

"으응, 그냥……, 옛날 생각이 나서."

마침내 나는 그 비극적인 사건 때문에 가슴 아파하지 않기로 했다.

그보다는 브루스를 기억할 더 나은 방법을 찾고 싶었다. 그래서 그 금요일 밤 그리니치 빌리지에 내렸던 때 이른 눈을 기억하려고 노력했다. 그토록 아름다웠지만 일요일의 태양과 함께 사라지고 말았던 눈을.

브루스도 내겐 그런 사람이었던 거라고 나는 생각하기로 했다.

행복한 오후와 아름다운 저녁이 그렇듯, 오래가진 않지만 좋아한단 말로는 모자라는 강한 느낌으로 기억에 남는 그런 사람.

나는 지금도 종종 생각한다.

맥신도 누군가를 떠나보내는 방법을 미리 알았더라면 아직 살아있었을 것이다…….

그리니치 빌리지에서 200년 전에 죽은 정열의 작가, 토머스 페인(1737~1809. 영국 태생의 미국 사상가 겸 작가)이 이런 말을 한 적이 있다.

"우리 안에는 세상을 다시 시작할 힘이 있다."

어떤 사람들은 그럴 수 있겠지만 어떤 사람들은 그러지 못한다.

다시 세상을 시작하기에 브루스는 너무 늦었고 맥신도 그랬다.

하지만 나한테는 그리 늦지 않았을 것이다.

지금까지 여러 번 삶을 다시 시작했던 것처럼 다시 시작할 것이다.

고통은 천천히 사라지리란 걸 나는 알았다…….

일찍 내린 눈이 때가 되면 녹아 없어지는 것처럼.

# 카푸치노 살인

2008년 06월 25일 초판 발행

| | |
|---|---|
| 지은이 | 클레오 코일 |
| 옮긴이 | 김지숙 |
| 펴낸이 | 이경선 |
| 펴낸곳 | 해문출판사 |
| 등 록 | 1978년 1월 28일 제3-82호 |
| 주 소 | 서울시 마포구 합정동 392-2 써니힐 202호 |
| 전 화 | 325-4721(대표) |
| 팩 스 | 325-4725 |
| 홈페이지 | www.agathachristie.co.kr |

값 10,000원
ISBN 978-89-382-0436-3
ISBN 978-89-382-0430-1(세트)

※잘못 만들어진 책은 바꾸어 드립니다.

국립중앙도서관 출판시도서목록(CIP)

```
카푸치노 살인 / 클레오 코일 지음 ;김지
숙 옮김. — 서울 :해문출판사, 2008
   p. ;cm. --(Cozy mystery)

원표제: Through the grinder
원저자명: Cleo Coyle
영어 원작을 한국어로 번역
ISBN 978-89-382-0436-3  04840 :₩10000

미국 현대 소설[美國現代小說]

843-KDC4
813.6-DDC21              CIP2008001761
```